Diplômé de littérature anglaise, Douglas Preston a démarré sa carrière en tant qu'auteur et éditeur pour le Muséum d'histoire naturelle de New York. Il a aussi enseigné à l'université de Princeton. Après un master en littérature anglaise Lincoln Child débute sa carrière comme éditeur. À ce poste, il publie des centaines de livres, pour la plupart des fictions anglaises et américaines. À la fin des années 1980, il rencontre Douglas Preston avec qui il publiera en 1995 *Relic*, leur premier roman.
Depuis, ils forment l'un des duos d'auteurs les plus réputés dans l'univers du suspense. Ensemble, ils ont créé les personnages de l'inspecteur Aloysius Pendergast du FBI, le Sherlock Holmes des temps modernes, de Gideon Crew, membre de la CIA et spécialiste des nouvelles technologies, et de Nora Kelly qui enquête sur des affaires liées à des événements historiques mystérieux. En France, les romans de ce duo de choc se sont vendus plus de 1,5 million d'exemplaires. Tous sont disponibles aux Éditions J'ai lu.

La cité hantée

DES MÊMES AUTEURS AUX ÉDITIONS J'AI LU

Douglas Preston & Lincoln Child

Série Pendergast

La chambre des curiosités, 2005

Les croassements de la nuit, 2005

Le violon du Diable, 2008

Le livre des Trépassés, 2009

Danse de mort, 2009

Croisière maudite, 2010

Relic, 2010

Valse macabre, 2011

Le Grenier des Enfers, 2011

Fièvre mutante, 2012

Vengeance à froid, 2013

Descente en enfer, 2014

Tempête blanche, 2015

Labyrinthe fatal, 2016

Mortel sabbat, 2017

Noir sanctuaire, 2018

Nuit sans fin, 2019

Offrande funèbre, 2020

Rivière maudite, 2021

Série Giddeon Crew

R pour revanche, 2013

C comme cadavre, 2014

S comme survivre, 2015

A comme apocalypse, 2017

T comme tombeau, 2020

Série Nora Kelly

Tombes oubliées, 2021

Le dard du scorpion, 2022

Hors séries

Ice Limit, 2007

Le piège de l'architecte, 2012

Cauchemar génétique, 2014

Les sortilèges de la cité perdue, 2015

Douglas Preston

Le codex, 2008

T-Rex, 2009

Credo, 2010

Impact, 2012

Le projet K, 2016

Jennie, 2019

La Cité perdue du dieu singe, 2020

Douglas Preston & Mario Spezi

Le monstre de Florence, 2011

Lincoln Child

Deep Storm, 2010

La troisième porte, 2014

Projet Sin, 2016

La bête d'Alaska, 2017

Sang de lune, 2019

DOUGLAS PRESTON
&
LINCOLN CHILD

La cité hantée

Traduit de l'anglais (États-Unis)
par Sebastian Danchin

J'AI LU

TITRE ORIGINAL
Bloodless

ÉDITEUR ORIGINAL
Grand Central Publishing, New York, 2021

À ma fille Veronica,
Lincoln Child

À Brady Nickerson
et Mike Requa,
Douglas Preston

1

Mercredi 24 novembre 1971

C'était un euphémisme de dire que Flo Schaffner était mécontente de l'uniforme que la compagnie Northwest Orient imposait désormais à ses hôtesses. En particulier, elle détestait la casquette à visière, dotée d'oreillettes, qui la faisait ressembler à Donald. Mais Flo était une jeune femme consciencieuse, et c'est avec un large sourire qu'elle accueillit les passagers du vol 305 reliant Portland à Seattle avant de vérifier leurs billets. Tout en s'en réjouissant intérieurement, elle s'étonna que l'avion soit aussi vide. Elle s'était attendue à ce que le vol soit complet puisqu'on était à la veille de Thanksgiving, mais seuls un tiers des sièges étaient occupés, ce qui lui faciliterait la tâche.

Les voyageurs s'installèrent tranquillement aux places qui leur étaient assignées et elle remonta l'allée centrale en demandant à chacun ce qu'il souhaitait boire tandis que sa collègue Tina Mucklow faisait de même à l'avant du Boeing 727. L'occupant du siège 18C, un homme affable d'âge moyen, portant costume gris, chemise blanche et cravate noire, avait conservé son imperméable. Flo connaissait son nom, pour avoir mémorisé l'identité et le numéro de siège des quelques passagers dont elle avait contrôlé le billet.

— Que puis-je vous proposer, monsieur Cooper ?

L'intéressé commanda un bourbon allongé au Seven Up qu'elle s'empressa de lui servir, et il lui tendit un billet de vingt dollars.

— Vous n'auriez rien de plus petit, par hasard ?

— Non, désolé.

Elle lui promit de lui rapporter la monnaie un peu plus tard en entendant William Scott, le pilote que tout le monde surnommait Scotty, donner l'ordre au personnel navigant de se préparer pour le décollage. La jeune femme verrouilla la porte arrière et s'installa sur le strapontin qui lui était réservé, à quelques mètres de l'occupant du siège 18C. Le Boeing gagna la piste et décolla à l'heure prévue, 14 h 50, entamant le vol d'une demi-heure qui lui permettrait de rallier Seattle.

Alors que l'appareil atteignait son altitude de croisière et que s'éteignait le voyant des ceintures de sécurité, le passager du 18C adressa à Flo un signe de la main. Elle s'approcha, persuadée qu'il souhaitait commander un autre bourbon, mais il se contenta de lui tendre une enveloppe. Ce n'était pas la première fois qu'un passager souffrant de solitude lui glissait une note pour l'inviter à dîner ou prendre un verre, voire davantage. Le plus simple en pareil cas était encore de ne pas entamer la conversation, aussi remercia-t-elle le passager en glissant l'enveloppe dans sa poche, sans prendre la peine d'en lire le contenu.

Voyant son geste, l'homme se pencha vers elle, un sourire aux lèvres.

— Je vous conseille d'ouvrir cette enveloppe, mademoiselle, murmura-t-il. Je porte une bombe sur moi.

Schaffner crut avoir mal entendu. Elle décacheta le pli et découvrit un message, rédigé au feutre en caractères bâtons soigneusement tracés, précisant que son auteur était armé d'une bombe et que rien de grave ne surviendrait si tout le monde se montrait coopératif.

— Asseyez-vous à côté de moi, poursuivit l'homme, qui récupéra la note et la glissa dans la poche de poitrine de sa chemise.

Il attendit qu'elle ait obtempéré pour soulever légèrement le rabat de l'attaché-case posé sur ses genoux. Schaffner aperçut un fagot de cylindres rouges reliés par des fils à une imposante batterie. L'homme referma l'attaché-case et enfila des lunettes noires.

— Écrivez ce que je vais vous dicter et transmettez le message au pilote.

Elle sortit un stylo et nota ses instructions, puis elle se leva, gagna le cockpit, referma la porte derrière elle et expliqua à Scotty qu'un pirate de l'air armé d'une bombe se trouvait à bord de l'appareil. Elle lui récita aussitôt la liste des exigences du passager.

— Il a vraiment une bombe sur lui ? s'enquit Scotty.

— Oui, je l'ai vue et elle a l'air d'être vraie.

— Mon Dieu, soupira le pilote en s'empressant de prendre contact par Télétype avec la direction des opérations de vol de Northwest Orient dans le Minnesota.

PIRATE DE L'AIR À BORD. VOLONS VERS SEATTLE. DANS NOTE DONNÉE À L'HÔTESSE, EXIGE 200 000 DOLLARS DANS UN SAC À DOS AVANT 17 HEURES, AINSI QUE DEUX PARACHUTES DORSAUX CIVILS ET

DEUX PARACHUTES VENTRAUX. EXIGE LA SOMME EN COUPURES USAGÉES, VALEUR DES BILLETS SANS IMPORTANCE. DISPOSE D'UNE BOMBE DANS UN ATTACHÉ-CASE, LA FERA EXPLOSER SI ON TENTE QUOI QUE CE SOIT.

Le pirate demandait en outre qu'un camion-citerne attende sur le tarmac à l'aéroport de Seattle-Tacoma afin que l'appareil fasse le plein et redécolle vers une destination spécifiée ultérieurement, exigeant la présence à bord d'un mécanicien navigant.

Il ne précisait pas les raisons de cette requête.

2

Dans le cockpit du vol 305, Scotty et son copilote Bill Rataczak discutèrent de la meilleure façon de gérer la crise. Les passagers ne se doutaient de rien et Scotty estima que c'était aussi bien.

Dans le même temps, la direction des opérations de vol de Northwest Orient prenait contact avec Don Nyrop, le président de la compagnie, ainsi qu'avec le FBI. Alors que les responsables du Bureau préconisaient de prendre d'assaut l'appareil, Nyrop jugea préférable de payer la rançon, d'autant que la compagnie était assurée. Le FBI finit par accepter cette solution, mais réunir la somme demandée prendrait du temps.

Pendant que le Bureau et Northwest Orient s'employaient à répondre aux exigences du pirate, le 727 avait atteint Tacoma et tournait au-dessus de Seattle.

Scotty s'empara de son micro et annonça aux passagers que l'appareil, victime d'une avarie technique sans gravité, ne pourrait atterrir qu'une heure plus tard. À l'arrière du Boeing, Dan Cooper fumait cigarette sur cigarette. Il en offrit une à Schaffner qui accepta dans l'espoir de se calmer les nerfs alors qu'elle avait renoncé au tabac depuis quelque temps.

Le ciel était orageux et il ne tarda pas à pleuvoir.

La compagnie prit contact avec la Seattle National Bank, où elle possédait un compte, et l'établissement accepta de coopérer sans l'ombre d'une hésitation. La banque, anticipant ce genre d'éventualité, disposait d'une réserve constituée de billets de vingt dollars déjà microfilmés, leurs numéros soigneusement répertoriés. Dix mille coupures, réunies en liasses de cinquante, se trouvèrent rapidement réunies dans un sac fermé par une cordelette. Celui-ci, pesant une dizaine de kilos, fut confié au FBI qui avait dans l'intervalle récupéré deux parachutes dorsaux et deux parachutes de secours. Du matériel civil, et non militaire, ainsi que l'avait bien précisé Cooper.

Pendant ce temps, l'avion continuait de tourner au-dessus de l'aéroport de Seattle-Tacoma. Et tandis que Tina, la seconde hôtesse, s'employait à rassurer les passagers, Dan Cooper expliqua à Schaffner comment allait se dérouler la suite.

— Dès que l'appareil aura atterri, vous descendrez récupérer l'argent et vous me l'apporterez.

— Et si jamais le sac est trop lourd pour moi ? s'inquiéta la jeune femme.

— Pas d'inquiétude, vous n'aurez aucun mal. Ensuite, poursuivit-il, vous retournerez chercher les parachutes.

Il tira de sa poche un flacon de comprimés de Benzédrine.

— Tenez ! Donnez ça aux pilotes, ça les empêchera de s'endormir pendant le vol suivant.

Elle lui demanda s'il avait l'intention de se rendre à Cuba, qui était à l'époque la destination de prédilection des pirates de l'air.

— Non, ce n'est pas Cuba, répondit-il. Mais notre destination va vous plaire.

Elle voulut savoir s'il s'était lancé dans une telle opération parce qu'il en voulait à la compagnie.

— Je n'ai aucun grief particulier contre Northwest, mademoiselle, répondit-il, mais je ne suis pas heureux pour autant.

Au sol, l'aéroport avait été fermé et tous les départs annulés jusqu'à nouvel ordre. Quant aux vols prévus à l'arrivée, ils étaient détournés sur d'autres destinations ou mis en attente. Peu avant 17 heures, la tour de contrôle fit savoir à Scotty que l'argent et les parachutes, enfin prêts, attendaient dans un véhicule sur le tarmac.

Les pilotes posèrent l'appareil et roulèrent vers une piste à l'écart, ainsi que le voulait le pirate de l'air. La nuit était tombée, il pleuvait toujours et des éclairs traversaient le ciel par intermittence. Plusieurs projecteurs éclairaient la piste à l'endroit où devait stationner le vol 305.

— Allez chercher l'argent, ordonna Cooper à Schaffner lorsque l'avion s'immobilisa.

L'hôtesse descendit la passerelle et se dirigea d'un pas mal assuré vers le véhicule qui stationnait au pied de l'appareil. Un agent du FBI sortit du coffre le sac contenant l'argent et le lui tendit. Schaffner regagna l'appareil, confia le sac à Cooper. Ce dernier l'ouvrit, s'assura de son contenu et sortit plusieurs liasses.

— Tenez, c'est pour vous, dit-il à l'hôtesse.

Schaffner afficha sa surprise.

— Je suis désolée, monsieur. Nous ne sommes pas autorisées par la compagnie à accepter les pourboires.

Il lui répondit par un petit sourire.

— Très bien. Alors allez chercher les parachutes.

Schaffner redescendit à terre et deux voyages lui furent nécessaires cette fois.

Ce travail achevé, Cooper se pencha vers elle.

— Maintenant, écoutez-moi bien, Flo. Il est grand temps que le commandant annonce aux passagers que l'avion a été détourné et que le pirate de l'air a une bombe. Il va donner l'ordre d'évacuer l'appareil et tout le monde descendra bien sagement sans récupérer ses affaires dans les compartiments à bagages. Si on n'obéit pas à mes instructions à la lettre, ou bien si quelqu'un cherche à jouer les héros, je n'hésiterai pas à faire exploser la bombe. Précisez-le bien au commandant de bord. Il ne doit rester à bord que le pilote, le copilote et vous-même.

— Bien, monsieur.

Schaffner se leva, gagna le cockpit et transmit les ordres à Scotty. La voix de ce dernier s'échappa des haut-parleurs.

— Je vous prie de m'écouter attentivement et de conserver votre calme, dit-il d'une voix neutre. Nous avons à bord un pirate de l'air armé d'une bombe.

Des exclamations de surprise et quelques cris résonnèrent dans la carlingue.

— Pas de panique. Je demande à tous les passagers de descendre immédiatement, sans ouvrir les compartiments à bagages. Je répète, personne n'emporte avec lui ses bagages à main. Vous devez sortir de l'appareil les mains vides.

Des murmures accompagnés de haut-le-corps lui répondirent.

— Je vous demande de quitter l'avion en vous déplaçant normalement. Surtout, ne courez pas.

Les passagers se levèrent d'un bloc dans la plus grande confusion et se ruèrent vers la porte avant. Plusieurs d'entre eux levèrent les bras vers les compartiments à bagages, l'un d'eux parvint même à ouvrir celui qui se trouvait au-dessus de son siège.

Cooper se leva d'un bond et brandit son attaché-case, comme s'il s'agissait d'une arme.

— Vous ! hurla-t-il, au comble de la colère en pointant du doigt le passager concerné. Reculez immédiatement ! J'ai une bombe et je n'hésiterai pas à la déclencher si vous ne suivez pas les instructions du pilote !

Le passager, un vieil homme, recula machinalement sous l'effet de la terreur, poursuivi par les cris apeurés de ses voisins. L'un d'eux le poussa d'un geste brutal et il renonça à récupérer son bagage à main, pris dans le tourbillon de ceux qui tentaient de fuir l'appareil au plus vite. En l'espace de quelques minutes, la cabine était vide, à l'exception de Schaffner et de sa collègue Tina.

— Vous débarquez aussi, ordonna Cooper à cette dernière. Vous en profiterez pour dire au mécanicien navigant de monter à bord.

Il s'empara du téléphone de cabine d'un geste brusque.

— Le plein n'est pas encore terminé ? s'énerva-t-il.

— On a quasiment fini, le rassura le copilote.

Le mécanicien de la Northwest choisi par la compagnie grimpa les marches de la passerelle et attendit les ordres du pirate près de l'espace cuisine.

Cooper se tourna vers Schaffner.

— Fermez les hublots. Des deux côtés.

L'hôtesse, effrayée de constater que Cooper avait définitivement renoncé à sa politesse initiale pour adopter une attitude agressive, se hâta d'obéir. Le pirate en profita pour s'adresser au mécanicien.

— Écoutez-moi bien. Dès qu'on aura fait le plein, je veux que l'appareil mette le cap sur Mexico. L'appareil devra voler à une altitude maximale de dix mille pieds, pas plus, avec le train d'atterrissage sorti et quinze degrés de volets. Pas question de pressuriser la cabine et le commandant ne devra pas dépasser les cent nœuds.

Il marqua une pause avant d'ajouter :

— J'ai l'intention de laisser la porte arrière ouverte pour décoller.

— Il est possible de voler dans ces conditions, rétorqua le mécanicien navigant, mais il serait dangereux de décoller avec la porte ouverte. Sans compter qu'il nous faudra refaire le plein au moins une fois pour arriver à destination.

L'échange se poursuivit et Cooper finit par accepter que la porte soit refermée avant le décollage et qu'une escale technique soit effectuée à Reno.

— À présent, rejoignez le reste de l'équipage et enfermez-vous dans le cockpit, exigea Cooper. Il est grand temps de partir.

Une fois le camion-citerne reparti, le pilote lança les moteurs et l'appareil se dirigea lentement vers la piste de décollage.

— Montrez-moi comment ouvrir la porte arrière, demanda le pirate à Schaffner.

Elle lui indiqua la manœuvre, allant jusqu'à lui fournir la carte plastifiée sur laquelle figuraient les instructions.

— Très bien. Maintenant, rejoignez les autres dans le cockpit en tirant derrière vous le rideau isolant les sièges de première de la queue de l'appareil. Interdiction à quiconque de revenir ici.

— Bien, monsieur.

Tout en étant soulagée de ne pas être obligée de rester avec le pirate, Schaffner trouvait étrange son changement de comportement, d'autant que la compagnie avait accédé à toutes ses exigences. Au moment de fermer le rideau, elle risqua un coup d'œil en arrière : le pirate était occupé à attacher le sac contenant la rançon autour de sa taille. Parvenu à l'entrée de la piste, le Boeing exécuta un dernier virage et prit son élan dans le grondement de ses réacteurs. Il était 19 h 45.

3

L'inconnu qui se faisait appeler Dan Cooper acheva d'accrocher autour de sa taille le sac contenant l'argent, puis il remonta l'allée centrale sur quelques mètres et s'arrêta au niveau du compartiment à bagages situé au-dessus du siège 12C, celui-là même que le passager âgé avait ouvert un peu plus tôt. Il jeta à ses pieds les sacs qui s'y trouvaient, s'empara d'un attaché-case marron usé, le porta jusqu'à son siège puis ouvrit d'autres compartiments à bagages et vida leur contenu au hasard. Très vite, l'allée déborda de valisettes, de sacs à main, de manteaux et de parapluies.

L'orage grondait plus fort que jamais et les turbulences qui secouaient l'appareil finirent de vider les compartiments de leur contenu.

Cooper regagna l'arrière en enjambant les obstacles, enfila avec aisance l'un des parachutes dorsaux et passa autour de son ventre un parachute de secours. Il s'approcha de la porte arrière, consulta la fiche plastifiée que lui avait donnée Schaffner, débloqua le mécanisme et déploya l'escalier dans le ronflement assourdissant du vent.

Le brusque changement de pression à l'intérieur de la cabine alerta aussitôt les pilotes. Inquiet, Rataczak s'empara du micro.

— Vous m'entendez ? demanda-t-il. Tout va bien ?

— Oui, tout va bien, lui répondit la voix du pirate.

L'instant d'après, Cooper récupérait l'attaché-case contenant la fausse bombe avec lequel il était monté à bord et le lançait dans le vide. Il répéta l'opération avec plusieurs sacs choisis au hasard. Enfin, il découpa les suspentes de l'un des parachutes restants et s'en servit pour fixer autour de sa taille, à côté du sac contenant la rançon, la vieille mallette marron récupérée dans le compartiment à bagages. Transformé en Bibendum avec ses deux parachutes, le sac plein d'argent et la mallette, il prit pied sur la première marche de l'escalier, descendit les degrés et sauta dans la nuit. Dans le cockpit, l'allègement soudain de l'appareil se fit sentir et le commandant de bord nota l'heure : il était 20 h 13. Faute de savoir si le pirate se trouvait toujours à bord, il poursuivit néanmoins sa route jusque Reno.

Cooper, le visage fouetté par le vent, se trouva brusquement en chute libre. Il attendit d'être suffisamment éloigné des moteurs, situés à l'arrière du Boeing, puis il compta jusqu'à soixante et tira sur la poignée du parachute qui se déploya instantanément. Cooper nota avec satisfaction que tout se déroulait comme prévu. La corolle du parachute ouverte au-dessus de sa tête, il s'orienta en prenant comme repère les lumières de la bourgade de Packwood, visibles en dépit du mauvais temps.

L'ouverture du parachute ayant considérablement ralenti sa chute et tempéré les rafales de vent, il n'eut aucun mal à dénouer la ficelle du sac contenant l'argent. L'instant d'après, il saisit une première liasse, la lança dans le vide puis répéta l'opération avec l'intention de vider le sac.

Il sentit soudain une tension anormale au niveau des suspentes. En levant la tête, il s'aperçut que plusieurs liasses, restées coincées sous la toile, tordaient celle-ci au point d'accélérer dangereusement sa chute.

Loin de paniquer, il se débarrassa du parachute en décrochant son harnais au niveau des épaules et déclencha aussitôt le parachute de secours. Il comprit immédiatement que celui-ci ne s'ouvrait pas complètement. Soit il avait été saboté, ce qui était peu probable, soit il était resté trop longtemps plié à l'intérieur de son sac, un incident malheureusement assez commun.

Ce constat ne résolvait pas pour autant le problème de Cooper qui se sentit envahi par la panique. Il tombait comme une pierre dans la nuit et le vent ne tarda pas à arracher le sac contenant l'argent dans un tourbillon de billets de vingt dollars transformés en confettis. Malgré tous ses efforts, le parachute de secours refusait de se déployer normalement et Cooper vit avec terreur s'approcher la forêt sous ses pieds. Il disparut peu après dans la nuit, emporté par les bourrasques rugissantes.

4

Aujourd'hui

L'AgustaWestland 109 Grand volait si bas qu'il donnait l'impression de raser la surface azur de l'Atlantique. Il prit de l'altitude à l'approche des îlots rocheux signalant la proximité de la Floride.

Trois personnes avaient pris place dans la luxueuse cabine de l'hélicoptère : un individu vêtu d'une chemise à carreaux et d'un jean déchiré, une jeune femme en jupe plissée et chemisier blancs, le nez chaussé de lunettes de soleil, un chapeau de paille sur les genoux, ainsi qu'un homme d'allure spectrale, habillé d'un costume noir austère, qui regardait le paysage à travers son hublot d'un air songeur. Malgré les vitres teintées, le soleil éblouissant faisait danser une étrange lueur platine dans ses yeux gris-bleu tout en donnant à sa chevelure d'un blond presque blanc le lustre d'une pelisse de léopard des neiges.

L'homme en noir n'était autre que l'inspecteur A. X. L. Pendergast du FBI. En sa compagnie se trouvaient sa pupille Constance Greene et son collègue Armstrong Coldmoon. Le trio quittait un îlot reculé des côtes de Floride où venait de se conclure une enquête mouvementée[1]. Les trois occupants de la cabine restaient plongés dans leurs pensées, comme si l'heure était venue de tourner la page.

L'hélicoptère vira sur la droite afin d'éviter les hôtels et les immeubles rutilants de Miami Beach dont les silhouettes d'albâtre dominaient les plages de sable bordant l'immensité bleue de l'océan.

— C'est gentil de la part du pilote de passer par là pour nous offrir un tel spectacle, remarqua Coldmoon. On se croirait sur un manège de Disneyland.

— J'avoue mon inculture en matière de parc d'attractions, réagit Pendergast dont la voix melliflue était teintée d'un savoureux accent hérité de son enfance à La Nouvelle-Orléans.

— Encore faudrait-il que ce changement de cap soit intentionnel, s'interposa Constance en récupérant l'exemplaire de *Clouds Without Water*, d'Aleister Crowley, qui lui avait glissé des mains lorsque l'appareil avait viré de bord. Les turbulences de cet acabit sont souvent les signes avant-coureurs de problèmes de navigation, avant que l'appareil n'entame une chute incontrôlée sous l'effet d'un état d'anneau tourbillonnaire.

Un profond silence accueillit cette déclaration, troublé par le hurlement des moteurs.

— Nous disposons à n'en pas douter d'un excellent pilote, intervint Pendergast. Mais peut-être dois-je voir là une manifestation de cet humour bien particulier qui vous anime ?

— La perspective de finir démembrée et calcinée sur une plage publique ne m'amuse en rien, rétorqua la jeune femme.

---

1. Voir *Rivière maudite* (L'Archipel, 2020 ; J'ai lu, 2021).

Il était impossible de voir les yeux de Constance derrière l'abri de ses Ray-Ban, mais Coldmoon avait la conviction qu'elle l'observait afin de savoir comment il réagissait à son explication morbide. Cette femme aussi étrange que belle et érudite, gentiment timbrée, lui donnait la chair de poule. Au cours de la semaine écoulée, elle l'avait tiré des griffes de la mort après l'avoir menacé de mort ; elle semblait surtout prendre un malin plaisir à lui casser les bonbons. Peut-être était-ce une façon de s'intéresser à sa personne ? Auquel cas, non merci.

Il prit une longue respiration, refusant de s'attarder sur le sujet. Il se trouvait déjà à plusieurs milliers de kilomètres de là, plus précisément à l'antenne de Denver du FBI où l'attendait son nouveau poste, loin de la moiteur étouffante de la Floride.

Il quitta des yeux Constance pour s'intéresser à Pendergast. Encore un qui n'était pas très net. Coldmoon venait de mener deux enquêtes d'affilée avec son aîné et le comportement étrange de Pendergast était l'une des raisons pour lesquelles il voulait se rendre au plus vite dans le Colorado. Ce type avait beau être une légende du Bureau et le plus fin limier depuis Sherlock Holmes, il était tristement connu pour le nombre d'affaires au terme desquelles le coupable était « mort au cours de son arrestation », pour reprendre la formule officielle. Coldmoon avait pu constater à ses dépens que ses collaborateurs avaient à peine plus de chances de s'en tirer.

À mesure que les plages de Floride défilaient de l'autre côté des vitres teintées, le rapprochant de l'avion qui l'emporterait vers l'ouest, Coldmoon sentit poindre en lui un sentiment de libération, comme s'il achevait une longue peine de prison. C'est tout juste si un sourire n'illumina pas son visage lorsqu'il repensa à l'étonnement de ses cousins de Colorado Springs lorsqu'il leur avait annoncé sa venue. Sa mutation ayant été longuement retardée, ils avaient cessé d'y croire. Ragaillardi par cette pensée, il se tourna à nouveau vers son hublot. Si les immeubles continuaient de border la mer, ils n'étaient plus aussi élevés. L'autoroute I-95 qui suivait le tracé de la côte était embouteillée à perte de vue. Les problèmes de circulation ne risquaient pas de le gêner dans le Colorado, même s'il avait entendu dire que la situation avait empiré à Denver ces dernières années. Du ciel, Coldmoon avait du mal à se repérer, mais ce trajet en hélicoptère était plus long qu'il ne l'avait imaginé. Du coin de l'œil, il nota que Constance et Pendergast discutaient à voix basse. Curieux. Il connaissait mal Miami, mais il avait toujours cru que l'aéroport se trouvait à l'ouest, alors que l'appareil filait plein nord. Ils avaient même dépassé la ville depuis un moment.

Il se cala dans son fauteuil en cuir. Après tout, peut-être les conduisait-on dans un aéroport militaire. Ou bien sur un héliport du Bureau. Leur patron, le directeur adjoint Walter Pickett, ne lui avait pas fourni de billet pour Denver. Peut-être avait-il prévu de lui offrir un vol sur un jet gouvernemental, ou bien à bord d'un appareil de l'armée ? Ce ne serait pas un luxe, après la mission merdique qu'il venait de se coltiner. En même temps, Pickett devait être nommé vice-directeur du Bureau incessamment, il avait d'autres chats à fouetter que de régler des détails de ce genre. À cette heure, il préparait probablement ses valises.

— Hé, Pendergast !

L'inspecteur releva la tête.

— Je croyais qu'on devait nous conduire à Miami International.

— C'était également mon impression.

— Je ne comprends pas, insista Coldmoon en regardant à travers le hublot. On a dépassé Miami depuis un moment.

— Il semble en effet que nous nous éloignions de l'aéroport.

Coldmoon fut pris d'une sensation désagréable de déjà-vu.

— Vous êtes sûr ?

— Si nous nous rendions à l'aéroport, nous ne survolerions pas Palm Beach actuellement.

— Palm Beach ?! C'est quoi ce… ?

Coldmoon plissa les paupières et vit défiler au sol une île allongée couverte de grandes propriétés, à commencer par une gigantesque villa de style pseudo-mauresque.

Il se redressa sur son siège en affichant une mine perdue.

— Que se passe-t-il ? balbutia-t-il.

— Je vous avoue que je n'en ai aucune idée, lui répondit Pendergast.

— Le plus simple serait sans doute de poser la question au pilote, suggéra Constance sans lever la tête de son livre.

Coldmoon adressa à ses deux compagnons un regard méfiant. Étaient-ils en train de lui jouer un mauvais tour ? Non, son instinct lui soufflait qu'ils étaient aussi surpris que lui.

— Bonne idée, déclara-t-il en détachant sa ceinture.

Il se leva et gagna le cockpit dont les deux occupants, avec leurs casques et leurs uniformes kaki identiques, ainsi que leur même coupe de cheveux, auraient pu être jumeaux.

— Que fait-on ? s'enquit-il auprès du pilote, le levier de commande cyclique entre les genoux. On était censés rallier Miami.

— Ce n'est plus d'actualité, répondit le pilote.

— Comment ça, « plus d'actualité » ?

— Nous avons reçu l'ordre de modifier notre plan de vol peu après le décollage. Direction Savannah.

— Savannah ? lui fit écho Coldmoon. En Georgie ? Il doit y avoir erreur.

— Pas la moindre erreur, se justifia le pilote. L'ordre nous a été donné par le directeur adjoint Pickett en personne.

Pickett ! Quel enfoiré ! Planté sur le seuil du cockpit, Coldmoon se remémora la conversation qu'ils avaient eue avec le directeur adjoint juste avant de s'envoler. *Je viens d'être informé d'un curieux incident qui s'est déroulé hier soir au nord de Savannah...* À tous les coups, Pickett avait attendu que l'hélicoptère ait pris l'air pour les expédier en Georgie.

Ce salopard ingrat les avait roulés dans la farine... Déjà que Coldmoon s'était laissé tordre le bras pour participer à l'enquête précédente, pas question qu'on lui marche sur les pieds une fois de plus.

— Faites demi-tour, ordonna-t-il au pilote.

— Désolé, inspecteur, répliqua l'intéressé. C'est impossible.

— Vous avez de la merde dans les oreilles, ou quoi ? Je vous ai dit de repartir vers Miami.

— Avec tout le respect que je vous dois, inspecteur, nous avons des ordres, intervint le copilote. Les mêmes que les vôtres, en l'occurrence. Nous sommes en route pour Savannah.

Il descendit de quelques centimètres la fermeture Éclair de son blouson d'uniforme, révélant la crosse d'un pistolet dans son étui d'épaule.

— Inspecteur Coldmoon ? s'éleva la voix de Pendergast depuis la cabine. Inspecteur ?

Coldmoon se retourna d'un bloc, légèrement déstabilisé par les mouvements de l'appareil.

— Quoi ?

— Il ne fait guère de doute que nous ne pouvons rien à ce qui nous arrive.

— Vous n'avez pas entendu ce qu'il vient de me dire ? s'énerva Coldmoon. On est en route pour Savannah, *bon sang,* alors que je suis censé prendre un vol à destination...

— J'ai bien entendu, le coupa Pendergast. Pour que Pickett nous enlève de la sorte, il se sera produit un événement inattendu.

— Ouais, et il est encore plus à chier depuis qu'on lui a promis du galon. Que fait-on ?

— À ce stade, rien du tout. Je ne saurais trop vous conseiller de regagner votre place et d'admirer le paysage.

— Conneries, oui ! s'énerva Coldmoon qui refusait d'abandonner la partie. J'ai bien envie...

— Inspecteur Coldmoon ? l'interrompit Constance de sa voix grave aux intonations désuètes.

Le jeune inspecteur se tut, sachant que cette étrange femme était capable de tout et de n'importe quoi.

Elle se contenta de lui adresser un regard bienveillant.

— Cela vous apaiserait sans doute de réfléchir au curieux paradoxe de la situation dans laquelle nous nous trouvons.

— Que voulez-vous dire ? gronda Coldmoon.

— C'est simple : posez-vous la question de savoir s'il n'est pas inhabituel qu'un agent du FBI se fasse enlever par sa hiérarchie. Cela ne vous intrigue nullement ?

Sur ces mots, elle reprit sa lecture.

5

L'hélicoptère atterrit trois quarts d'heure plus tard dans un coin reculé de la base militaire de Hunter. Coldmoon venait tout juste de récupérer son sac d'un geste rageur lorsqu'un bruit de moteur le fit se retourner. Un Bell 429 officiel, à en juger par son immatriculation, apparut dans le ciel et Coldmoon crut reconnaître l'hélico dans lequel le directeur adjoint Pickett les avait rejoints plus tôt dans la journée. Il laissa échapper un ricanement : il aurait dû s'y attendre.

Presque au même instant, dans un ballet parfaitement maîtrisé, apparut un Escalade noir aux vitres teintées. Le 4 ×4 s'immobilisa sur le tarmac, son moteur au ralenti.

Coldmoon se tourna vers Pendergast et constata qu'il déchargeait ses bagages et ceux de Constance. Alors qu'il n'avait pas fait mystère, quelques heures plus tôt, de son désir ardent de regagner New York au plus vite, il semblait se résoudre à ce changement de programme. Mieux, il ne formulait pas la moindre récrimination.

— Vous étiez au courant, c'est ça ? l'accusa Coldmoon.

— Je puis vous assurer que non, répondit Pendergast en élevant la voix afin de couvrir le bruit du rotor.

— Alors pourquoi réagissez-vous aussi bêtement que si on nous emmenait en pique-nique ? Je croyais que vous étiez pressé de rentrer chez vous ?

— Retrouver New York est mon désir le plus ardent, laissa-t-il tomber en se dirigeant vers l'Escalade, ses sacs à la main.

Coldmoon lui emboîta le pas.

— Mais alors...

— Mon cher Armstrong...

Coldmoon détestait entendre Pendergast l'appeler par son prénom.

— ... je vois mal ce que vous pourriez gagner à vous agiter de la sorte. Pickett connaissait nos envies, à l'un comme à l'autre. Il lui aura fallu une raison solide pour ne pas en tenir compte. Peut-être faut-il voir dans ce changement de programme l'intervention de ce sénateur de Georgie dont l'influence sur le FBI est bien connue. Je soupçonne que l'on nous aura contraints à ce petit détour dans le cadre d'une affaire sensible.

Coldmoon fit peser sur lui un regard scrutateur.

— Si je ne vous connaissais pas aussi bien, je dirais que cette histoire vous intrigue.

— Elle m'intrigue, en effet, réagit Pendergast en balayant les environs de son regard argenté. Savannah est une localité charmante. L'avez-vous déjà visitée ?

— Non, et je m'en passe allègrement.

— C'est une ville pittoresque, peuplée de vieilles demeures splendides et de nombreux fantômes liés à un passé cruel. Un véritable joyau sudiste qui n'est pas sans me rappeler notre vieille plantation familiale de Penumbra. À l'époque de sa grandeur.

Coldmoon tourna le dos à son interlocuteur avant même qu'il ait pu achever sa phrase. Il s'éloigna en marmonnant un chapelet de jurons lakotas aux implications anatomiques pour le moins folkloriques. Si on lui avait posé la question, il n'aurait pas su dire, de Pickett ou de Pendergast, lequel des deux le hérissait le plus.

Le Bell s'était posé dans l'intervalle, sa porte latérale coulissa et Pickett se dirigea vers les deux inspecteurs.

— Je suis désolé de ce léger détour, dit-il avant que Coldmoon ait pu ouvrir la bouche.

Il fit un geste en direction du 4 ×4 aux vitres noires.

— Si vous voulez bien monter, je vous expliquerai en chemin.

— En chemin pour où ? s'enquit Coldmoon, mais Pickett ne l'écoutait pas, occupé à donner ses instructions au conducteur de l'Escalade.

Un sifflement strident se fit entendre et Coldmoon se retourna alors que les deux hélicoptères décollaient en soulevant un nuage de poussière, le nez en avant. Il hésita presque à se précipiter dans l'espoir de s'accrocher aux patins de l'un des appareils avant qu'il ne se trouve hors de portée. Vert de rage, il jeta son sac à l'arrière du 4 ×4 et prit place sur la dernière banquette. Constance se glissa à côté de lui pendant que Pendergast et Pickett s'installaient devant eux. Le conducteur enfonça la pédale d'accélérateur et le lourd véhicule longea en trombe une série de hangars et d'entrepôts militaires avant de s'engager sur l'I-516 en direction du nord.

Pickett remonta d'autorité les vitres électriques et demanda au chauffeur de régler la climatisation à fond avant de se racler la gorge.

— Je tiens tout de suite à préciser que nous sommes confrontés à une urgence de dernière minute, se lança-t-il. Je n'étais au courant de rien, je puis vous assurer que ma visite de tout à l'heure ne visait pas à vous distraire de vos projets, mais un événement inattendu m'a obligé à modifier vos plans. Il s'agit d'une enquête menée conjointement par le Bureau et les autorités locales.

— Je ne doute pas que vous disposiez de tout le personnel nécessaire en Georgie, remarqua Pendergast.

Pickett fit la grimace.

— Disons que cette enquête est parfaitement dans vos cordes. La situation évolue très rapidement, nous devons la prendre en main au plus vite.

— Je comprends. Comment se porte le sénateur Drayton ces temps-ci ? demanda innocemment Pendergast.

— Je ferai celui qui n'a rien entendu, rétorqua Pickett.

— J'avais cru comprendre que vous le connaissiez ?

— Si vous saviez, répondit Pickett avec un sourire glacial, avant de reprendre après un silence gêné : je vous demande de jeter un œil, rien de plus.

— Mais certainement, réagit Pendergast. Je note toutefois que vous avez usé de la même formule il y a quelques semaines, lorsque vous m'avez demandé de me rendre sur l'île de Sanibel.

Coldmoon en profita pour se glisser dans la conversation.

— Quel rapport avec moi ? J'étais censé me présenter à l'antenne de Denver aujourd'hui même.

— J'en suis conscient, se justifia Pickett, mais ce sont les aléas de la vie.

— Mais enfin, monsieur le directeur ! Mon arrivée a déjà été retardée une première fois. Je comprends que vous souhaitiez consulter Pendergast si vous jugez que cette affaire est dans ses cordes, mais je dois impérativement…

— Inspecteur, le coupa Pickett sur un ton glacial. Nous travaillons pour le FBI, par pour une association de golfeurs qui vous laisse libre de vos poses sur le green.

Un profond silence s'installa dans l'habitacle tandis que le conducteur du 4 × 4 empruntait une bretelle en direction du centre-ville de Savannah. Pickett sortit de son attaché-case un dossier peu épais.

— Il y a trois jours, expliqua-t-il, on a retrouvé sur la rive du fleuve Wilmington la dépouille du gérant d'un hôtel local. Le corps avait été entièrement vidé de son sang.

— Complètement jusqu'à quel point ? s'étonna Constance.

Pickett posa sur elle un regard étonné.

— Un embaumeur n'aurait pas fait mieux. Les autorités locales ont tout d'abord pensé à l'œuvre d'un fou, ou à l'intervention d'une secte. Elles ont même envisagé la possibilité d'une vengeance perpétrée par un gang, jusqu'à la découverte ce matin, dans la cour d'une maison d'Abercorn Street, d'un autre corps intégralement vidé de son sang.

Il jeta un coup d'œil à sa montre.

— J'ai dû presser le mouvement car les enquêteurs ont laissé la scène de crime en l'état dans l'attente de notre arrivée.

Coldmoon observa discrètement Pendergast. Comme à son habitude, il ne laissait rien paraître. C'est tout juste si une lueur inhabituelle brillait dans ses yeux. L'Escalade avait quitté la rocade et roulait à présent sur Gaston Street, une rue étroite bordée de maisons aux façades de brique austères. La chaussée était si déformée, Coldmoon aurait pu croire que le 4 × 4 roulait sur des pavés. À moins qu'il ne s'agisse effectivement de pavés. Il aperçut sur sa droite un parc dont les arbres majestueux dégoulinaient de mousse espagnole. Un vrai décor de film d'horreur. Le jeune inspecteur avait appris à détester la Floride avec sa chaleur humide et ses hordes de touristes, et voilà qu'il découvrait une autre facette de l'atmosphère sudiste. Cette ville aux maisons de guingois et aux arbres tourmentés était tout simplement sinistre.

Pourquoi diable Pendergast ne se rebellait-il pas ? C'était son rôle, après tout, en tant que responsable du binôme qu'ils formaient. L'un des dictons lakotas favoris de son grand-père lui revint à l'esprit : *Méfie-toi des chiens qui n'aboient pas et des hommes qui ne disent rien.*

— *Unci Maka*, Grand-Mère Terre, donne-moi ta force, murmura-t-il pour se donner du courage alors que le 4 × 4 s'enfonçait toujours plus avant dans le cœur de cette ville étrange et maudite.

6

L'Escalade franchit un barrage de police à l'entrée d'Abercorn Street et s'immobilisa devant une somptueuse demeure de pierre rose dont la porte d'entrée était protégée par un dais à colonnes. Coldmoon, accueilli par une bouffée d'air humide en descendant du véhicule, observa les alentours. La maison faisait face à un square peuplé de chênes couverts de mousse au centre duquel se dressait la statue d'un inconnu coiffé d'un tricorne, sabre en avant, sur son socle de marbre. Coldmoon, vêtu d'un jean et d'une chemise usée, se sentit brusquement hors de propos en voyant que tous les présents étaient en uniforme ou en costume sombre. Pickett aurait pu avoir la décence de l'avertir qu'il l'envoyait en mission.

Un type, à l'évidence un flic en civil, gardait l'entrée d'un petit jardin que fermait une balustrade de pierre. Près de lui se tenait une femme dont Coldmoon devina, à la vue de son uniforme et de ses décorations, qu'elle était la cheffe de la police locale.

— Je vous présente l'inspecteur Benny Sheldrake de la brigade criminelle de Savannah, dit Pickett en s'avançant, ainsi que la commissaire Alanna Delaplane…

— La scène de crime nous attend, l'interrompit aimablement Pendergast. Il sera toujours temps de procéder aux présentations par la suite. Si vous voulez bien nous montrer le chemin ?

Coldmoon savoura intérieurement l'intervention de Pendergast. Plus vite son aîné se rendait odieux, plus vite ils seraient invités à repartir. Du moins l'espérait-il.

— Bien sûr, réagit la commissaire Delaplane. Si vous voulez bien me suivre. Le corps a été découvert dans la cour qui donne sur l'arrière de la maison, près du quartier des esclaves.

— Le quartier des esclaves ? répéta Pendergast.

— Oui. La demeure Owens-Thomas, au cas où vous ne le sauriez pas, est l'une des propriétés historiques du vieux Savannah. Le quartier des esclaves qu'elle abritait est l'un des mieux conservés du genre. On a retrouvé le corps à l'endroit où travaillaient autrefois les esclaves. Il nous faut traverser la maison et le jardin pour y accéder.

— Qui a découvert le corps ? s'enquit Pendergast.

— Le directeur du musée à son arrivée tôt ce matin. Il se trouve actuellement dans la maison.

— J'aimerais le rencontrer lorsque nous aurons terminé ici.

— Très bien.

Ils pénétrèrent dans la maison, traversèrent un vestibule dallé de marbre particulièrement majestueux et remontèrent un couloir rythmé de part et d'autre par des pièces richement meublées avant de ressortir sur l'arrière en franchissant un portique. Celui-ci dominait un jardin à la symétrie parfaite, au centre duquel s'élevait une fontaine. Delaplane descendit quelques marches, suivie par ses visiteurs, et traversa le jardin d'un pas alerte, au point que Coldmoon peinait à la suivre. La cour voisine s'ouvrait au-delà d'une barrière et ils découvrirent une bâtisse en brique d'un étage, percée de petites fenêtres.

Un jeune homme gisait dans la cour sur le dos, les bras écartés, comme s'il était tombé du ciel.

— La police scientifique a terminé son travail, précisa Delaplane. La scène de crime vous appartient.

— Je vous remercie infiniment, déclara Pendergast avec onctuosité en s'approchant du cadavre, les mains dans le dos.

Coldmoon hésita à le suivre avant de juger qu'il était préférable de laisser son collègue prendre ses marques.

— Où est donc Pickett ? demanda-t-il soudain en constatant la disparition du directeur adjoint. Et Constance ?

Pendergast, absorbé par sa tâche, ne l'entendit même pas. Il tourna autour du corps et l'examina aussi attentivement que s'il était en présence d'un précieux tapis persan. La victime avait une trentaine d'années. Coldmoon n'avait jamais vu quelqu'un d'aussi blême, avec des mains aussi livides. Le contraste avec les cheveux noirs bouclés et les yeux d'un bleu vif du mort, tournés vers le ciel, était d'autant plus frappant. Pendergast avait le teint rougeaud par comparaison. Une expression horrifiée déformait les traits du mort. La jambe droite de son pantalon avait été lacérée, probablement à l'aide d'un couteau ou d'un outil de jardinage, mais pas une goutte de sang ne s'échappait de la plaie.

Pendergast se tourna vers la commissaire Delaplane.

— Que pouvez-vous me dire à ce stade ?

— Nous n'avons pas dépassé les constatations préliminaires, mais il semble que le sang de la victime ait été prélevé au niveau de l'artère fémorale, à l'endroit où le pantalon est déchiré.

— Prélevé, dites-vous, mais de quelle manière ?

— Le modus operandi semble être le même que pour la victime précédente : une aiguille, ou peut-être un trocart, a été introduite au niveau de l'artère fémorale, à l'intérieur de la cuisse.

— Comme c'est curieux.

Pendergast, avisant une boîte de gants en nitrile sur une petite table à l'écart, en enfila une paire. Il s'agenouilla près du corps, écarta délicatement la toile déchirée du pantalon et mit au jour un trou parfaitement dessiné au niveau de la partie supérieure de la cuisse. À la petite goutte de sang coagulée sur la peau au niveau de la perforation se mêlait une substance jaunâtre poisseuse. Des traces de la même substance maculaient la chaussure droite du défunt. Coldmoon se demanda s'il pouvait s'agir de morve séchée.

Une éprouvette munie d'un écouvillon apparut comme par miracle dans la main de Pendergast. En quelques gestes rapides, il préleva un échantillon puis répéta l'opération avec d'autres éprouvettes qui disparurent l'une après l'autre dans les poches de son costume noir.

— L'heure du décès ?

— Vers 3 heures du matin, à deux heures près, si l'on se fie à la température du corps au moment de sa découverte, répondit Delaplane. Déterminer l'heure exacte se trouve compliqué par l'absence de sang.

— Qu'en est-il de cette substance proche du mucus au niveau de la plaie et de la chaussure ?

— Les résultats des échantillons prélevés par les techniciens ne nous sont pas encore parvenus.

Sheldrake prit la parole pour la première fois.

— Les équipes scientifiques du FBI ont également prélevé de nombreux échantillons afin de les envoyer dans leur laboratoire d'Atlanta.

— Excellent, approuva Pendergast.

Il reprit son examen du corps dans le silence retrouvé, s'attardant sur les yeux, les oreilles, la langue, le cou, les cheveux et les chaussures du mort, s'aidant parfois d'une petite loupe. Il se concentra longuement sur la nuque.

— On a découvert des contusions au niveau de la cuisse, du torse et de l'abdomen de la première victime, tout comme ici, expliqua Delaplane.

— La lutte n'aura pas duré longtemps, dit Pendergast en se relevant. Avez-vous pu suivre les mouvements de l'assassin, à son arrivée comme après son acte ?

— Curieusement, non. L'endroit est étroitement surveillé puisqu'il dispose de caméras aux trois points d'entrée possibles, mais rien n'apparaît sur les vidéos concernées. Celles-ci n'ont pas non plus été effacées, c'est tout juste si l'on note des bruits inhabituels sur les images filmées par deux des caméras vers 3 heures du matin.

— Des bruits de quelle nature ?

— Difficile à dire. On dirait des grognements de chien, ou bien des reniflements, suivis d'un bruit sec. Je vous ferai parvenir une copie de l'enregistrement.

— Je vous remercie, commissaire.

Pendergast se tourna vers Coldmoon.

— Venez voir.

Alors que Coldmoon s'approchait, son aîné tourna légèrement la tête de la victime, raidie par la mort.

Coldmoon enfila une paire de gants et s'agenouilla à son tour.

— Je vous invite à tâter l'arrière du crâne.

Coldmoon s'exécuta et sentit une bosse. Pendergast écarta les cheveux, faisant apparaître ce qui ressemblait à une écorchure.

— On dirait qu'il a reçu un coup à la tête au moment de sa mort, estima Coldmoon.

— Précisément. Ce détail, au même titre que plusieurs autres, devra être examiné de près lors de l'autopsie.

Coldmoon ne crut pas utile de demander à son collègue à quels autres détails il faisait allusion.

— La victime a-t-elle été identifiée ? demanda Pendergast.

— Oui. Il avait son portefeuille sur lui. Il s'agit de l'un de ces types qui proposent aux touristes des visites à vélo.

— Dans ce cas, où se trouve sa bicyclette ?

— Nous l'avons retrouvée au coin d'Abercorn Street et d'East Macon.

— C'est loin, me semble-t-il ?

— Une bonne dizaine de rues d'ici.

— Où résidait-il ?

— Sur Liberty, pas très loin de l'endroit où a été retrouvé son vélo. Il est probable qu'il rentrait chez lui lorsque quelqu'un l'a accosté.

Pendergast se débarrassa de ses gants dans une poubelle voisine, aussitôt imité par Coldmoon.

— Je vous propose de poursuivre cette conversation à l'intérieur, suggéra Pendergast.

— Bien sûr, acquiesça Delaplane en ouvrant le chemin.

7

La commissaire Delaplane invita les deux policiers à la suivre dans la fraîcheur de la vieille demeure et Pendergast se dirigea de lui-même vers un élégant salon où il s'installa d'autorité sur un confortable fauteuil doré avec l'aisance de quelqu'un qui se sent chez lui.

— Mon collègue et moi-même sommes partis tôt ce matin. Croyez-vous qu'il soit possible d'avoir une tasse de thé ? demanda-t-il en jetant négligemment une jambe par-dessus l'autre avant d'examiner avec intérêt le décor de la pièce.

— Je ne sais pas, répondit Delaplane. Cette maison est un musée.

Ils virent s'avancer un homme maigre au visage grave qui se tenait silencieusement dans un coin de la pièce.

— Il me semble que je peux arranger ça.

— Magnifique ! le remercia Pendergast.

— Armand Cobb, directeur du musée Owens-Thomas, se présenta le nouveau venu. Au cas où vous ne le sauriez pas, le musée en question est abrité dans cette demeure.

Pendergast hocha mollement la tête.

— Excusez-moi de ne pas me lever afin de vous saluer dignement, mais je sors épuisé d'une enquête en Floride à laquelle je viens de mettre un point final.

Le directeur recula de quelques pas et Pendergast se tourna vers Delaplane.

— Enchanté de vous connaître, madame la commissaire, et merci de votre coopération.

— Avec plaisir, répondit Delaplane. Je vous présente le sergent Benny Sheldrake, chargé de l'enquête.

L'intéressé s'avança et Pendergast lui serra la main.

— Comment allez-vous ?

Un nouvel arrivant sortit de la pénombre.

— Gordon Carracci, chargé de liaison du FBI, se présenta-t-il. Je viens d'envoyer les échantillons dans nos laboratoires d'Atlanta.

— Ravi de vous rencontrer, réagit Pendergast.

Coldmoon n'en revenait pas de la façon dont se déroulait la scène : assis sur son trône, tel un pacha, Pendergast donnait l'impression de recevoir les hommages de ses vassaux.

— À présent, monsieur Cobb, reprit Pendergast. Mais peut-être me trompé-je, sans doute devrais-je vous appeler professeur ?

— En effet, dit avec raideur le directeur du musée.

— J'ai cru comprendre que c'est vous qui aviez découvert le corps, professeur Cobb ?

— Absolument.

— Il ne se trouvait pourtant pas sur le chemin conduisant à votre bureau, me semble-t-il ? Comment est-ce arrivé ?

— J'ai coutume d'arriver tôt le matin, avant l'ouverture des portes du musée. Je commence toujours par un petit tour des lieux.

— Pour quelle raison ?

— C'est une habitude. Cette maison est une véritable splendeur. En outre, comme il s'agit d'un musée… disons qu'il me semble pertinent de tout vérifier.

— C'est bien naturel. Vous avez donc découvert le corps. Que s'est-il passé ensuite ?

— J'ai voulu m'assurer qu'il n'était pas en vie, mais il était froid au toucher. J'ai reculé de façon à ne rien déranger, appelé la police et attendu l'arrivée des enquêteurs dans mon bureau.

— Je vois, fit Pendergast.

Il se tourna vers Delaplane.

— Si vous m'autorisez une question d'ordre général, commissaire : vous aurait-on signalé récemment des sacrifices ou des mutilations d'animaux, l'apparition sur les murs de la ville de signes ou de symboles inhabituels, ou tout autre détail suggérant l'intervention de sectes, ou la présence de satanistes ?

— Mon Dieu, oui, répondit Delaplane. Savannah attire ces gens comme un aimant. Nous nous intéressons à leurs activités, bien sûr, lorsque nous avons des raisons de croire qu'un délit a été commis. Nous devons toutefois nous montrer prudents, dans la mesure où ces activités relèvent parfois des lois relatives à la liberté de culte.

Elle eut une hésitation.

— Vous pensez qu'il pourrait s'agir d'une secte ? demanda-t-elle.

— J'évite de penser lorsque je me lance dans une enquête, commissaire.

— Alors que faites-vous ? demanda sèchement Delaplane.

— Je me fais le réceptacle de toutes les informations disponibles.

Delaplane haussa les sourcils en adressant un coup d'œil sans équivoque à Coldmoon.

Ce dernier se contenta de hausser les épaules. C'était du Pendergast tout craché. Ce dernier fixa longuement le plancher avant de s'adresser brusquement à Cobb.

— Auriez-vous l'amabilité de nous éclairer sur l'histoire de cette demeure ?

— J'en serais ravi, mais je ne suis pas certain que cela vous aide beaucoup.

— À ce stade, tout peut nous aider.

Cobb se lança dans une présentation parfaitement rodée.

— La maison Owens-Thomas a été érigée en 1819 dans le style Régence par l'architecte anglais William Jay, à la requête de Richard Richardson et de son épouse Frances. Richardson avait fait fortune dans le commerce des esclaves, notamment en imaginant une niche fort lucrative qui consistait à envoyer à La Nouvelle-Orléans, pour les mettre sur le marché, des enfants d'esclaves orphelins ou séparés de force de leurs parents.

Cobb évoquait cet épisode sordide avec un tel naturel que Coldmoon ne put réprimer un frisson de dégoût.

— La maison a été construite par des esclaves. Les travaux achevés, Richardson, sa femme et leurs enfants s'y sont installés en compagnie de neuf esclaves. Ces derniers étaient logés dans la vieille maison en brique que vous avez aperçue au fond de la cour. Au cours de la décennie suivante, Frances Richardson et deux des enfants du couple sont morts. Richardson s'est lui-même trouvé en butte à des difficultés financières qui l'ont obligé à vendre cette maison avant de s'installer à La Nouvelle-Orléans. Il est mort en mer en 1833. La propriété a été rachetée par George Owens, le maire de Savannah, qui s'y est installé avec ses quinze esclaves.

— Quinze ? s'étonna Coldmoon, choqué.

L'idée qu'un individu puisse posséder ne fût-ce qu'un seul être humain lui paraissait inconcevable.

Cobb opina du chef.

— Owens était également propriétaire d'à peu près quatre cents esclaves disséminés à travers diverses plantations de la région.

— *Zuzeca*, marmonna Coldmoon.

— L'étoile de la famille Owens a commencé à décliner au sortir de la guerre de Sécession, mais leurs héritiers ont toutefois réussi à conserver cette maison jusqu'en 1951, lorsque l'ultime descendant est mort sans héritier. La propriété est alors tombée dans l'escarcelle de l'Académie des arts et des sciences Telfair qui en a fait le musée que vous voyez aujourd'hui. Cette maison est actuellement l'un des lieux touristiques les plus fréquentés de Savannah.

Pendant l'exposé du maître des lieux, on avait apporté aux visiteurs du thé accompagné de biscuits d'apparence insipide. Pendergast porta à ses lèvres la tasse qu'on venait de lui servir.

— J'aimerais en savoir davantage sur le quartier des esclaves de cette maison.

— Volontiers. Le bâtiment, organisé sur deux étages, abrite six pièces dans lesquelles vivaient tous les esclaves. Ces chambres sont restées aussi sommaires qu'elles l'étaient à l'époque, la plupart de leurs occupants dormaient à même le sol, sans lit, avec de maigres couvertures. Au moment de l'abolition de la servitude, la plupart des esclaves sont devenus de simples « domestiques ». Ils ont continué de vivre là tout en accomplissant les mêmes tâches.

À mesure que les Owens traversaient des heures sombres, ils se sont séparés de leurs domestiques, mais le quartier des esclaves est resté intact jusqu'à ce que la propriété soit transformée en musée.

— Je vous remercie de cette présentation fort instructive, réagit Pendergast. Si je comprends bien, professeur Cobb, toute la beauté et toute la richesse qui nous entourent, toute cette érudition et toute cette élégance, ces verres en cristal et ces couverts en argent, ces tapis et ces tableaux, cette maison tout entière et son contenu sont l'expression physique du mal à l'état pur, non ?

La question fut accueillie par un silence choqué que Cobb finit par rompre :

— C'est une façon d'envisager les choses, je suppose.

— Je ne vois personnellement aucune place à la moindre supposition, rétorqua Pendergast.

Dans le silence gêné qui suivit, Pendergast plissa les paupières et mit ses mains en pointe.

— Il est étrange, ne trouvez-vous pas, dit-il avec langueur, qu'un crime aussi étrange ait été commis dans un tel lieu ?

Sur ces mots, il vida sa tasse et la remplit aussitôt.

8

L'hôtel Chandler House ouvrait ses portes face à Chatham Square, dans le centre historique de la ville. Sa façade en brique était ornée de balcons ouvragés, posés sur des colonnes décoratives, courant sur toute la longueur du bâtiment. Coldmoon, résistant au charme du lieu, estima que la vieille bâtisse avait tout d'un bordel sudiste géant.

— Quelle chance que Constance ait pu nous trouver des suites ici, s'enthousiasma Pendergast.

À leur sortie du musée Owens-Thomas, il avait disparu pendant plusieurs heures avant de retrouver Coldmoon à l'hôtel. Ce dernier savait d'avance qu'il ne servirait à rien de lui demander à quoi il avait occupé son temps. Confortablement installés dans le salon lourdement décoré de l'établissement, les deux hommes buvaient des mint juleps. La pièce, de couleur jaune canari, débordait de bibelots historiques : des coupes et des soupières en argent, des photographies, des drapeaux aux couleurs passées, des bustes de marbre, des pendules, des cadres contenant des documents anciens et d'autres souvenirs d'origine obscure présentés dans des vitrines comme sur le manteau de la cheminée, ou encore dissimulés au fond d'alcôves mal éclairées.

— Ouais, une vraie chance, répondit Coldmoon d'une voix morne.

En fait de suites, la sienne était éloignée de celles de Pendergast et Constance, qui communiquaient entre elles. Il s'interrogea une fois de plus sur la nature exacte de la relation de son collègue et de celle qu'il nommait sa « pupille ». Une appellation commode, probablement.

On lui avait servi un julep d'autorité avant qu'il puisse passer commande de quoi que ce soit. Plus il y goûtait, moins il trouvait à son goût ce cocktail de bourbon parfumé à la menthe. S'il avait osé, il l'aurait volontiers échangé contre une bière bien fraîche.

— Ce julep est-il assez fort à votre goût ? l'interrogea Pendergast.

— Pour être fort, il est fort, acquiesça Coldmoon.

Pendergast balaya la pièce des yeux.

— Cet hôtel est l'un des bâtiments les plus remarquables de la partie historique de Savannah. Ce qui n'est pas une gageure, sachant qu'une petite moitié des maisons de la ville font partie de son patrimoine architectural.

Il s'exprimait de façon légèrement pontifiante et Coldmoon ne l'avait jamais vu mieux dans son élément qu'au cœur de ce bastion du Vieux Sud. L'expression *comme un porc dans une flaque de merde* lui vint spontanément à l'esprit.

— La population de Savannah a doublé à l'époque du boom ferroviaire du milieu du XIXe siècle, poursuivit Pendergast, et des immeubles de toutes sortes ont poussé comme des champignons. Ce bâtiment, par exemple, était initialement un hôpital destiné aux victimes de la fièvre jaune. Il a ensuite accueilli une usine de munitions confédérée avant de devenir un établissement hôtelier. À l'image de bien des constructions, mal entretenu au cours des années 1950, il a fini par fermer ses portes. Fort heureusement, il a trouvé par la suite son ange gardien en la personne d'une femme qui en a financé la restauration et lui a rendu son charme antique.

Coldmoon fit une ultime tentative avant de déposer son verre. *Une femme ?* Quant à utiliser le mot « charme » en évoquant un hôpital spécialisé dans la fièvre jaune, c'était du Pendergast tout craché. À l'inverse, pour être antique, cet hôtel l'était bel et bien. Il avait été restauré avec soin, c'est vrai, tout était impeccable, pas un grain de poussière en vue, mais les lames de parquet étaient inégales et grinçaient à chaque pas, on aurait pu croire que le bâtiment tout entier gémissait. L'hôtel accueillait des escaliers dans tous les coins, sans parler de ses couloirs biscornus. Et puis sa chambre était grande, avec son lit à l'ancienne et ses coussins à franges, mais elle ne disposait ni de télé ni d'Internet. Coldmoon n'avait jamais vu une salle de bains pareille, avec son énorme baignoire en porcelaine et son chiotte en marbre équipé d'un rabat en bois. Sans oublier les petits flacons de shampooing, de savon et de lait pour le corps. Un hôpital pour les victimes de la fièvre jaune ! Putain, c'était le bouquet. À l'heure qu'il était, Coldmoon aurait volontiers troqué ce vieux machin contre un Hampton Inn doté de tout le confort moderne.

De toute façon, il avait eu assez de cours d'histoire pour la journée, le mieux était de brancher Pendergast sur un autre sujet de conversation.

— Où est Constance ? Elle a disparu à peu près en même temps que Pickett quand on est arrivés sur la scène de crime.

Les lèvres de Pendergast dessinèrent un bref sourire.

— Il ne s'agit nullement d'une coïncidence. Connaissant les goûts de Pickett en matière d'hôtellerie, elle a souhaité l'accompagner afin de s'assurer que nous serions logés confortablement. Ce n'est pas moi qui le regretterai, il s'apprêtait à prendre des chambres dans l'une de ces horribles chaînes hôtelières en périphérie de la ville.

Coldmoon poussa un soupir.

— Vous voulez dire que Pickett nous a quittés uniquement pour retenir des chambres alors qu'on visitait la scène de crime ? Il commence par nous attirer dans ce repaire de confédérés, et puis il disparaît. Il a une façon bien à lui de refiler aux autres le mistigri.

Pendergast vida son verre avant de le reposer.

— J'ai jugé que c'était plutôt aimable de sa part.

Coldmoon releva la tête.

— Aimable ? Je vous rappelle que ce type nous a kidnappés, qu'il m'empêche de rejoindre le poste qui m'attend depuis plusieurs semaines, et nous abandonne dans ce trou à rats en nous confiant cette foutue enquête *čheslí*.

— Sans pratiquer le lakota, je n'ai guère d'hésitation sur la signification de ce mot, à en juger par votre hargne. J'ai eu l'occasion de vous observer depuis quelques heures. Étant votre coéquipier, je vous ferais volontiers une suggestion, si vous m'y autorisez.

Malgré sa colère, Coldmoon remarqua que Pendergast avait parlé de *coéquipier*, et non de *chef d'équipe*. Si c'était sa façon de lui donner un os à ronger, non merci. Avec son teint pâle, ses cheveux pâles, ses yeux pâles et son petit air satisfait, Pendergast lui courait sur le haricot. D'un autre côté, ses conseils étaient si rares que l'instinct lui dicta de se taire.

— Je ne suis pas davantage que vous au courant des raisons pour lesquelles on nous a confié cette enquête. Le sénateur Drayton a le bras long, peut-être est-ce en partie grâce à son soutien que notre ami Pickett a obtenu une promotion qui lui tenait tant à cœur. Toujours est-il que Pickett n'aime pas cette affaire plus que vous. Il n'a clairement pas l'intention de s'en attribuer le mérite le jour où elle sera résolue.

— Qu'en savez-vous ? demanda Coldmoon sur un ton méfiant.

— Je l'ai compris à la façon dont il nous a laissés entre les mains de la commissaire Delaplane. Il n'a pas souhaité examiner les lieux ou interroger les premiers témoins. Son absence ne tenait pas au hasard. Croyez-vous qu'un personnage de son importance prendrait le temps de nous dénicher un logement s'il souhaitait s'impliquer dans une enquête sensible aux yeux d'un sénateur des États-Unis ?

— Que voulez-vous dire ? Qu'il veille sur nous ?

— Je veux dire qu'il est parfaitement conscient de nous avoir tordu le bras et que c'est un moyen pour lui de nous signifier qu'il nous laisse enquêter *à notre guise*. C'est bien la première fois.

Pendergast se frotta les mains, comme s'il se félicitait d'avance d'une telle liberté de mouvement, puis il se pencha vers son interlocuteur en baissant la voix.

— Quant à l'antenne de Denver, à laquelle je ne souhaite rien de bon, elle vous accueillera à bras ouverts le moment venu.

Il se cala dans son fauteuil et poursuivit d'une voix normale :

— Quoi qu'il en soit, nous nous trouvons dans un lieu chargé d'histoire. J'ai pris le temps d'une petite promenade à travers les venelles pittoresques de cette charmante cité.

— C'est donc pour ça que vous aviez disparu ? Vous jouiez les touristes ?

— Pas le moins du monde. Je prenais en filature l'excellent professeur Cobb.

— Le conservateur du musée ? Pourquoi ?

— Mon petit doigt me disait qu'à la suite de notre conversation, il serait tenté de rendre visite à quelqu'un... de façon précipitée. Je ne m'étais pas trompé, il a rapidement quitté le musée afin de se rendre au domicile d'une riche veuve connue sous le nom de Lida Mae Culpepper. Le temps a privé cette dernière de la grande beauté dont elle jouissait autrefois, en dépit d'efforts chirurgicaux héroïques, mais elle a conservé de ce passé grandiose or, diamants et saphirs.

Coldmoon peinait à comprendre où souhaitait en venir son collègue.

— Il semble que la veuve Culpepper ait récemment investi dans l'immobilier en achetant une vieille église abandonnée de Bee Road.

— Quel rapport avec la choucroute ?

— Cette ville regorge de secrets qui ne demandent qu'à surgir de l'ombre. Je connais un individu spécialisé dans l'« énigmologie », ainsi qu'il nomme lui-même sa science, qui donnerait n'importe quoi pour travailler ici.

Il embrassa d'un geste ample le salon dans lequel ils se trouvaient.

— Cet hôtel, par exemple.

— Qu'est-ce qu'il a, cet hôtel ?

Pendergast prit un air offensé.

— Ce lieu n'excite donc pas votre curiosité ? Surtout si l'on considère que la première victime travaillait ici ?

Coldmoon se redressa d'un bloc.

— Vous voulez dire…

— Mon cher Coldmoon, pensez-vous Constance capable d'avoir choisi cet établissement au hasard ? Avant d'être découvert sur les rives du fleuve Wilmington, notre homme occupait les fonctions de gérant du Chandler House. Nous avons du pain sur la planche.

Comme par un fait exprès, Constance arriva au même moment. Elle explora le décor de la pièce de son regard étrange et choisit un siège libre près de celui de Pendergast.

— J'espère que votre suite vous convient, lui dit-elle.

— Elle est parfaite. Puis-je vous demander ce que vous avez découvert à votre arrivée ?

— Les ragots et rumeurs habituels. Le soir de sa disparition, le gérant est sorti fumer une cigarette. Un cri a troué la nuit dans le parc voisin peu après, et il n'a jamais réapparu.

Pendergast hocha la tête.

— Excellent début, Constance.

— Si j'ai bien compris, c'est son assistant qui lui a succédé. Un certain M. Thurston Drinkman, troisième du nom.

— Voilà qui fleure bon le Sud. Il nous faudra lui parler, ainsi qu'à la propriétaire.

Il se tourna vers Coldmoon.

— Je fais référence à la femme qui a restauré cet établissement alors qu'il était menacé de démolition.

Constance approuva.

— Elle se nomme Felicity Winthrop Frost. Une demoiselle âgée qui occupe tout le dernier étage de cet hôtel. Elle vit en recluse et ne quitte jamais sa chambre. Elle refuse de répondre au téléphone, n'accepte aucun rendez-vous et ne communique jamais par courriel. On la dit très riche et particulièrement redoutable, malgré son grand âge et sa santé fragile.

— Constance, vous êtes une merveille, la félicita Pendergast. Nous sommes donc en présence de la Howard Hughes de Savannah.

En découvrant l'hôtel, Coldmoon avait remarqué le dernier étage. Surmonté d'une coupole dans sa partie centrale, il était moins étendu que les niveaux inférieurs, ses hautes fenêtres occultées par d'épais rideaux.

— Qu'avez-vous pu glaner d'autre ? s'enquit Pendergast. Notre ami Armstrong semble convaincu que cette enquête est indigne de notre talent.

Constance arrêta son regard sur le jeune inspecteur.

— Indigne ? Je crois savoir que la cosmogonie lakota englobe un véritable panthéon de divinités, non ? Han, l'esprit des ténèbres ? Iktomi, le dieu araignée qui a donné la parole aux hommes ? Tatankan Gnaskiyan, le « Bison fou » dont l'esprit malveillant pousse ceux qui s'aiment au meurtre et au suicide ?

Elle haussa les sourcils, quêtant l'approbation de Coldmoon, mais ce dernier était muet de saisissement.

— Il me semble, poursuivit-elle, qu'un individu aussi sensible que vous aux esprits devrait s'émerveiller de découvrir en Savannah la ville la plus hantée d'Amérique.

9

Wendy Gannon s'efforça de rester sourde aux éclats de voix de Betts qui se répercutaient sur les murs du couloir menant à la salle de montage. Elle poursuivit son inventaire du matériel d'éclairage et dressa la liste des équipements dont elle aurait besoin pendant que Betts visionnait les rushs du jour en multipliant les soupirs d'agacement et les cris d'orfraie. Directrice de la photo, Gannon avait cru dans un premier temps que Betts n'aimait pas son travail avant de comprendre qu'il s'agissait en réalité d'une posture. Barclay Betts faisait son cinéma en permanence, même quand aucune caméra n'était braquée sur lui.

L'équipe était arrivée à Savannah quelques jours plus tôt avec l'intention de tourner l'un des épisodes d'une nouvelle mini-série documentaire Netflix, provisoirement intitulée *Les Villes les plus hantées d'Amérique*. Elle avait rejoint l'équipe en jugeant l'idée attrayante, heureuse de s'intéresser à une cité qu'elle avait toujours rêvé de visiter. Betts avait mauvaise réputation dans le métier, mais c'était le cas d'une majorité de réalisateurs et Gannon s'enorgueillissait de s'entendre avec tout le monde, ou presque. La ville ne l'avait pas déçue. Savannah avait su conserver ses particularismes en résistant à l'invasion des chaînes de fast-food, des stations-service et des grandes enseignes. C'était un lieu de rêve pour tout directeur de la photo qui se respectait, avec ses écharpes de brume s'échappant des chênes drapés de mousse espagnole dans la lumière du petit matin, la douceur de ses crépuscules qui répandaient leur poussière d'or sur les vieilles maisons, les rues pavées et les places paisibles du cœur historique, le tout au rythme majestueux du fleuve qui coulait à ses pieds. Le concept du documentaire était lui-même assez intéressant. Il s'agissait d'enquêter sur les six lieux les plus hantés de Savannah en suivant les pas de Gerhard Moller, le célèbre médium et spécialiste du paranormal, fondateur de l'Institut d'études perceptuelles. Moller était également l'inventeur, entre autres, d'un « appareil de photo extrasensoriel » prétendument capable de prendre des clichés de fantômes. Plus exactement, leurs « turbulences spiritiques », ainsi qu'il le formulait lui-même. Chaque épisode de la série se proposait d'explorer une ville différente à la recherche de ses fantômes, avec l'aide de l'appareil photo extrasensoriel et de plusieurs gadgets du même acabit.

Gannon avait personnellement la conviction que c'était un tissu de conneries, tout en sachant que seuls les esprits obtus refoulent leur curiosité. Elle ne savait même pas si Betts y croyait, mais si les fantômes existaient bel et bien, Savannah était l'endroit idéal pour en avoir la confirmation. Réussir à filmer un spectre serait un coup majeur.

Barclay Betts… Gannon avait déjà eu l'occasion par le passé de travailler avec des égocentriques, mais il lui fallait bien reconnaître que son nouveau patron était un excellent réalisateur et présentateur. Il savait ce qu'il voulait et maîtrisait parfaitement son sujet. Il lui donnait des indications claires, et l'idée qu'il se faisait du documentaire final collait parfaitement à la sienne. C'était un connard narcissique de première doté d'un penchant procédurier marqué, il n'y avait pas à revenir là-dessus, mais à tout prendre, elle préférait encore tourner avec lui qu'avec un réalisateur sympa qui ne savait pas ce qu'il voulait. Elle en avait croisé un certain nombre et bosser avec eux était infiniment pire que de se taper cette grande gueule de Betts.

Les jérémiades du réalisateur finirent par se tarir et l'intéressé ne tarda pas à la rejoindre, accompagné de Gerhard Moller. Les deux hommes formaient un tableau pour le moins cocasse, une version moderne d'Abbott et Costello[1]. Grand, mutique et beau gosse d'allure sinistre, Moller ressemblait beaucoup à l'acteur anglais Peter Cushing avec son air constipé. À l'inverse, tout chez Betts était rond, qu'il s'agisse de ses lunettes, de sa silhouette, de son visage, ou encore de sa voix grave et grasseyante. Il bougeait et parlait constamment, à la façon d'un gros rat emprisonné dans une cage. Malgré tout, il possédait un don indispensable à tout bon présentateur : le charisme. En dépit de son physique ingrat, il suffisait qu'il entre dans une pièce pour que l'on remarque sa présence.

— On a un problème d'exposition sur les rushs, critiqua-t-il d'emblée. Ma chérie, tu vas devoir filmer en exposant un demi-cran de moins de façon à avoir plus de saturation et une atmosphère plus sombre. Tes images sont bien trop lumineuses.

1. Ce duo comique, formé par les acteurs Bud Abbott et Lou Costello, a fait rire l'Amérique tout au long des années 1940 et 1950. Ces successeurs de Laurel et Hardy étaient appelés en France les « Deux Nigauds ».

On n'est pas en train de filmer une pub touristique pour la chaîne Voyage, on est à Savannah, capitale des démons. Tu comprends ça ?

Gannon comprenait sans être d'accord. Elle avait toujours pensé qu'il était préférable de filmer normalement et de régler la luminosité par la suite, en postproduction, mais pas question de se prendre la tête avec Betts pour ça.

— D'accord. Bien vu, c'est noté.

Il lui tapota le genou.

— Bonne fille.

Ce type était si démodé que c'en était risible. Elle se fichait éperdument qu'il la traite de « fille » en lui flattant le genou car Betts n'avait rien d'un harceleur. Sa sexualité était un mystère, il aurait tout aussi bien pu être gay ou bi qu'asexué ou hétéro. De toute façon, il consacrait toute son énergie à tourner les documentaires controversés et provocateurs qui avaient fait sa réputation. Comme de juste, les critiques le haïssaient.

Barclay Betts se tourna vers Moller.

— Qu'en dites-vous ? *Savannah, capitale des démons*, je trouve que ça sonne bien. Il faudra utiliser l'expression demain. Je me demande même si ça ne devrait pas devenir le nouveau titre de la série.

— Monsieur Betts, répondit Moller avec un léger accent germanique. Puis-je vous demander à quel moment vous comptez tourner dans un lieu hanté ? Depuis que nous sommes ici, nous n'avons pas encore visité un seul endroit présentant des turbulences spiritiques.

— Ne vous inquiétez pas, Gerhard, votre étoile ne tardera pas à briller. Nous avons prévu de tourner à l'Hamilton-Turner Inn vendredi. Pour l'heure, je me contente d'engranger du décor et de prendre mes marques. Sans ces fichus meurtres qui nous empêchent d'accéder à certaines rues, on n'aurait pas pris autant de retard.

Moller préféra ne pas répondre.

— Quand je pense que le meurtrier a vidé le système artériel des deux victimes, reprit Betts en se laissant tomber sur une chaise. Mais ça ne se sert à rien de se faire du mauvais sang.

S'il s'attendait à ce que Moller trouve la boutade drôle, il en fut pour ses frais. Gannon se fit la réflexion que Gerhard ne devait pas avoir de zygomatiques. Elle s'obligea à glousser.

— Merci, réagit Betts. Cela dit, j'ai vraiment entendu quelqu'un évoquer le « Vampire de Savannah ». Ça vous parle ?

— Non, répondit Gannon.

— Et vous, Gerhard chéri ?

L'intéressé secoua la tête.

— Votre appareil photo est capable de filmer les vampires, au moins ?

— L'appareil photo extrasensoriel enregistre des images de vampires, de loups-garous et tout autre phénomène de dislocation spiritique.

Betts se cala dans son siège en faisant la moue, un doigt sur le menton. L'expérience avait montré à Gannon que c'était chez lui un signe de réflexion. Il se tourna vers elle.

— Wendy, tant que nous y sommes, autant filmer quelques plans relatifs à ces meurtres, décida-t-il, les yeux perdus dans le vide. Le Vampire de Savannah… qui sait où ça pourrait nous mener ?

— Pas de souci, fit Wendy. C'est même plutôt logique à Savannah, capitale des démons.

Betts se tourna en direction du couloir.

— Hé ! Marty ! Viens ici !

Martin Vladimirovich, le documentaliste de l'équipe, faisait preuve d'une patience à toute épreuve quelles que soient les circonstances. Il quitta le box dans lequel il travaillait et alla retrouver ses collègues. Il donnait constamment l'impression de sortir des bras de Morphée, avec sa mine endormie et ses cheveux plaqués sur le crâne d'un seul côté. *Décidément*, pensa Gannon, *c'est la mode chez les jeunes gens d'être hirsutes et d'avoir l'air endormis.* Sans doute était-ce une façon pour la nouvelle génération de montrer qu'elle se fichait de tout. Toujours est-il que sous ce vernis d'indifférence, Marty était un excellent documentaliste.

— Rassemble-moi tout ce que tu trouves sur les vampires dans le coin, lui ordonna Betts. Les légendes, les histoires passées, les victimes, tu vois le topo.

— Bien, monsieur Betts.

— Et si jamais tu ne déniches rien, ou que ce n'est pas suffisamment intéressant... tu connais la consigne.

— Bien, monsieur Betts, répéta Martin en regagnant son box d'un pas traînant.

— En même temps, poursuivit le réalisateur, cette histoire pourrait nous fournir un thème intéressant. L'idéal serait de prendre en photo des fantômes ou n'importe quoi d'autre du même style sur les lieux des crimes. Pas vrai, Gerhard ?

— Sans doute.

— Super ! Avec un peu de chance, on trouvera peut-être la clé de l'énigme grâce à votre appareil extrasensoriel. Réfléchissez une seconde. Il n'est pas question d'un spectre qui hante la ville depuis un siècle, mais d'un phénomène actuel.

Il se tourna vers Gannon.

— Vous avez bien pensé à emporter un scanner de police, au moins ?

— Bien sûr.

Aucune équipe de tournage ne se déplaçait jamais sans scanner.

— Je vous propose de tourner demain des plans de l'enquête et des flics. Une fois que Marty nous aura dégoté le nécessaire, il ne nous restera plus qu'à tourner dans les endroits concernés. Vous voyez ça, mes chéris ? Deux cadavres vidés de leur sang. On ne sait jamais, ça pourrait nous entraîner dans un truc énorme.

10

Francis Wellstone Junior marqua le pas en déchiffrant les numéros des majestueuses propriétés de West Oglethorpe Avenue. 67, 63… Ah, voilà ! Une maison de style néocolonial à la façade de pierre délicatement fissurée. Un décor tout droit tiré du vieux film *L'Insoumise*.

Il s'assura que sa cravate était bien droite – comment avait-il pu oublier combien cette ville était humide ? –, s'éclaircit la gorge et grimpa les marches du perron. Au moment de sonner, il croisa son reflet sur le verre cathédrale de la porte d'entrée. Quelques fils gris parsemaient sa chevelure, de fines rides naissaient à la commissure des yeux sur ce visage patricien que l'on avait si souvent vu sur les plateaux de télévision. Il était d'ailleurs surprenant qu'on ne le reconnaisse pas plus souvent dans la rue.

Un remue-ménage s'éleva des profondeurs de la maison et la porte s'ouvrit sur la silhouette d'une femme d'à peu près soixante-dix ans. Parfaitement maquillée, un léger reflet violet s'échappant de ses cheveux blancs, elle dissimulait une bonne dizaine de kilos superflus sous une tenue soigneusement étudiée.

— Monsieur Wellstone ! s'écria-t-elle en détaillant son costume.

— Bonjour, madame Fayette.

— Je vous en prie, appelez-moi Daisy.

— À condition que vous m'appeliez Frank.

— Marché conclu !

Elle le gratifia d'une courbette proche de l'entrechat, l'invita dans l'entrée et l'entraîna à travers un petit couloir jusqu'à un salon qui mit instantanément du baume au cœur de son visiteur. Wellstone se serait cru dans le décor d'une pièce de Tennessee Williams. Tout y était, depuis les fauteuils à têtières jusqu'aux portraits de confédérés morts qui ornaient les murs, sans oublier un voile de poussière uniforme. Le bow-window donnant sur West Oglethorpe était encadré de rideaux à franges chargés de filtrer le soleil matinal. Le mur opposé accueillait une bibliothèque de bois tourné dont Wellstone observa le contenu par automatisme en passant à sa hauteur. Il s'aperçut peu après, en prenant possession du fauteuil capitonné que lui indiquait son hôtesse, que cette précaution était inutile puisque quatre de ses ouvrages trônaient sur la table basse. Deux d'entre eux étaient récents, constata-t-il avec satisfaction en posant son attaché-case à ses pieds, *Préméditation*, bien sûr, ainsi qu'une autre de ses œuvres de la dernière décennie dont il constata avec aigreur qu'elle était affublée d'un tampon *Invendu* sur la jaquette.

— Quel plaisir de vous rencontrer ! s'exclama Daisy Fayette en rosissant sous son épaisse couche de poudre. Vous prendrez bien un verre de citronnade ?

Wellstone ne voulut pas refuser l'offre de la vieille dame.

— Bien volontiers, je vous remercie.

— C'est *moi* qui vous remercie. Quelle surprise de recevoir votre courrier. Mon Dieu, j'ai bien cru m'évanouir. Imaginez un peu ! Être interviewée par Francis Wellstone ! Moi !

Il accepta le compliment avec un sourire.

— Plusieurs personnes bien informées m'ont expliqué que vous étiez la personne à consulter pour en savoir davantage sur l'histoire de Savannah.

— Comme c'est aimable à vous ! Je dois vous dire, monsieur Wellstone... euh Frank. *Préméditation* est l'un des ouvrages les plus fascinants et les plus bouleversants qu'il m'ait été donné de lire.

Wellstone s'obligea à visser un sourire sur ses lèvres. Pourquoi fallait-il qu'on le complimente toujours sur son premier livre, même si c'était le plus célèbre ? Les gens pensaient-ils qu'il s'était tourné les pouces depuis vingt ans que ce bouquin était sorti ? C'était comme si l'on avait uniquement loué papa Haydn pour sa foutue *Symphonie n° 1*.

Wellstone avait initialement envisagé de poursuivre des études d'histoire à l'université Columbia, avant de comprendre qu'il n'avait pas l'âme d'un rat de bibliothèque à l'heure de rédiger sa thèse. Il avait préféré effectuer un stage au sein de la rédaction du magazine *New York*, le temps de réfléchir à son avenir professionnel.

C'est ainsi qu'il avait trouvé sa vocation, en se découvrant un goût prononcé pour les recherches. À force d'enquêter à la demande des journalistes, il avait trouvé des informations que les meilleures plumes du magazine n'auraient jamais su déterrer elles-mêmes. Ce don s'était révélé particulièrement utile chaque fois qu'il lui fallait dénicher des ragots sur telle ou telle célébrité, ou encore fouiller le passé de personnages publics. D'instinct, Wellstone savait parler aux portiers, aux nounous et aux maîtresses éconduites, pour le plus grand bonheur d'un lectorat au voyeurisme exacerbé. En quelques mois, il avait émergé de l'ombre pour devenir l'une des grandes signatures du journal.

Jusqu'à ce que tout bascule. Un jour, en effectuant des recherches, il avait croisé la route d'un informateur qui lui avait révélé les petits secrets du célèbre avocat Laurence Furman. Ce dernier bénéficiait d'une excellente réputation, notamment pour avoir sauvé une bourgade de Virginie-Occidentale des griffes d'une entreprise désireuse d'y entreposer des déchets toxiques. Plus généralement, Furman prenait la défense des oubliés du système, ce qui lui valait le respect de tous.

Wellstone avait découvert le revers de la médaille. Derrière le philanthrope se cachait un homme infiniment plus sombre qui usait de ses relations politiques pour faire chanter ou détruire ses ennemis et harcelait ses collaboratrices tout en s'assurant de leur silence par la menace. Pire, Wellstone avait appris que Furman s'était entendu avec la partie adverse lors de procès retentissants, ce qui lui avait permis de garnir confortablement son portefeuille au détriment de ses clients.

Ce scandale était trop juteux pour que Wellstone se contente de le dénoncer dans les colonnes du magazine *New York*, ce qui lui avait donné l'idée d'écrire *Préméditation*. L'enquête avait été si bien menée que, loin de contester les faits, Furman avait préféré se suicider deux semaines après la parution du livre. Celui-ci s'était aussitôt retrouvé en tête des meilleures ventes du moment.

— Merci, Daisy, dit-il. Au passage, cette citronnade est un véritable délice.

Préméditation avait valu à son auteur une pluie de récompenses avant d'être adapté à l'écran par Hollywood, et Wellstone avait cru que son heure était arrivée. Malheureusement pour lui, ses ouvrages suivants s'étaient nettement moins bien vendus. Ils reposaient en outre sur des enquêtes mal ficelées qui lui avaient valu une série de procès coûteux. À force d'enchaîner des enquêtes bâclées reposant essentiellement sur des informateurs anonymes, Wellstone avait dû se contenter d'une carrière plus proche de celle d'un Geraldo Rivera, connu pour son sensationnalisme, que d'un auteur engagé tel que Upton Sinclair. Tout en ayant à son actif une douzaine d'ouvrages aux fortunes variables en librairie, Wellstone était universellement éreinté par la critique.

Il lança un coup d'œil en direction de son hôtesse. Veuve depuis une décennie, celle-ci épuisait peu à peu la fortune de son défunt mari en consacrant diverses brochures aux légendes de Savannah. Elle était même considérée comme l'une des spécialistes de l'histoire locale, en dépit du fait qu'elle enseignait à Savannah-Exeter, une piètre institution universitaire du cru. Mais Wellstone ne souhaitait pas seulement solliciter Daisy Fayette pour sa connaissance du patrimoine.

— Dites-moi, Daisy, dit-il en reposant son verre et en se penchant vers la vieille dame. Je n'en ai pas fait mention dans mon courrier, mais j'imagine que vous avez deviné la raison de ma venue.

— Vous avez l'intention d'écrire un nouveau livre ! répondit-elle, au comble de l'excitation.

Il acquiesça.

— Un livre sur Savannah !

— Entre autres, concéda-t-il avec un geste de la main. Sachant que vous connaissez l'histoire locale sur le bout des doigts, en particulier le passé surnaturel de la ville, j'aimerais solliciter vos lumières. Si vous en êtes d'accord, évidemment.

— Avec le plus grand plaisir ! s'écria Daisy Fayette en portant son verre à ses lèvres d'une main qui tremblait légèrement.

Le visiteur se sentit flatté que la vieille femme éprouve un tel enthousiasme à l'idée de voir son nom figurer en bonne place dans une enquête signée Francis Wellstone. Il sourit intérieurement, ravi de constater qu'il n'avait pas perdu la main.

— Inutile de vous le préciser, vous comprendrez à quel point il est important de ne parler de ce projet à personne. Pendant un mois ou deux, en tout cas.

Elle hocha vigoureusement la tête, ravie de partager un secret avec son hôte. Ce dernier, rassuré, se cala dans son fauteuil.

— Je vous en suis infiniment reconnaissant, Daisy. Vous n'imaginez pas combien je suis heureux que vous acceptiez de m'aider. Ma tâche s'en trouvera grandement facilitée. Au bénéfice de l'ouvrage final.

— Un livre de Francis Wellstone consacré à Savannah ! murmura Daisy, comme si elle s'adressait à elle-même.

Wellstone était bien trop malin pour lui avouer que Savannah jouerait un rôle assez mineur dans ce travail, d'autant que son enquête était quasiment terminée. Il s'était évertué à discréditer le charlatanisme dans ses deux ouvrages précédents. Le premier était consacré au phénomène des grandes églises évangéliques alors que le second traitait des régimes miracle proposés par des célébrités. L'un comme l'autre s'étaient vendus mieux que les titres précédents et Wellstone entendait cette fois dénoncer l'imposture du paranormal en étrillant les spirites, les voyants et autres amateurs de boule de cristal toujours prompts à exploiter la crédulité du grand public.

Wellstone cherchait encore le meilleur moyen d'exciter la curiosité des lecteurs. Il avait envisagé un temps de pointer du doigt les équipements bidon dont usaient certains médiums pour entrer en contact avec les morts, ce qui l'avait conduit à s'intéresser à Gerhard Moller. On lui avait alors signalé que Barclay Betts, son ennemi de toujours, prévoyait de tourner une série documentaire consacrée aux maisons hantées de Savannah en s'appuyant sur l'expertise de Moller. Wellstone avait aussitôt compris qu'il tenait une occasion rêvée de régler ses comptes avec Betts.

— Dites-moi, Daisy, reprit-il tandis qu'elle lui versait un nouveau verre de citronnade. Comment êtes-vous devenue une spécialiste incontestée de l'histoire occulte de Savannah ?

— Eh bien... mon arrière-arrière-grand-père a combattu lors de la guerre d'agression nord... euh, je veux dire, la guerre de Sécession, de sorte que j'ai été bercée dès ma plus tendre enfance par les histoires de fantômes. Dans ma famille, nous avions des domestiques qui n'aimaient rien tant que nous raconter le soir des légendes effrayantes, à mon frère et moi.

Elle laissa échapper un petit rire gêné, comme si elle évoquait un souvenir canaille.

— Vous n'avez pas idée des légendes qu'a pu nous raconter mon grand-père ! Seigneur !

— J'imagine que vous avez rapporté tous ces récits dans vos livres ? s'enquit Wellstone en veillant soigneusement à éviter le mot *brochure*, pourtant plus proche de la réalité.

— Bien sûr ! Cela dit, toutes les vieilles familles de Savannah possèdent leur propre folklore.

— Sans doute, mais tout le monde ne dispose pas de vos connaissances en la matière.

Wellstone prit le temps de changer de pose avant de poursuivre :

— Voyez-vous, Daisy, j'ai une chance inouïe de vous avoir rencontrée et d'être le seul bénéficiaire de vos lumières.

Le sourire de la vieille dame se figea.

— Eh bien..., bredouilla-t-elle en rougissant sous son épaisse couche de poudre, c'est-à-dire que ce n'est pas tout à fait le cas. Figurez-vous que l'on tourne actuellement un documentaire sur la ville.

Wellstone, qui avait rendu visite à Daisy Fayette dans le seul but de lui tirer les vers du nez à ce sujet, feignit l'étonnement.

— Un documentaire ?

— Oui, une série intitulée *Les Villes les plus hantées d'Amérique*, si je ne m'abuse.

— Mon Dieu ! s'exclama Wellstone.

— Que se passe-t-il ? s'inquiéta la vieille dame.

— Le documentaire en question, savez-vous qui en est le commanditaire ?

— Il s'agit de cette chaîne..., répondit Daisy en cherchant dans sa mémoire. Vous savez, ce site dont on parle beaucoup. Netflix !

— Mais qui est le réalisateur ?

— Barclay Betts.

— Barclay Betts, dites-vous ? Ce nom ne m'est pas inconnu.

Et pour cause. Betts était à l'origine de la plainte en diffamation la plus retentissante de la carrière de Wellstone.

— J'imagine qu'il s'est attaché vos services. Remarquez, avec votre réputation et vos connaissances dans le domaine du paranormal, il aurait eu tort de s'en priver.

— Il est venu me voir, je l'avoue, reconnut Daisy.

— C'est bien ce que je craignais. En même temps, je ne peux que me réjouir pour vous. Tant pis pour moi, dit Wellstone sur un ton qui laissait planer peu de doutes sur son intention de renoncer à son projet.

Il saisit la poignée de son attaché-case, prêt à prendre congé.

— Il est venu me rendre visite il y a deux jours. Il n'a eu que des mots gentils à mon égard et m'a même invitée sur le tournage de son film. Quand je me suis rendue sur place, tôt ce matin, il m'a uniquement demandé de lire quelques phrases tirées de l'un de mes livres. Il compte utiliser cet enregistrement en voix off.

— En voix off ? C'est tout ? feignit de s'étonner Wellstone.

Daisy hocha la tête.

— Je suis stupéfait que Betts n'ait pas souhaité vous filmer. Une personne de votre qualité…

Il secoua la tête d'un air navré tout en sachant que jamais Betts n'aurait voulu montrer dans son documentaire cette vieille sirène plâtrée.

— J'en ai été la première surprise, acquiesça Daisy d'une voix amère.

Wellstone secoua la tête de plus belle.

— Je ne saurais trop vous conseiller la prudence. Tout indique que cet individu a l'intention de se servir de vos recherches à votre insu.

Daisy se tétanisa à cette idée.

— Vous pensez qu'il en serait capable ?

— C'est malheureusement l'habitude de tous ces documentaristes, répondit Wellstone avec un haussement d'épaules.

Son visage s'éclaira soudain, comme si cette sombre perspective cédait la place à une idée lumineuse, et sa main relâcha la poignée de l'attaché-case.

— Vous savez quoi ? Nous tenons peut-être une occasion rêvée.

— Que voulez-vous dire ? demanda la vieille femme, qui ne semblait pas avoir prêté attention à l'usage du *nous* chez son interlocuteur, tant ce dernier l'avait employé naturellement.

— J'imagine que vous comptez assister à la suite du tournage ?

Daisy hocha la tête en signe d'assentiment.

— Cela signifie que vous aurez accès aux coulisses de ce film. Voilà qui pourrait bien être d'une grande utilité à *notre* livre. Cela nous permettrait d'entraîner nos lecteurs sur le tournage d'un documentaire en leur montrant comment ces gens s'efforcent de détecter des spectres.

Daisy marqua son adhésion d'un hochement de tête empressé.

— Mais oui !

Elle se reprit aussitôt.

— J'oubliais ! Ils m'ont fait signer un accord de confidentialité.

Wellstone leva l'index.

— Aucun souci. Vous serez mon informatrice *secrète*. Personne ne le saura jamais.

C'est tout juste s'il ne vit pas tourner les rouages dans la tête de Daisy. Un sourire rusé éclaira même le visage de la vieille femme, au grand étonnement de son interlocuteur qui n'aurait pas soupçonné tant de rouerie chez elle. *Dieu bénisse les vieilles reines du Sud,* pensa-t-il.

— Parfait, poursuivit Daisy en rougissant de la même façon que si elle se lançait dans une aventure extraconjugale. Je tenterai d'en savoir un peu plus sur le Vampire de Savannah.

Wellstone sursauta. Un vampire à Savannah ? Première nouvelle. Il s'employa à dissimuler sa surprise.

— Le Vampire de Savannah ? répéta-t-il.

— Mais oui ! Exactement comme dans l'histoire que nous racontait Belinda le soir dans notre lit. Betts est convaincu que le Vampire de Savannah est de retour depuis qu'ont été commis ces deux meurtres dont tout le monde parle.

— Le Vampire de Savannah…, murmura Wellstone.

Betts avait donc l'intention de transformer ce fait divers en histoire de vampire ? Pour le journaliste, c'était de l'or en barre.

— Je ne sais pas ce que vous en pensez, Daisy, mais nous devrions consacrer notre prochaine séance de travail à ce vampire. Je vous propose de nous retrouver très vite, dès que vous en saurez davantage.

Mon cher Barclay, pensa-t-il avec jubilation en trinquant avec la vieille dame dans la lumière tamisée du salon à l'ancienne. *Je tiens enfin l'occasion rêvée de te rouler dans la farine.*

11

La commissaire Delaplane, le sergent Sheldrake à ses côtés, traversa le petit parc afin de rejoindre les experts de la police scientifique en combinaison stérile et gants en nitrile bleu qui s'agitaient un peu plus loin, à la lueur des gyrophares.

Un jardinier de la ville avait appelé les autorités vingt minutes plus tôt, à la suite d'une découverte macabre, et la machine judiciaire s'était aussitôt mise en branle.

Depuis vingt ans qu'elle appartenait à la police de Savannah, Alanna Delaplane avait vu son lot d'affaires étranges. La plupart des cinglés prétendument dotés de pouvoir paranormaux faisaient halte ici à un moment ou à un autre. Cette fois, pourtant, deux personnes avaient été retrouvées mortes, vidées de leur sang. Quant à l'assassin, ce n'était pas le dernier des imbéciles à en juger par la façon dont il ne laissait quasiment aucune trace dans son sillage.

Ils s'approchèrent de deux flics en uniforme occupés à installer de la bande jaune de police pendant que leurs collègues s'efforçaient de retenir les badauds.

— Sergent ? fit Delaplane à l'adresse de l'un des agents. Où se trouve le jardinier ?

— Là-bas, commissaire.

Elle se retourna et découvrit un homme en bleu de travail assis sur un banc, recroquevillé sur lui-même. Un flic lui tenait compagnie. Delaplane et Sheldrake se dirigèrent vers les deux hommes.

— Bonjour, dit la commissaire au jardinier, un Afro-Américain aux traits burinés, le visage couronné de cheveux blancs.

La peur se lisait dans son regard, ce qui surprit Delaplane. Après tout, il ne s'agissait que d'un doigt coupé.

— Bonjour, je suis la commissaire Delaplane, se présenta-t-elle. M'autorisez-vous à vous poser quelques questions ?

Le flic assis à côté du vieil homme se leva et Delaplane prit sa place. Sheldrake s'installa de l'autre côté, sortit un enregistreur et le mit en marche.

— Ça ne vous ennuie pas ? s'enquit la commissaire en montrant l'appareil du menton.

Le vieil homme répondit par la négative d'un mouvement de tête.

— Puis-je vous demander votre nom ?

— Gilbert Johnson.

— Merci, Gilbert, enchaîna Delaplane.

Elle avait veillé à s'exprimer d'une voix douce, on lui avait suffisamment répété qu'elle se montrait intimidante en général.

— Racontez-moi ce qui s'est passé en commençant par le début.

Johnson acquiesça.

— J'aspergeais d'engrais cette haie, expliqua-t-il en montrant l'endroit où s'activaient les experts de la police scientifique. Quelqu'un s'était arrêté pour fumer dans le coin et je ramassais les mégots quand j'ai vu le doigt. Au début, j'ai cru que c'était un reste de cigare parce qu'il était tout noir, mais ça sentait très mauvais et j'ai fini par comprendre de quoi il s'agissait. Je l'ai aussitôt rejeté. Et puis j'ai vu les cheveux.

— Les cheveux ? répéta Delaplane, qui n'était pas au courant de ce détail.

— Comme si on avait scalpé quelqu'un. Un grand lambeau de cuir chevelu couvert de sang.

Il marqua une pause pour reprendre son souffle.

— Beaucoup de sang.

— Prenez votre temps, le rassura la commissaire qui attendit que le jardinier se soit ressaisi pour continuer : qu'avez-vous fait ensuite ?

— Je me suis carapaté et j'ai appelé police-secours. C'est arrivé il y a environ une demi-heure.

Un peu plus loin, les experts de l'identité judiciaire passaient les environs au peigne fin.

— Que sont devenus les mégots de cigarettes ?

— Je les ai mis dans un sac-poubelle.

— Ils étaient tous de la même marque ?

— Je n'ai pas fait attention.

— Où se trouve le sac-poubelle en question ?

Le jardinier désigna un sac noir tout mou au pied des buissons.

— Il faudra l'ajouter aux pièces à conviction, déclara Delaplane à Sheldrake qui hocha la tête.

— Vous vous souvenez d'autres détails ?

— Je me suis assis ici et j'ai pas bougé depuis.

— Je vous remercie, Gilbert.

La commissaire se leva et observa les alentours. Les experts travaillaient dans les règles de l'art et elle se demanda si les types du FBI viendraient pointer leur nez. Leur présence l'agaçait car rien ne justifiait leur venue à Savannah. Sans parler du plus vieux des deux enquêteurs, un drôle de numéro. S'il y avait bien un vampire dans l'histoire, c'était lui, avec son teint blême et son costume funèbre. Sans oublier son accent doucereux de La Nouvelle-Orléans qui la hérissait. Elle connaissait bien ce genre d'oiseaux et de ce qu'elle avait pu en voir, ces aristos sudistes étaient des racistes de première. Elle n'aurait pas été surprise que ses ancêtres aient possédé des esclaves.

Quant à l'autre, l'inspecteur Coldmoon, c'était une vraie caricature d'agent fédéral avec sa coupe en brosse, ses lunettes de soleil réfléchissantes, son costard bleu, sa chemise blanche et ses chaussures noires rutilantes. Mais lui, au moins, s'exprimait de façon normale.

Elle s'obligea à tempérer sa réaction, à ne pas juger trop vite les deux hommes. Le mieux était encore de poursuivre son enquête comme si de rien n'était. Le sergent Sheldrake était officiellement chargé de l'enquête, et si elle lui avait bien recommandé de faire le point avec Carracci et les autres fédéraux deux fois par semaine, elle entendait garder la main elle-même. Ce n'était pas qu'elle se méfiait de Sheldrake, mais il s'agissait d'une enquête importante et le jour où ça tournerait au vinaigre, ce qui ne manquerait pas d'arriver, elle serait à pied d'œuvre.

Elle se tourna vers le sergent.

— Je compte me balader dans les environs. De votre côté, veillez bien à ce que tout le monde fasse son boulot.

— Promis.

Il s'éloigna sans attendre et elle l'entendit bientôt donner ses ordres d'une voix calme.

En tournant autour de la scène de crime, elle tomba nez à nez avec le médecin légiste, George McDuffie, muni d'une glacière. Avec ses airs de jeune étudiant efflanqué et nerveux, on peinait à croire qu'il soit déjà médecin. Comme Delaplane avait rarement eu l'occasion de travailler avec lui, elle ne savait pas ce qu'il avait dans le ventre.

— Salut, George. Vous avez une minute ?

— Bien sûr, commissaire.

Il déposa la glacière à l'arrière de sa voiture et se retourna.

— Ça vous ennuie si je jette un œil ?

— Euh… pas de problème.

Il souleva le couvercle et Delaplane découvrit le doigt dans une éprouvette nichée sur un lit de glace. Dans un autre tube en verre se trouvait le lambeau de cuir chevelu couvert de sang. Elle devina immédiatement que le doigt appartenait à la première victime, retrouvée au bord du fleuve avec une main mutilée. Le crâne du mort présentait une plaie à laquelle devait correspondre le lambeau sanguinolent retrouvé dans les buissons. Des morceaux de chair et des lambeaux de tissus maculés de sang reposaient dans d'autres éprouvettes.

— On dirait qu'il s'agit d'Ellerby, déclara-t-elle.

— Je crois aussi. Je vérifierai en arrivant au labo.

— Vous pensez qu'il a été tué ici ?

— C'est possible. J'ai retrouvé pas mal de sang au milieu des buissons.

— Et le doigt ? Il a été coupé ?

— Je dirais plutôt que quelqu'un l'a sectionné avec les dents.

Delaplane poussa un grognement. Sheldrake la rejoignit au même moment. Il se pencha au-dessus de la glacière.

— Le type de Chandler House ?

— Oui.

Sheldrake se redressa et scruta les façades des bâtiments qui entouraient le square.

— Putain ! C'est quand même étrange que personne n'ait rien entendu.

— C'est juste, approuva Delaplane. Ellerby était encore en vie à 23 heures puisque les gens de l'hôtel l'ont vu sortir pour fumer une cigarette à cette heure-là. Il faudra analyser l'ADN présent sur les mégots retrouvés au pied de la haie, au cas où Ellerby y avait ses habitudes.

Elle laissa échapper un ricanement avant de poursuivre.

— J'ai une corvée pour vous, Sheldrake. Interrogez tous les occupants des immeubles qui se trouvent à portée de voix. Dans un rayon de trois cents mètres, par exemple. Au cas où ils auraient entendu quelque chose entre 23 heures et minuit.

— D'accord. En attendant, je me demande bien comment le corps d'Ellerby a pu être transporté jusqu'au fleuve.

— Bonne question. J'imagine qu'il a été tiré dans la rue et hissé à bord d'une voiture. On va avoir besoin de chiens, ici comme au bord du fleuve, pour savoir où le corps a été déposé.

Elle s'interrompit, son attention attirée par des éclats de voix à l'entrée de la scène de crime. Une équipe de tournage tentait de franchir les barrières installées par ses équipes. Elle se précipita à grandes enjambées. L'équipe comptait deux cameramen, dont un maniant une Steadicam, un ingénieur du son, quelques assistants, un homme rondouillard équipé d'un micro, ainsi qu'un personnage élancé d'allure sinistre muni de ce qui ressemblait à un appareil photo à l'ancienne. Sous le regard des caméras, le grand type sortit d'une mallette toute une série d'étranges gadgets et les aligna sur un carré de velours.

— Que se passe-t-il ? s'enquit Delaplane d'une voix grave.

— J'essaye de leur expliquer que c'est une scène de crime, commissaire, répondit l'un des agents en uniforme.

— Bonjour, je suis Barclay Betts, se présenta le petit rondouillard au micro alors que les caméras tournaient toujours.

Il avait prononcé son nom de telle façon qu'on eût pu croire que son interlocutrice ne connaissait que lui. Son nom et son visage n'étaient pas totalement inconnus de la commissaire, mais elle n'avait pas l'intention de fouiller longtemps dans sa mémoire.

— Au cas où vous ne l'auriez pas remarqué, monsieur Barclay Betts, ceci est un barrage de police.

— Nous avons *juste* besoin de nous approcher un peu, se justifia le rondouillard. Nous souhaitons prendre des photos de la scène à l'aide de cet appareil extrasensoriel. Un appareil extraordinaire, capable de photographier les activités paranormales, qui pourrait grandement vous aider dans votre enquête.

Delaplane, les poings sur les hanches, lui adressa un sourire narquois.

— Des activités paranormales ? Des fantômes, par exemple ?

— En l'occurrence, je pensais plutôt à un vampire.

La commissaire éclata de rire.

— Ah oui ? Eh bien je vais vous dire. Un pas de plus et je confisque votre appareil photo à vampire. Qui me dit qu'il ne s'agit pas d'une bombe ? Il faudrait le démonter pour s'en assurer et nos techniciens pourraient malencontreusement l'abîmer. Je vous invite à rester sagement ici, vous n'aurez qu'à enregistrer les ondes de vampire à distance.

Le compagnon de Betts, le front barré d'un pli, se hâta de ranger son appareil tandis que le réalisateur criait : « Coupez ! » Delaplane vit la jeune femme postée près des cameramen étouffer un ricanement.

— Des vampires ! marmonna-t-elle en s'éloignant.

12

Une bonne dizaine de rues séparaient l'hôtel Chandler House des locaux occupés par le médecin légiste, ce qui n'avait pas empêché Pendergast d'insister pour s'y rendre à pied. En dépit de la moiteur ambiante, ce trajet n'effrayait nullement Coldmoon. Le jeune inspecteur avait passé une mauvaise nuit, c'est tout juste s'il avait pu dormir quatre heures d'affilée. Son lit était peut-être imposant, mais le matelas était aussi mou qu'un marshmallow alors qu'il était habitué à dormir par terre. Sans parler des portraits et des silhouettes inquiétantes qui l'observaient sur les murs de sa chambre. La marche et la chaleur achèveraient de dissiper les brumes de sa torpeur. Montgomery Street était une artère animée et il aperçut des bâtiments officiels un peu plus loin, à mille lieues des maisons hantées et des arbres couverts de mousse espagnole du centre historique.

Pendergast avançait d'un pas vif, vêtu de son sempiternel costume noir. Sa seule concession à l'atmosphère ambiante était une paire de lunettes de soleil Persol en écaille de tortue, aux verres aussi sombres que sa tenue. Coldmoon se demanda si Pickett avait prévu de leur fournir un véhicule pour les besoins de l'enquête, ou bien si Pendergast se mettrait lui-même en quête d'une voiture.

En parlant de Pickett, Coldmoon n'avait pas revu leur chef depuis la veille, lorsque le directeur adjoint les avait déposés au musée Owens-Thomas. Avait-il vraiment quitté la ville et regagné New York ? *C'est un moyen pour lui de nous signifier qu'il nous laisse enquêter à notre guise*, avait affirmé Pendergast. Coldmoon était curieux de savoir si son collègue avait raison.

En approchant des immeubles de bureaux, Coldmoon remarqua que l'endroit n'était pas aussi calme qu'il l'avait cru quelques minutes plus tôt. Deux camionnettes et un immense autocar aux vitres teintées venaient d'arriver. Un coup d'œil à sa montre lui indiqua qu'il était 8 h 35. Pendergast avait insisté pour qu'ils quittent l'hôtel suffisamment tôt, restait à savoir pourquoi.

— Nous n'avons rendez-vous qu'à 9 heures. On prend un café ? suggéra-t-il à Pendergast.

— Non, refusa ce dernier en accélérant le pas.

Ils traversaient le parvis du bâtiment lorsque les portes des camionnettes et du bus s'écartèrent, déversant une armée de jeunes gens des deux sexes équipés de tablettes et d'oreillettes. Un type baraqué tenait à la main un projecteur et un autre déroulait ce qui devait être un câble de micro. Au moment où le ronronnement caractéristique d'un groupe électrogène se faisait entendre, un homme étrange descendit du car. Il mesurait à peine un mètre cinquante et portait une chemise en soie marron clair, des lunettes noires de forme ronde, ainsi qu'un superbe chapeau de paille à larges bords. Il le retira en examinant les alentours, découvrant un crâne chauve qui brillait au soleil.

Le regard de l'inconnu se posa sur les deux inspecteurs et il se dirigea vers eux en se recoiffant. Au même instant sortit du bus une femme aussi grande que séduisante, suivie par trois individus. Le premier manœuvrait une Steadicam, le deuxième, un enregistreur en bandoulière, tenait à la main une perche à l'extrémité de laquelle était fixé un micro, et le troisième portait une volumineuse caméra vidéo. L'équipe de tournage s'approcha des deux policiers.

Loin de presser le pas, Pendergast ralentit de sorte que le petit groupe puisse les rattraper alors qu'ils grimpaient les quelques marches menant à l'entrée du bâtiment.

— Excusez-moi ! s'écria le petit homme d'une voix étonnamment grave pour sa taille, son chapeau à la main.

Coldmoon se demanda où il l'avait déjà vu car son visage lui était familier.

Voyant que Pendergast ne lui accordait aucune attention, l'inconnu insista :

— Excusez-moi !

— Oui ? répondit Pendergast en se retournant.

— Vous êtes le médecin légiste ?

— J'ose espérer que non.

— Vous appartenez à son service ? demanda le petit homme, imperturbable.

— Non.

Coldmoon allait envoyer promener l'intrus mais Pendergast l'arrêta d'un geste. D'autres véhicules, pour certains siglés des logos de chaînes de télévision, se garaient les uns après les autres devant le parvis. Ce manège n'avait pas échappé à l'équipe de tournage qui se déploya aussitôt autour de Pendergast et Coldmoon afin de barrer la route aux nouveaux arrivants.

— Fais-moi un gros plan, mon chou, dit le bonhomme rondouillard en s'adressant à l'un des cameramen. Je m'appelle Barclay Betts, enchaîna-t-il à l'adresse de Pendergast.

Je me disais bien que je l'avais déjà vu ! pensa Coldmoon en reconnaissant le présentateur d'une émission dominicale dans laquelle étaient présentés des documentaires à scandale et des portraits de célébrités.

Un soupçon d'agacement s'afficha l'espace d'un instant sur les traits de Betts lorsqu'il vit Pendergast rester sans réaction.

— Je tourne actuellement un documentaire intitulé *Savannah, capitale des démons*. Puis-je vous demander quel rôle vous jouez dans l'enquête consacrée à ces meurtres ?

Coldmoon, sachant combien Pendergast détestait les interviews, était impatient de voir comment son aîné allait se débarrasser de ce parasite.

— Je suis l'inspecteur Pendergast du FBI et voici mon collègue, l'inspecteur Coldmoon.

Soucieux d'éviter toute méprise, Pendergast sortit son badge et le tendit en direction de la caméra.

Le visage de Betts s'illumina, à l'agacement de Coldmoon.

— Tiens, tiens ! Vous travaillez pour le FBI ? Dois-je en déduire que le Bureau s'intéresse à ces meurtres ?

Pendergast hocha la tête d'un air grave.

— Absolument.

Coldmoon regarda sa montre. C'était quoi, cette histoire ? Non seulement ils étaient arrivés en avance, ce qui avait permis à l'autre abruti de les coincer, mais voilà que Pendergast taillait une bavette avec lui. Il allait s'interposer lorsque son aîné le stoppa à nouveau.

— Génial ! s'écria Betts.

C'est tout juste s'il ne se frottait pas les mains. Il était arrivé tôt dans l'espoir de croiser la route du médecin légiste, et voilà que le hasard le plaçait sur le chemin d'une proie tout aussi juteuse, sinon plus.

— M'autorisez-vous à vous poser quelques questions ?

— Officiellement ?

— Mais oui. Pour notre documentaire.

Sous le regard surpris de Coldmoon, Pendergast se tourna vers la caméra afin de s'assurer qu'elle tournait bien, puis il croisa les bras et s'éclaircit la gorge.

— Quand vous le souhaitez, monsieur Betts.

13

Wendy Gannon, la directrice de la photo, se plaça légèrement en retrait du reste de l'équipe afin de surveiller les moniteurs de contrôle des caméras braquées sur l'inspecteur du FBI. C'était une belle prise, alors qu'ils avaient uniquement prévu de coincer George McMachin, le médecin légiste. Si elle avait su, elle aurait tenu elle-même la caméra principale, mais Craig était un bon pro qui n'abusait jamais des zooms et des panoramiques. Elle leva la tête vers le ciel afin de jauger la lumière et reporta son attention sur Betts et le type du FBI en cadrant la scène dans sa tête. Le costard noir du type risquait d'assombrir l'image et elle jugea préférable de murmurer quelques recommandations au cameraman par l'intermédiaire de son oreillette. Craig leva le pouce en signe d'assentiment et braqua l'objectif vers l'inspecteur.

— Pouvez-vous nous préciser ce que vous avez découvert au cours de votre enquête ? demanda Betts de la voix onctueuse qu'il réservait habituellement aux stars de l'écran comme aux vedettes de la politique.

— Bien volontiers, répondit l'inspecteur.

Comment s'appelait-il, déjà ? Prendergrast ? Gannon adressa un coup d'œil à Marty, l'assistant de production, et lui demanda dans son oreillette de réunir au plus vite tout ce qu'il pouvait trouver sur ce type. Pas question de se laisser bananer par un petit rigolo qui se ferait passer pour quelqu'un d'autre. Ce type n'avait pas vraiment le profil de l'emploi, mais il est vrai qu'elle ne connaissait personne au FBI. Il avait une drôle de dégaine, avec son costard de croque-mort. Elle le trouvait surtout très arrangeant pour un flic. À vue de nez, son badge avait l'air vrai. Quant au jeune type musclé qui l'accompagnait, c'était un agent fédéral dans toute sa splendeur.

Elle s'assura d'un coup d'œil que ses équipes maintenaient à l'écart les reporters des chaînes de télé, le temps que Betts opère son client. C'était un excellent intervieweur, elle savait d'avance qu'il irait droit au but. Pavel engrangeait des images de décor avec la Steadicam, comme de juste en pareil cas, ce qui faciliterait la tâche de Gannon lors du montage. Elle s'assura que tout allait bien du côté de l'ingénieur du son et regarda à nouveau le ciel. La lumière était un peu violente, mais rien de grave. De toute façon, le contenu était plus important que la forme.

Mais l'interview venait de commencer.

Curieusement, les dons de Betts étaient mis à rude épreuve.

— Qu'avez-vous découvert précisément ?

— Rien, répondit l'inspecteur.

Il s'exprimait avec un délicat accent sudiste qui cadrait magnifiquement avec l'ambiance locale.

Betts afficha sa perplexité.

— Vous n'avez rien découvert ?

— Non.

— Nous sommes bien en présence d'un meurtre, non ?

— Assurément. Et même de deux, répondit l'homme du FBI avec une courtoisie rare.

— Excusez-moi, insista Betts, mais si vous êtes certain qu'il y a eu meurtre, comment se fait-il que vous n'ayez rien découvert ?

— Le corps n'avait jamais été recouvert. Je ne parle pas des vêtements du mort, bien sûr, qui étaient dans un état lamentable. Où êtes-vous donc allé chercher qu'il était découvert ?

— Mais… ce n'est pas ce que je voulais…

Pour une fois, Betts ne savait plus à quel saint se vouer. Il reprit sa respiration.

— Reprenons depuis le début, dit-il en adressant un coup d'œil au cameraman afin de lui signaler qu'il repartait de zéro. Pourquoi le FBI a-t-il été sollicité ?

— Sollicité à quel titre ?

— Pour enquêter sur les meurtres.

— Quels meurtres ?

— Ceux qui viennent d'être commis.

— Commis *ici*, vous voulez dire.

— Oui, bien sûr.

— Ici ? À Savannah ?

— Oui.

— Vous allez devoir vous montrer plus précis.

Betts, interloqué, laissa s'écouler un battement avant de reprendre.

— Je veux parler des meurtres dont les victimes ont été vidées de leur sang, comme si elles avaient croisé la route d'un vampire. Je parle de ces meurtres-là, inspecteur !

— Je vous pose la question car plusieurs meurtres ont été commis à Savannah ces derniers temps. Je vous répondrai avec le plus grand plaisir, encore faut-il que votre question soit mieux formulée.

Il avait prononcé ces mots sur un ton de léger reproche, à la façon d'un instituteur déçu par l'un de ses meilleurs élèves. Gannon vit la nuque de Betts virer au rouge, au-dessus du col de sa chemise en soie taillée sur mesure.

— À présent que nous savons l'un et l'autre de quels meurtres il est question, reprit le réalisateur en élevant la voix, que pouvez-vous me dire à ce sujet ?

— Lequel ?

— Commençons par le premier meurtre, s'étrangla Betts en fournissant des efforts surhumains pour conserver son calme.

— Le premier meurtre ? répéta l'inspecteur en imitant à la perfection la voix nasillarde de son interlocuteur. Ah ! Je crains fort de ne pouvoir vous aider. Vous m'en voyez vraiment désolé.

— Pour quelle raison ? insista Betts d'une voix tendue.

— Pour la bonne et simple raison que je n'ai pas encore vu le premier corps. C'est précisément la raison de ma présence ici ce matin. Quand je dis ici, je ne parle pas de Savannah en général, mais de ce bâtiment.

Un gargouillis s'échappa des lèvres de Betts qui trouva la force de s'entêter.

— Très bien. Dans ce cas, que pouvez-vous nous dire au sujet du *second* meurtre ?

— La victime était un homme.

— C'est que nous avons cru comprendre.

— Celui-ci est mort et je puis vous l'affirmer avec certitude car j'ai personnellement examiné le corps.

— Pourriez-vous être plus précis ? Comment la victime a-t-elle été vidée de son sang ?

— Vous parlez de cet homme ?

— Oui, de cet homme !

Betts était connu pour ses colères, il n'allait pas tarder à exploser.

— Pour répondre à votre question de tout à l'heure, le corps n'avait pas été recouvert.

Le réalisateur attendit la suite.

— Je dois vous avouer, monsieur... Butts, c'est bien ça ?

— Betts.

— Je vous prie de m'excuser. Je dois vous avouer, monsieur Butts, que je vois mal en quoi je pourrais éclairer votre lanterne. Nous sommes en présence d'une victime de sexe masculin dont le corps a été retrouvé hier. La cause du décès n'a pas encore été établie. J'imagine que toutes ces informations devraient vous suffire ?

L'inspecteur ponctua sa phrase par un regard bienveillant à toute l'équipe.

— Elles ne me suffisent malheureusement pas. J'aimerais savoir pour quelle raison le FBI se trouve mêlé à l'enquête.

Le policier embrassa d'un geste les caméras, les micros et l'ensemble du matériel de tournage.

— Il n'est pas rare que le FBI enquête sur des meurtres. Dites-moi, j'imagine que vous travaillez pour une chaîne d'information locale, ou peut-être régionale ?

Betts poussa un soupir d'exaspération qui fit grimper brusquement l'aiguille du VU-mètre de l'enregistreur.

— Je fais... je *réalise* un documentaire intitulé *Savannah, capitale des démons*. À ce sujet, monsieur Pendergast, on murmure que ces crimes sont le fait du Vampire de Savannah. Que pouvez-vous nous dire à ce sujet ?

— Pourquoi cette question ?

— En votre qualité d'agent du FBI… si c'est effectivement le cas, vous devriez vous douter que nous sommes en quête de détails. Les gens ont peur, ils attendent des réponses. Ils ont le droit de savoir la *vérité*.

Gannon tendit le dos, persuadée que ce petit discours moralisateur allait provoquer la colère de l'inspecteur. C'est tout l'inverse qui se produisit. Le dénommé Pendergast prit un air songeur avant de répondre avec la plus grande gentillesse.

— Monsieur Butts, dit-il de sa voix la plus mielleuse. Peut-être est-ce involontairement mais vous venez de mettre le doigt sur l'essentiel. « *Qu'est-ce que la vérité ? lui dit Pilate.* » Si je savais précisément *quelle* vérité vous cherchez, je vous aiderais de mon mieux, mais tout indique – et ne m'en veuillez pas de ma franchise – qu'aucune de mes réponses ne vous satisfait. Vous réagissez à chacune de mes déclarations, à chaque vérité que je vous assène, par une nouvelle question. Je prends à témoin mon collègue ici présent, ainsi que les membres de votre petit groupe. J'ai beau afficher les meilleures intentions du monde, je me trouve invariablement *auribus teneo lupum*, pour reprendre l'expression du poète Térence dans son excellent *Phormion*. Avez-vous lu *Phormion* ? Non ? C'est bien ce que je craignais. On néglige trop souvent cette œuvre impérissable, de nos jours. Face à ce manque flagrant de culture, particulièrement regrettable chez un individu qui se prétend journaliste, vous me voyez néanmoins disposé, au nom des citoyens de ce pays que je représente, à déclarer du haut de ces marches, *hic manebimus optime*, que…

L'inspecteur fut interrompu par l'arrivée, à l'intérieur du bâtiment, d'une femme en uniforme qui déverrouilla la porte d'entrée. Gannon constata d'un coup d'œil à sa montre qu'il était 9 heures.

Laissant sa phrase en suspens, Pendergast fit volte-face et s'engouffra d'un bond à l'intérieur du bâtiment où son collègue le suivit.

Betts se tourna vers les caméras.

— Coupez ! *Coupez !* hurla-t-il. Il n'y a rien à garder !

Il fronça les sourcils en direction de Gannon.

— Alors, nom de Dieu ! Qu'est-ce que vous attendez ? Il faut qu'on aille interroger le médecin légiste. *Tout de suite !*

Joignant le geste à la parole, il grimpa prestement les marches sur lesquelles se tenait Pendergast quelques instants plus tôt. Il s'acharna sur la double porte, mais l'inspecteur avait eu le temps de la bloquer à l'aide d'une barre de fer.

— J'ai beaucoup apprécié cette petite conversation, monsieur Butts, dit-il à travers la vitre, l'ombre d'un sourire aux lèvres, mais le médecin légiste m'attend d'ici...

Il consulta sa montre.

— ... soixante secondes. Les représentants de la *presse*, même si ce terme est souvent galvaudé, ne sont pas invités.

D'un geste, il ordonna à la femme en uniforme de verrouiller le battant derrière Coldmoon.

Gannon vit les trois silhouettes s'éloigner dans les profondeurs du bâtiment et un silence électrique s'abattit sur le parvis. Comprenant enfin qu'il avait été berné, Betts laissa échapper un chapelet de jurons qui se répercutèrent sur les façades avoisinantes en poussant dans le rouge l'aiguille du VU-mètre.

14

— Les voici, messieurs, annonça McDuffie, le médecin légiste, en désignant d'un geste deux cadavres entièrement nus, éclairés par des projecteurs sur des tables roulantes en inox au centre de la salle d'autopsie.

Du fait de l'absence de sang dans leurs veines, les deux dépouilles étaient d'une blancheur irréelle qui leur donnait des airs d'extraterrestres, ou de mannequins de cire. Coldmoon s'efforça de rester discrètement à la traîne. Cet aspect du boulot était de loin celui qu'il détestait le plus. À l'inverse, Pendergast papillonnait autour des morts avec le zèle d'un convive affamé devant un buffet gratuit. Décidément, ce type ne laisserait jamais de l'étonner. Coldmoon s'était d'abord demandé si son collègue n'avait pas perdu la boule quand il l'avait vu accepter aussi volontiers cette interview, puis il s'était avisé qu'il avait uniquement cherché à voir le légiste avant que l'équipe de tournage l'accapare. À moins qu'il n'ait tout simplement voulu se moquer de Betts.

Les mains dans le dos, Pendergast se pencha au-dessus du premier cadavre à le toucher, puis il tourna longuement autour de la table en inox avant de répéter l'opération avec la seconde victime sous le regard attentif de McDuffie et de son assistant en blouse blanche. Coldmoon se réjouit de constater que les autopsies étaient achevées en découvrant d'horribles incisions en forme de Y sommairement agrafées. Le spectacle n'avait rien de réjouissant, mais il s'attendait à pire.

Pendergast se redressa.

— Inspecteur Coldmoon ? Ne trouvez-vous pas intéressant que l'une des deux victimes soit infiniment plus mutilée que l'autre ?

Coldmoon s'approcha des corps à contrecœur. Le premier cadavre était en relativement bon état, toutes proportions gardées, alors que le second, celui que l'on avait retrouvé au bord du fleuve, était boursouflé et tuméfié. Il compta une demi-douzaine de perforations provoquées par un couteau ou un instrument pointu, ainsi que de nombreuses ecchymoses et égratignures, sans compter le lambeau de cuir chevelu arraché et l'index manquant.

— C'est étrange, murmura-t-il.

— Ce n'est pas du tout étrange, vous voulez dire, le corrigea Pendergast.

Coldmoon posa sur lui un regard surpris.

— Que voulez-vous dire ?

Seigneur, je vais avoir droit à un nouveau cours du professeur Pendergast.

— Nous sommes en présence d'un schéma classique. L'assassin prend ses marques avec la première victime. Il teste sa méthode, en quelque sorte. Comme il en est à son coup d'essai, il fait preuve de nervosité et tâtonne. On le découvre nettement plus sûr de son fait lorsqu'il s'en prend à la victime suivante, de sorte que le meurtre est pratiqué avec beaucoup plus d'assurance, de façon moins brouillonne, si je puis dire.

— Vous pensez qu'il s'agit d'un tueur en série potentiel ?

— Non, je ne puis l'affirmer avec certitude.

— Dans ce cas, à qui avons-nous affaire ?

— Il peut s'agir d'un individu qui améliore sa technique d'une victime à l'autre.

Pendergast s'empara d'un microscope sur roulettes, l'approcha de la première victime et plaça l'objectif au-dessus de l'une des plaies. Il ajusta la lentille et prit une série de photos, recommença en s'intéressant à une autre zone mutilée, puis une troisième.

— Inspecteur, cela vous ennuierait de jeter un coup d'œil ? dit-il en relevant la tête.

— J'attendais mon tour, répondit Coldmoon.

Il s'approcha, posa un œil sur l'oculaire et découvrit une blessure inégale, délavée par l'eau du fleuve. Plusieurs plaies similaires, de tailles plus ou moins importantes, étaient disséminées sur le corps. Toutes avaient été soigneusement disséquées lors de l'autopsie avant d'être refermées à l'aide d'agrafes.

— Docteur McDuffie, fit Pendergast en se tournant brusquement vers le médecin légiste.

L'intéressé s'y attendait si peu qu'il sursauta.

— Dites-nous ce que vous avez trouvé lors de la dissection de ces plaies, je vous prie.

— Oui, bien sûr. Comme vous le voyez, nous avons découpé chaque plaie de façon transversale afin d'en détailler la forme et de prélever des échantillons aux fins d'analyse. La première victime présente des perforations provoquées par un instrument qui pourrait être un trocart. Ces plaies sont plus ou moins profondes, il m'est facile de vous en fournir le détail si vous le souhaitez. Elles sont toutes localisées sur la face intérieure de la cuisse supérieure. Je crois pouvoir en déduire que l'assassin cherchait l'artère fémorale plus ou moins à tâtons. C'est du moins l'explication la plus rationnelle, au vu des circonstances. La dernière perforation aura permis d'atteindre l'artère, et c'est ainsi que le corps a été vidé de son sang.

— Quelle quantité de sang ?

— La totalité. Jusqu'à la dernière goutte. Le cœur aura cessé de battre une fois prélevés trois ou quatre litres, ce qui n'a pas empêché le coupable de poursuivre en retirant un ou deux litres supplémentaires. J'en déduis que le trocart était relié à un système de succion.

— Comme celui dont se servent les embaumeurs ? demanda Coldmoon.

— Je suis heureux que vous me posiez la question. Les embaumeurs se servent parfois de la veine fémorale, et non de l'artère, mais la méthode la plus courante consiste à pomper de l'eau au niveau de l'aorte afin de chasser le sang. On dit en pareil cas que l'on *perfuse* le corps. Le liquide d'embaumement permet ensuite de chasser l'eau conformément au même principe. C'est tout l'inverse qui s'est produit ici, puisqu'on a eu recours à un phénomène de succion *active*.

— L'opération a-t-elle pu être effectuée par quelqu'un qui possède une certaine expérience en matière d'embaumement ? s'enquit Coldmoon.

— J'y ai pensé. Le matériel habituel aurait pu être modifié de façon à aspirer le sang au lieu de le repousser par une injection de fluide. En l'occurrence, à l'aide d'un trocart, et non d'un cathéter.

— Qu'en est-il des autres plaies ? intervint Pendergast.

— Elles indiquent qu'il y a eu lutte. Ces lacérations ont été provoquées par un objet rudimentaire, ou peut-être un mauvais couteau. La blessure au cuir chevelu est plus difficile à caractériser. Comme si quelqu'un avait raclé avec force la surface du crâne à l'aide d'un objet dur et fin, un peu comme on pèle une pomme.

Coldmoon avala sa salive en repensant aux quartiers de pomme servis avec ses céréales au petit-déjeuner.

— Enfin, vous aurez remarqué que l'index de la main droite est absent. Il a été coupé grossièrement, probablement avec les dents. Vous le savez sans doute, le doigt concerné a été retrouvé récemment dans un buisson du square situé en face de l'hôtel où travaillait la victime.

Pendergast hocha la tête.

— Puis-je le voir ?

— C'est malheureusement impossible, il a été envoyé dans un laboratoire d'analyse ADN. On a retrouvé dessus des traces de salive séchée.

— De la salive ? répéta Pendergast. Excellent ! Quand pourrons-nous disposer des résultats ?

— Dans quarante-huit heures.

Je me ferai un plaisir de vous faire un doigt d'honneur avec quand il nous reviendra, se dit intérieurement Coldmoon en s'efforçant, par l'humour, de chasser son malaise.

— J'aimerais vous montrer un autre détail, reprit McDuffie en adressant un signe de tête à son assistant.

Celui-ci s'approcha et l'aida à retourner le corps.

— Outre les côtes brisées, vous noterez la présence de ces ecchymoses symétriques, de part et d'autre de la colonne vertébrale. Elles ont provoqué un déchirement des muscles spinaux, notamment du grand rhomboïde. C'est pour le moins curieux.

Pendergast examina la zone indiquée à l'aide du microscope à roulettes, puis il invita Coldmoon à l'imiter, mais le jeune inspecteur refusa d'un geste.

Le médecin légiste dressa ensuite la liste des constatations effectuées lors de l'autopsie, détaillant le contenu de l'estomac avant de signaler la présence de faibles quantités d'alcool et de THC au niveau des tissus. Coldmoon ne tarda pas à perdre le fil, d'autant que ces indications avaient apparemment peu d'importance.

— Passons à la seconde victime, suggéra Pendergast.

Coldmoon reconnut le corps retrouvé dans la cour du musée Owens-Thomas. Dieu merci, il n'avait pas séjourné des heures durant dans les eaux tièdes du fleuve, de sorte qu'il était plus présentable.

— Vous remarquerez cette fois la présence d'une seule perforation. L'assassin a trouvé l'artère fémorale du premier coup. Cette fois encore, la victime a été entièrement vidée de son sang. Nous avons retrouvé ce qui ressemble à de la salive, ou du mucus, sur le pourtour de la perforation. À moins qu'il ne s'agisse d'un agent lubrifiant d'origine organique. Les analyses le préciseront.

Pendergast s'intéressa longuement à la plaie.

— Vous aurez noté que les contusions et les égratignures présentes sur le corps sont nettement moins marquées que dans le premier cas, précisa McDuffie. L'assassin a fait preuve d'une plus grande efficacité, du moins si l'on se réfère aux rares traces de lutte.

D'un mouvement du menton, il requit l'aide de son assistant pour retourner le cadavre. Coldmoon retrouva des ecchymoses similaires des deux côtés de la colonne vertébrale.

— On pourrait croire que les victimes ont été maintenues à l'aide d'une sorte d'étau, au point de provoquer ces contusions musculaires et de briser les côtes.

Pendergast s'attarda silencieusement sur les plaies à l'aide du microscope. Il finit par se redresser et posa sur le médecin légiste un regard aigu.

— Il s'agit de l'un des phénomènes les plus curieux qu'il m'ait été donné de constater sur un cadavre.

— Nous sommes tout aussi perplexes que vous. Comme vous le savez, les deux corps ont été déplacés. Le premier jusqu'au fleuve, à plus de cinq kilomètres à vol d'oiseau du square où la victime a été tuée.

— Ces blessures signalent-elles que le meurtre a été commis par plusieurs personnes ?

— J'en suis convaincu. Le meurtre et le transport du corps ont impliqué au moins deux individus, peut-être trois, voire davantage. La seconde victime a également été déplacée, même si le lieu du crime nous reste à ce jour inconnu. On pourrait croire que ces plaies ont été provoquées par la machine qui a servi au transport de la victime. Je pense à un bulldozer, un chariot élévateur ou un engin de construction quelconque. C'est proprement stupéfiant.

Pendergast réfléchit pendant quelques instants avant de réagir :

— Il me semble, docteur McDuffie, qu'il serait préférable de garder pour nous cette stupéfaction. Vous avez sans doute remarqué la présence bruyante, devant ce bâtiment, de journalistes et de cameramen ?

— En effet.

— Moins nous leur fournissons de détails, mieux nous nous porterons. Je vous en parle car il ne fait aucun doute qu'ils essaieront de vous accaparer.

McDuffie écarquilla les yeux à cette perspective.

— Je n'ai pas l'intention de répondre à leurs questions. La commissaire s'en chargera.

— Excellent, conclut Pendergast.

En croisant son regard, Coldmoon remarqua que les yeux de son collègue brillaient d'une lueur intense.

15

McDuffie leur ayant signalé la possibilité de sortir sur l'arrière du bâtiment, les deux inspecteurs se retrouvèrent dans une ruelle épargnée par la fureur des médias. Le premier réflexe de Coldmoon fut d'aspirer une longue bouffée d'air humide dans l'espoir de se débarrasser des relents d'antiseptiques de la salle d'autopsie.

— Seriez-vous pratiquant, par le plus grand des hasards ? l'interrogea Pendergast.

— Pas dans le sens où vous l'entendez.

— Peut-être accepterez-vous toutefois de faire une exception dans le cas présent ? Votre présence me serait agréable.

Coldmoon poussa un soupir.

— Dans le cas présent, comme vous dites, quel rapport entre notre enquête et la religion ? À moins que vous ne souhaitiez me réformer ?

— Vous réformer ? Ce serait un échec inévitable. Mais sans doute avez-vous remarqué le tatouage que portait au poignet l'excellent professeur Cobb ?

— Oui. On aurait dit l'écusson d'un régiment. Je n'aurais jamais cru que ce vieux bonhomme puisse être un ancien combattant.

— Il ne s'agit nullement de l'écusson d'un régiment, mais des armes d'une vieille et noble lignée.

Plus précisément celles de la famille Báthory, originaire de Transylvanie en Hongrie.

— De Transylvanie ? Comme Dracula ?

Pendergast hocha la tête.

— Trois dents horizontales stylisées. L'écu original était entouré d'un dragon se mordant la queue.

Une fois de plus, Pendergast prenait un malin plaisir à le tenir en haleine.

— Ces armes ont été attribuées à un guerrier du XIVe siècle nommé Vitus qui avait vaincu le dragon des marais dont était menacé le royaume d'Ecséd.

— Grand bien lui fasse. J'ai entendu dire que les dragons des marais étaient particulièrement dangereux.

— L'une de ses descendantes, aux alentours de l'an 1600, était la comtesse Élisabeth Báthory de Ecséd, dont le nom figure en bonne place dans le *Livre Guinness des records*.

— À quel titre ?

— Elle est considérée comme la tueuse en série la plus prolifique au monde. On prétend qu'elle aurait assassiné six cent cinquante femmes, vierges pour la plupart, de façon à préserver sa beauté en se baignant dans leur sang. L'histoire l'a baptisée « la comtesse sanglante ».

— Seigneur !

— Dans le cadre feutré du musée Owens-Thomas m'est venue une idée : quelle raison un historien aussi terne que notre professeur Cobb aurait-il de porter un tel tatouage ?

— Il pourrait s'agir d'un descendant des Báthory.

— Non. Ainsi que je vous l'ai expliqué, à peine avions-nous tourné le dos qu'il se précipitait chez la veuve Culpepper. Notre visite l'inquiétait, il lui fallait la consulter au plus vite. Je l'ai donc suivi et lorsqu'il est reparti, je me suis arrogé le droit d'une petite visite à cette femme.

— Sous quel prétexte ?

— J'ai feint d'être un témoin de Jéhovah. Elle m'a promptement éconduit, mais cette rencontre éclair m'a permis de voir que Mme Culpepper portait un tatouage identique au poignet.

— Vraiment ? C'est peut-être une secte.

— Indéniablement.

Coldmoon fronça les sourcils.

— Une secte qui aurait besoin de sang pour ses rites, si ses membres entendent suivre l'exemple d'Élisabeth Báthory. Et même beaucoup de sang.

— Excellent.

— Vous pensez que la vieille église qu'elle a rachetée leur sert à pratiquer leurs saloperies ?

— Je l'espère.

— Vous l'« espérez » ? réagit Coldmoon en éclatant de rire. Vraiment ?

— Mon cher Coldmoon, je nourris effectivement l'espoir de résoudre cette affaire afin d'éviter que les victimes s'accumulent.

— C'est logique. Quand allons-nous voir là-bas ce qui se trame ?

— Ce soir même, à minuit. C'est le meilleur moyen de les surprendre. Dans cette attente, je compte me procurer un mandat afin d'organiser un raid. Nous devons les prendre la main dans le sac. Ou plutôt dans le sang.

— Comment pouvez-vous savoir qu'ils comptent se réunir ce soir ?

— On célèbre demain l'anniversaire de la mort d'Élisabeth Báthory, enfermée dans une pièce de son château. Il me semble probable que cette commémoration s'accompagnera de rites. Peut-être même de rites sanglants.

16

Constance Greene, confortablement installée dans le salon Suwanee de l'hôtel Chandler House, sirotait du thé Bao Zhong tout en contemplant le charmant petit parc qui s'étendait de l'autre côté de West Gordon Street. Le salon de thé de l'établissement, tout en longueur, était bordé sur sa face extérieure d'une paroi de verre soufflé dominant Chatham Square.

Constance se sentait parfaitement dans son élément à Savannah, surtout après avoir séjourné en Floride. Elle trouvait celle-ci trop moderne et goûtait assez peu le contraste entre son urbanisme exacerbé et ses faux airs de paradis tropical. En dépit des meurtres récents, Savannah était une ville provinciale arc-boutée à son passé. Moins la flétrissure de l'esclavage, dont la cité s'efforçait d'oublier l'horreur, que la nostalgie d'une ère plus innocente où il faisait bon lire les romans de Trollope, se promener dans des parcs dont les arbres avaient été plantés avec la volonté de redessiner le paysage des siècles à venir. Savannah avait échappé au vandalisme architectural des années 1950 et 1960 en préservant le lien avec son passé, et cette démarche ne pouvait que trouver un écho chez Constance puisqu'elle avait grandi en un temps largement révolu.

À l'hôtel Chandler House, le petit-déjeuner était servi entre 8 et 10 heures chaque matin. À son arrivée à 9 h 45, Constance avait demandé une table dans un coin reculé de la pièce. Assise dos au mur, elle avait tout le loisir d'observer le ballet des autres occupants de l'établissement tout en gardant un œil sur la rue et le square. De façon amusante, plusieurs clients, des touristes à n'en pas douter, étaient venus lui demander leur chemin, la prenant pour une autochtone, ou peut-être une employée de l'hôtel, du fait de sa tenue désuète.

Elle avait commandé, avec son thé, un œuf poché servi avec du cresson et de la sauce rémoulade. Deux serveuses assuraient le service, l'une d'âge moyen et l'autre plus jeune. Les clients se faisaient rares à cette heure et les deux femmes se tenaient au fond de la salle. Voyant qu'il était presque 10 heures, Constance repoussa les restes de son œuf et commanda un scone avec de la crème et de la confiture de cassis. Vingt minutes plus tard, sa pâtisserie intacte et une grille de mots croisés devant elle, elle était la seule occupante de la salle du petit-déjeuner. Les deux employées, à l'approche de leur fin de service, discutaient paisiblement.

Tout en observant la circulation d'un air songeur, Constance écoutait attentivement leur conversation, en dépit du fait qu'elles parlaient à mi-voix. Elle commença par noter leurs noms au-dessus de ses mots croisés, à l'aide de son stylo en or. Au terme d'un quart d'heure de ce manège, elle s'arrangea pour renverser le pot de crème.

— Je suis désolée ! balbutia-t-elle alors que les serveuses se précipitaient.

Elle se leva avec une maladresse feinte et trouva le moyen d'éclabousser de crème la jupe noire de l'une des deux femmes et le chemisier de sa collègue. Elle s'empressa de se confondre en excuses.

— Je vous en prie, asseyez-vous et ne bougez pas, je vais chercher des serviettes propres.

— Oh, madame, jamais de la vie ! s'écria la plus âgée des deux serveuses en essuyant sa main sur son tablier empesé.

— Ne soyez pas ridicule, insista Constance en les forçant à prendre place à sa table. Je ne partirai pas tant que je n'aurai pas réparé les dégâts causés par ma faute.

Les serveuses finirent par s'asseoir en protestant mollement alors que Constance, retrouvant soudain toute son agilité, apportait une pile de serviettes ainsi qu'une cruche remplie d'eau fraîche.

— N'hésitez pas à rincer abondamment, conseilla-t-elle aux deux femmes.

— Mais enfin, madame, déclara la plus jeune, si jamais M. Drinkman...

— Il ne trouvera rien à y redire une fois que je lui aurai tout expliqué.

Le visage de la jeune femme s'éclaira.

— Vous devez être quelqu'un d'important, si vous connaissez M. Drinkman ?

Constance, un sourire aux lèvres, balaya la question d'un geste, laissant entendre à son interlocutrice que c'était le cas avant d'entamer la conversation avec le plus grand naturel.

En l'espace de quelques minutes, elle appelait les serveuses par leurs prénoms, Hélène et Joan.

— Je ne veux pas vous retarder, finit-elle par leur dire. J'imagine que vous devez être bien occupées, surtout depuis que Pat Ellerby s'est noyé. Sans parler du choc qu'aura provoqué sa disparition, et des interrogatoires de police.

— Ça, c'est bien vrai, approuva Hélène, la plus âgée, en hochant vigoureusement la tête.

— Entre nous, reprit Constance sur le ton de la confidence, vous pensez que M. Drinkman se montrera à la hauteur ? Pat ne parlait jamais de lui.

— Vous connaissiez aussi M. Ellerby ? s'enquit Joan.

Constance acquiesça en prenant un air de circonstance.

— M. Drinkman se donne beaucoup de mal, poursuivit Joan, mais ça sera pas facile pour lui. M. Ellerby était très secret, il expliquait jamais rien à personne. Surtout quand il s'agissait d'*elle*.

— Elle ?

Joan releva la tête.

— Oui, Mlle Frost. Il était... aux petits soins avec elle.

— C'est surtout elle qui se montrait possessive avec lui, la corrigea Hélène en achevant d'éponger la crème sur sa manche. En tout cas, c'est une drôle d'histoire. Certains clients ont pris peur et sont partis, alors que d'autres se sont précipités comme des mouches sur un pot de miel. Surtout quand on a commencé à parler du vampire.

Les deux femmes échangèrent un regard entendu.

— Résultat des courses, M. Drinkman en a pardessus la tête, si vous me passez l'expression.

— J'ai cru comprendre que Pat Ellerby n'avait pas été retrouvé tout de suite, déclara Constance.

Les serveuses opinèrent.

— Il se rendait toujours dans le petit parc pour fumer, mais jamais à la même heure. D'un seul coup, il disparaissait. Comme ça, ajouta Hélène en claquant des doigts. Une minute, il lisait les pages financières du journal, et la suivante il s'enfermait dans son antre.

— Quel antre ? voulut savoir Constance.

— Un bureau au sous-sol dans lequel il « boursicotait », comme il disait toujours. C'était sa passion. Et il faut dire...

Elle marqua un temps d'arrêt avant de poursuivre :

— J'avais cru comprendre qu'il était champion à ce petit jeu-là.

— Comment le savez-vous ? s'étonna Constance.

— Ces derniers mois, il s'était acheté toutes sortes de trucs. Un pick-up Ford King Ranch, rien que ça. Et aussi une belle montre.

— Joan ! s'écria Hélène d'un air de reproche.

— Peut-être s'agissait-il de cadeaux de Mlle Frost ? suggéra Constance.

— C'est pas son genre, réagit Hélène.

— Mais vous dites vous-mêmes qu'elle appréciait beaucoup Ellerby.

— C'était même son préféré, acquiesça Joan. Mais ça ne l'empêchait pas de se mettre en colère contre lui. Un soir, on l'a vue débarquer dans le hall de l'hôtel. C'était la première fois que je la voyais mettre les pieds dehors depuis au moins un ou deux ans. Elle a foncé comme une furie dans le bureau d'Ellerby au sous-sol alors qu'il était pas là. Comme quoi elle est pas aussi fragile qu'elle le prétend ! Seigneur ! Si vous les aviez entendus s'engueuler quand il est rentré ! On aurait dit qu'elle cassait toute la vaisselle.

La jeune femme ponctua sa phrase d'un petit sourire satisfait.

— Quand a eu lieu cet incident ? demanda Constance.

— Voyons voir... C'était la veille du jour où M. Ellerby a disparu. Non ! Le jour d'avant.

Constance se demanda si la colère de Frost aurait pu être déclenchée par la découverte de malversations pratiquées par Ellerby.

— Avant de la voir se précipiter ce soir-là dans le hall de l'hôtel, vous pensiez qu'elle était confinée chez elle du fait de sa santé précaire ?

Les deux femmes échangèrent un nouveau regard.

— C'est ce qu'on nous avait dit, en tout cas, répondit Hélène.

Cette prudence soudaine ne manqua pas d'attiser les soupçons de Constance.

— Elle est donc malade ?

— Disons qu'elle est... excentrique. Avec l'âge, elle devenait de plus en plus dépendante de M. Ellerby. C'était lui qui veillait à ce que lui soient livrés tous ses repas. Il s'occupait de son linge, programmait les visites de son médecin. Il passait régulièrement chez elle pour lui lire de la poésie et l'écouter jouer du piano. De la musique classique.

— Même à la suite de leur dispute ? s'étonna Constance.

— C'était un peu comme une querelle d'amoureux, répondit Joan en baissant la voix. Les gens se faisaient toutes sortes d'idées sur leur relation. Et maintenant qu'il est mort, elle est dans tous ses états.

— On nous a demandé de déposer ses repas devant sa porte, précisa Hélène. Elle ne laisse entrer personne. Et personne n'a la clé de la porte qui donne sur l'escalier de secours.

Joan ne laissa pas à Constance l'occasion d'interroger Hélène à ce sujet.

— Faut dire que personne n'a envie non plus d'aller chez elle, glissa-t-elle dans un murmure. Ça pourrait être... dangereux.

Croyant à une plaisanterie, Constance gloussa. Comme les deux femmes conservaient une mine grave, elle s'empressa d'étouffer son rire dans sa serviette en feignant une quinte de toux.

L'apparition de Drinkman sur le seuil de la pièce mit un terme à la conversation. Les serveuses se levèrent précipitamment, empilèrent les serviettes sales et débarrassèrent la table de Constance avant de s'enfuir en direction des cuisines.

Restée seule, la jeune femme reporta son regard violet sur Chatham Square. Les paupières mi-closes, quasiment sans ciller à la façon d'un chat, elle figurait une statue énigmatique dans le soleil de cette fin de matinée.

17

— Et c'est ici qu'on l'a pendue, déclama d'une voix sonore le guide, un certain Grooms, en tendant un index tremblant en direction d'une poutre sombre dans les hauteurs du hall d'entrée. Le cocher a serré la corde autour du cou de la malheureuse servante, l'a lancée au-dessus de la poutre, et l'a tirée de toutes ses forces pendant qu'elle se débattait.

Il marqua une pause dramatique, son visage cadavérique dessinant un masque d'horreur.

— On peut toujours voir les meurtrissures laissées par la corde dans le bois.

Wendy Gannon, qui surveillait les images de ses deux cameramen sur les écrans de sa console, se fit la réflexion que Grooms était un bon client pour le documentaire. Il ne faisait guère de doute qu'il entretenait soigneusement son look, à en juger par son costume râpé trop grand pour sa silhouette décharnée d'un mètre quatre-vingt-dix-huit, ses mèches grises et ses orbites creusées. Elle le soupçonnait même de forcer le trait en se maquillant. Rien d'étonnant à ce que Montgomery House soit l'une des maisons hantées les plus visitées de Savannah.

Alors que l'index osseux du guide restait tendu vers le plafond, Gannon murmura au second cameraman, à l'aide de son oreillette, de faire un gros plan sur la poutre à l'endroit précis où la corde avait entamé le bois.

Elle s'autorisa un coup d'œil en direction de Moller. Le visage impénétrable, la tête légèrement penchée, ce dernier écoutait attentivement les explications de Grooms. Deux siècles plus tôt, le cocher de la maison s'était fiancé à l'une des servantes. Ils filaient le parfait amour jusqu'au jour où il s'était mis en tête qu'elle le trompait. Pris d'un accès de rage, il avait pénétré de force dans la chambre qu'occupait la jeune fille dans le grenier, lui avait passé la corde au cou et l'avait traînée jusque dans le hall de la vieille demeure où il l'avait pendue. Son forfait accompli, il avait regagné ses quartiers, s'était allongé sur son lit et s'était tranché la gorge à *deux* reprises.

— Depuis, conclut le guide, le même phénomène se produit invariablement à minuit.

Il retint son souffle en haussant ses sourcils broussailleux.

— Pas tous les soirs, bien sûr, mais souvent. Des dizaines de personnes affirment avoir *entendu le crime*. Tous les témoignages concordent. La scène débute toujours par un cri étranglé, vite étouffé, puis on entend quelqu'un que l'on entraîne de force dans un couloir. Vient ensuite le bruit d'une lourde corde qui s'enroule autour de la poutre. Le chanvre se tend et grince en glissant sur le bois pendant qu'on le tire. À ce moment-là, la corde se tend lourdement et l'on identifie sans peine le cri étranglé de la victime. Alors...

Il marqua un temps d'arrêt.

— Alors, on entend un pas pesant repartir en sens inverse dans le couloir. Une porte s'ouvre et se referme, un sommier grince... Jusqu'à ce que se fasse entendre le gargouillis de quelqu'un qui se tranche la gorge avec un rasoir.

Les deux caméras ayant dûment enregistré la description du vieil homme, Betts donna l'ordre de couper. Ravi, il frotta ses mains grassouillettes l'une contre l'autre.

— Génial ! Absolument *génial* ! Gerhard, c'est à vous.

Moller hocha calmement la tête. Il avait apporté sa lourde mallette à roulettes dont il souleva le couvercle. Sagement lovés dans leur écrin de mousse apparurent ses appareils mystérieux.

— Faites-moi un plan du *flight-case*, décida Betts.

— Non, l'arrêta sèchement Moller. Je vous l'ai déjà expliqué, monsieur Betts, je *refuse* que l'on montre mon matériel lorsqu'il est rangé. Vous aurez tout le loisir de le filmer pendant que je m'en servirai.

— C'est bon, d'accord, maugréa Betts.

Sous l'œil éteint des caméras de Gannon, Moller sortit de la caisse ce qui ressemblait à un oscilloscope à l'ancienne muni d'un écran en forme de hublot, un appareil photo protégé par un étui, un objet en forme d'étrier ressemblant à une baguette de sourcier, ainsi qu'une pierre translucide noire, probablement de l'obsidienne. Il aligna le tout sur un carré de velours noir et donna d'un signe l'autorisation à Betts de filmer la suite. Gannon donna aussitôt son aval aux cameramen.

Betts s'avança dans le champ des caméras, son visage rendu blême par un éclairage en contre-plongée.

— Minuit approche, l'heure à laquelle les fantômes du cocher et de la servante revivent le drame sinistre qui les a emportés. Le professeur Gerhard Moller prépare ses outils et ses appareils de mesure. Si certains datent de l'époque médiévale, il a lui-même imaginé et mis au point les autres. L'ensemble forme un tout capable d'enregistrer ce que les spécialistes de l'occulte nomment les « turbulences spiritiques », c'est-à-dire les fantômes et les forces paranormales. Mais attendons qu'il soit minuit. Êtes-vous prêt, professeur Moller ?

— Oui, répondit le prétendu savant.

Comme Betts n'enchaînait pas, Gannon lui donna un discret coup de coude.

— Nous avons avec nous Mme Daisy Fayette, une célèbre spécialiste de l'histoire surnaturelle de Savannah, reprit le réalisateur.

Les cameramen braquèrent leurs objectifs sur la femme grassouillette qui se tenait près de Moller.

Betts, désormais hors cadre, affichait une mine maussade. Gannon connaissait la raison de son agacement. Trouvant Fayette peu photogénique, il souhaitait au départ limiter son rôle à quelques interventions en voix off, mais la directrice de la photo l'avait convaincu que la crédibilité du documentaire serait renforcée par la présence à l'écran, même brève, d'une « historienne » locale. Gannon n'avait pas tort, de façon assez paradoxale, car le visage trop poudré de la vieille femme avait toute sa place dans un documentaire censé donner la chair de poule.

— Montgomerie House, expliqua Fayette d'une voix mélodieuse en s'avançant, est considérée par les historiens du surnaturel comme la maison hantée la plus remarquable de Savannah. Les chercheurs attribuent ce fait à la brutalité du drame qui s'est déroulé ici autrefois. Les âmes des deux malheureux concernés sont à jamais prisonnières de l'au-delà, emportées par un tourbillon sans fin qui contraint le meurtrier et sa victime à revivre éternellement l'horreur de ce crime. Le temps tel que nous le connaissons n'existe pas dans l'univers spirituel, si bien que certains esprits troublés se trouvent condamnés pour les siècles des siècles à errer dans la tourmente de…

— Peuvent-ils se transformer en vampires ? la coupa Betts. Je pense au Vampire de Savannah.

L'interruption désarçonna la vieille femme.

— Eh bien… je ne sais pas. Le Vampire de Savannah relève d'une légende bien distincte, de sorte que…

— C'est bien, coupez, décida Betts.

Il se tourna vers Gannon.

— On arrangera ça au montage, préconisa-t-il.

La jeune femme se promit de s'assurer qu'il ne coupe pas entièrement la séquence.

— On reprend sur moi dans cinq secondes, poursuivit Betts en affichant instantanément un sourire alors que les caméras pivotaient dans sa direction. À présent, enchaîna-t-il sans un remerciement à Mme Fayette, le professeur Moller va installer son matériel à l'endroit même où s'est déroulé le meurtre, à l'heure précise où il est survenu, dans l'espoir de détecter, et de photographier les turbulences spiritiques.

Moller avait eu le temps de brancher son oscilloscope et une ligne sinueuse verte traversait paresseusement l'écran rond de l'appareil. Il prit à deux mains la baguette de sourcier en argent dont la surface polie brillait sous les projecteurs. Très lentement, suivi par les caméras, il entama une ronde sous la poutre usée par la corde. Au même moment, une pendule ancienne sonna les douze coups de minuit dans les profondeurs de la maison.

Un lourd silence s'abattit sur le vaste hall d'entrée. Même Gannon, pourtant persuadée que toutes ces idioties étaient du flan, sentit un frisson lui parcourir l'échine. Au gré des interventions précédentes, l'éclairagiste avait progressivement baissé l'intensité des projecteurs. Une technique vieille comme l'invention du cinéma, mais toujours aussi efficace. Le décor de la maison, avec ses meubles victoriens sinistres, ses miroirs tavelés et ses tapis usés, ajoutait à l'atmosphère dramatique. Grooms, légèrement en retrait, attendait la suite, mais Daisy Fayette, sans doute vexée d'avoir été coupée de façon aussi brusque, avait sorti son téléphone et rédigeait un texto.

Le dernier coup de minuit s'estompa dans la pénombre et le silence reprit ses droits. Moller, imperturbable, poursuivait sa ronde au centre de la pièce. Il finit par s'immobiliser après quelques minutes, posa la baguette de sourcier et saisit le bloc d'obsidienne. Il le porta à son œil et observa le hall d'entrée à travers la pierre translucide pendant une éternité avant de replacer le bloc sur son lit de velours.

— Que se passe-t-il ? lui demanda Betts. Qu'avez-vous découvert ? Vous comptez prendre des photos ?

— Conduisez-moi dans la chambre où le cocher s'est tranché la gorge, dit-il sans répondre aux questions du réalisateur.

— Par ici, l'invita Grooms.

Pendant que les techniciens déplaçaient les projecteurs, Moller récupéra la baguette de sourcier et la pierre noire, puis il emboîta le pas au propriétaire de la maison, suivi par les cameramen qui continuaient de filmer la scène. Le petit groupe grimpa dans les étages de la maison, jusqu'à une petite chambre aménagée tout au fond du grenier. La pièce, chichement meublée, sentait le renfermé. Moller reprit son manège en s'approchant très lentement du lit, armé de sa baguette en argent, avant d'examiner la pièce dans ses moindres recoins à travers le bloc d'obsidienne. À la demande de Gannon, il autorisa l'un des cameramen à filmer brièvement la pierre translucide, et la chambre apparut sur l'écran de contrôle, déformée et floue.

Gannon se fit la réflexion que Moller avait soigneusement mis au point son petit numéro.

Une quinzaine de minutes s'écoulèrent en silence sous le regard des caméras et Gannon commença à s'inquiéter car les images prenaient de la place sur son disque dur. Il lui faudrait surtout les monter ensuite, mais elle ne pouvait prendre le risque d'arrêter le tournage.

Enfin, Moller se tourna vers l'équipe avec un grand soupir.

Betts s'avança.

— Professeur Moller, nous sommes impatients de savoir ce que vous avez découvert.

— Rien, laissa tomber le chercheur.

— Rien ? Que voulez-vous dire, rien ?

— Cette maison n'est nullement hantée. Je n'ai pas détecté la moindre turbulence spiritique. Il n'y a rien.

— Comment est-ce possible ? s'écria Grooms en élevant la voix. De nombreux témoins, des *dizaines* de témoins peuvent attester que Montgomerie House est hantée !

— Peut-être ne sommes-nous pas venus le bon soir ? suggéra Betts. N'est-il pas possible que les esprits soient... au repos ?

— Le jour choisi ne change rien, affirma Moller d'une voix grave. Il n'y a rien dans ce lieu. Quand bien même les esprits ne se manifesteraient pas aujourd'hui, je pourrais mesurer des turbulences. Or mes instruments n'en ont détecté aucune. Les esprits, si tant est qu'ils aient été présents un jour dans cette maison, ont disparu depuis longtemps. Cette maison est vide, ce n'est qu'un piège à touristes.

— Coupez ! *Coupez !* hurla Betts.

Il posa sur Moller un regard courroucé.

— C'est quoi cette histoire, Gerhard ? Montgomerie House est la maison hantée la plus célèbre de Savannah ! Je ne pourrai rien tirer de cette séquence !

Grooms, le visage écarlate, acquiesça vigoureusement.

— Le problème ne tient peut-être pas à la maison, mais à tous vos tours de passe-passe ! s'emporta-t-il en désignant avec dédain le matériel de Moller. Les fantômes sont là, et bien là ! C'est *vous* qui n'avez pas su les détecter !

Moller posa sur lui un regard glacial et redescendit sans un mot au rez-de-chaussée où il s'employa à ranger ses instruments. Comme Daisy Fayette faisait mine de donner son avis, Betts la fit taire d'un geste.

— Je ne veux plus la voir, glissa-t-il d'un air mauvais à l'un de ses assistants avant de se tourner vers le chasseur de fantôme à qui il s'adressa en s'efforçant de conserver son calme : Écoutez, Gerhard. Ce documentaire nous coûte beaucoup d'argent et d'efforts. Cette maison hantée est parfaite. Pourquoi ne pas tenter une nouvelle expérience en veillant cette fois à ce que vos appareils fonctionnent ?

Moller se raidit.

— Mes appareils fonctionnent *parfaitement*, dit-il sur un ton polaire.

— Nom de Dieu, Moller ! Alors arrangez-vous pour qu'ils fonctionnent *mieux* !

Le chasseur de fantômes ouvrit de grands yeux.

— Que croyez-vous donc ? Il ne s'agit pas d'une attraction de foire. Je suis un *scientifique*.

Il laissa s'écouler un instant avant de poursuivre :

— Vous devriez être heureux de ces images, monsieur Betts. Car si nous découvrons des éléments intéressants ailleurs, ce que je crois, le résultat négatif de ce soir ne donnera que plus de poids à ces découvertes.

Betts médita longuement l'avis de son interlocuteur. Un petit sourire flotta bientôt sur ses lèvres.

— Vous avez raison, Gerhard. Toutes mes excuses.

Moller hocha sèchement la tête.

— Ça tourne ! ordonna Betts en s'adressant à Gannon.

Celle-ci adressa un signe aux cameramen qui braquèrent leurs objectifs sur le réalisateur.

— Ainsi que vous pouvez le constater, déclara-t-il d'un air grave, détecter des présences surnaturelles est un processus scientifique long et délicat. Il ne suffit pas d'invoquer les esprits pour qu'ils se manifestent. Si le professeur Moller, dont la réputation n'est plus à faire, n'a rien trouvé ce soir, c'est tout simplement parce que ce lieu n'abrite pas de fantômes.

— Pas de fantômes ? se récria Grooms. Tout le monde vous dira que Montgomerie House est la plus célèbre maison hantée de Savannah !

Betts posa sur lui un regard méprisant.

— En tout cas, monsieur Grooms, tout le monde saura bientôt que cet endroit n'est qu'un piège à touristes. Une imposture que le professeur Moller a mise au jour.

— Comment osez-vous ! Coupez tout de suite ces caméras !

Les objectifs zoomèrent sur son visage déformé par la colère.

— C'est de la diffamation ! Je vous traînerai en justice !

Gannon n'aurait pas raté une telle séquence pour un empire, admirative de la façon dont Betts avait su renverser la table en tirant profit d'un tel fiasco. Elle en arrivait à se demander, une fois de plus, si Moller ne possédait pas un certain génie.

18

L'église se trouvait à une vingtaine de minutes de marche du centre-ville. En dépit de l'heure tardive, les trottoirs débordaient de touristes et d'étudiants ivres, les bars battaient leur plein, les restaurants étaient bondés et les parcs accueillaient encore de nombreux promeneurs. Le sanctuaire ouvrait ses portes à l'extérieur immédiat de la vieille ville historique, en bordure d'un quartier défavorisé infiniment moins reluisant. La façade en brique du bâtiment était marbrée de traînées d'humidité et plusieurs ardoises du toit s'étaient envolées. Le petit parking était plein et Coldmoon s'étonna d'y découvrir autant de véhicules de luxe : des Maserati, des BMW, des Audi. Plusieurs panneaux de contreplaqué aveuglaient les fenêtres du rez-de-chaussée.

Pendergast avait obtenu un mandat de perquisition l'autorisant à pénétrer dans les lieux par la force, mais Coldmoon le soupçonnait de ne pas vouloir forcer la porte principale.

Il ne s'était pas trompé. Son compagnon quitta Bee Street, où la circulation restait dense alors qu'il était minuit, et l'entraîna vers la partie arrière de l'édifice. Les deux hommes découvrirent l'entrée d'une petite sacristie, ainsi qu'un modeste presbytère aux fenêtres également barricadées. Pendergast franchit d'un bond une balustrade métallique, rapidement imité par Coldmoon, et se glissa jusqu'à la petite porte du presbytère, fermée par un cadenas tout neuf qui tranchait avec le chêne usé du battant. Pendergast tira des replis de son costume une pochette en cuir contenant un kit de crochetage. En un tournemain, le cadenas s'ouvrit sous ses doigts agiles.

Il colla l'oreille contre la porte pendant un bon moment, puis il écarta lentement le battant. Les gonds, parfaitement huilés, n'émirent pas le moindre grincement.

Les deux hommes s'enfoncèrent dans la pénombre d'une pièce qui vira au noir absolu une fois la porte refermée. Pendergast alluma une lampe de poche et fit courir le faisceau autour de lui. La petite entrée dans laquelle ils se trouvaient donnait à gauche sur un salon miteux, à droite sur une salle à manger. Face aux deux policiers s'ouvrait une porte. Pendergast s'en approcha, y colla son oreille et fit signe à Coldmoon de l'imiter.

Ce dernier s'exécuta et entendit un concert de voix psalmodiant des paroles inintelligibles.

— Ils chantent *a cappella*, murmura Coldmoon. Pas mal.

— En règle générale, chuchota son compagnon en retour, les presbytères sont reliés au sanctuaire par deux portes. La première destinée aux visiteurs, la seconde à l'usage du prêtre. C'est celle-là qui nous intéresse.

Il gagna la cuisine en passant par la salle à manger. Le faisceau de la torche se posa sur un gros bidon en plastique contenant un liquide indéterminé. Pendergast prit un verre sur une étagère et le plaça sous le robinet de la bonbonne.

Un épais jus rouge remplit le verre.

— Putain ! réagit Coldmoon en reculant machinalement d'un pas.

Pendergast sortit de sa poche une éprouvette et préleva un peu du sang contenu dans le verre à l'aide d'un coton-tige qu'il enferma dans le tube avant de rempocher celui-ci. Il s'approcha de la porte qui s'ouvrait au fond de la cuisine et tourna la poignée. Le battant s'écarta et le volume sonore des psalmodies augmenta sensiblement. Une lueur rougeâtre filtra à travers l'interstice et Pendergast observa la scène quelques instants avant d'inviter son collègue à le rejoindre.

La porte donnait sur la sacristie, au-delà de laquelle s'ouvrait l'abside de l'église.

L'autel avait cédé la place à une estrade sur laquelle une demi-douzaine d'individus nus tournaient en rond en chantant, les mains tendues au-dessus de la tête. Pour la plupart âgés et en surpoids, chauves pour les hommes, les cheveux teints pour les femmes, ils étaient couverts de sang. Au centre du cercle dessiné par le petit groupe s'étalait un pentagramme tracé à la craie, ses extrémités affublées de symboles étranges. Une femme, également nue et couverte de sang, arpentait l'estrade. Elle portait autour du cou un collier macabre auquel étaient accrochées des statuettes en or figurant des démons. Elle tenait entre ses mains un pot en cuivre et un pinceau qu'elle trempait régulièrement dans un liquide dont elle badigeonnait les danseurs. Coldmoon crut deviner qu'il s'agissait de sang.

À peine visible dans la lumière rouge qui éclairait faiblement la nef se trouvait un auditoire également composé de personnes âgées des deux sexes. La litanie prit de l'ampleur et les spectateurs commencèrent à se déshabiller avant de se rassembler par petits groupes de deux ou trois personnes qui multipliaient les caresses réciproques tout en continuant d'observer le rituel.

Pendergast referma la porte sans bruit.

— Ce sont des rites sataniques, à votre avis ? lui demanda Coldmoon, écœuré par le spectacle auquel il venait d'assister.

— Probablement, répondit Pendergast d'un air tout aussi dégoûté.

Le jeune inspecteur constata avec étonnement qu'il semblait déçu, voire déconfit.

— Ce n'est pas ce à quoi vous vous attendiez ? s'enquit Coldmoon. On dirait que l'orgie est sur le point de commencer.

— Je crains fort de m'être trompé. Ces gens sont des… des amateurs.

— Vraiment ? Je les trouve bien motivés pour des amateurs.

Les chants faiblirent brusquement et Pendergast se précipita vers la porte qu'il écarta de quelques centimètres.

— Vite ! dit-il à Coldmoon. Cachons-nous là, elle vient.

Les deux hommes eurent tout juste le temps de se réfugier au fond d'un grand placard dont ils refermèrent la porte presque complètement. La femme qui badigeonnait les fidèles remplit son pot au robinet de la bonbonne et repartit sans attendre.

Un poing s'abattit au même instant sur la porte principale de l'église, tandis qu'une voix amplifiée par un mégaphone résonnait dans la nuit.

— FBI ! Nous avons un mandat de perquisition ! Ouvrez !

— Juste à temps, commenta Pendergast d'un air sombre.

Le grondement caractéristique d'un bélier ébranla la porte à plusieurs reprises au milieu d'une tempête de hurlements et de cris de surprise. Le double battant vola en éclats alors que les gonds cédaient et une nuée d'agents se ruèrent à l'intérieur du sanctuaire.

— FBI ! répéta l'utilisateur du mégaphone, et Coldmoon reconnut la voix de son collègue Carracci. Tout le monde à plat ventre ! *À plat ventre, bordel !* Tout de suite ! Les mains bien visibles !

Pendergast ouvrit la porte de la sacristie et entra dans l'abside, Coldmoon sur ses talons. Les danseurs nus s'allongeaient les uns après les autres sur l'estrade au milieu des flaques de sang. Les hommes du FBI, l'arme au poing, se déployèrent à travers l'église en s'assurant que les satanistes n'étaient pas armés.

— C'est bon ! cria l'un des agents fédéraux.

Les nouveaux arrivants procédèrent à une fouille éclair sous la direction de Pendergast qui les conduisit jusqu'à la cuisine. La bonbonne remplie de sang se trouva aussitôt confisquée, en même temps que les masques, les costumes, les cagoules, les calices, les godemichés, les statuettes et autres accessoires dérisoires de la secte. Pendergast, une moue d'insatisfaction aux lèvres, assista en silence à l'opération.

Les agents fédéraux ne procédèrent à aucune arrestation. La fouille achevée, les membres de la secte reçurent l'autorisation de se relever. En file indienne, honteux sous l'éclat cru des projecteurs qui éclairaient leurs corps difformes, ils déclinèrent leur identité l'un après l'autre. Coldmoon s'étonna que des satanistes fassent preuve d'une telle docilité. Certains d'entre eux tremblaient de peur, d'autres imploraient les agents fédéraux de ne pas révéler leur identité. Ce n'était pas le cas du professeur Cobb qui clamait haut et fort son droit de participer à un office religieux et se plaignait que sa liberté de croyance soit entravée, promettant d'appeler son avocat à la première heure le lendemain. Les policiers restèrent sourds à ses récriminations.

— C'est bon, foutez-moi tous le camp d'ici, décréta Carracci sur un ton peu amène.

Les adeptes de la secte s'égaillèrent à travers l'église dans une débauche de seins flottants et de testicules pendants. Le temps de récupérer leurs vêtements en toute hâte, ils regagnèrent leurs voitures et quittèrent le parking sur les chapeaux de roues. Au terme d'une brève discussion avec Carracci, Pendergast quitta à son tour le sanctuaire en compagnie de Coldmoon.

— Dommage qu'on n'ait pas pu les boucler, regretta Coldmoon.

— C'eût été une perte de temps.

— Comment ça ? Vous n'êtes donc pas d'avis que l'enquête est résolue ?

— Bien au contraire. Je pense même avoir commis une grave erreur.

— Une erreur ? Mais… vous avez remarqué leurs tatouages et établi un lien avec cette église ! En fait d'erreur, je trouve même que vous avez fait des étincelles.

— J'ai surtout manqué à la règle cardinale que je me suis toujours fixée : ne jamais penser de façon prématurée.

Ces scrupules parurent ridicules à Coldmoon.

— Mais enfin, vous avez bien vu tout ce sang !

— Je suis prêt à parier qu'il s'agit de sang animal, mais là n'est pas l'essentiel : en découvrant ce parking plein de voitures luxueuses et en assistant à ces rites grotesques, j'ai immédiatement compris combien je me fourvoyais. Ces gens sont de simples dilettantes qui s'amusent à jouer les satanistes. On s'apercevra qu'ils se sont rendus coupables de maltraitance animale, sans doute, mais rien de plus.

Le ou les assassins qui nous intéressent sont infiniment plus insidieux que ces amateurs d'occulte pathétiques.

Coldmoon secoua la tête. Lui qui croyait avoir bouclé l'enquête en un temps record se voyait revenir au point de départ. Cette perspective lui donna le tournis.

— Que cette mésaventure vous serve de leçon, mon cher ami. Il est toujours périlleux de tirer des conclusions hâtives, philosopha Pendergast. Ainsi que le disait le journaliste H. L. Mencken : « À chaque problème humain correspond une solution facile, plausible, et erronée. » Nous venons d'en avoir la preuve ce soir.

— Si vous le dites, bougonna Coldmoon. Que fait-on à présent ?

— Nous nous mettons en quête de véritables réponses. En commençant par nous intéresser à Ellerby.

19

Pendergast s'immobilisa au pied des marches usées et regarda autour de lui. Le raid de la veille lui laissait dans la bouche un goût amer, mais il préféra repousser loin de lui toute pensée négative.

Il flottait dans le sous-sol de Chandler House une odeur bien particulière, qu'il associa au temps jadis, faute de trouver une définition plus adéquate. Un curieux mélange de pierre humide, de poussière et de caoutchouc brûlé, agrémenté d'un faible relent de salpêtre, sans doute hérité de l'époque où le bâtiment abritait une fabrique de munitions. On avait manipulé là, à l'époque de la guerre de Sécession, de la poudre, du plomb et du laiton afin de fournir les balles de calibre .54 nécessaires à l'armement des fusils Sharp utilisés par la cavalerie confédérée. Pendergast trouva hautement stimulante cette collision olfactive entre le passé et le présent.

Une autre odeur venait se joindre à ce cocktail : le parfum de noix écrasée propre à la toxine connue sous le nom de tubocurarine. Il fronça les sourcils. Cela semblait indiquer que l'hôtel était infesté de rats et que la direction de l'établissement utilisait un produit daté puisque ce raticide était jugé inefficace depuis des années. Les rongeurs, faute d'avoir la capacité de vomir, se méfiaient par nature des odeurs inhabituelles. Mais il n'avait pas le temps de se soucier d'une telle broutille à cette heure.

L'endroit tout entier respirait la désuétude et l'abandon. Les ampoules nues qui pendaient du plafond dessinaient un trait de lumière qui s'enfonçait dans les profondeurs du sous-sol en peinant à chasser la pénombre de part et d'autre. De l'endroit où il se tenait, au pied de l'escalier, il nota la présence des fondations successives de l'édifice, le sol de pierre montant et descendant au gré des à-coups de l'histoire. Des recoins les plus sombres, épargnés par la lumière des ampoules, émergeaient des pièces à peine visibles : plusieurs garde-mangers, une cuisine abandonnée et son arrière-cuisine. Un secteur entier de la partie arrière de ces caves était condamné par de la rubalise jaune, une pancarte officielle précisant que son architecture était instable.

L'amateur de vieilles pierres qui sommeillait en lui aurait pris plaisir à explorer plus avant ces souterrains, mais il était venu là dans un but bien précis : fouiller la pièce qui avait servi de bureau à Ellerby.

On y accédait en franchissant un battant de bois fatigué, percé d'une vitre de verre dépoli. Pendergast tourna la poignée et constata que la porte était verrouillée. Il sortit son matériel de crochetage, se pencha au-dessus de la serrure, et le panneau de bois s'écarta sans bruit.

La pièce dessinait un carré de petite taille à la lumière des néons fixés au plafond. L'un d'eux fonctionnait par intermittence. Les trois écrans d'ordinateur alignés le long de l'un des murs étaient éteints, mais leur unité centrale était simplement en sommeil. À l'extrémité de la longue table sur laquelle étaient posées les machines se trouvait une imprimante. Une autre table, de dimensions plus modestes, accueillait plusieurs piles de dossiers de couleurs variées.

C'était donc là que le regretté Patrick Ellerby s'amusait à gérer son portefeuille boursier en journée.

En refermant la porte derrière lui avant de s'avancer dans l'antre du défunt, Pendergast se fit la réflexion que l'expression « en journée » était inexacte. À en croire les deux serveuses interrogées par Constance, Ellerby se réfugiait là dès qu'il en avait l'occasion, de jour comme de nuit. Ce détail était pour le moins curieux, les traders concentrant généralement leurs efforts pendant les heures d'ouverture de la Bourse.

Pendergast avait examiné le logement d'Ellerby, au deuxième étage de l'hôtel. Il n'y avait rien trouvé d'inhabituel, de compromettant, ou de particulièrement intéressant : essentiellement des livres et des magazines, des vêtements, ainsi que les appareils électroniques que l'on pouvait s'attendre à découvrir chez un célibataire d'âge moyen. Pendergast en avait été déçu, il aurait aimé dénicher dans les possessions d'Ellerby des éléments susceptibles de l'éclairer sur sa relation avec la mystérieuse propriétaire de l'établissement, celle-ci ayant refusé de répondre aux questions de quiconque, à commencer par celles de la police.

Deux documents attirèrent son attention lorsqu'il s'attarda sur le contenu du bureau : la facture du concessionnaire qui avait vendu à Ellerby un pick-up F-250 pour un montant supérieur à 70 000 dollars, et le reçu du bijoutier de Miami auprès duquel il avait acheté 30 000 dollars une montre automatique Vacheron Constantin.

Si les goûts d'Ellerby en matière d'automobile laissaient Pendergast indifférent, son amour des belles pièces d'horlogerie lui semblait nettement plus intéressant.

Les deux achats concernés avaient été effectués au cours du mois écoulé. Pendergast vit dans sa tête Ellerby conduisant le pick-up avec cette superbe montre au poignet, et le contraste entre les deux lui parut tout à fait incongru. En même temps, il conservait le souvenir de sa mère lui expliquant que les habitants de Savannah étaient tous des originaux. Il avait pu constater la veille au soir à quel point cet avis était justifié. Il poursuivit ses explorations en feuilletant les dossiers de couleur avant de les reposer sur le bureau.

Intriguée par Mlle Frost, la propriétaire de l'hôtel, Constance avait collecté les rumeurs circulant à son sujet. L'avant-veille du meurtre d'Ellerby, oubliant sa réputation d'ermite fragile, la vieille femme était descendue au sous-sol afin de se rendre dans cette pièce, après quoi avait eu lieu une violente dispute avec Ellerby. Voilà qui était étrange.

Pendergast s'intéressa ensuite aux ordinateurs. Il scruta longuement le contenu de la longue table, puis il sortit de sa poche une mini-torche, s'accroupit et procéda à un examen minutieux de l'unité centrale. Le ronronnement du ventilateur et la poussière accumulée au niveau de la grille arrière lui confirmèrent que la machine était rarement coupée, voire qu'elle tournait en permanence.

Il se releva et réveilla les trois écrans d'ordinateur l'un après l'autre en agitant leurs souris respectives. La barre d'un mot de passe s'afficha sur l'un des écrans, ce qui n'avait rien de surprenant puisque Ellerby se servait de ces machines pour procéder à des transactions financières. Pendergast constata qu'un même mot de passe permettait de débloquer les trois ordinateurs. Il laisserait les techniciens du FBI se charger d'en examiner le contenu.

Son attention fut attirée par un épais registre. Usé par le temps et protégé par une couverture de toile verte, il était posé sur le bureau près des trois moniteurs. Il s'en empara, le feuilleta, et y découvrit une liste de transactions rédigées d'une écriture précise. Chacune des lignes comportait une date et un montant, accompagnés d'abréviations et de symboles. Ce travail méticuleux s'étalait sur plusieurs années. Sans doute s'agissait-il du journal dans lequel Ellerby consignait ses opérations de Bourse. Pendergast trouva curieux qu'il n'ait pas souhaité enfermer ce registre dans un coffre, même si personne ne semblait s'être intéressé à ses transactions avant son assassinat. Il n'en était pas moins significatif que l'intéressé ait fait preuve d'une telle transparence, signe que ses transactions n'avaient rien de louche ou d'illicite. Jusqu'à la serrure de la porte, dont la banalité plaidait en faveur de l'honnêteté d'Ellerby.

Pendergast feuilleta rapidement le registre et constata que les dernières entrées étaient vieilles de huit jours.

Huit jours. Deux jours avant la mort d'Ellerby.

L'inspecteur remonta en arrière d'une dizaine de pages. Il y trouva la preuve que le gérant de l'hôtel avait effectué des transactions tout au long de la semaine précédant sa mort. Pas un jour ne manquait, jusqu'à ce que les transactions s'interrompent brusquement. L'examen des dernières entrées lui confirma que tout paraissait normal. Tout s'arrêtait et, deux jours plus tard, Ellerby était mort.

Pendergast reposa le registre, prit en main sa mini-torche et se mit à quatre pattes afin d'examiner le sol de la pièce dans ses moindres recoins.

Il s'assura que rien n'était dissimulé sous le plateau des tables et des sièges, le long des murs, dans l'unique meuble de rangement. Par précaution, il préleva quelques échantillons, sans rien découvrir d'intéressant : ni trace de sang, ni signe de lutte ou de violence. Tout indiquait qu'Ellerby avait profité d'une pause pour venir là une dernière fois et procéder à une tâche quelconque, avant de repartir en fermant la porte à clé derrière lui... et de trouver la mort.

Pendergast sortit de la pièce et éteignit la lumière. Au moment de verrouiller la porte, son regard se posa une nouvelle fois sur l'alignement des ampoules qui s'enfonçaient dans les profondeurs du bâtiment, puis il remonta les marches et sortit son téléphone afin de recommander aux équipes de police scientifique du Bureau de passer prendre les archives de Patrick Ellerby.

20

Le lendemain du raid, Coldmoon finissait son petit-déjeuner en compagnie de Pendergast lorsque le portable de ce dernier sonna. Tout en le regardant décrocher, le jeune inspecteur remua son café d'un air maussade et y trempa les lèvres. Imbuvable, comme de juste. De l'autre côté de la table, Pendergast écoutait en silence son correspondant et Coldmoon se demanda de qui il pouvait bien s'agir. Constance, qui s'était contentée d'une tasse de thé, était plongée dans la lecture du dernier numéro du *Lancet*. Curieuse lecture à une heure si matinale, mais Coldmoon avait définitivement renoncé à s'étonner des agissements de la jeune femme.

— Oui, finit par dire Pendergast avant de raccrocher.

— Qui était-ce ? lui demanda Coldmoon.

— Notre vieil ami, le sieur Pickett. Le sénateur souhaiterait que nous participions à une conférence de presse.

— Une conférence de presse ? Seigneur, pour quelle raison ?

Pendergast esquissa un sourire.

— Évoquer le Vampire de Savannah, bien sûr.

— C'est une plaisanterie, j'espère ?

— Le sénateur est un homme rusé, répondit Pendergast. Il n'a aucune envie que cette affaire lui explose à la figure, aussi prend-il les devants en tordant le bras de Pickett. Cette rumeur de vampire commence à se répandre en ville, il a décidé de fournir au grand public des informations fiables afin de couper court aux spéculations. La commissaire Delaplane est à la manœuvre, mais le maire sera là et notre présence sur place est requise à ses côtés.

— Sauf que nous n'avons rien de précis à communiquer aux journalistes, remarqua Coldmoon. En dehors du raid de la nuit dernière dans l'église. À l'heure qu'il est, ces cinglés de satanistes buveurs de sang doivent se trouver sous la protection d'une armée d'avocats.

— C'est exact, mais nous en savons suffisamment pour donner aux médias un petit os à ronger.

Coldmoon poussa un grognement.

— Quand cette conférence de presse doit-elle avoir lieu ?

— Dans deux heures.

Coldmoon failli s'étouffer avec la gorgée de café qu'il venait de boire.

— Deux *heures* ?

— Je vous l'ai dit, le sénateur a décidé de prendre les devants.

Constance passa un œil par-dessus son journal en voyant les deux hommes se lever.

— Un petit os à ronger pourrait bien se révéler insuffisant. Je vous conseillerais volontiers un tibia. Mieux, un fémur.

Coldmoon la fusilla du regard, mais elle s'était déjà réfugiée derrière les pages du *Lancet*.

*
* *

La conférence de presse devait se dérouler sur le parking situé derrière les locaux de la police locale afin que les camionnettes des chaînes de télévision puissent se garer aisément. Un podium ayant même été installé, Coldmoon se montra impressionné par l'efficacité dont avait fait preuve Delaplane. Un agent en uniforme déplaça quelques cônes de signalisation afin de laisser passer leur véhicule, puis il leur fit signe de se rendre dans le secteur du parking réservé aux officiels. Pendergast sortit son portable et composa un numéro.

— Qui appelez-vous, encore ? lui demanda Coldmoon.

— Pickett, répondit Pendergast en branchant le haut-parleur. Il m'a demandé de le joindre à notre arrivée.

L'assistant du directeur adjoint décrocha.

— Il se trouve en compagnie du sénateur Drayton, mais il attendait votre appel. Si vous voulez bien patienter.

Coldmoon entendit soudain une voix de basse agressive s'échapper du haut-parleur de l'appareil.

— Je ne sais pas si vous m'avez bien compris, Walt. Je dois me rendre très bientôt à Savannah pour un meeting, il est hors de question de me déranger inutilement. Je vous conseille de régler cette histoire au plus vite, parce que…

— Je vous demande pardon ? dit Pendergast, interrompant la voix.

Un silence lui répondit, qu'un Pickett essoufflé finit par rompre.

— Inspecteur Pendergast ? Je suis dans l'impossibilité de vous parler tout de suite. Je vous rappelle.

— Très bien, monsieur le directeur, acquiesça Pendergast avant d'ajouter : il semble que nous soyons victimes d'une interférence, j'ai cru un instant entendre une autre voix...

— C'est bon, le coupa sèchement Pickett.

L'instant suivant, il avait raccroché.

Coldmoon dévisagea Pendergast et remarqua la lueur amusée qui brillait dans ses yeux.

— C'est bien ce que je pense ? Le sénateur étrillait Pickett ?

— C'est fou le nombre de personnes qui maîtrisent aussi mal la technologie, de nos jours, remarqua Pendergast sur un ton de grand détachement.

— Je ne sais pas comment vous vous y êtes pris, mais je suis sûr que c'est vous qui avez trouvé le moyen de le piéger.

— Moi ? C'est impossible, voyons.

Ce sénateur Drayton avait tout d'un connard de première, mais Coldmoon ne put s'empêcher d'éprouver une certaine satisfaction à l'idée que Pickett se prenne un retour de bâton.

Il descendit précipitamment de voiture en constatant que Pendergast traversait déjà le parking d'un pas alerte.

Il monta sur l'estrade derrière son aîné et prit place près de Delaplane, du sergent Sheldrake et d'un petit homme rougeaud dont Coldmoon crut deviner qu'il était le maire de la ville. Contrairement à ce que craignait le jeune inspecteur, ce n'était pas la foire d'empoigne dans les rangs de la presse. Il voulut y voir une manifestation de la légendaire courtoisie sudiste. Betts, le réalisateur de la série documentaire, se trouvait au premier rang avec son équipe, preuve qu'il avait eu vent de cette conférence de presse avant tout le monde, alors que les autres représentants des médias, munis de micros et de caméras, continuaient d'affluer.

À 11 heures précises, Delaplane se planta devant la tribune et tapota du doigt le micro afin de réclamer le silence.

— Bonjour à tous, je suis la commissaire Alanna Delaplane de la police de Savannah, se lança-t-elle. Je vous souhaite la bienvenue.

Elle prit longuement sa respiration et entama sa présentation d'une voix sonore qui se répercutait sur les façades des immeubles voisins. Elle commença par présenter ses condoléances aux familles des victimes, puis elle rendit hommage au travail du médecin légiste, salua la présence à ses côtés du FBI, remercia les équipes de l'identité judiciaire et dressa de l'enquête un tableau si glorieux que les journalistes présents, avides de sang et de controverses, purent s'imaginer un instant que l'affaire avait été résolue pendant qu'ils avaient le dos tourné. À aucun moment elle ne fit allusion au raid de la veille.

Le maire, lui succédant au micro, vanta les mérites de la commissaire comme de nombreux officiels dont Coldmoon n'avait jamais entendu parler. L'inspecteur commençait à trouver que cet exercice d'autosatisfaction allait un peu loin, d'autant que la police n'avait rien à se mettre sous la dent. La méthode se révélait néanmoins efficace car les interventions successives produisaient un effet soporifique sur l'assistance, au point que la situation, pourtant dramatique, en devenait presque ennuyeuse. Peut-être était-ce l'intention des autorités locales.

Le maire conclut son discours en présentant « l'inspecteur Aloysius X. L. Pendergast du FBI, un fonctionnaire plusieurs fois décoré » avant de lui céder la place. Coldmoon s'avoua surpris que l'édile n'ait pas écorché le prénom de son collègue, il voulut y voir une nouvelle preuve des bonnes manières sudistes.

Pendergast s'avança et balaya de son regard étincelant la foule des journalistes qui commençait à manifester son agitation. Cela eut pour effet d'imposer le silence et Coldmoon prit la mesure, une fois de plus, du magnétisme de son collègue.

— Mesdames et messieurs de la presse, chers amis, déclara Pendergast de sa voix la plus doucereuse en jouant largement de son accent. Le FBI est très heureux d'assister la police de Savannah dans l'enquête consacrée à ces meurtres récents.

Il poursuivit sur sa lancée en réussissant l'exploit d'envoûter son auditoire sans lui fournir la plus petite information nouvelle, puis il céda la place à Delaplane pour le jeu des questions et réponses. Quelques mains se levèrent, à commencer par celle de Betts.

Delaplane désigna une femme au milieu de la foule.

— Madame O'Reilly, de la chaîne WTOC.

— Avez-vous des pistes ?

— Oui, en effet. Vous comprendrez sans peine les raisons qui m'empêchent de vous en dire davantage, mais nous travaillons actuellement sur plusieurs lignes d'enquête. Monsieur Boojum, du *Register* ?

— Commissaire, doit-on craindre de nouveaux meurtres ? Et si c'était le cas, quels conseils pouvez-vous donner à la population pour qu'elle se protège ?

— Nous avons quadruplé la présence policière dans le centre historique de la ville, répondit Delaplane. Je demande instamment à chacun et chacune de ne pas se déplacer à pied seul la nuit et d'éviter en particulier de consommer de l'alcool de façon excessive. On sait que l'ivresse transforme ceux qui y cèdent en cibles faciles.

De nombreux ricanements s'élevèrent des rangs de la presse.

— Madame Locatelle de la chaîne WHAF ?

— Commissaire, qu'en est-il du raid d'hier dans une église de Bee Street ? A-t-il conduit à des avancées au niveau de l'enquête ?

Delaplane fit la moue.

— Si vous faites allusion à l'intervention du FBI, la police de Savannah n'y a été mêlée d'aucune façon. Je cède la parole à l'inspecteur Pendergast qui sera mieux à même que moi de vous fournir des explications.

L'intéressé s'avança.

— Je crains fort que cette piste ait tourné court. Les rites pratiqués dans ce sanctuaire impliquaient du sang animal, et non du sang humain.

— Le sang de quels animaux ?

— Des canards, semble-t-il.

Des rires étouffés fusèrent de l'assistance.

— Aucun lien avec les meurtres dont il est question ici n'a été découvert et il semble qu'aucune loi n'ait été bafouée par ces... ces fidèles, de sorte que leurs noms n'avaient pas de raison d'être divulgués.

Il s'éloigna du micro, laissa la commissaire répondre aux questions suivantes tout en continuant d'ignorer superbement Betts qui commençait à manifester son impatience en agitant furieusement la main. Au comble de l'agacement, le réalisateur prit la parole de force d'une voix sonore.

— Commissaire, que dites-vous des ressemblances frappantes entre ces meurtres et la légende attachée au Vampire de Savannah ?

Delaplane posa sur le petit homme un regard direct.

— Un vampire, dites-vous ? répéta-t-elle en prononçant le mot comme si elle s'était adressée à un enfant capricieux. Monsieur... ?

— Betts. Barclay Betts, présentateur de...

— Monsieur Betts, si vous me demandez si nous pensons que ces meurtres sont le fait d'un vampire, ma réponse est *non*, ce qui ne vous surprendra pas.

Une vague de rire secoua l'auditoire.

— Cela dit, poursuivit Delaplane, il n'est pas impossible que ces meurtres aient été commis par une personne, voire plusieurs personnes, que Savannah et les légendes attachées à la ville auront attirées de façon malsaine. Je vous renvoie à ce titre au raid de Bee Street.

— Comment le sang des victimes a-t-il été prélevé ? enchaîna Betts. Et dans quel but ?

— Nous croyons savoir que l'assassin s'est servi d'un trocart, une large aiguille insérée dans l'artère fémorale. Quant aux motivations du coupable, elles nous échappent.

Alors que Delaplane se tournait déjà vers un autre représentant des médias, Betts s'entêta :

— Est-il vrai que le sang des victimes a été prélevé jusqu'à la dernière goutte ?

La commissaire haussa les sourcils en le regardant droit dans les yeux.

— Jusqu'à la dernière goutte en effet. Nous essayons actuellement de déterminer comment l'assassin s'y est pris. Monsieur Wellstone ? enchaîna Delaplane avant que Betts ait pu poursuivre.

Coldmoon vit un homme élégant, vêtu d'un costume parfaitement coupé, hocher la tête. Ses tempes argentées et ses lunettes cerclées d'écaille lui donnaient l'allure d'un universitaire.

— J'aurais une question à poser à l'inspecteur Pendergast, dit-il d'une voix apprêtée. Inspecteur, j'ai cru comprendre que vous étiez l'un des principaux experts du FBI en matière de criminalité déviante, notamment en ce qui concerne les tueurs en série. Pensez-vous que le coupable soit un tueur en série souffrant de déviances ?

L'assistance retint son souffle alors que Pendergast s'avançait vers le micro.

— Un tueur en série, dites-vous ? déclara-t-il. Peut-être. Souffrant de déviances ? Peut-être pas.

Il laissa s'écouler un court silence avant de reprendre.

— Ce à quoi nous assistons est peut-être l'expression d'une forme de psychologie normative. Il ne s'agit pas tant de déviance que d'une déviation par rapport aux normes habituelles.

— Que voulez-vous dire ? insista Wellstone.

Amen. Je ne suis pas le seul dans le brouillard, pensa Coldmoon.

Mais Pendergast garda le silence et Delaplane mit un terme à la conférence de presse.

21

Les pieds dans la boue de la rive, la commissaire Delaplane écrasa un moustique en étouffant un juron. Le maître-chien, Boris Strawbridge, la précédait de quelques mètres dans le bruit de succion de ses bottes. Twist, son énorme limier, possédait la langue la plus grande que Delaplane ait jamais vue. La laisse du molosse était accrochée à la ceinture que Strawbridge portait autour du ventre, ce qui lui permettait de garder les mains libres afin de repousser les plantes sauvages qui lui barraient la route. On percevait au loin la rumeur de la circulation sur le Victoria Drive Bridge, mais il était impossible d'apercevoir l'ouvrage d'art du fait de l'épaisse végétation. De l'endroit où ils se trouvaient, au cœur des marécages bordant Sylvan Island, ils auraient pu se croire au milieu de la forêt amazonienne tant les buissons étaient impénétrables et les insectes omniprésents. Le limier reniflait nonchalamment autour de lui, davantage concerné par les détritus accumulés sur la rive que par les odeurs éventuelles laissées par le meurtrier et sa victime.

Il fallait pourtant bien que le corps ait rejoint le fleuve quelque part. Il était peu probable qu'il ait été jeté du pont puisque le flot des véhicules drainés par l'Interstate 80 passait par là sans discontinuer, de jour comme de nuit. Il aurait fallu hisser le cadavre au-dessus d'une haute rambarde en béton, traverser la bretelle d'accès et franchir un mur de protection, ce qui aurait pris trop de temps et le manège du meurtrier aurait forcément attiré l'attention. Delaplane était convaincue que l'homme avait traîné le corps jusqu'à la rive avant de l'abandonner au courant. Ellerby ayant été découvert plus en aval, sa dépouille pouvait avoir été déposée sur n'importe quelle portion de fleuve. Elle se demanda comment le chien pouvait sentir quelque chose dans l'atmosphère méphitique de toute cette boue, mais cela n'avait pas l'air d'inquiéter Strawbridge.

Le maître-chien laissa échapper un cri en s'efforçant d'écarter l'animal d'un trésor invisible. En s'approchant, Delaplane constata qu'il s'agissait d'un sachet McDo contenant des frites moisies et le reste d'un hamburger.

— Twist ! Non ! Lâche ça tout de suite !

Strawbridge tira sur la laisse dans l'espoir d'empêcher le chien de gober le mélange immonde. Alors qu'il voulait s'emparer du sachet en papier, celui-ci se déchira en vomissant le burger grouillant de vers.

— Arrangez-vous pour faire avancer votre chien, maugréa Delaplane.

Elle savait déjà qu'ils perdaient leur temps. Ils avaient commencé par longer l'eau en contrebas du cimetière, sans succès, et ne tarderaient pas à arriver là où avait été retrouvé le corps. Si Twist ne trouvait pas très rapidement une piste, il ne servirait à rien de s'entêter car les corps ne se déplacent jamais à contre-courant.

Ou alors ce chien ne valait pas tripette. Conduit dans le square où avait été assassiné Ellerby, le même Twist s'était montré incapable de suivre la moindre piste. Si la victime avait été emportée par deux personnes, elle avait fort bien pu ne laisser aucune trace dans son sillage, ce qui était déjà une indication précieuse aux yeux de la commissaire.

— Cherche ! ordonna Strawbridge à son chien en chassant d'un coup de pied le hamburger plein de vers avant d'agiter sous son nez un objet ayant appartenu à Ellerby.

Un peu plus loin, la forêt cédait la place aux marécages bordant la rive boueuse du fleuve. Le corps avait été découvert par les propriétaires d'une barque à l'extrémité de cette bande de terre et il ne servirait à rien de poursuivre les recherches au-delà. Delaplane n'en était pas fâchée, car derrière ce marécage d'eau de mer s'étendait une jungle plus impénétrable encore.

— On fera demi-tour avant d'arriver à ces bois, décida-t-elle en s'adressant à Sheldrake qui fermait la marche.

— Pas trop tôt, grommela le sergent en écrasant un moustique sur son visage.

La commissaire remarqua qu'il avait le cou et les joues couverts de méchantes piqûres rouges.

Ils s'enfoncèrent dans un océan d'herbes des marais qui leur montaient jusqu'à la taille. Une brise se leva soudain, qui chassa les insectes en soulageant partiellement le petit groupe de l'humidité suffocante. C'est alors que Twist reconnut une odeur, et son attitude changea du tout au tout. Le chien apathique et maladroit de tout à l'heure, tous ses sens en alerte, tirait à présent sur sa laisse, la truffe collée au sol.

— Il a trouvé une piste, confirma Strawbridge.

— C'est bien, approuva Delaplane, rassurée.

Twist tira de plus belle sur sa laisse et le spectacle de ce petit homme entraîné par le molosse était presque ridicule.

Ils s'enfoncèrent rapidement au milieu des hautes herbes que le vent faisait ondoyer. Derrière la commissaire, le sergent suivait péniblement en soufflant comme un bœuf. Pour la première fois depuis le début des recherches, Twist poussa un gémissement, suivi d'un autre, dont l'écho se répercuta longuement à la surface de l'eau.

— Il tient vraiment une piste, insista Strawbridge, essoufflé par la course du chien qui tirait violemment sa ceinture.

Ils contournèrent l'embouchure d'un ruisseau, à une centaine de mètres de la rive boueuse où les spécialistes de l'identité judiciaire avaient signalé par de petits drapeaux l'emplacement du corps.

Le chien bondit en entraînant derrière lui Strawbridge à la façon d'une marionnette.

— Tout doux, Twist ! s'écria le maître-chien.

L'animal, trop excité pour lui obéir, laissa échapper un aboiement sourd et rauque.

— Holà ! Twist !

Strawbridge s'agrippa à la laisse des deux mains et tira de toutes ses forces, mais le chien s'était définitivement mis en chasse et la vue du maître-chien qui s'efforçait de le suivre en trébuchant à chaque pas était pour le moins comique.

— Méchant chien ! Assis ! Qu'est-ce qui t'arrive, d'un seul coup ?

Twist, au comble de l'excitation, aboyait furieusement en écumant et sa langue immense dessinait un arc chaque fois que s'ouvrait sa gueule. Il entraîna Strawbridge en direction de l'épais mur de végétation derrière lequel avait été retrouvé le corps d'Ellerby.

— Twist ! Assis !

Mais rien n'y faisait et ce que redoutait Delaplane depuis un moment finit par se produire. Strawbridge glissa et s'étala de tout son long au milieu des hautes herbes, ce qui n'empêcha pas l'animal de le traîner derrière lui. Le maître-chien saisit la laisse à deux mains, détacha l'anneau qui le retenait à sa ceinture, et Twist s'élança en direction d'un bosquet.

— Vacherie de chien, bredouilla Strawbridge en se relevant alors que le molosse s'enfuyait en aboyant furieusement. Je ne sais pas ce qui lui prend, c'est bien la première fois !

L'instant suivant, Twist disparaissait dans les bois où ses aboiements se firent plus lointains.

— Que fait-on ? voulut savoir Delaplane en jetant un coup d'œil par-dessus son épaule à Sheldrake qui peinait à suivre ses compagnons.

— On essaye de rattraper Twist, répondit Strawbridge. À mon avis, un petit dressage ne lui ferait pas de mal.

— Ce n'est pas moi qui vous dirai le contraire.

Les aboiements, très éloignés, se firent plus aigus. Strawbridge tendit l'oreille, surpris d'entendre l'animal aussi excité.

— Aucun doute, il a trouvé une piste.

Ils venaient de se remettre en marche lorsque les aboiements cessèrent brusquement. Strawbridge se figea.

— À quoi rime ce silence ? lui demanda Delaplane.

Le maître-chien secoua la tête.

— Aucune idée.

Ils achevèrent la traversée des marécages, franchirent une haie dense de buissons et s'enfoncèrent dans la pénombre d'épais fourrés. La température y était nettement plus élevée et des nuées d'insectes vinrent à leur rencontre. Strawbridge sortit son portable.

— Vous croyez que votre chien va vous répondre ? s'agaça Delaplane à la vue de l'appareil.

— Le collier de Twist est équipé d'un GPS. Je peux savoir à tout instant où il se trouve, expliqua le maître-chien.

Il s'escrima pendant quelques instants sur l'écran avant de repartir en direction de la partie la plus touffue des bois qui les entouraient.

— Par ici.

— Si quelqu'un me proposait d'ouvrir le chemin à coups de machette, je ne refuserais pas, déclara Delaplane en repoussant un mur de feuilles de palmiers.

Pour toute réponse, Sheldrake jura entre ses dents.

Le plus grand silence régnait dans la forêt. Pas un chant d'oiseau ne se faisait entendre. Curieusement, même le bourdonnement des insectes s'estompait à mesure que la palmeraie cédait le terrain à un bois de vénérables chênes dont les branches, drapées de mousse, dessinaient d'immenses rideaux.

Au terme de dix bonnes minutes d'une progression difficile, Delaplane distingua enfin, au milieu de la pénombre verte, un puits de lumière signalant la présence d'une clairière. Devant elle, Strawbridge pressa le pas.

— Twist ! cria-t-il en jetant régulièrement des coups d'œil à son téléphone. C'est curieux, le GPS me dit qu'il est droit devant nous. Il devrait me répondre. Twist ! Ici, mon grand !

Il écarta un épais manteau de mousse et découvrit soudain une étendue sablonneuse. Delaplane, juste derrière lui, se tétanisa en voyant la forme étrange qui gisait dans une flaque de soleil. Elle n'identifia pas immédiatement la tête du chien dont s'échappait son immense langue.

Le corps de l'animal se trouvait cinq mètres plus loin, relié à la gueule par un long ruban de viscères dont s'échappait une frite solitaire toute moisie.

22

Il était 22 h 15 ce soir-là lorsque Constance s'aventura dans le large escalier central de Chandler House. Quand bien même les marches en bois n'auraient pas été recouvertes d'un élégant tapis écarlate parsemé d'acanthes dorées, elle les aurait gravies dans le plus grand silence tant elle était habituée depuis toujours à se déplacer sans bruit.

Parvenue au palier du troisième, elle s'immobilisa et regarda autour d'elle. L'hôtel possédait un dernier étage, mais les marches s'arrêtaient là et elle se demanda à quel endroit pouvait bien s'ouvrir l'escalier permettant d'accéder au niveau supérieur. Sur sa droite, il y avait un petit couloir desservant une demi-douzaine de chambres. Sur sa gauche, le corridor filait dans la pénombre avant de décrire un coude.

Constance avait passé l'heure précédente dans la suite voisine de celle de Pendergast. Quant à Coldmoon, ses compagnons l'avaient relégué au deuxième étage car il refusait de renoncer au café cancérigène longuement bouilli qu'il affectionnait.

Constance, que la légende du Vampire de Savannah intriguait, avait procédé à quelques recherches dans la bibliothèque de l'hôtel. Si la pièce abritait un nombre limité d'ouvrages, ceux-ci présentaient un intérêt certain et elle avait mis de côté les livres les plus pertinents. Poussée par la curiosité, elle avait alors décidé d'explorer les étages de l'établissement avant de se retrouver là, coincée sur le palier du troisième.

Elle promena son regard autour d'elle et ne put qu'admirer le goût avec lequel avait été refaite la vieille bâtisse. Les travaux de rénovation avaient dû coûter fort cher. Les lustres de porcelaine, le papier peint floqué sur les murs, les gravures représentant des scènes de chasse et des paysages, tout concourait à recréer de façon vivante le charme du Vieux Sud à la veille de la guerre de Sécession.

Constance avança dans le long corridor d'un pas silencieux.

Tous les renseignements qu'elle avait pu recueillir au sujet de Felicity Frost aiguisaient sa curiosité. Nul ne connaissait précisément l'histoire de la vieille dame, on ne savait rien de ses origines en dehors du fait qu'elle était manifestement issue d'une famille fortunée.

En s'informant avec discrétion, Constance avait pu établir certains faits avec certitude. Lorsque Frost avait transformé Chandler House en hôtel au cours des années 1990, elle avait commencé par diriger l'établissement quasiment seule. Elle arborait à l'époque une canne à pommeau de nacre et se coiffait le dimanche de chapeaux à voilette alors qu'elle n'allait jamais à l'église. Loin de vivre en ermite, elle se montrait volubile et volontiers perfide. Elle répondait sans l'ombre d'une hésitation à tous ceux qui s'enquéraient de son passé, mais en s'inventant chaque fois une histoire différente, de plus en plus abracadabrante avec le temps. Son arrière-arrière-grand-père avait fait fortune dans le commerce des fourrures, de sorte qu'elle avait grandi au Québec dans une *réserve indienne*, ainsi qu'elle le précisait en usant de l'expression française. Fille de l'enfant caché de Bonnie et Clyde, elle avait investi la fortune mal acquise de ses grands-parents dans une entreprise émergente baptisée IBM. Au cours de sa jeunesse troublée, elle avait détourné avec succès un avion de ligne vers Cuba avant de s'enfuir avec une valise remplie de pierres précieuses. Elle était la petite-fille de la grande-duchesse Anastasia de Russie qui, loin d'avoir été massacrée par les bolcheviques à Ekaterinbourg en 1918, avait trouvé refuge dans les forêts des Carpates en emportant avec elle trois œufs de Fabergé. Lassés d'être pris pour des idiots, les gens avaient fini par ne plus poser de questions à Frost sans que leur curiosité s'émousse pour autant.

Une dizaine d'années plus tôt, alors qu'elle avait allègrement franchi le cap des soixante-dix ans, Mlle Frost s'était trouvée atteinte d'une maladie liée à son âge. On avait alors estimé que son esprit avait été touché en même temps que son corps tant son excentricité atteignait des sommets. Elle avait cessé de s'occuper de l'hôtel au quotidien et s'était appuyée de façon croissante sur Ellerby, le gérant de l'établissement. Réfugiée dans ses appartements du quatrième étage, elle sortait rarement et menait une existence d'anachorète. Seules quelques femmes de chambre triées sur le volet avaient accès à son repaire. Elles procédaient au nettoyage et changeaient les draps deux fois par semaine conformément à un planning strict, toujours en l'absence de l'occupante des lieux. Les seules autres personnes autorisées à lui rendre visite étaient son médecin traitant, un certain Dr Phyrum, ainsi que Patrick Ellerby qui s'était imposé avec le temps comme le véritable maître des lieux, de fait sinon en titre.

Il lui apportait personnellement tous ses repas, passait la voir chaque soir, et il arrivait à cette occasion que des notes de piano s'échappent des appartements de la vieille dame.

Constance, au terme d'une enquête menée avec diligence, n'avait pu en apprendre davantage. Elle avait hésité un temps à mettre Aloysius à contribution en lui demandant de fouiller dans les bases de données du FBI avant de renoncer à ce projet. L'histoire de cette femme retirée du monde avait trouvé un écho en elle. Et puis à quoi bon gâcher tout ce mystère frappé du sceau de l'atmosphère sudiste en faisant éclater une vérité forcément moins engageante ?

Ainsi qu'on pouvait s'y attendre, de nombreuses rumeurs circulaient sur la nature exacte des relations qu'entretenait Mlle Frost avec Ellerby. À en croire certains, la vieille dame n'était pas aussi fragile qu'elle voulait le laisser croire et elle avait tué son jeune amant lors d'une dispute, au prétexte qu'elle réprouvait la passion d'Ellerby pour la bourse. Constance ne croyait guère à cette version des faits qu'elle jugeait trop prosaïque. L'idée que Felicity Winthrop Frost, sentant diminuer ses forces et ses facultés mentales, ait choisi de se barricader dans ses luxueux appartements à la façon de l'héroïne des *Grandes Espérances* de Charles Dickens fascinait bien davantage Constance.

Elle allait atteindre le coude que dessinait le corridor lorsqu'elle remarqua une porte sur sa droite. Fermée comme toutes les précédentes, elle était différente. Dépourvue de numéro, elle était faite d'un bois plus dense et épais que les autres. Sa poignée se démarquait également des autres : manifestement plus ancienne avec son laiton soigneusement poli, elle traversait le battant juste au-dessus d'une serrure compliquée qui ne rappelait en rien celles des chambres ordinaires. Affichant une mine perplexe, Constance crut entendre, derrière le lourd panneau de bois, des bribes de piano s'échappant de l'étage supérieur. Du Brahms, peut-être. Elle allait poser sa main sur la poignée lorsqu'une voix l'arrêta :

— *Mademoiselle !*

Constance, que rien ou presque ne surprenait jamais, sursauta. Elle se retourna avec la vivacité d'un serpent et la main qui s'apprêtait à ouvrir la porte se glissa dans la poche de sa jupe et se referma sur le manche d'un antique stylet italien.

Elle vit s'avancer vers elle une femme de chambre portant un plateau en argent sur lequel étaient posées des assiettes recouvertes de cloches en inox. Constance, distraite par le piano, ne l'avait pas entendue approcher. Elle s'était retournée avec une telle brusquerie que l'employée avait reculé machinalement, au risque de lâcher son plateau.

— Vous ne pouvez pas entrer là, mademoiselle ! dit la femme de chambre d'une voix légèrement tremblante. C'est la porte des appartements de Mlle Frost.

Constance retira sans un mot la main de sa poche.

— Il est 22 heures passées, insista l'employée. Elle va se réveiller d'une minute à l'autre. Je suis désolée, mais personne n'est autorisé à la déranger.

— Bien sûr, répondit Constance d'une voix calme. Je me promenais à la recherche de la bibliothèque.

— Vous la trouverez au rez-de-chaussée.

— Je vous remercie.

La domestique gratifia son interlocutrice d'une révérence rendue maladroite par son plateau et s'éloigna. Constance, qui la suivait des yeux, la vit frapper à une porte un peu plus loin. Elle disparut dans la chambre et ressortit sans son fardeau moins d'une minute plus tard en tenant à la main la note signée. Elle passa devant Constance, lui adressa un petit sourire gêné puis disparut au-delà du coude que formait le couloir, en direction de l'ascenseur de service.

Constance resta figée devant la porte pendant quelques minutes, puis elle rebroussa chemin et repartit en direction de l'escalier aussi silencieusement qu'un chat.

23

L'inspecteur Coldmoon se planta à l'orée de la clairière dans la lumière dorée du matin qui filtrait à travers le feuillage des arbres recouverts de mousse. Un kilomètre de rubalise avait été tiré tout autour de la scène de crime, de façon parfaitement inutile selon lui puisque l'endroit où avait été tué le chien était de toute façon inaccessible au public. La brigade criminelle locale et une meute d'enquêteurs de la police de Georgie avaient écumé les lieux pendant la nuit à l'aide de projecteurs. Les équipes de l'identité judiciaire n'avaient pas ménagé leur peine : elles avaient pris des photos, prélevé des échantillons et passé le sol de la clairière au crible dans l'espoir de découvrir des indices. McDuffie, le médecin légiste, et un collègue vétérinaire avaient pris le relais afin d'examiner le cadavre de l'animal *in situ*.

Coldmoon veilla soigneusement à ne pas se placer sous le vent afin d'échapper à l'odeur du chien. La scène était déjà suffisamment glauque sans y ajouter la puanteur.

— Curieux, murmura Pendergast. Très curieux.

Coldmoon n'était guère enclin à demander à son collègue ce qu'il trouvait si curieux. Pendergast ne lui aurait probablement pas répondu de toute façon.

— Il me semble que c'est notre tour, inspecteur, ajouta Pendergast. Vous êtes prêt ?

Il franchit la bande de police en se baissant, suivi par Coldmoon. Dieu soit loué, enfiler une combinaison stérile n'aurait servi à rien. Il était à peine 8 heures du matin et il faisait déjà une chaleur infernale. Coldmoon se demandait comment son collègue pouvait supporter son costume en lin et une paire de bottes vertes en caoutchouc. Et comment sa tenue était restée immaculée alors qu'ils avaient traversé une véritable jungle et pataugé dans la boue le long du fleuve pour arriver jusque-là.

Coldmoon préféra rester à la traîne. Il ne connaissait rien aux chiens morts, autant laisser Pendergast prendre les devants. Ce dernier, faisant preuve d'un intérêt marqué pour le corps, comme à son habitude, fonça droit sur la tête coupée de l'animal près de laquelle il s'accroupit en enfilant des gants en nitrile avant de sortir sa loupe.

— By Jove, mon cher Watson, marmonna Coldmoon.

Si Pendergast l'avait entendu, il ne le montra pas. Il saisit la langue du chien, la souleva, la retourna et préleva un indice quelconque, examina les canines sur lesquelles il passa un coton-tige, déposa ses échantillons dans une éprouvette et poursuivit sur sa lancée en remplissant plusieurs tubes successifs. Au même moment, le légiste et le véto procédaient à l'examen des restes du chien à quelques mètres de là.

Pendergast se pencha au-dessus du cou grossièrement arraché de l'animal.

— Inspecteur ?

Coldmoon approcha. Pendergast lui tendit sa loupe en lui désignant les vertèbres du cou dont il chassa quelques mouches afin que son collègue puisse examiner la bouillie sanguinolente.

— Si vous voulez bien.

Coldmoon ne voulait bien rien du tout, ce qui ne l'empêcha pas de jeter un coup d'œil. L'extrémité de l'une des vertèbres avait été arrachée, la moelle épinière était déchirée.

— L'opération a nécessité une force considérable.

— Exactement. On pourrait croire que le meurtrier a coupé la tête, mais l'examen des chairs ici et ici, tout comme cette vertèbre fracturée, indiquent qu'elle a été *arrachée*. Vous voyez ? précisa Pendergast en se servant d'un coton-tige pour montrer les différents muscles du cou.

— Oui, en effet, répondit Coldmoon.

Pendergast se releva.

— Examinons à présent le corps de l'animal.

Les deux hommes rejoignirent le médecin légiste et le vétérinaire, accroupis près de la dépouille.

Pendergast s'intéressa de si près à la carcasse, approchant sa loupe à quelques millimètres des chairs en cours de décomposition au niveau de la plaie béante, que Coldmoon détourna le regard. Il pria le ciel que son collègue ne l'invite pas à regarder à son tour.

— Eh bien, déclara Pendergast en se redressant, son examen achevé. Qu'en dites-vous, docteur McDuffie ?

Le médecin légiste, déjà nerveux en temps ordinaire, était sur des charbons ardents. Coldmoon comprit la raison de son trouble en voyant la commissaire Delaplane émerger des marécages voisins, la mine sombre.

— Je préfère laisser le docteur Suarez, mon collègue vétérinaire, vous répondre.

Le véto, un jeune homme à la silhouette élancée, semblait infiniment plus décontracté que McDuffie.

— Eh bien, si nous n'étions pas en plein bayou, je penserais que ce chien a été écrasé par un camion. On distingue tous les signes d'un traumatisme de cet acabit, notamment d'importantes hémorragies internes et plusieurs fractures.

Tout en s'exprimant, il multipliait les gestes avec le scalpel couvert de sang dont il venait de se servir pour prélever des échantillons tissulaires.

— Comme c'est curieux, remarqua Pendergast.

Delaplane les avait rejoints et écoutait, les bras croisés.

— Mais puisqu'il n'a pas été fauché par un poids lourd, poursuivit le vétérinaire, je dirais que ce chien a été violemment battu, probablement à l'aide d'une batte de base-ball ou d'un pied de biche, avant d'être tailladé. Il est possible qu'on se soit servi du manche et de la lame d'une hache. Nous en apprendrons davantage en salle d'autopsie.

— Docteur Suarez, réagit Pendergast, je me demande si vous ne seriez pas mieux avisé de revoir vos conclusions.

Le vétérinaire haussa les sourcils.

— Pour quelle raison ?

— Les maltraitances subies par ce chien, telles que vous les avez décrites, auraient pris un certain temps. Or tout indique que cet animal est mort sur le coup.

— Inspecteur, même sans avoir suivi des études de médecine, n'importe qui peut constater la présence de multiples blessures. Il est tout simplement impossible qu'elles aient été provoquées simultanément. À moins, comme je vous l'ai expliqué, que le chien n'ait été renversé par un camion.

Il écarta les mains, un sourire aux lèvres.

— Vous avouerez que dans cette clairière perdue…

- Je respecte vos observations, docteur Suarez. ...anmoins, d'après l'ensemble des témoignages qui ...t pu être recueillis, l'animal n'a quasiment laissé échapper aucun cri. Il aboyait furieusement lorsque le silence a brusquement repris ses droits. Il était équipé d'un collier GPS qui a été retrouvé quelques minutes après la fin des aboiements.

— Dans ce cas, j'ai du mal à comprendre, dit Suarez. Il suffit d'observer les faits d'un point de vue médico-légal : ce chien présente de nombreuses fractures, de multiples blessures internes et il a été littéralement éventré à l'aide d'une sorte de crochet ou de hachette. Vous voyez ces plaies déchiquetées au niveau de l'abdomen ou encore ici, à l'endroit où la tête a été arrachée ? Ces déchirures ne sont pas franches, comme si l'animal avait été déchiqueté.

— Je les vois effectivement, acquiesça Pendergast. Cela n'empêche pas les témoins d'affirmer qu'ils sont arrivés dans cette clairière quelques instants seulement après les derniers aboiements. Ils n'ont trouvé personne ici. L'attaquant avait disparu.

— Je serais curieux d'entendre votre théorie à ce sujet, inspecteur.

Pendergast ne répondit pas, son attention attirée par un détail du côté du fleuve, et il s'éloigna avant de disparaître au milieu des arbres.

Suarez secoua la tête.

— Drôle d'oiseau. C'est la première fois que je rencontre un agent du FBI aussi bizarre.

— Et ce sera sûrement la dernière, rétorqua Coldmoon, agacé. Ce type est un as.

La commissaire Delaplane laissa s'écouler un court silence avant d'intervenir.

— Puisque vous parlez de théorie, j'en ai une à vous soumettre. Nous sommes en présence d'un individu qui tue deux personnes, s'empare de leur sang et éventre un chien. Personnellement, je ne vois qu'une seule explication : il s'agit d'un fou suffisamment grand et fort pour déchiqueter un chien. Reste à savoir pourquoi.

Elle se tourna vers Coldmoon.

— Avez-vous pu découvrir un cas analogue dans vos banques de données ?

Le jeune inspecteur se releva et retira ses gants.

— On a retrouvé, dans la Russie des années 1990, une bande qui s'en prenait aux SDF endormis sur les bancs des parcs de Moscou. Ses membres les tuaient et récupéraient leur sang pour le vendre au marché noir. Il est clair que ce n'est pas le cas ici.

Delaplane fronça les sourcils.

— Nous avons besoin de faire des progrès dans cette enquête, et vite. On m'a prévenue que l'un des deux sénateurs de l'État était sur le pied de guerre.

Elle posa un regard noir sur la scène de crime.

— En attendant, poursuivit-elle, chargez-moi les restes de ce chien dans des sacs étanches et emportez-les au plus vite pour les autopsier. Nous n'avons plus aucune raison de traîner ici.

La radio de Coldmoon se mit à grésiller.

— Inspecteur Coldmoon ? nasilla la voix de Pendergast. Auriez-vous l'amabilité de me rejoindre au bord du fleuve ? Demandez aux autres de vous accompagner.

— Votre collègue ? s'enquit Delaplane.

— Oui.

— Que veut-il ?

— Aucune idée.

Coldmoon s'éloigna sans attendre, suivi par Delaplane, Sheldrake, McDuffie et Suarez.

— Par ici, les appela une voix du côté de l'eau.

Ils traversèrent une zone boisée et débouchèrent sur un marécage herbeux bordé par un talus.

…t se trouvait une dizaine de mètres plus … la boue jusqu'aux genoux. Contre toute …e, ses bottes en caoutchouc lui avaient permis …réserver son costume de lin couleur crème. Il …ait occupé à prendre des photos.

— Veillez surtout à ne pas brouiller ces empreintes, conseilla-t-il aux nouveaux arrivants en désignant une zone de terre boueuse. Elles me semblent intéressantes.

Coldmoon suivit des yeux l'index de son aîné et constata que la boue avait conservé des traces irrégulières en surface, comme si on l'avait balayée.

— De quoi s'agit-il ? s'enquit Delaplane, le front barré d'un pli. En quoi sont-elles intéressantes ?

— Vous le comprendrez en vous approchant, répondit Pendergast. Vous distinguerez sur ma gauche un petit morceau de fourrure couvert de sang. Sauf erreur de ma part, il aura été prélevé sur le dos de ce malheureux limier.

24

— C'est très étrange, dit McDuffie, essoufflé, entraînant ses visiteurs en direction d'une petite salle de réunion voisine de son laboratoire. Très étrange.

Tous prirent place autour de la table.

— Le docteur Kumar vous fournira les explications nécessaires.

L'intéressé, un petit homme brun de peau aux traits expressifs, ouvrit son attaché-case et distribua des dossiers à la ronde. Coldmoon écarta la couverture du sien et découvrit un courrier de présentation, accompagné de résultats d'analyse parfaitement incompréhensibles. Il s'empressa de refermer son dossier et constata que Pendergast, assis à côté de lui, semblait passionné par sa lecture. Connaissant son collègue, il en déduisit que ce dernier s'y connaissait en chimie, ce qu'il ignorait.

— Très bien, se lança McDuffie en croisant et décroisant nerveusement les mains. Le docteur Kumar souhaiterait nous apporter des précisions au sujet de la... la substance découverte sur les deux victimes humaines.

Le médecin hocha la tête et fit des yeux le tour de la table.

— Ainsi que vient de le préciser George, c'est *effectivement* très étrange. Vous trouvez l'ensemble des détails dans ce dossier, mais je vais tenter de vous expliquer les faits en termes simples.

— Je vous remercie, docteur Kumar, réagit Pendergast.

— La substance retrouvée sur les deux victimes est un mélange tout à fait inhabituel de molécules organiques. Le composé que l'on retrouve dans plus de cinquante pour cent de l'échantillon analysé me servira d'exemple. Il s'agit d'un important polymère organique de structure très complexe : une longue chaîne moléculaire constituée d'un noyau de carbone et d'hydrogène, mais aussi d'éléments de soufre, d'hydrogène, de fer et, de façon assez curieuse, d'argent. Cette substance n'est présente dans aucun organisme vivant connu.

Du coin de l'œil, Coldmoon vit que le regard de Pendergast brillait d'un éclat inhabituel.

— Vous serait-il possible de vous montrer plus précis, docteur Kumar ?

— Oui, dans une certaine mesure. Nous donnons le nom d'organo-argent à cette classe de composés qui apparaissent lorsque l'argent s'allie au carbone. La raison pour laquelle nous ne trouvons pas d'argent dans la chimie des organismes vivants est simple : ce composé est toxique.

— Dans ce cas, quelle est son origine ? demanda Coldmoon.

— Il me semble qu'il s'agit d'un composé artificiel. La nature est incapable de réaliser seule un tel phénomène. De ce fait, la fabrication d'un tel composé nécessite l'implication d'un chimiste de haut vol disposant d'un laboratoire particulièrement bien équipé.

Il ponctua sa phrase d'un court silence.

— À la vérité, je n'ai jamais vu un composé de cette nature. En toute franchise, c'est tout simplement fou.

— À quoi sert le composé en question ? demanda Coldmoon.

— Je ne suis pas certain de comprendre votre question, répondit Kumar.

— J'imagine bien que ce truc doit avoir une utilité, non ? Mais laquelle ?

— Ah ! fit Kumar. Excellente question.

Cette fois encore il marqua une pause avant de poursuivre :

— Eh bien, je n'en ai pas la moindre idée.

— Si je me souviens bien, la substance concernée était grasse et poisseuse, insista Coldmoon. Elle se trouvait au niveau des perforations retrouvées sur le corps des victimes. Pourrait-il s'agir d'un lubrifiant ?

— C'est possible, mais dans ce cas, pourquoi avoir recours à une substance aussi inhabituelle alors que des composés infiniment plus simples sont disponibles dans n'importe quelle pharmacie ? J'aimerais sincèrement être en mesure de vous en dire davantage, mais c'est tout juste si nous sommes parvenus à analyser ce composé. Nous poursuivons nos efforts afin d'en déterminer la structure exacte. Les analyses pourraient prendre des mois.

— Que dire des autres composés retrouvés dans les prélèvements ? s'enquit Pendergast. Quelle est leur structure chimique ?

— Eux aussi sont bizarres. Ils sont organiques, complexes, et différents de tout ce que proposent la nature, l'industrie, la médecine ou la chimie de synthèse. La plupart contiennent des métaux, il s'agit de composés organométalliques, ainsi que nous les nommons. Essentiellement de l'or et du platine.

— De l'or ? s'étonna Coldmoon. Dans quelles quantités ?

— Des quantités infinitésimales. Une nouvelle fois, les composés de ce genre ne se trouvent pas dans la nature car ils nuisent à la vie. En outre, ils ne sont pas stables.

— Quelle entreprise serait susceptible de fabriquer des composés de ce type ?

— Je ne sais pas, et je ne sais même pas comment une telle entreprise pourrait procéder. À vrai dire, il serait bon de s'intéresser à la question.

— C'est bien notre intention, répondit Pendergast à mi-voix.

Il se tourna vers McDuffie qui tiqua en sentant le regard de l'inspecteur se poser sur lui.

— Qu'avez-vous découvert au sujet du morceau de fourrure retrouvé sur ce banc de boue ?

— Il appartenait au chien.

— Et l'empreinte qui l'accompagnait ?

— Les équipes de l'identité judiciaire en ont réalisé un moulage. Elles s'efforcent de comprendre de quoi il s'agit, mais ce sera difficile car elle était partiellement effacée.

Pendergast se cala sur son siège et mit les mains en pointe, les yeux mi-clos.

— Dans ce cas, ils abordent le problème de façon erronée.

— Que voulez-vous dire ?

— L'important n'est pas de déterminer *à quoi* correspond cette empreinte.

— Quelle autre question se poser ?

— Celle de savoir *comment* elle a été déposée là. Vous aurez noté que cette empreinte se trouvait à plus de trois mètres du bord de ce talus boueux, et qu'aucune autre trace n'a été trouvée à côté.

Un profond silence accueillit cette remarque.

Pendergast en profita pour ramasser son dossier et se lever.

— Je vous remercie de vos explications, docteur Kumar. Mon collègue et moi-même allons nous plonger dans l'étude de vos conclusions avec le plus grand intérêt.

Les deux hommes quittèrent la salle de réunion. Quelques instants plus tard, ils retrouvaient l'animation de la rue.

— C'est tout simplement fascinant, déclara Pendergast. Mais le mystère reste entier.

— Alors ? l'interrogea Coldmoon. Comment a-t-on pu laisser cette empreinte ?

Perdu dans ses pensées, Pendergast ne répondit pas.

25

Francis Wellstone Junior jeta son dévolu sur l'une des banquettes situées au fond du restaurant Lafitte, l'un des établissements les plus anciens de Savannah, situé aux confins de Warren Square. Il déjeunait toujours à midi précise et choisissait généralement, lors de ses déplacements, de manger seul en se contentant d'avaler rapidement un plat, sans commander de vin ou de cocktail. Ses travaux de recherche et d'écriture l'accaparaient, et faute d'avoir un employeur sur le dos pour le motiver, il ne pouvait se permettre de perdre ses après-midi et ses soirées à siroter des martinis s'il entendait gagner sa vie. Il avait vu trop de confrères écrivains gâcher leur carrière de cette façon, et cette discipline de vie lui évitait de tomber dans ce genre de travers.

Par chance, le maître d'hôtel du Lafitte avait lu plusieurs de ses ouvrages, de sorte qu'il le reconnut immédiatement. Wellstone était bien trop modeste pour se l'avouer à lui-même, mais sa notoriété ne lui était pas désagréable. L'homme le conduisit avec cérémonie jusqu'à sa table et revint quelques instants plus tard avec une bouteille de châteauneuf-du-pape. Wellstone allait refuser lorsqu'il remarqua que le maître d'hôtel lui avait apporté un Beaucastel, l'un de ses côtes-du-rhône de prédilection, aussi décida-t-il de s'accorder un verre du précieux nectar. Un verre, et un seul. Il serait sans doute mal élevé d'emporter en fin de repas le reste de la bouteille, mais il serait plus mal élevé encore de la laisser derrière lui. De cette façon, il aurait tout le loisir de travailler cet après-midi-là avant de s'offrir en récompense, après un dîner léger, quelques verres de côtes-du-rhône.

Il était dit que le destin en déciderait autrement. Le sommelier, après avoir débouché la bouteille, en versa le contenu dans une carafe afin de le laisser décanter et Wellstone vit s'évaporer ses espoirs. Il se consola en trouvant le vin excellent, avec un goût de terre prononcé, proche du cuir. En consultant le menu, Wellstone s'aperçut qu'il avait déjà vidé son verre et qu'on lui en avait versé un autre. Après tout, autant prendre son après-midi, ce qui l'incita à commander en entrée des escargots à la bordelaise, suivis des célèbres huîtres Rockefeller proposées par le chef du Lafitte. Son repas terminé, et trois verres de vin dans l'estomac, il se sentit envahi par une sensation de satiété peu agréable, à laquelle s'ajoutait un début d'ivresse qui le culpabilisa tout en le laissant nauséeux. Décidément, il avait eu tort de céder à la tentation.

Que faisait-il à Savannah, de toute façon ? Il avait quasiment terminé d'écrire son livre, fier du travail d'enquête fourni, et disposait de matière en suffisance pour rédiger l'avant-propos et l'épilogue. À vrai dire, ce fichu bouquin était un véritable réquisitoire contre les charlatans attachés à l'univers occulte et il pouvait même se passer d'écrire une conclusion.

Il venait de passer là (le mot « gâcher » serait plus adéquat) près de cinq jours. Même avec cette histoire de vampire, le jeu n'en valait pas la chandelle. Il avait eu tort de penser que ce séjour était un bon investissement. La présence à Savannah de Barclay Betts, son vieil ennemi, l'avait sans doute aidé à s'en convaincre. Que Betts aille au diable avec son foutu procès en diffamation, jamais il n'aurait dû se laisser entraîner sur une pente aussi glissante. Wellstone avait rendez-vous avec Daisy en fin d'après-midi, il saurait à ce moment-là si elle avait réussi à trouver de quoi savonner la planche de Betts. Dans le cas contraire, il n'aurait qu'à repartir pour Boston où il lui suffirait de peaufiner son manuscrit avant de le remettre à son éditeur.

Il remarqua soudain que le sommelier avait mis à profit sa rêverie pour remplir à nouveau son verre. Rien ne l'obligeait à le vider, cette fois.

La porte du restaurant s'ouvrit au même moment et il reconnut Barclay Betts en personne, suivi des membres de son équipe de tournage. *Zut*. Wellstone voulut s'emparer du menu des desserts afin de l'utiliser comme bouclier lorsqu'il s'aperçut que le serveur l'avait retiré au moment où il avait commandé un expresso. Le mieux serait encore de vider sa tasse au plus vite et de s'en aller sans demander son reste.

En attendant qu'on lui apporte son café, il porta le verre de vin à ses lèvres.

La voix sonore de Betts et son rire tonitruant faisaient tache dans l'atmosphère feutrée du restaurant et les clients tournaient la tête sur le passage de la petite troupe. Wellstone comprit brusquement que les seules tables susceptibles d'accueillir un groupe aussi fourni étaient les banquettes du fond de la salle. Par malchance, la seule qui était encore libre se trouvait juste à côté de la sienne.

Voyant un serveur installer Betts et sa meute dans une cacophonie de chaises, de couverts et de verres bousculés, Wellstone se leva à moitié, la main levée, avec l'intention de demander que l'on oublie son expresso et qu'on lui apporte la note lorsque le garçon qui s'était occupé de lui, accompagné du maître d'hôtel, s'approcha avec un plateau sur lequel reposait un plat coiffé d'une cloche en argent.

Avant que Wellstone ait pu protester, les deux hommes posèrent le plat devant lui et le maître d'hôtel souleva la cloche, dévoilant un ramequin blanc dont le contenu flageolant débordait à la façon d'un chapeau de champignon.

— *Et voilà,* dit le maître d'hôtel en français avant de poser une saucière à côté du plat. Comme vous n'aviez pas commandé de dessert, monsieur Wellstone, nous avons pris la liberté de vous en préparer un. Voici notre soufflé à l'orange, avec les compliments de toute l'équipe du Lafitte !

Wellstone, bouche bée, vit son interlocuteur puiser dans le ramequin une portion de soufflé, la déposer dans son assiette et verser délicatement un nuage de sauce tiède sur le dessus.

Le serveur et le maître d'hôtel reculèrent de quelques pas en affichant leur fierté et Wellstone n'eut d'autre choix que de balbutier des remerciements.

— Ça sent rudement bon ! s'écria l'un des rustres attablés avec Betts tandis que ses compagnons dépliaient leurs serviettes et consultaient les menus.

Wellstone décida de les ignorer. Le mieux était encore d'avaler son soufflé aussi vite que le lui permettaient les circonstances et de quitter l'établissement avant que les rires et les discussions de ses voisins de table ne viennent troubler sa digestion. Son après-midi était foutu et ce périple à Savannah ne lui avait servi à rien, il n'avait qu'à regagner Boston dès le lendemain. Il ne lui serait pas difficile de trouver une pirouette plus élégante pour conclure son enquête. En parlant de livre, il veillait toujours à emporter un ou deux exemplaires de ses œuvres dans son attaché-case, il n'aurait qu'à dédicacer l'un d'eux au maître d'hôtel en repartant.

Il portait la première cuillerée de soufflé à sa bouche lorsque le rire nasillard de Betts lui grinça dans les oreilles.

— Tiens, tiens ! Regardez qui voilà ! Horace Greeley[1] en personne ! Alors Frankie, vous n'avez pas perdu trop de procès, ces derniers temps ?

Un éclat de rire général accueillit la saillie du réalisateur. Wellstone reposa sa cuillère et porta son verre à ses lèvres.

— Barclay Betts, dit-il d'une voix que l'alcool rendait légèrement pâteuse. Je comprends à présent cette odeur pestilentielle. Moi qui croyais avoir marché dans une crotte de chien.

Betts éclata de rire.

— Que faites-vous dans le coin ? Vous n'aviez plus assez d'escrocs et de pervers à faire chanter à New York et Boston ?

L'allusion à *Prémonition*, son premier livre, était transparente. Wellstone avala une nouvelle gorgée de vin, plus fournie que la précédente. Insulter Betts lui avait fait du bien. Pourquoi se serait-il montré poli avec un type pareil ?

— C'est gentil de vous en inquiéter, mais ce ne sont pas les escrocs qui manquent par ici, à commencer par ceux qui occupent la table voisine de la mienne.

Cette fois, Betts donna l'impression de rire jaune.

1. Ce journaliste et homme politique du XIXe siècle, cofondateur du Parti républicain et rédacteur en chef du *New York Tribune*, était connu pour ses positions tranchées.

— Serais-je en présence d'un *nouveau* Francis Wellstone ? Je pensais que vous réserviez les formules de choc pour vos livres et que vous étiez un garçon timide. Ne me dites pas qu'on vous a greffé une paire de couilles.

Wellstone avala une dernière gorgée de vin.

— Vous feriez mieux d'aller retrouver vos sycophantes et autres larbins. Eux au moins seront capables de rire de vos bons mots puérils et faciles. Vous me rappelez cette jolie description de S. J. Perelman[1] : *Sous un front comparable à celui d'un homme des cavernes vous observent deux petits yeux de cochon, dans lesquels brillent tour à tour cupidité et concupiscence.*

— Eh bien... et puis..., s'étouffa à moitié Betts en cherchant désespérément une réplique adéquate.

— Eh puis, eh puis ! l'interrompit Wellstone en imitant les inflexions pompeuses de son interlocuteur.

La bouteille de côtes-du-rhône avait définitivement muselé ses instincts les plus policés, et il n'entendait pas s'arrêter en si bon chemin :

— À propos de puits, comment se porte le vôtre ? Vous avez fini par y repêcher quelques cadavres ?

Le Puits avait été le projet chéri de Betts deux ans plus tôt. Un jour où il se promenait dans le comté de Dutchess, au nord de New York, on lui avait parlé d'une ferme appartenant à un individu à qui la rumeur locale attribuait le meurtre de plusieurs vagabonds et auto-stoppeurs dont il aurait jeté les corps au fond de son puits. Betts, convaincu de la véracité de cette légende, contrairement aux autorités locales, avait trouvé le moyen de louer la

1. Cet écrivain et humoriste, coscénariste de plusieurs films des Marx Brothers, est considéré comme l'un des auteurs américains les plus spirituels du XXe siècle.

propriété concernée et de fouiller le puits en direct à la télévision. Il avait eu le plus grand mal à dissimuler sa gêne lorsque les fouilles s'étaient révélées infructueuses, et cet épisode avait entaché sa carrière pendant quelque temps. On murmurait dans les cercles bien informés que toute mention de ce puits était strictement prohibée en sa présence.

— Attention, mon petit Frankie, grinça Betts qui commençait à perdre patience, à la grande satisfaction de Wellstone.

— À qui faudrait-il greffer une paire de couilles, en fin de compte ? insista l'écrivain à qui l'alcool donnait des ailes, bien en sécurité sur sa banquette. Je vois mal comment vous pourriez m'intenter un procès pour ce que je vous dis en face, d'autant qu'il s'agit de la vérité. Mais n'ayez crainte, poursuivit-il sur un ton sarcastique en voyant s'empourprer le visage de Betts. Mon compte rendu de votre *Puits*, que j'entends publier prochainement, tient en quelques mots. Même quelqu'un doté comme vous d'une capacité intellectuelle aussi peu développée devrait pouvoir comprendre. Vous savez à quoi ressemblait votre émission ?

Déséquilibré par la douce torpeur de l'ivresse, il se pencha dangereusement en avant sur la banquette en cuir.

— Au *Mystère de la salle des coffres d'Al Capone*.

En entendant le titre de cette émission figurant le summum du ridicule dans l'histoire de la télévision américaine, Betts repoussa sa serviette et se leva d'un bond. Le petit homme se déplaçait trop lentement pour que Wellstone puisse s'en inquiéter, jusqu'à ce qu'il voie son ennemi s'emparer de la saucière posée à côté de son assiette et en déverser le contenu sur sa chemise, sa cravate et son pantalon en s'attardant délibérément sur l'entrejambe qu'il décora de longues traînées disgracieuses. Un instant pétrifié, l'écrivain se rua sur Betts qui fit un bond en arrière avec un rire méchant. L'un des membres de l'équipe de tournage repoussa d'une bourrade Wellstone qui rebondit sur la banquette et s'écroula sur sa table. Celle-ci se renversa et Wellstone se retrouva par terre. Avant qu'il ait pu comprendre ce qui lui arrivait, le nez dans la moquette, il sentit le reste du soufflé encore tiède lui dégouliner le long de la nuque et se glisser à l'intérieur de sa chemise, entre les omoplates.

26

Clifford Masolino, spécialiste de la criminalité en col blanc au FBI, trouva à son retour de déjeuner une mission inattendue sur son bureau. Le pli en provenance de Georgie lui avait été livré par coursier, et il était accompagné d'une note émanant d'un certain inspecteur A. X. L. Pendergast.

Masolino commença par s'installer dans le fauteuil de son bureau sans fenêtre en sous-sol du bâtiment, puis il essuya ses doigts encore poisseux de la graisse du sandwich grec qu'il venait d'avaler. Il gardait toujours à portée de main un rouleau de papier absorbant car il était gros et transpirait facilement. *Pendergast, Pendergast…* Ce nom lui était familier et restait associé dans son souvenir à un épisode déplaisant. La mémoire lui revint au moment de déplier le petit mot de l'inspecteur. Pendergast avait été mêlé, bien des années plus tôt, à une curieuse enquête au muséum d'histoire naturelle au cours de laquelle de nombreuses personnes avaient trouvé la mort. Sauf erreur de sa part, l'affaire avait été étouffée. Il revit dans sa tête la silhouette spectrale du dénommé Pendergast. Masolino débutait tout juste au FBI à l'époque et il avait été amené à examiner les comptes du muséum après ce carnage. D'importants dons frauduleux avaient été découverts et, pour une première enquête, Masolino s'était bien débrouillé. Et même très bien. Une époque grisante à bien des égards.

Le courrier de Pendergast était rédigé d'une main élégante à l'encre indigo :

Cher Monsieur,

J'espère que ces lignes vous trouveront en bonne santé. Les disques durs joints à ce courrier contiennent des milliers de transactions financières. Auriez-vous l'amabilité de les examiner afin de vous assurer qu'elles ne touchent à rien d'inhabituel ou d'illégal ? Je pense notamment à des délits d'initiés, à un blanchiment d'argent, à des malversations.

Ces éléments ont été retrouvés dans l'ordinateur du gérant décédé d'un hôtel de Savannah, un certain Ellerby, qui jouait en Bourse à ses heures. Ce faisant, il semble avoir gagné beaucoup d'argent et nous aimerions comprendre de quelle façon.

Bien cordialement à vous,
Inspecteur Pendergast

Recevoir une note manuscrite n'était pas habituel. Ce Pendergast n'avait donc pas d'ordinateur ? La tâche, en tout cas, était assez simple et entrait parfaitement dans le cadre des compétences de Masolino qui avait mené de nombreuses missions comparables au cours de la décennie écoulée.

Il brancha le premier disque dur, s'assura qu'il n'était infecté par aucun virus ou autre maliciel et en téléchargea le contenu sur un puissant Mac Pro paramétré conformément à ses besoins spécifiques, équipé d'un processeur Intel 28 cœurs à 2,5 GHz, d'une mémoire de 1,5 To, de deux processeurs graphiques Radeon Pro Vega II duo, d'un disque SSD de 4 To et d'une carte Afterburner. Ce monstre flambant neuf avait coûté plus de 50 000 dollars au FBI, preuve de la confiance qu'il accordait à son utilisateur.

En regardant défiler les fichiers sur son écran, Masolino remarqua que le Ellerby en question n'avait pas pris la précaution de les encrypter. *A priori*, c'était un signe qu'il ne procédait à aucune opération illégale. Ce n'était toutefois pas une preuve de sa probité, car nombre d'opérations douteuses pratiquées par les traders restaient dans le cadre de la loi. C'était même la raison pour laquelle Masolino n'investissait pas lui-même en Bourse. Il n'avait pas envie qu'on le prenne pour un pigeon. Si les petits investisseurs privés avaient pu se douter de la façon dont ils se faisaient tondre jour après jour, ils auraient placé leur argent ailleurs.

Masolino ouvrit le fichier de l'un des comptes et y jeta un coup d'œil rapide. Ellerby achetait des actions à la Bourse de New York de façon parfaitement normale. Il utilisait sa véritable identité au lieu de passer par des entreprises *offshore* ou des sociétés à responsabilité limitée. Il opérait des transactions en petites quantités, sur du très court terme. Souvent moins d'une heure s'écoulait entre l'achat et la revente, mais cela lui avait permis d'engranger des sommes importantes.

Masolino vérifia les transactions l'une après l'autre. Ellerby ne gagnait jamais des sommes phénoménales, mais ses petits ruisseaux finissaient par se transformer en grandes rivières. Associé aux effets de levier, ce pactole générait de jolis bénéfices. En s'intéressant de plus près à toutes les opérations réalisées par Ellerby, Masolino constata que ce dernier n'était pas gagnant la plupart du temps, mais *systématiquement*.

Comment expliquer un tel phénomène ? Il devait y avoir anguille sous roche, Ellerby opérait forcément dans l'illégalité.

À force de fouiner, d'observer les dates et les heures, Masolino vit se confirmer ses soupçons en constatant qu'il s'écoulait parfois moins d'une minute entre l'achat et la revente d'une valeur. Pourtant, Ellerby ne passait pas par une plate-forme de trading informatisée, il effectuait ses transactions à la main, sur son clavier. En vérifiant les cotes des actions concernées, Masolino ne put cacher son étonnement : Ellerby achetait systématiquement des valeurs juste avant qu'elles n'augmentent, puis il les revendait aussitôt, ce qui lui assurait de jolis bénéfices. À tout coup, il se servait d'un algorithme de trading, mais si c'était le cas, le logiciel en question valait son pesant d'or car il ne se trompait jamais.

Non... impossible. L'opération était nécessairement illégale. Ellerby avait accès à des informations privilégiées, très probablement par le biais d'un trader employé par une grande banque d'investissement qui le prévenait lorsque cette dernière s'apprêtait à vendre ou acheter de grandes quantités d'actions.

Masolino poussa un soupir de soulagement. Il s'agissait donc d'un délit d'initié et ce gérant d'hôtel opérait comme n'importe quel trader malhonnête... à ceci près qu'il n'était même pas assez malin pour planquer ses petites combines au milieu d'une masse de transactions ordinaires. Masolino avait eu tort d'avoir des sueurs froides, il lui suffisait à présent d'identifier la banque concernée.

Comme les opérations qu'il venait d'examiner s'étalaient sur plusieurs années, le mieux était de s'intéresser aux fichiers les plus récents. Masolino remarqua très vite que les habitudes d'Ellerby avaient brusquement changé quelques semaines plus tôt. Le gérant était passé à la vitesse supérieure en opérant des transactions plus importantes, plus longues aussi. Il s'écoulait parfois une heure entre l'achat et la revente d'une action.

Masolino disposait de plusieurs programmes de sa composition, il en ouvrit un grâce auquel il put comparer les transactions d'Ellerby à celles des principales banques d'investissement.

Sans résultat.

Voilà qui était curieux. En outre, Ellerby achetait exclusivement des actions de sociétés cotées dans l'indice Dow Jones, ce qui était tout aussi curieux.

Il compara alors les horaires des transactions opérées par Ellerby avec ceux de la Bourse en général. Le gérant d'hôtel de Savannah effectuait la plupart de ses opérations à des moments de grande volatilité, ce qui lui permettait de bénéficier de fluctuations infimes survenant parfois en l'espace de quelques secondes. Comment était-ce possible ? Il achetait toujours avant la hausse des cours. Pas nécessairement une hausse importante, mais suffisante pour s'avérer rentable. En outre, les bénéfices engrangés par Ellerby avaient augmenté de façon importante au cours des trois dernières semaines.

Masolino n'en démordait pas : cette technique correspondait au schéma classique de quelqu'un qui obtient un tuyau d'un informateur bien placé. Masolino disposait d'une base de données répertoriant plusieurs milliers de conseillers et autres newsletters adressées à des abonnés.

Cette fois encore, la comparaison ne donna rien.

Toute cette histoire était décidément étrange.

Peut-être l'informateur d'Ellerby avait-il accès aux rapports publiés par les grandes compagnies avant leur publication ? Masolino disposait d'un logiciel l'autorisant à comparer les cours avec les rapports officiels des sociétés.

Toujours rien.

Il finit par entrer les transactions d'Ellerby dans tous ses logiciels d'analyse : ceux qui s'intéressaient aux fusions, aux actions en justice, aux rapports périodiques, aux tendances des matières premières, aux soubresauts de la politique, et tout ce qui était susceptible d'influencer le cours de la Bourse, sans rien découvrir de probant.

Il se pencha ensuite sur les transactions réalisées juste avant ou après celles d'Ellerby. Si ce dernier connaissait quelqu'un qui achetait des actions en grandes quantités et s'il parvenait à le devancer, il pouvait tirer les marrons du feu.

L'analyste du Bureau fit chou blanc une fois de plus. Aucun ordre d'achat ou de vente massif, aucune intervention d'un trader quelconque agissant au nom du responsable d'une grande entreprise, rien de rien. Ellerby avait le don d'anticiper comme par miracle les fluctuations de la Bourse et d'en tirer profit. Il aurait parfois gagné beaucoup plus d'argent en conservant ses valeurs plus longtemps, mais il ne le faisait jamais. Il opérait de façon banale, très rapidement, sans jamais encourir la moindre perte.

En poursuivant ses explorations, Masolino eut la confirmation qu'une rupture était intervenue trois semaines avant la mort d'Ellerby. Depuis cette date, les transactions avaient augmenté, s'étendaient sur une durée plus importante et devenaient plus lucratives.

Au terme de quatre heures d'efforts, trempé de sueur, un tas de feuilles de papier absorbant chiffonnées à ses pieds, les mains tremblantes, Masolino finit par se résoudre à éteindre son ordinateur. C'était encore le milieu de l'après-midi, mais il avait décidé de rentrer tôt et de s'accorder un martini bien tassé.

Le système d'Ellerby prouvait son efficacité depuis des années, et dans tous les domaines. À chaque fois, de petites transactions rapides lui rapportaient de modestes bénéfices. En toute légalité. Apparemment, du moins. Masolino ne voyait finalement qu'une seule explication : Ellerby était un boursicoteur de génie comme le monde de la finance n'en avait jamais vu. À en juger par le caractère éclair de la plupart de ses transactions, il avait dû mettre au point un modèle mathématique capable d'analyser les marchés. Un algorithme de ce type, incapable de se tromper, serait considéré comme le Graal à Wall Street. Mais comment croire qu'un programme de ce type, aussi génial fût-il, puisse se montrer infaillible ? Face aux fluctuations du marché, c'était tout simplement impossible. Les fichiers enregistrés dans le disque dur envoyé par Pendergast ne contenaient toutefois que le détail des transactions. Il n'était précisé nulle part à l'aide de quel logiciel ou algorithme ces dernières étaient effectuées.

Toujours est-il qu'Ellerby avait fini par amasser une fortune de près de trois cent millions de dollars. Pas mal pour un gérant d'hôtel ! Surtout en considérant qu'il avait gagné les deux tiers de cette somme au cours des trois dernières semaines.

Masolino avait vraiment besoin d'un martini bien tassé.

27

Francis Wellstone Junior, vêtu d'un costume et d'une cravate propres, avait retrouvé le salon désuet, le vieux fauteuil et la vue plongeante sur West Oglethorpe Avenue qu'il avait pu découvrir lors de sa première visite. Certains détails étaient toutefois différents. Tout d'abord, la lumière n'était plus celle du matin puisqu'il était 18 heures passées, et la citronnade avait cédé la place à du thé glacé. Surtout, Mme Daisy Fayette était nettement moins enjouée que lors de leur rencontre initiale.

— Ne me dites pas qu'il vous a interrompue en pleine intervention ! s'offusqua Wellstone d'un air outré.

La vieille dame hocha la tête, son casque de cheveux blancs aux reflets lavande tremblant au rythme de son mécontentement en soulevant un léger nuage de poudre qui retomba aussitôt.

— J'étais en train d'expliquer la raison pour laquelle Montgomerie House était hantée par la présence de remous dans l'éther spiritique lorsqu'il m'a coupée. Au beau milieu d'une phrase… et devant tout le monde, pendant que les caméras *filmaient* !

— J'avais bien entendu dire que ce Betts était un personnage déplaisant, mais de là à rabaisser *sans raison* quelqu'un qui lui accordait son aide… !

Il ponctua sa phrase d'un mouvement de tête désolé tout en savourant intérieurement le plaisir de ne pas avoir été le seul à être humilié par ce réalisateur de pacotille.

Wellstone avait eu tout le loisir de se familiariser avec les us et coutumes de Savannah. La goujaterie de Betts aurait été accueillie d'une façon tout autre par l'élite sudiste que fréquentait Daisy si le vieux M. Fayette n'avait pas moisi dans sa tombe. Il aurait très certainement provoqué Betts en duel pour prix d'une telle insulte. À bien y réfléchir, les usages du temps jadis n'étaient pas aussi barbares qu'on voulait bien le dire.

D'un autre côté, Wellstone avait toujours espéré secrètement que Betts provoque l'ire de la vieille dame. Une fois passée la rage ressentie le midi même chez Lafitte, il avait réfléchi à la stratégie qu'il devrait adopter. Daisy n'aurait aucun scrupule à le tenir désormais informé des faits et gestes de Betts. Elle serait son espionne dans la maison, en quelque sorte.

— J'ai moi-même visité Montgomerie House hier, reprit-il en buvant une gorgée de thé glacé. J'ai rarement vu un endroit plus fascinant. Ou plus dérangeant, s'empressa-t-il d'ajouter. Surtout après ce que j'avais découvert en lisant la… euh, le livre que vous avez consacré à cette maison.

— Je vous remercie, fit Daisy.

Un livre ! Une vague brochure, oui ! La langue de Wellstone avait bien failli fourcher, il s'était rattrapé de justesse. Le temps de passer encore un peu de pommade à la vieille dame et il en viendrait à l'essentiel.

— J'avoue mon étonnement d'apprendre que Betts s'intéresse aussi peu aux fantômes de Montgomerie

House. J'imaginais au contraire qu'il insisterait sur cette demeure dans son documentaire.

— Oh, mais il en avait l'intention, le contredit Daisy. C'est cet autre bonhomme qui a nié la présence de fantômes dans la maison.

— L'autre bonhomme ? répéta Wellstone, feignant de ne pas savoir de qui il était question.

Daisy opina.

— Ce M. Moller. Celui qui se déplace avec tout ce matériel.

— Et cela n'intéressait pas Moller ?

Daisy parut hésiter.

— Ce n'est pas tout à fait ça. Il s'est contenté d'affirmer que ses instruments n'enregistraient aucune activité spectrale.

Wellstone secoua la tête avec virulence.

— C'est parfaitement ridicule. Cette maison est hantée, vous le savez aussi bien que moi. Si vous voulez mon avis...

Il marqua une pause dramatique.

— Je vous écoute ?

— Ce Moller est un charlatan. Ce n'est pas la première fois que vous devez croiser la route de l'un de ces imposteurs, Daisy. Tous ceux qui prétendent ramener le paranormal à une simple science n'ont rien compris. Ce sont des escrocs.

— Ne m'en parlez pas ! J'en ai rencontré de toutes sortes à l'époque où je faisais mes recherches sur les phénomènes occultes.

— Je ne serai pas surpris que ce documentaire soit un tissu d'âneries.

Daisy porta son verre de thé à ses lèvres d'un geste délicat.

— Moi non plus.

— Mais alors... que s'est-il passé lorsque Moller a été incapable de trouver des esprits ?

— Figurez-vous que Betts lui a conseillé d'améliorer ses appareils, expliqua la vieille dame avec le même sourire rusé que Wellstone lui avait déjà vu lors de sa précédente visite. Moller a rétorqué que cela rendrait leurs recherches d'autant plus crédibles lorsqu'ils dénicheraient enfin des fantômes *ailleurs*.

Wellstone afficha sa commisération en secouant la tête. Daisy ne manquerait pas de lui fournir une mine d'informations sur Betts et Moller le jour venu.

La vieille dame se redressa brusquement.

— J'allais oublier !

— De quoi s'agit-il ?

— Suis-je bête ! Mon Dieu, ma mémoire n'est plus ce qu'elle était, s'écria-t-elle en se levant.

Elle quitta prestement la pièce dans le froufrou de sa tenue avant de réapparaître quelques instants plus tard.

— J'étais là, à Montgomerie House… « sur le plateau », comme vous dites, expliqua-t-elle à son visiteur en regagnant son fauteuil. M. Betts venait de m'interrompre et je me tenais en retrait, assez choquée, lorsque je me suis souvenue de vos conseils. Vous m'aviez dit de garder un œil sur les coulisses.

— C'est exact, approuva Wellstone.

— J'ai réussi à prendre des photos.

— Vraiment ? s'exclama Wellstone.

Voilà qui était de mieux en mieux. Il n'avait pas osé demander à la vieille dame de se servir de son portable pour enregistrer clandestinement la scène, mais elle en avait pris l'initiative d'elle-même.

Elle sortit de sa poche un smartphone dernier cri, essaya en vain de l'allumer pendant quelques instants, puis s'aperçut qu'elle le tenait à l'envers. Elle corrigea son erreur, s'activa sur l'écran et poussa enfin un petit gloussement triomphal.

— Comme vous souhaitiez obtenir des informations, j'ai pris quelques photos tout en feignant d'envoyer des messages. Tenez !

Wellstone saisit l'appareil qu'elle lui tendait. L'écran, tout noir, laissa place à une série d'images sombres lorsqu'il fit glisser ses doigts dessus.

— Je ne suis pas encore très douée, s'excusa Daisy.

Wellstone fit défiler une douzaine de clichés flous, mais l'objectif avait fini par régler de lui-même la distance car les images suivantes étaient lisibles. Il distingua un couloir sombre, deux cameramen, ce charlatan de Betts, ainsi qu'une sorte de tissu posé par terre sur lequel étaient posés plusieurs objets étranges. Ayant fréquenté un certain nombre d'équipes de tournage dans sa vie, il reconnut un peu plus loin un *flight-case* contenant un coussin de mousse découpé aux formes des objets qu'il transportait, comme en possèdent couramment les photographes pour leurs objectifs, ou les ingénieurs du son pour leurs micros. En se servant du zoom, il put identifier plusieurs accessoires dans leur cocon de mousse : une sorte d'étrier argenté, un appareil de mesure doté d'un cadran, une chambre noire telle qu'en utilisaient les photographes autrefois, une croix cabossée, un oscilloscope et un éclat de verre fumé.

Wellstone avait enfin sous les yeux les prétendus « outils » de Moller !

— J'ai pris des photos de cette valise noire contenant son matériel, expliqua Daisy. Moller refusait que les cameramen filment cette caisse, il les a autorisés à tourner uniquement pendant qu'il s'en servait.

Wellstone serrait à le briser le portable entre ses doigts.

— Daisy, dit-il d'une voix tremblante, je crois bien que vous êtes tombée sur le bon filon.

On aurait pu croire qu'il venait d'offrir un double rang de perles à la vieille dame.

— Vraiment ? se rengorgea-t-elle.

— Vraiment. C'est de l'or en barre. Ces photos du matériel dont se sert Moller vont nous être très utiles.

Sa gorge se noua. Le souvenir de son humiliation chez Lafitte était encore frais. À son insu, Betts lui avait fourni l'encouragement ultime qui lui manquait pour continuer ses recherches et consacrer les derniers chapitres de son enquête aux reportages bidons de Betts. Pas question de regagner Boston tant qu'il n'aurait pas dénoncé cet escroc.

Il lui fallait commencer par agrandir ces photos afin d'étudier en détail le contenu de la valise, persuadé que c'était le plus sûr moyen de démasquer Moller et Betts. Cet appareil photo à l'ancienne, par exemple : Wellstone avait déjà vu Moller s'en servir.

— Daisy, accepteriez-vous de retourner sur le tournage ?

Un soupçon d'inquiétude se lut sur les traits de la vieille femme.

— Mais… sous quel prétexte ?

— Il vous suffira de leur proposer votre aide, hors caméra cette fois. Sans compter que vous êtes en mesure de les introduire auprès de certaines personnes auxquelles ils n'ont pas accès. Vous n'aurez aucun mal à les convaincre. À présent qu'ils se désintéressent de Montgomerie House, savez-vous où ils comptent se rendre ?

— Ils comptent s'intéresser au Vampire de Savannah.

— Parfait ! Je vous passerai un coup de fil dès que j'aurai terminé mes préparatifs. Vous savez,

Daisy, ajouta-t-il après un bref silence. Vous m'apportez une assistance si précieuse que je pourrais bien faire figurer votre nom comme coauteure de mon livre.

Voyant qu'elle rougissait de plaisir, il lui montra le portable.

— Cela vous ennuie si j'envoie ces photos sur mon téléphone ?

— Pas le moins du monde, dit-elle en se levant. Je peux réchauffer un peu votre thé, si vous voulez ?

Wellstone ne comprit pas immédiatement ce qu'elle voulait dire, puisqu'elle lui avait servi du thé glacé. Il percuta enfin en la voyant s'emparer d'une bouteille de bourbon Woodford Reserve.

— Avec plaisir, Daisy, accepta-t-il en sortant son propre portable de sa poche. Avec grand plaisir.

28

Toby Manning escalada la clôture de fer forgé et voulut enjamber les pointes qui la surmontaient, mais son pantalon resta accroché à l'un des pics et il retomba de l'autre côté dans un bruit de tissu déchiré. Il resta un moment allongé à même la terre, un peu sonné, mais indemne, tandis que son copain Brock Curtis riait à gorge déployée.

— Si jamais tu recommences, lui dit Brock, la moitié de ces macchabées pourraient bien sortir de leur tombe pour te faire un doigt d'honneur.

— Aide-moi plutôt à me relever, espèce de connard, grommela Toby.

Brock, hilare, lui tendit une main. Toby la saisit et se releva péniblement. Il regarda son jean et découvrit une déchirure de cinq bons centimètres au niveau de l'une des jambes.

— Et merde.

Agacé, il chassa d'un geste la terre et les feuilles collées à la toile et regarda autour de lui.

— Tu parles d'un lieu de villégiature.

Une lune parfaitement ronde pendait au-dessus de leur tête et des écharpes de brume dansaient entre les chênes tordus sous lesquels étaient alignées les sépultures.

Brock reprit son sérieux le temps de sortir une bouteille de Southern Comfort de sa poche.

— Tiens, bois un coup.

Toby lui prit la bouteille des mains et avala deux gorgées du liquide doré. L'alcool lui brûla l'œsophage en lui redonnant du cœur au ventre et il rendit le flacon à son compagnon.

— La tombe se trouve tout au bout, près du fleuve, déclara-t-il.

— Je te laisse me montrer le chemin, trou du cul.

Toby sortit un portable de sa poche, heureux de le voir intact, et alluma la torche de l'appareil. Le faisceau éclaira faiblement l'allée de gravier blanc qui s'enfonçait dans les profondeurs du cimetière Bonaventure. Un long frisson le parcourut.

— Redonne-moi un coup à boire.

Brock lui tendit la bouteille que Toby vida avant de la lui rendre. Il ouvrit de grands yeux, le front barré d'un pli.

— Tu déconnes ou quoi ? Et comment je me réchauffe, moi ? maugréa-t-il en se débarrassant du flacon.

Toby fit la grimace en entendant un bruit de verre cassé au niveau de l'une des tombes.

— But ! sourit fièrement Brock en tirant de sa poche une autre bouteille. Laisse-m'en un peu, ce coup-ci.

Il dévissa le bouchon et les deux copains avalèrent une gorgée l'un après l'autre.

Ils se mirent en route sur l'allée bordée d'arbres couverts de mousse espagnole en faisant crisser le gravier sous leurs semelles. Toby n'avait jamais vu de sépultures aussi alambiquées : des temples grecs miniatures, des anges sculptés à taille humaine, des obélisques, des croix, des urnes, des dalles de marbre. Ils passèrent devant la statue d'une petite fille au visage désespéré, assise à côté d'une souche couverte de lierre. Son nom, Grace, était gravé sur le socle.

Brock se figea en découvrant sa figure blême.

— T'as vu ça ? Tu sais pourquoi elle est aussi triste ?

— Non, répondit Toby.

— Parce qu'elle est morte, cette conne ! hurla-t-il de rire en reprenant son chemin d'un pas mal assuré.

— Putain, murmura Toby en secouant la tête d'un air affligé.

Il n'était plus vraiment certain que cette virée soit une si bonne idée.

Ils s'enfoncèrent au milieu des tombes et Toby repensa aux instructions qu'on lui avait données : traverser le cimetière jusqu'au fleuve, tourner à droite, longer la rive et reprendre à droite au niveau de la troisième allée. La sépulture qu'il cherchait se trouvait normalement un peu plus loin.

À moins que ce ne soit la quatrième allée ?

— C'est quoi, le nom de la statue qu'on cherche, déjà ? lui demanda Brock.

— La Fille aux Oiseaux.

— La Fille aux Oiseaux. Tu parles d'un nom !

— C'est parce qu'elle tient une vasque dans chaque main et que les oiseaux boivent dedans. Elle figure sur la couverture d'un bouquin célèbre.

— Qu'est-ce qu'elle a de spécial ?

— C'est une belle statue, c'est tout.

Il hésita avant de poursuivre :

— On n'est pas obligés de la chercher. On n'a qu'à se balader.

L'allée sur laquelle se trouvaient les deux jeunes gens se terminait en T, bloquée par une haie d'arbres.

Le brouillard était brusquement plus épais et une odeur de boue flotta jusqu'aux narines de Toby. Le fleuve ne devait pas être loin.

— C'est là qu'on tourne à droite, dit-il.

Ils pénétrèrent dans une partie plus isolée du cimetière, peuplée de sépultures plus modestes et moins bien entretenues. Des mauvaises herbes poussaient entre les vases remplis de fleurs en plastique dont certains, renversés, laissaient échapper leur contenu sinistre. Toby se dit que c'était aussi bien, ils ne risquaient pas de tomber sur un gardien, ou pire, sur un flic.

— T'es sûr que c'est par là ? s'enquit Brock.

— Ouais, mec.

Ils s'échangèrent la bouteille alors qu'un banc de nuages voilait la lune. C'était tout juste si la lumière du portable parvenait à chasser les ténèbres.

— Tu crois qu'on va tomber sur un *fantôôôôôme* ? demanda Brock.

Ils atteignirent la troisième allée. À peine visible au milieu des touffes d'herbe, elle s'éloignait derrière une rangée de tombes en direction d'une partie encore plus négligée de la nécropole.

— C'est par là, décréta Toby sur un ton plus assuré qu'il ne l'était.

Le petit sentier n'était pas facile à suivre et ils durent enjamber plusieurs stèles renversées. La Fille aux Oiseaux était censée se trouver sur leur droite, mais ils ne voyaient rien qui ressemble de près ou de loin à une statue.

— On s'est paumés. Tu ferais mieux de le reconnaître, ricana Brock.

Toby préféra l'ignorer et poursuivit son chemin. Le cimetière était gigantesque et il craignait de ne plus retrouver la sortie.

Ils s'arrêtèrent au niveau d'une sépulture de marbre figurant un ange affublé d'ailes, un bras levé couvert de lichen.

— Si ce truc est pas un zombie, je sais pas ce que c'est, déclara Brock. L'endroit idéal pour pisser un coup.

— Putain, gros ! On est dans un cimetière, tenta de l'arrêter Toby.

Trop tard, son pote Brock arrosait déjà l'ange.

— Je te dis qu'on s'est paumés et tu le sais aussi bien que moi, fit Brock, ses affaires terminées.

Toby, que l'alcool commençait à décontracter, hocha la tête en signe d'assentiment.

— Complètement paumés, même.

Brock éclata de rire.

— Quelle heure il est ?

Toby consulta l'écran de son téléphone dont la torche l'aveugla brièvement.

— 3 h 11.

Brock avala une longue gorgée de Southern Comfort et se mit à chanter en utilisant la bouteille en guise de micro.

Please allow me to introduce myself
I'm a man of wealth and taste

Les mots, déformés par l'alcool, se perdirent dans la nuit tandis qu'il se mettait à danser autour des tombes en imitant les déhanchements de Mick Jagger. Il s'immobilisa brusquement.

— T'as entendu ?

Toby ne répondit pas. Il avait effectivement cru entendre un sifflement semblable à celui du vent dans les arbres, accompagné d'une faible odeur de caoutchouc brûlé. Il n'y avait pourtant pas de vent, l'air était parfaitement immobile. Il balaya l'obscurité avec le faisceau de la torche. Rien. Derrière lui, Brock recommença à chanter.

Toby reconnut soudain le même bruit. Plus exactement, il le *sentit*. Un flottement d'air prononcé. La voix de Brock s'éteignit dans sa gorge. Toby se retourna d'un bloc, mais son copain avait disparu.

— Brock ? T'es où ?

Faute de réponse, Toby attendit en retenant son souffle. Un bruit caractéristique de verre brisé troua le silence.

— Brock ! appela-t-il en esquissant un pas en avant, les oreilles bourdonnantes.

Une peur terrible l'étreignit.

— Arrête tes conneries, mec ! C'est pas drôle !

Le portable en avant dans l'espoir de dissiper les ténèbres, il fouilla l'obscurité. Il n'y avait rien, en dehors des traînées de brouillard.

Une caresse chaude et humide lui effleura le visage. Il fit un bond en arrière en agitant désespérément sa torche.

— Qui est là ?

Mais il n'y avait rien. Une brise nocturne tiède lui avait donné l'impression qu'on le touchait.

— *Brock !* hurla-t-il.

Cette fois, aucune erreur possible, il entendit un bruit de succion et une rafale de vent le frappa au visage. L'odeur de caoutchouc brûlé se fit plus présente, mêlée à des effluves de vomi, ou peut-être de chaussettes sales. Il poussa un hurlement, tituba en arrière en se débattant et prit ses jambes à son cou. L'horrible bourrasque, humide et fétide, se rua à sa poursuite. Il trébucha sur une tombe brisée et chuta lourdement. Son portable lui échappa des doigts et vola dans la nuit. Il se releva péniblement. Où était donc ce fichu téléphone ? Il eut beau écarquiller les yeux, il ne distinguait aucun point lumineux et l'obscurité se referma sur lui à la façon d'une cape humide. Une sensation totalement inconnue lui frôla la joue, il laissa échapper un hurlement et s'enfuit à toutes jambes à travers les buissons. Il tomba et se releva, étouffé par les sanglots, alors que les ténèbres qui enveloppaient le vieux cimetière se chargeaient de museler ses cris aigus.

29

Il était un peu plus de 3 heures du matin lorsque Constance Greene s'engagea en silence dans l'escalier du troisième étage. Elle s'immobilisa sur le palier afin de sonder le couloir recouvert de moquette. Les portes étaient closes des deux côtés, tout le monde dormait.

Tout le monde, à une exception près.

Parfaitement immobile, elle scruta l'élégant couloir endormi.

Elle se trouvait au même étage quelques heures plus tôt quand l'employée de l'hôtel l'avait surprise. Pourquoi donc tenait-elle tant à tenter une nouvelle fois sa chance ?

Cette question la taraudait depuis qu'elle avait pris la décision, presque à son insu, de revenir là.

Constance était sans doute la personne la plus introspective au monde. Une existence exceptionnellement longue lui avait fourni l'occasion d'analyser en profondeur ses motivations comme ses désirs. Il ne faisait aucun doute à ses yeux que deux raisons principales la poussaient à s'aventurer une nouvelle fois au troisième étage.

La première était liée à Pendergast. Curieusement, il n'avait pas tenté de rencontrer lui-même la propriétaire de l'hôtel afin de lui poser des questions.

Il s'était contenté de jeter un coup d'œil à l'interrogatoire que la police avait fait subir à Mlle Frost, si l'on pouvait parler d'*interrogatoire* puisque le document qu'il avait en sa possession se résumait à un total de six phrases résumant les questions des enquêteurs et les réponses de la vieille dame à travers sa porte verrouillée. En clair, Mlle Frost n'avait rien à dire. En temps ordinaire, Pendergast aurait trouvé le moyen de la charmer jusqu'à ce qu'elle l'accueille dans son antre. Son témoignage était forcément pertinent. S'il était absurde de penser qu'elle ait pu assassiner Ellerby elle-même, elle avait toujours entretenu avec le gérant de son établissement une relation proche, sans oublier la violente dispute qui les avait opposés deux jours avant qu'il ne trouve la mort.

Pourtant, chaque fois qu'il avait été question de Felicity Winthrop Frost, Pendergast s'était contenté de hocher la tête en adressant un regard appuyé à Constance. Celle-ci avait très vite compris qu'il comptait sur elle pour approcher la vieille ermite.

L'autre raison tenait au passé mystérieux comme au grand âge de l'intéressée, qui intriguaient Constance. À en croire les rumeurs dont commençait à bruisser la ville, Mlle Frost était un vampire qui se revivifiait en buvant du sang humain. C'était parfaitement ridicule, mais en dépit de recherches poussées sur Internet, Constance n'avait trouvé aucune mention de cette étrange femme avant 1972. Lorsqu'elle avait fait part de ses découvertes à Pendergast, ce dernier lui avait simplement conseillé de prendre le thé un soir avec la vieille dame.

Les jambes de Constance se remirent en marche d'elles-mêmes et l'entraînèrent vers la porte anonyme. *Personne ne veut y aller. C'est peut-être… dangereux.* Sans doute les employés auxquels elle s'était adressée croyaient-ils à ces histoires de vampire. Il était bien connu que les riches excentriques attiraient les ragots comme un aimant avec de la limaille.

Elle s'arrêta devant la porte. *Il est 22 heures passées. Elle va se réveiller d'une minute à l'autre,* lui avait précisé la femme de chambre apeurée. Un détail de plus qui contribuait à accréditer la thèse de la femme vampire auprès des esprits faibles.

De l'autre côté du battant, Constance entendit résonner des notes de piano égrenant une mélodie romantique aux accents douloureux. Elle reconnut l'un des nocturnes de Chopin.

Elle balaya des yeux le corridor, d'un côté comme de l'autre. Tout était calme. D'un geste preste, elle tourna la poignée. À sa grande surprise, elle constata que la porte n'était pas verrouillée. Elle l'écarta, se glissa à l'intérieur et referma le battant derrière elle.

L'étroit escalier qui lui faisait face était chichement éclairé par le rai de lumière qui filtrait sous une porte, un étage plus haut. La musique était nettement plus présente. Constance, habituée à l'obscurité, n'éprouvait aucune peur. Elle se contenta d'attendre sans bouger que ses yeux s'habituent à la pénombre et ne tarda pas à deviner des marches recouvertes d'un splendide tapis persan. En s'engageant dans l'escalier, accompagnée par le crescendo du piano, un étrange mélange d'odeurs flatta ses narines : un cocktail de bois de santal et de naphtaline, souligné par une note de parfum exotique.

Avec d'infinies précautions, Constance poursuivit son ascension jusqu'à ce qu'elle atteigne le palier. La musique se tut brutalement.

Bizarre. Constance se déplaçait plus silencieusement qu'un chat, la vieille dame n'avait pas pu l'entendre.

C'est peut-être... dangereux.

Le rai de lumière sous la porte s'éteignit.

Brusquement plongée dans les ténèbres, elle repensa à l'air effrayé de la femme de chambre lorsqu'elle avait découvert Constance devant la porte du quatrième étage. Davantage que de l'effroi, son expression exprimait une véritable terreur. Se pouvait-il que la crainte de la femme de chambre ne soit pas liée à l'idée que Constance puisse déranger la vieille dame, mais à ce qui pourrait lui arriver si elle franchissait cette porte ?

À cet instant précis, celle-ci s'ouvrit avec fracas et une silhouette inquiétante apparut sur le seuil, menaçante.

30

Bertram Ingersoll desserra sa cravate, élargit le nœud de quelques centimètres et retira le bouton de col de sa chemise qui collait à son cou moite. Il n'éprouva pas le besoin de regarder sa montre, conscient qu'il était au moins 3 heures du matin. À leur arrivée à Chippewa Hall à 21 heures, il avait voulu croire que la chaleur et l'humidité finiraient par retomber, mais il n'en était rien.

— Regarde donc, Bert, lui dit Agnès, sa femme, le doigt tendu, alors qu'ils traversaient East Jones Street. À ce coin de rue, tu as un bel exemple de style néogothique inspiré d'architecture Georgienne. Tu as vu ce toit ?

Ingersoll laissa échapper un grognement et feignit de s'intéresser au bâtiment qu'elle lui désignait. À voir l'enthousiasme d'Agnès, on aurait pu croire qu'elle venait de découvrir un oiseau à deux becs et trois trous du cul, et non une vieille ruine de plus.

Ils poursuivaient leur déambulation sur Habersham Street lorsqu'elle lui saisit le bras.

— Et là ! lui glissa-t-elle dans un murmure. Quel curieux spécimen de style Régence ! Avoir dessiné une frise comme celle-ci en surplomb de colonnes ioniennes ! Je n'ai jamais vu un fronton avec autant de… Attends une minute, chéri, le temps que je prenne une photo.

Ingersoll étouffa un soupir d'agacement pendant que sa femme fouillait son sac à la recherche de son portable. *Tu ne risques pas de réaliser des prouesses en pleine nuit*, pensa-t-il intérieurement.

Après trente et un ans de mariage, il aurait dû se douter de ce qui l'attendait. Ils n'avaient jamais eu les mêmes centres d'intérêt, et ça ne s'arrangeait pas avec le temps. Sans compter que ces fichues pilules censées régler ses troubles de l'érection ne fonctionnaient pas du tout.

Ils s'étaient mis d'accord autrefois : il était convenu entre eux que sur les deux semaines de vacances qu'ils comptaient s'accorder chaque année, l'une serait pour lui et l'autre pour elle. Ils n'avaient jamais dérogé à cette règle depuis. Ingersoll avait passé huit jours fantastiques à Hilton Head à se reposer et jouer au golf à longueur de journée avant de passer la soirée au club de loisirs. Pendant ce temps-là, Agnès lézardait au bord de la piscine en lisant des romans policiers de Dorothy Sayers, si bien qu'ils ne se voyaient qu'au petit-déjeuner et au dîner.

Ingersoll reconnaissait volontiers qu'elle n'avait jamais songé à se plaindre de ce régime, mais l'heure de la revanche avait sonné et il lui fallait à présent se taper le congrès de la Société d'architecture du Sud. Les conférences avaient lieu tous les soirs à 21 heures et elle l'obligeait à l'accompagner au prétexte qu'elle ne voulait pas sortir seule après la tombée de la nuit. Pour lui, c'était l'enfer sur terre. Il était obligé d'écouter des profs et des architectes blablater interminablement sur des détails ridicules, sans oublier les cocktails de fin de soirée qui ne se terminaient jamais avant 2 heures du matin. Voire plus tard, comme ce soir. Ingersoll, actuaire de profession, n'avait aucun goût pour l'architecture, une discipline qu'il trouvait aussi ennuyeuse qu'incompréhensible. Dans le cadre de son boulot, il avait traversé le grand hall du Professional Arts Building de Birmingham tous les jours pendant vingt ans sans jamais rien y voir de spécial alors qu'il s'agissait de l'un des plus beaux exemples d'architecture américaine Art déco en dehors de New York. À quoi bon savoir qui avait sculpté telle ou telle fenêtre tant que l'immeuble ne s'écroulait pas ?

Ils franchirent un carrefour et Agnès poursuivit ses explications, le nez en l'air, jusqu'à ce qu'ils parviennent en vue d'un square bordé d'arbres.

— On est à Whitefield Square, dit-elle. Il me semble qu'il faut prendre à droite.

— À gauche, marmonna Ingersoll.

Ils s'engageaient sur Taylor lorsque des nuages vinrent voiler la face bouffie de la lune. Une rafale de vent agita le feuillage des arbres du square.

— Chéri ? reprit Agnès. Ça t'ennuierait beaucoup si on restait un jour de plus ? Après la conférence de ce soir, le professeur Black m'a expliqué que ce quartier de Savannah abritait certaines des plus belles demeures du quartier historique. Il m'a même fourni les adresses des plus intéressantes.

Ingersoll, prêt à répondre qu'il aimerait encore mieux sucer Satan que rester un jour de plus, se retint *in extremis*. Agnès ne se mettait jamais en colère contre lui, se contentant de ne pas ouvrir la bouche pendant une semaine ou deux. Il avait réussi à tenir six jours, ce serait idiot de tout flanquer par terre à ce stade.

Il se força à sourire et se tourna vers elle.

— Un jour de plus ? Je pense que ce...

Sa femme se pétrifia à côté de lui.

Ingersoll ne sut jamais exactement ce qui s'était passé ensuite, tant c'était absurde. La police lui posa pourtant mille questions à ce sujet par la suite. Toujours est-il qu'une nouvelle rafale de vent s'abattit sur eux. Une rafale d'une force incroyable, comme il n'en avait jamais connue de sa vie. Elle apporta avec elle une puanteur atroce et il se sentit traversé par une sensation de peur indicible, accentuée par l'impression d'une présence aussi terrifiante qu'invisible au-dessus de leur tête. Cette vague indescriptible fut suivie par une rapide succession de sons : un bruit de succion à ses pieds, le hurlement d'Agnès, ainsi qu'un battement si étrange qu'il en eut la chair de poule. L'instant suivant, Ingersoll s'affalait de tout son long en trébuchant sur un objet mou gisant sur le trottoir, dont il ne comprit pas immédiatement qu'il s'agissait d'un cadavre encore tiède.

31

La commissaire Delaplane, fatiguée et de mauvaise humeur depuis son excursion de la veille dans les marécages qui l'avait laissée couverte de piqûres d'insectes, ne cacha pas son mécontentement lorsqu'on la réveilla cette nuit-là à 3 h 30 du matin. Le spectacle qui l'accueillit à son arrivée sur place ne fit rien pour l'apaiser : le corps sans vie d'un jeune homme en jean et T-shirt était allongé de tout son long sur le trottoir. Les équipes de la police scientifique installaient des projecteurs pendant que McDuffie et son assistant examinaient le cadavre. Le couple qui avait fait la macabre découverte se trouvait un peu plus loin. Le mari répondait aux questions de Sheldrake d'une voix tremblante et sa femme sanglotait en silence. Delaplane, tout en compatissant avec ces gens, avait besoin d'informations et elle se promit de tirer d'eux un maximum de renseignements tant que leurs souvenirs étaient encore frais.

Les projecteurs s'allumèrent brusquement, accentuant la lividité du corps : sa peau d'un blanc de marbre, ses yeux bleus étonnés fixant le vide, ses membres écartés comme ceux d'un supplicié. McDuffie se releva, laissant le champ aux spécialistes de l'identité judiciaire.

Delaplane adressa un signe au médecin légiste.

— Alors ?

— Comme les deux autres. Même perforation de trocart au niveau de l'artère fémorale, même lubrifiant, le sang entièrement vidé. La température du corps est quasi normale, je dirais que la victime est morte il y a moins d'une demi-heure. J'ai noté une fracture du crâne, mais il semble que le choc soit postérieur au décès.

— Comment pouvez-vous le savoir ?

— La plaie n'a pas saigné, tout simplement parce qu'il avait été vidé de son sang.

Elle secoua la tête.

— Qu'est-ce qui a pu provoquer cette fracture ?

— Il me faudra examiner le corps de plus près en salle d'autopsie, mais j'ai cru reconnaître des cheveux et de la peau sur le trottoir à cet endroit. Il a peut-être fait une chute.

Delaplane leva les yeux. Un immeuble en brique de deux étages, façade grise et huisseries blanches, surplombait la scène. Les fenêtres étaient toutes fermées, mais le toit de l'immeuble, entouré d'un parapet, était plat. Une lumière venait de s'allumer à l'une des fenêtres et une silhouette apparut derrière un rideau, attirée par le bruit.

— Il a sauté ou on l'a poussé ?

— S'il a effectivement fait une chute, on l'aura poussé après son décès, répondit le médecin légiste.

— D'autres éléments notables ?

— La victime était ivre. Son haleine empestait, mais il sera difficile de déterminer le degré d'alcool dans le sang puisqu'il n'en reste plus. Il existe heureusement d'autres techniques.

Elle acquiesça.

— Sa chemise porte des traces de vomi récentes, ajouta McDuffie.

— Très bien, merci. Je vais interroger les témoins.

Le mari et la femme, assis sur un banc face à Sheldrake qui leur posait des questions, un carnet à la main, étaient bouleversés. La commissaire sortit son portable et mit en route l'enregistreur intégré.

— Commissaire Delaplane, de la police de Savannah, se présenta-t-elle. Cela vous ennuie si je vous pose quelques questions ? Je vous signale que vos réponses seront enregistrées.

Le mari acquiesça machinalement.

— Avez-vous assisté à la scène ?

Comme aucun de ses deux interlocuteurs ne répondait, elle insista.

— Monsieur Ingersoll ?

C'était un gros homme d'âge moyen et d'allure ordinaire, vêtu d'un blouson léger. Il répondit par la négative d'un mouvement de tête.

— Je suis incapable de vous dire. J'ai senti un... comme un coup de vent, et puis on a vu une forme sur le trottoir et ensuite... je me suis affalé sur le corps.

Il frissonna d'horreur.

— Il y avait...

Il ne put aller plus loin.

— Il y avait quoi ?

— J'ai senti une présence qui m'a frôlé. Une présence horrible.

— Une présence ? Une présence de quelle sorte ?

— Aucune idée.

— Il s'agissait d'une personne ? insista Delaplane en s'efforçant de masquer son impatience.

— Non, pas comme une personne. Une *présence*...

— Un animal ?

— Je suis incapable de vous décrire cette sensation.

Il enfouit son visage dans ses mains et Delaplane se tourna vers la femme.

— Avez-vous vu quelqu'un, madame Ingersoll ?

L'intéressée secoua muettement la tête en réprimant un sanglot.

— Est-il possible que le corps soit tombé d'une maison ?

Elle fit non de la tête d'un air perplexe.

Leur témoignage n'était guère édifiant jusqu'à présent.

— Je vous remercie, dit la commissaire en tendant sa carte. Nous aurons besoin de vous interroger demain plus en détail, je vous prie de ne pas quitter la ville jusqu'à nouvel ordre. En attendant, reposez-vous. L'agent Rudd va vous raccompagner jusqu'à votre hôtel.

Elle fit un signe à Sheldrake et ils s'éloignèrent de quelques pas.

— J'ai récupéré les papiers de la victime dans son portefeuille, annonça le sergent. Brock Custis, dix-neuf ans, étudiant à l'université d'Auburn. Il était sorti en soirée, ce qui signifie qu'il avait des copains avec lui. Il faut les retrouver.

— Putain ! Ils ne peuvent donc pas aller vomir sur les plages de Jacksonville comme tout le monde ?

Delaplane vit du coin de l'œil une silhouette s'approcher de la scène de crime. Elle reconnut le nouveau venu à qui son costume noir, son teint livide et ses mains blanches donnaient des airs de spectre dans la nuit. Il n'était pas seul et se tenait immobile, légèrement à l'écart.

— Ne regardez pas, dit-elle au sergent, mais la famille Addams vient d'arriver au complet.

Les équipes de police scientifique déposaient des cartons numérotés sur le trottoir à chacun des endroits où avait été collecté un indice. Delaplace les observa pendant quelques instants, puis elle se tourna vers Sheldrake.

— Je veux interroger tout le monde, je dis bien *tout le monde*. Les Ingersoll, tous ceux avec qui ce gamin a passé la soirée, le barman qui les a servis.

Elle pointa du doigt la maison voisine et la silhouette à sa fenêtre.

— Et ce témoin aussi. 11 heures pile au commissariat. Vous pouvez y arriver ?

— Je pense, commissaire.

Elle parut réfléchir.

— Conviez aussi les fédéraux à cette réunion. Pas question qu'ils viennent se plaindre par la suite.

— C'est noté.

Elle jeta un coup d'œil en direction de l'inspecteur du FBI. Cet épouvantail montrait du doigt à son compagnon une immense maison victorienne de l'autre côté de Whitfield Square en lui expliquant qu'il y avait un jour été invité lors d'une dégustation de vin. *Seigneur !* pensa-t-elle en secouant la tête avant de quitter les lieux.

32

Constance, poing serré autour du manche du stylet qui ne la quittait jamais, fit un bond en arrière en voyant la silhouette menaçante qui venait d'apparaître sur le seuil. Elle adopta d'instinct la position *paranza corta*, apprise lorsqu'elle avait étudié l'art italien du combat à l'arme blanche. Elle se détendit en comprenant que son adversaire, loin d'être un géant, n'était qu'une vieille femme dont l'ombre se trouvait démultipliée par la lumière chiche d'une lampe Tiffany. Elle tenait une canne dans une main, un pistolet dans l'autre. La femme recula et son ombre entama une danse grotesque sur le plafond en métal gaufré de la pièce.

Les deux femmes s'affrontèrent du regard pendant un long moment.

— Soit vous me poignardez, soit vous rangez ce stylet, finit par déclarer l'occupante des lieux.

— C'est pourtant vous qui êtes en position de force, rétorqua Constance.

— Vous parlez de ça ? fit la vieille dame en détournant le canon en acier bleuté de son arme. Ce pistolet n'est pas chargé.

Comme Constance ne bougeait toujours pas, son interlocutrice poussa un soupir, éjecta le chargeur et le lança dans sa direction d'un geste désinvolte.

Constance l'attrapa au vol de sa main gauche et un coup d'œil suffit à lui confirmer qu'il était vide. Elle se redressa, rangea son stylet et posa le chargeur sur la console la plus proche tout en observant la vieille femme. Celle-ci, vêtue d'un élégant peignoir *yukata*, dévisageait Constance avec une expression à la fois agacée et amusée.

— Il provient de ma collection, expliqua-t-elle en parlant du pistolet.

— Vous collectionnez les armes à feu ?

— Je collectionne les chefs-d'œuvre du design industriel. Je suis sensible à la beauté de tout ce qui allie forme et fonction. Certaines personnes achètent des tableaux, je préfère accumuler les stylos, les percolateurs, les cryptographes, ou encore les armes. J'ai accumulé tellement de merveilles, je ne peux pas toutes les exposer.

Elle s'avança, récupéra le chargeur vide et le glissa dans la crosse du pistolet.

— Ce modèle était appelé la Veuve noire, expliqua-t-elle en montrant l'arme à Constance. En dépit de sa crosse en bakélite bon marché, je trouve que c'est le plus élégant de tous les parabellums.

Elle se dirigea vers un petit buffet, se débarrassa du pistolet et le troqua contre un livre de poche fatigué. À la façon dont elle se déplaçait, il ne faisait guère de doute qu'elle était percluse de douleur. Derrière elle, Constance devina une suite de pièces somptueusement meublées aux plafonds à moulures, aux murs décorés de tapisseries anciennes, de lambris de bois de rose, d'alcôves traversées de rayonnages remplis de livres. L'espace était délimité par plusieurs paravents *byôbu* en papier de riz ornés de motifs *shôji*. Sur tout un côté de l'appartement courait, du sol au plafond, une enfilade de portes-fenêtres donnant sur un balcon à peine visible dans la nuit.

La femme se retourna.

— J'imagine que vous êtes Constance Greene.

Cette dernière, surprise, ne répondit pas.

— Vous occupez la suite Juliette Gordon Low avec cet inspecteur du FBI qui fait beaucoup parler de lui.

Elle ponctua sa phrase par un regard interrogateur.

— Vous pensiez peut-être que je ne suis pas au courant de ce qui se passe entre les murs de mon hôtel parce que je suis vieille et affaiblie ?

Constance laissa s'écouler quelques instants avant de répondre.

— À ce stade, il me semblerait approprié d'employer une formule éculée : « Madame, vous avez l'avantage sur moi. »

La vieille dame partit d'un petit rire en venant à la rencontre de sa visiteuse. La pièce la plus proche ne manquait pas de canapés et de bergères, pourtant elle ne proposa pas à Constance de s'asseoir.

— J'imagine qu'il vous a envoyée en émissaire. Il compte sans doute sur votre astuce toute féminine pour me tirer les vers du nez au sujet des désagréments récents.

Constance la détrompa d'un mouvement de tête.

— J'étais simplement curieuse. Je ne suis pas venue ici vous parler de M. Ellerby.

Elle avait volontairement prononcé le nom de l'ancien gérant et constata qu'un éclair de chagrin traversait furtivement les traits de son interlocutrice.

— Je suis venue jusqu'ici parce que les rumeurs qui circulent à votre sujet m'intriguent, poursuivit-elle.

— À quelles rumeurs faites-vous allusion ? Il y en a tellement. Vous avez entendu dire que je m'envolais le soir à minuit sur un manche à balai ? Que je buvais le sang des premiers-nés ? Que je suis une descendante directe de Gilles de Rais ?

— Non. Je crois surtout que vous préférez, comme moi, la compagnie des beaux livres à celle de nos semblables.

La vieille femme haussa les sourcils.

— Vous m'en direz tant ! Une habitude intéressante de la part d'une personne aussi jeune. Je loue votre courage d'avoir osé gravir ces marches sur la pointe des pieds, surtout avec toutes les horreurs qu'on m'attribue.

Elle marqua une pause.

— Et ἀργαλέος γὰρ Ὀλύμπιος ἀντιφέρεσθαι[1].

Constance lui adressa un sourire sans joie.

— Je dois le courage auquel vous faites allusion à un trait que nous partageons toutes les deux. συμφερτὴ δ' ἀρετὴ πέλει ἀνδρῶν καὶ μάλα λυγρῶν[2].

Pour la première fois, Mlle Frost afficha sa surprise.

— Excusez-moi, finit-elle par déclarer. *Regina, jubes renovare dolorem*[3].

— *Quisque suos patimur Manes*[4], cita Constance à son tour.

Un long silence s'installa entre les deux femmes.

— Si le chagrin vous est aussi familier que les langues mortes, reprit Mlle Frost, vous saurez qu'il est préférable de le garder pour soi.

---

1. Citation empruntée à l'*Iliade* d'Homère : « L'occupant de l'Olympe est un rude adversaire. »
2. Autre citation de l'*Iliade* : « Même les faibles sont forts lorsqu'ils sont unis. »
3. Après l'*Iliade*, Mlle Frost cite l'*Énéide* de Virgile : « Reine, tu ravives ma douleur. »
4. L'*Énéide*, toujours : « À chacun son enfer. »

— Le chagrin, sans doute, mais pas nécessairement celle qui le subit.

— Une pensée intéressante, approuva Mlle Frost avant de se plonger dans une longue méditation.

Son regard lointain se reporta sur Constance.

— Je suis au regret de ne pas vous offrir mon hospitalité ce soir, mais je suis assez occupée.

— Bien sûr, répondit Constance en s'inclinant légèrement avant de repartir.

— Mlle Greene ? s'éleva la voix de la vieille dame dans son dos.

Constance se retourna.

— Peut-être accepteriez-vous de me rendre visite un autre soir ? Nous prendrons le thé.

— J'en serai ravie. Je vous remercie.

Sur ces mots, Constance referma doucement la porte de l'appartement de Mlle Frost et redescendit l'étroit escalier alors que les premières notes du nocturne de Chopin venaient à nouveau rompre le silence.

33

Coldmoon aperçut la lumière d'un café dans la nuit finissante et se laissa guider par elle, sans même consulter son compagnon. Il était 6 heures et l'établissement venait d'ouvrir ses portes.

— Mon cher Coldmoon..., commença Pendergast.

— Si je ne bois pas un café de toute urgence, le coupa Coldmoon d'une voix sonore, je crois que je vais mourir.

— Loin de moi l'idée d'avoir entre les mains une nouvelle victime, répliqua Pendergast.

Une atmosphère agréable, à la fois fraîche et propre, régnait dans le snack, au milieu d'une bonne odeur de café et de bacon. Le contraste avec la touffeur de la nuit était bienvenu. Coldmoon se glissa sur la banquette d'un box et Pendergast s'installa en face de lui d'un air hésitant après avoir inspecté le revêtement du siège avec un mépris mal dissimulé. Une serveuse leur apporta d'office une grande cafetière et leur tendit des menus plastifiés.

— Une grande tasse pour moi, déclara Coldmoon.

— N'auriez-vous pas plutôt, euh... un expresso, par hasard ? s'enquit Pendergast.

— Désolée, mon joli, c'est tout ce que j'ai, répondit la femme en brandissant sa cafetière, un large sourire aux lèvres.

— Peut-être du thé ?

— Noir ou vert ?

— Du breakfast anglais, avec du lait et du sucre.

— Pas de souci. Et avec ça, les garçons ?

— Du bacon pour moi, commanda Coldmoon, avec des œufs au plat, des toasts et des râpés de pommes de terre.

— Des râpés de pommes de terre ? répéta la serveuse. Vous préférez pas un bon gruau de maïs ? C'est notre spécialité. Avec du beurre, du sel et du sucre.

— Non, donnez-moi des râpés de pommes de terre. Bien gras si possible.

— Notre cuisine n'est pas grasse, se récria la serveuse, vexée.

— D'accord, comme vous voulez. Mais apportez-moi des râpés de pommes de terre.

Elle le fusilla des yeux, puis se tourna vers Pendergast, dont elle avait remarqué l'accent sudiste.

— Et vous, mon joli ? Un bon plat de poulet frit avec des gaufres ?

Pendergast serra brièvement les paupières.

— Rien, je vous remercie.

La femme s'éloigna et Coldmoon se jeta sur son café. Le breuvage n'était pas assez bouilli à son goût, mais il était amer à souhait et la première gorgée le requinqua.

— Désolé, Pendergast, mais je n'ai pas les idées claires tant que je n'ai pas bu un café et avalé un petit-déjeuner. Vous avez entendu ça ? Des *gaufres* avec du poulet frit ?

— Ne parlez pas si fort, vous avez déjà fait suffisamment mauvaise impression. Quant aux gaufres, il s'agit d'une tradition sudiste, mais vous ne pouvez pas comprendre, puisque vous posez la question.

Coldmoon secoua la tête.

— Ça doit être toxique.

— J'éviterai de vous préciser que les gaufres sont ici noyées de beurre, que le poulet frit nage dans la sauce piquante, et que le tout est recouvert de sirop d'érable.

Coldmoon frémit d'horreur.

Pendergast attendit que la serveuse lui ait apporté son thé avant de reprendre :

— En tout état de cause, cet intermède va nous offrir l'occasion de nous intéresser au rapport financier consacré aux activités boursières de M. Ellerby.

— Vous l'avez déjà reçu ?

— Je me suis entretenu par téléphone avec l'analyste qui s'est penché sur le contenu des disques durs. Le résultat de ses recherches est pour le moins curieux.

La commande de Coldmoon arriva en un temps record et il piocha goulûment dans ses râpés de pommes de terre.

— M. Ellerby a gagné deux cent millions de dollars au cours des trois semaines qui ont précédé sa mort, annonça Pendergast sur un ton badin.

Coldmoon faillit s'étrangler.

— Je vous connais, Pendergast. Vous l'avez fait exprès, maugréa-t-il après avoir réussi à avaler sa bouchée.

— Je ne vois pas de quoi vous parlez.

— Deux cent millions ? Mais comment ?

— En spéculant uniquement sur une trentaine de valeurs du Dow Jones. De façon parfaitement légale, apparemment.

— Comment est-ce possible ?

— Notre spécialiste, en qui j'ai toute confiance, affirme n'avoir jamais rien vu de pareil de toute sa carrière. Les ordres passés par notre homme étaient tous réguliers. Il ne gagnait jamais de grosses sommes, mais il engrangeait des bénéfices constants en effectuant des milliers d'opérations.

— C'est dingue.

— Ce n'est pas le plus curieux, ajouta Pendergast. Notre spécialiste me dit qu'Ellerby n'a jamais perdu d'argent sur une seule transaction.

— Impossible.

— On pourrait le croire.

— Vous pensez que cette... euh, impossibilité peut avoir un lien avec sa mort ?

Coldmoon regretta sa question, sachant que Pendergast évitait de penser lorsqu'il menait une enquête, et il enchaîna aussitôt :

— La deuxième victime jouait-elle aussi en Bourse ?

— Jamais.

— Et cet étudiant qu'on a retrouvé sur un trottoir, j'imagine que lui non plus n'était pas un investisseur ?

— Le contraire me surprendrait fortement.

Les mâchoires de Coldmoon marquèrent le pas. Il fallait toujours que ce diable de Pendergast utilise des formules ampoulées. Il ne pouvait pas dire *non* comme tout le monde ?

— Mais alors, quel peut être le rapport entre les deux cent millions d'Ellerby et son assassinat ?

Pendergast conserva le silence.

Coldmoon ouvrit machinalement une barquette de confiture de raisin et l'étala sur son toast beurré.

— Ellerby avait-il des héritiers ? Sait-on à qui doit revenir tout ce fric ?

— À sa mère, une veuve de quatre-vingts ans. Il était fils unique.

Coldmoon secoua la tête.

— Ce n'est donc pas le mobile du crime.

— J'en conviens.

— Pour en revenir au meurtre de cette nuit. Que s'est-il passé, exactement ? Ce gamin a-t-il été jeté d'un toit ? Fauché par une voiture ? Ou bien tabassé à mort ? Il n'avait pas l'air frais, en tout cas.

— Le corps était trop éloigné de la maison la plus proche. Je vois mal un être humain avoir la force de le projeter aussi loin.

Un être humain. Voilà que Pendergast recommençait avec ses formules énigmatiques.

— Mais il a été vidé de son sang. Comme les deux autres.

Pendergast se contenta d'un hochement de tête.

— Vous êtes persuadé, comme les autres, qu'on est en présence d'un vampire. C'est ça ? s'enquit Coldmoon en croquant dans une tranche de bacon.

Son aîné avala une longue gorgée de thé d'un air songeur, puis il reposa sa tasse.

— Et vous ?

— Quoi ? Vous plaisantez ou quoi ? Bien sûr que non. Les vampires, ça n'existe pas.

— Existe-t-il des légendes attachées aux vampires chez les Lakotas ?

La question prit Coldmoon de court. Il était rare que Pendergast s'intéresse à ses origines amérindiennes.

— D'une certaine façon. Un vampire blanc, bien évidemment.

— Naturellement.

— On raconte qu'un pionnier venu s'installer dans les collines Noires pour y chercher de l'or aurait profané une vallée sacrée en y construisant son cabanon. Un an plus tard, des Lakotas l'ont retrouvé mort, un couteau en argent planté dans le cœur. Quand ils ont voulu retirer l'arme, le corps s'est réchauffé et ils se sont enfuis, effrayés. Le pionnier s'est mis à attaquer les gens, il les tuait pour boire leur sang. La seule façon de l'arrêter consistait à lui replanter dans le cœur ce couteau en argent. Le corps refroidissait et ne bougeait plus, mais il n'était pas vraiment mort. La légende prétend que son corps ne bougera plus de ce cabanon tant que personne ne retirera le couteau et que…

Un cri dans la rue interrompit le récit de Coldmoon. À travers la vitre du snack, il aperçut un jeune homme qui avançait sur le trottoir d'une démarche mal assurée. Crasseux, couvert de terre et de boue, en haillons, il bredouillait des paroles incohérentes. Il était manifestement ivre, ou bien sous l'empire de la drogue.

Pendergast se leva d'un bond.

— Où allez-vous ? lui demanda Coldmoon qui s'apprêtait à attaquer ses œufs au plat. Un jeune qui a un peu trop fait la fête, rien de plus.

Sourd aux arguments de son compagnon, Pendergast sortit en trombe du snack et Coldmoon le suivit à regret. Le jeune homme s'était agrippé à un réverbère pour ne pas tomber, sous le regard indifférent des rares piétons. Les habitants de Savannah devaient avoir l'habitude de croiser de la viande saoule au petit matin.

Pendergast s'approcha du jeune inconnu en lui parlant d'une voix rassurante. Le gamin se retourna en titubant et Pendergast saisit sa main couverte de boue afin d'éviter qu'il ne bascule en avant.

— Je suis là pour vous aider.

Le jeune type lâcha le réverbère en se tenant à Pendergast.

— Je suis là pour vous aider, répéta l'inspecteur.

Les lèvres de l'inconnu s'agitèrent et il écarquilla les yeux en répétant à la façon d'un mantra des paroles inintelligibles.

C'est seulement en s'approchant que Coldmoon comprit ce qu'il disait.

— *Pas besoin d'aide, pas besoin d'aide, pas besoin d'aide, pas besoin d'aide…*

34

— Il faut donner du café à ce garçon et lui demander ce qui lui est arrivé, décida Pendergast.

— Pourquoi donc ? s'étonna Coldmoon. C'est un étudiant quelconque.

— Un étudiant quelconque ? Mon cher Coldmoon, dit Pendergast sur un ton de reproche teinté d'une pointe d'exaspération, vous n'avez donc pas remarqué cet écusson de l'université d'Auburn sur sa chemise ? Notre jeune victime de tout à l'heure arborait le même.

Pendergast lui reprochait à demi-mot de ne pas avoir fait le rapprochement, ce qui était indigne d'un enquêteur du FBI digne de ce nom.

— Désolé, rougit Coldmoon. Vous pensez que…

— Je pense que nous sommes en présence du compagnon de la victime et qu'en fait d'ivresse, il est terrorisé.

Coldmoon tint la porte du snack ouverte afin que son collègue puisse conduire l'inconnu jusqu'à leur table.

— Une petite minute ! s'écria la serveuse en fusillant du regard Coldmoon. C'est pas un refuge d'ivrognes et de hooligans, ici.

— Madame, l'apaisa Pendergast en sortant son badge du FBI, il s'agit d'une enquête officielle.

— Si c'est ça, ce pauvre gamin a besoin d'une bonne tasse de café, dit-elle sans ciller.

Elle prit un mug sur la table voisine, le remplit à ras bord et le posa devant l'inconnu.

— Il ne faut pas qu'il reste le ventre vide. Je lui apporte des toasts beurrés.

— Je vous remercie, fit Pendergast avant de se tourner vers le jeune homme. Vous êtes en sécurité à présent. Avalez donc une gorgée de café.

L'inconnu porta le mug à ses lèvres en renversant une partie du liquide brûlant sur la table tant ses mains tremblaient.

— Buvez encore, lui enjoignit Pendergast.

L'inconnu avala plusieurs gorgées, puis il se rua sur les toasts que lui avait apportés la serveuse. Peu à peu, son regard retrouva de son éclat.

— À présent, jeune homme, dit Pendergast, comment vous appelez-vous ?

Il posa sur l'inspecteur des yeux apeurés.

— Toby.

— Toby… ?

— Manning.

— Je suis l'inspecteur Pendergast et je vous présente mon collègue, l'inspecteur Coldmoon. Comment vous sentez-vous ?

Mais Manning n'était pas en état de répondre.

— Il me fait penser au héros de la *Chevauchée de Paul Revere*[1], s'écria la serveuse, plantée de l'autre côté du comptoir. Il est monté dans les tours.

1. Ce célèbre poème de Henry Wadsworth Longfellow, écrit à la veille de la guerre de Sécession afin de mobiliser l'opinion publique, met en scène le jeune héros de la révolution américaine qui aurait annoncé aux habitants de Nouvelle-Angleterre l'arrivée imminente des troupes anglaises, en 1775, en faisant allumer un fanal au sommet d'un clocher.

Coldmoon lui fit comprendre d'un regard de ne pas se mêler à la conversation. La serveuse fronça les sourcils en faisant la moue.

— Toby, reprit Pendergast. Connaissez-vous un certain Brock Custis ?

Manning ouvrit de grands yeux.

— Comment... ?

— Je suis au regret de vous annoncer que M. Custis a été retrouvé mort cette nuit.

— Mon Dieu... dans le cimetière ?

Pendergast l'observa avec curiosité.

— Non, mais pourquoi cette question ? Que s'est-il passé dans le cimetière ?

— Euh...

— Vous pouvez vous confier à nous, monsieur Manning, le rassura Pendergast d'une voix douce. Que s'est-il passé dans ce cimetière ?

— Je ne sais pas.

Il avala coup sur coup deux gorgées de café en renversant quelques gouttes sur la table. La serveuse s'empressa de les essuyer avec un torchon avant de remplir le mug et de reculer de quelques pas.

— Comment êtes-vous arrivé jusqu'ici si vous étiez dans ce cimetière ? demanda Coldmoon.

— J'ai couru, je crois. Je ne me souviens plus très bien.

— Je vois, acquiesça Pendergast. Reprenons depuis le début. Comment vous êtes-vous introduit dans cette nécropole ?

— On a escaladé les grilles.

— Pourquoi vous rendre là-bas ?

— Pour... pour s'amuser. Se balader entre les tombes.

— Aviez-vous un but particulier ?

— Je voulais voir la Fille aux Oiseaux.

— Ah ! Vous faites donc allusion au cimetière Bonaventure. Vous ne saviez pas que cette célèbre statue ne se trouvait plus là-bas depuis vingt-cinq ans ?

— Non.

— Que s'est-il passé exactement ?

Manning regarda fixement son toast à moitié entamé.

— On s'est perdus.

— Ensuite ? le pressa Pendergast d'une voix plus douce encore.

— J'ai senti un truc bizarre derrière moi. Comme une rafale de vent tiède. Je ne sais pas comment vous décrire ça. À ce moment-là, poursuivit-il d'une voix tendue, Brock a... j'ai entendu la bouteille de gnôle exploser et Brock a disparu... alors je me suis mis à courir.

— Vous aviez donc bu ? lui demanda Coldmoon.

La serveuse leva les yeux au ciel.

— Je le savais bien.

— Vous sentez-vous mieux ? reprit Pendergast.

— Oui..., balbutia-t-il. Je vais avoir des ennuis ?

— Pas pour le moment. Je vous laisse vider votre mug, et puis nous nous rendrons sur place.

— Sur place ? Où ça ?

— Au cimetière où s'est produit cet incident.

Manning se mit à trembler.

— Tout de suite ?

— Naturellement.

— Non ! Pas question ! Je vous en supplie... *je ne veux pas !*

Pendergast l'interrompit d'une voix qui avait perdu toute aménité.

— Vous allez nous y conduire immédiatement, sinon je puis vous assurez que vous aurez *effectivement* des ennuis, monsieur Manning.

Joignant le geste à la parole, Pendergast entraîna le jeune homme vers la porte. Coldmoon, un instant interdit, leur emboîta le pas.

— Excusez-moi !

Le jeune inspecteur se retourna. La serveuse lui faisait face, une main sur la hanche, l'autre tenant la note.

— Oh !

Coldmoon vit d'un coup d'œil que l'addition se montait à 19,80 dollars. Sans un mot, il tendit à la femme un billet de vingt dollars. Il posait la main sur la poignée de la porte lorsqu'il s'aperçut qu'il n'avait pas laissé de pourboire, en dehors des maigres vingt *cents* de monnaie. Mais il était trop tard pour remédier à la situation, Pendergast se trouvait déjà au bout de la rue et il quitta précipitamment le snack.

La serveuse trouva le moyen d'avoir le dernier mot. Avant que la porte ait pu se refermer, il l'entendit déclarer d'une voix aigre en agitant le billet de vingt dollars :

— Y'a des jours où votre mère doit regretter d'avoir eu un fils !

35

Le cimetière baignait dans la lumière dorée du matin qui finissait de chasser les écharpes de brume lorsque le gardien leur ouvrit la grille. Coldmoon n'éprouvait aucune attirance pour les cimetières. L'idée de tous ses morts endormis pour l'éternité en pleine terre attisait sa claustrophobie, surtout lorsqu'il s'agissait d'une nécropole aussi vaste que celle-là, avec ses allées de gravier blanc partant dans toutes les directions entre des centaines de sépultures.

— À présent, monsieur Manning, décida Pendergast, je vous prie de nous conduire à l'endroit où s'est déroulé l'incident.

— Je crois bien qu'on est passés par là, répondit l'étudiant en désignant une direction, sans esquisser un pas pour autant.

Pendergast lui fit signe d'avancer et il obtempéra lentement, comme s'il portait des chaussures de plomb.

Coldmoon n'avait jamais vu de sépultures aussi élaborées. La tradition chez les Lakotas voulait que l'on place les défunts sur des plateformes installées dans les arbres. À Pine Ridge, où il avait grandi, cette pratique ancestrale avait cédé la place à la crémation des morts dont on dispersait ensuite les cendres d'une montagne ou d'une colline afin qu'elles montent plus vite au ciel. La notion même d'enterrer les corps alors que l'on espérait voir l'âme rejoindre l'éther lui avait toujours paru absurde. Les tombes du cimetière Bonaventure, toutes plus élaborées les unes que les autres, étaient aussi énormes que coûteuses. Les défunts espéraient-ils trouver une meilleure place au paradis en se faisant inhumer dans l'opulence ? Ou bien était-ce une façon de prolonger la hiérarchie sociale au-delà de la mort ?

Les trois hommes parcoururent près d'un kilomètre avant de tourner à droite à l'initiative de Manning, puis à nouveau à droite. Le secteur dans lequel ils avançaient se trouvait à l'écart. La végétation y était plus dense, les sépultures moins extravagantes, lorsqu'elles n'étaient pas abandonnées. Manning, manifestement perdu, entraîna les deux inspecteurs dans un dédale d'allées et finit par tourner en rond. De toute évidence, sa peur faisait naître chez lui la hantise de retourner sur les lieux du drame.

— Je me souviens de cette statue, finit-il par dire en désignant un ange au bras levé, posé sur une dalle de marbre dont l'inscription avait été quasiment effacée par le temps.

— On s'est arrêtés ici, juste avant que...

Il avala sa salive.

— Il me semble qu'on a pris par là.

Il fit quelques pas avant de s'immobiliser.

— C'est là-bas... que ça s'est passé. Ensuite, je me suis enfui en courant.

Il regarda autour de lui d'un air inquiet.

— Je refuse d'aller plus loin !

— Loin de moi l'idée de vous y contraindre, répondit Pendergast. Nous avons contacté les autorités, la police sera bientôt là. À présent, si vous pouviez m'expliquer, en détail de préférence, ce qui s'est passé et ce que vous avez fait avec M. Custis en nous désignant les endroits concernés, je vous en serais reconnaissant.

— OK, balbutia Manning en tremblant de plus belle. Je marchais devant et j'ai enjambé ces tombes.

Il montra du doigt une rangée de sépultures.

— Brock me suivait, il s'est mis à chanter et danser.

— Que chantait-il ?

— Euh… une chanson des Stones.

— Les Stones ? fit Pendergast d'un air perplexe.

— Oui, il chantait *Sympathy for the Devil*.

Pendergast adressa à Coldmoon un regard perdu.

Seigneur, il ne sait même pas ça… Si ce type n'existait pas, il faudrait l'inventer.

Le jeune inspecteur haussa les épaules, l'air de dire à son aîné que ce détail n'avait guère d'importance.

— Brock se trouvait quelque part derrière moi, reprit Manning, et il a brusquement cessé de chanter. Comme si quelqu'un lui avait coupé le sifflet.

— Avez-vous entendu des bruits ? l'interrogea Pendergast. Un hoquet, ou peut-être un cri ?

— Rien du tout. Tout s'est arrêté, et puis j'ai senti passer sur moi une bourrasque, comme une vague d'air moite, avec… avec une odeur bizarre. On aurait dit du caoutchouc brûlé. Au même moment, j'ai entendu un bruit de verre cassé assez loin. J'ai pensé que c'était la bouteille d'alcool.

— Assez loin, dites-vous. À quelle distance ?

— Comment voulez-vous que je sache ? frissonna l'étudiant qui peinait à conserver un semblant de calme. Une trentaine de mètres, peut-être ? Cinquante mètres ? Je ne faisais pas vraiment gaffe, j'avais trop la trouille. Je l'ai appelé plusieurs fois, mais il ne m'a pas répondu. C'est à ce moment-là... que j'ai entendu un drôle de bruit.

— Décrivez-le-moi.

— Comme si quelqu'un battait un tapis pour en chasser la poussière. Un son étouffé. Ensuite, la même rafale de vent moite s'est abattue sur moi, toujours avec cette odeur horrible, et je me suis mis à courir.

— D'où provenait le bruit que vous nous avez décrit ?

— D'en haut.

La réponse du jeune homme glaça Coldmoon.

— Et cette bouffée d'air humide, venait-elle d'en haut, elle aussi ?

Manning hocha la tête.

— Et vous avez couru jusqu'à Savannah ? Le centre-ville se trouve à six kilomètres d'ici.

— J'ai commencé par courir, ensuite j'ai marché, avant de courir encore. Je ne me souviens plus. J'avais trop bu et j'étais paniqué.

— Pourquoi ne pas avoir appelé à l'aide sur votre portable ?

— Je l'ai perdu quelque part dans les parages. Je m'en servais comme lampe de poche. Il a dû se casser en tombant sur une stèle parce que la lumière s'est éteinte d'un seul coup.

Un hululement de sirène se fit entendre vers l'entrée du cimetière. Pendergast sortit son téléphone afin de fournir des instructions à la commissaire Delaplane, et Coldmoon ne tarda pas à voir apparaître, au détour d'une allée, la camionnette de l'identité judiciaire, suivie de plusieurs véhicules de patrouille et de la fourgonnette du médecin légiste. La configuration des lieux les ayant contraints à se garer à quelque distance, il fallut plusieurs minutes aux nouveaux arrivants pour rejoindre les deux inspecteurs et Manning.

Delaplane s'avança la première.

— L'incident s'est produit de ce côté-là, lui annonça Pendergast. Par mesure de précaution, il me paraît prudent de boucler la zone de deux mille mètres carrés qui sépare ces deux allées.

Pendant que des agents en uniforme délimitaient le secteur concerné à l'aide de bande jaune, les techniciens de la police scientifique enfilaient leurs combinaisons stériles et se mettaient au travail. Sheldrake approcha.

— Ça vous ennuie si je vous emprunte le témoin ? demanda-t-il après avoir salué Pendergast et Coldmoon.

— Je vous en prie.

Il s'éloigna en compagnie de l'étudiant, un enregistreur à la main, et Coldmoon se tourna vers son collègue.

— Qu'en pensez-vous ?

— J'ai l'intention de méditer sur ce mystère en allant me promener. Si vous aviez l'amabilité de rester ici, au cas où surviendraient de nouveaux événements fâcheux, je vous en serais reconnaissant.

Coldmoon, à qui Pendergast avait déjà fait une requête similaire quelques semaines plus tôt dans un cimetière de Miami, ne s'étonna pas de cette fantaisie.

— Pas de souci.

Pendergast s'éloigna d'un pas tranquille, les mains dans le dos, comme s'il faisait sa promenade de santé quotidienne. Il avait à peine disparu que Coldmoon entendit un remue-ménage derrière lui. Il se retourna et découvrit l'équipe de tournage, caméra et micro en avant. *Encore cet olibrius de Betts.*

Le réalisateur s'approcha du cordon de police et se prit le bec avec l'un des agents. Il était accompagné du même grand type à la mine grave déjà croisé lors de leur rencontre devant les locaux du médecin légiste. Il tenait à la main une valise qu'il ouvrit aussitôt et déplia un carré de tissu sur lequel il aligna toutes sortes d'accessoires étranges. D'autres représentants des médias commençaient à affluer vers la scène de crime. La nouvelle s'était répandue comme une traînée de poudre.

Coldmoon s'approcha avec l'intention de prêter assistance à ses collègues de la police locale.

Moller, le spécialiste des sciences occultes, sortit d'un sac en velours une baguette de sourcier argentée avec laquelle il fit le tour de la zone neutralisée, les caméras braquées sur lui.

— Je sens... je sens d'importantes turbulences spiritiques, dit-il d'une voix grave.

La baguette tremblait dans sa main, comme animée d'un mouvement autonome.

— Des turbulences *très* importantes, répéta-t-il.

Quel tas de čheslí, ricana intérieurement Coldmoon tout en reconnaissant que le cinéma de l'autre énergumène était assez convaincant. Les flics ne le quittaient pas des yeux, sans que l'inspecteur puisse savoir s'ils croyaient ou non à toutes ces salades.

— Un phénomène maléfique s'est déroulé ici, reprit Moller d'une voix plus aiguë en se laissant guider par la baguette qui se tendait en direction de la zone protégée. C'est arrivé tout récemment, ainsi que le confirme la présence de violentes turbulences !

— Veuillez rester derrière la bande jaune, monsieur, l'avertit l'un des agents.

La baguette métallique multipliait les soubresauts. Le corps tout entier de Moller fut pris de tremblements et les caméras se rapprochèrent.

— C'est là ! s'écria-t-il en s'approchant de la bande jaune, aussitôt bloqué par les flics.

— Le mal ! *Le mal !* murmura-t-il d'une voix inquiétante.

Les journalistes fraîchement arrivés sur les lieux, impressionnés par le spectacle qu'offrait Moller, s'arrêtèrent pour observer son manège. Certains prenaient des notes, d'autres le photographiaient, comme si Moller était la principale raison de leur présence dans ce cimetière, et non la scène de crime.

Soudain, la baguette échappa des doigts de Moller, comme attirée par un aimant. L'illusion était parfaite, on aurait vraiment pu croire qu'une main invisible s'en était emparée alors que le spirite l'avait probablement jetée au loin d'un mouvement habile du poignet. Moller, brusquement libéré du pouvoir de la baguette, se figea en prenant longuement sa respiration. Il parut se recroqueviller un instant sur lui-même avant de se reprendre et de s'éponger le front à l'aide d'un mouchoir en soie. Il ramassa sa baguette, retourna près de sa mallette et en sortit cette fois un grand appareil photo à l'ancienne qu'il installa sur un trépied. Il prit un éclat de verre fumé taillé à la façon d'un bloc de cristal et observa à travers le secteur que fouillaient les équipes de l'identité judiciaire.

— Oh mal ! Sors de l'invisibilité, marmonna-t-il d'une voix qui tremblait.

L'un des cameramen, l'objectif juste au-dessus de l'épaule de Moller, ne perdait pas un seul de ses mouvements.

Coldmoon chercha Betts des yeux et s'aperçut qu'il avait disparu. En observant les alentours, il constata que le réalisateur avait profité de cette diversion pour se glisser à l'intérieur du cordon de police en compagnie du second cameraman.

— Holà ! l'interpella Coldmoon en se précipitant. Sortez tout de suite de là !

À ce cri, plusieurs des agents se précipitèrent et les deux intrus s'échappèrent en franchissant une haie.

Coldmoon, curieux de savoir ce qui intéressait tant le réalisateur, ne trouva rien de particulier près du mausolée en ruine qu'il avait filmé. La végétation reprenait progressivement ses droits dans cette partie abandonnée du cimetière dont les allées rongées par les mauvaises herbes se perdaient au milieu des pierres tombales cassées et des stèles effondrées.

Coldmoon fit demi-tour et vit Pendergast revenir à grandes enjambées.

— Des découvertes intéressantes ? l'interrogea-t-il.

— Aucune.

— Dommage.

— Bien au contraire, mon cher Coldmoon. J'ai trouvé cela tout à fait édifiant.

36

Gannon, installée devant un moniteur, avait l'impression que la moitié des effectifs de police de Savannah étaient mobilisés pour contenir la foule. La foire qui régnait à l'intérieur du vieux cimetière tranchait avec la majesté du lieu, dont les tombes recouvertes de mousse étaient éclaboussées par les taches de soleil qui filtraient à travers le feuillage des chênes centenaires. À l'intérieur du périmètre, la police scientifique poursuivait son exploration méthodique de la zone concernée. Gannon vit le drôle de type du FBI et son acolyte s'éclipser en compagnie de la commissaire.

Elle avait veillé à placer ses cameramen de façon à ne rien manquer de ce qui se déroulait sous ses yeux. Pendant que Pavel, très mobile avec sa Steadicam, filmait toute cette pagaille, Craig suivait Moller à la trace. Le spécialiste des sciences occultes en faisait des tonnes. Il avait commencé par se servir de sa baguette de sourcier avant d'examiner les lieux à travers sa loupe d'obsidienne. Il avait à présent sorti de sa mallette la chambre noire à l'ancienne dont il prétendait qu'elle était capable de photographier les esprits. Daisy, la spécialiste locale du surnaturel, s'était jointe à l'équipe alors que personne ne lui avait rien demandé. Elle tentait constamment de se glisser dans le champ de la caméra, mais Betts veillait au grain et l'en empêchait systématiquement. Tout ce cirque allait fournir à Gannon des images géniales. Depuis que Betts avait changé ses plans en s'intéressant au Vampire de Savannah, Gannon avait essentiellement engrangé des interviews et des scènes de reportage. L'idéal serait de revenir un soir dans ce cimetière avec plusieurs machines à fumée.

Betts interrompit le cours de ses pensées.

— Voici ce que j'ai prévu. Moller affirme avoir obtenu des résultats extraordinaires. Il tient apparemment des photos formidables. La presse est là au grand complet, il y a même des représentants des grands journaux nationaux. C'est l'occasion ou jamais de faire parler de notre documentaire et d'obtenir de la publicité à bon compte.

Elle hocha la tête.

— Moller a décidé de dévoiler ses clichés ici même, en présence de tous ces gens. Il faut absolument filmer ça.

— Des clichés de quoi ?

— Il refuse de me le dire. Vous connaissez ce vieux fou, mais il affirme avoir des photos de « turbulences spiritiques ».

— Parce que son appareil prend des photos numériques ? s'étonna Gannon qui avait toujours cru que les images de fantômes n'apparaissaient que sur de la pellicule argentique.

— Je n'en sais rien.

L'appareil avec lequel Moller tournait autour des tombes ne ressemblait à rien de connu. C'était une chambre noire magnifique en acajou verni, chrome et laiton. À voir la façon dont les badauds et les journalistes ne quittaient pas d'une semelle le spécialiste des sciences occultes, la suite s'annonçait corsée.

— À quel endroit compte-t-il dévoiler ses découvertes ? s'enquit-elle.

— Sur cette petite esplanade, d'ici une dizaine de minutes.

— Je m'en occupe.

Gannon passa des ordres par le biais de son oreillette, recommandant à ses cadreurs de se placer de part et d'autre de la zone concernée : pendant que le premier accumulerait les gros plans, son collègue filmerait la scène en plan large. Les journalistes commençaient à s'agiter, comptant sur Moller pour leur fournir des éléments sensationnels. Betts s'approcha de Moller avec lequel il s'entretint à voix basse, puis il se hissa sur une tombe, sans le moindre respect pour son occupant, et frappa dans ses mains.

— Mesdames et messieurs ! cria-t-il en agitant ses petits bras. Mesdames et messieurs !

À côté de lui, Moller serrait la chambre noire contre sa poitrine.

La foule se précipita, les photographes de presse jouant des coudes afin d'avoir les meilleures places tandis qu'une forêt de micros s'élevait au-dessus des têtes. Gannon devait bien le reconnaître, Betts savait s'y prendre.

— Comme vous le savez, poursuivit le réalisateur, nous avons avec nous le professeur Gerhard Moller, le célèbre spécialiste des phénomènes paranormaux. Il semble que ses appareils aient réussi à détecter des présences surnaturelles. Professeur Moller, je vous laisse nous expliquer ce que vous avez trouvé.

L'intéressé, affichant une mine modeste et réservée, releva la tête et balaya la foule du regard en attendant d'obtenir le silence. Les caméras de Gannon tournaient. Quant aux flics postés à l'entrée de la zone sécurisée, ils observaient la scène avec méfiance.

— Mes appareils, commença Moller d'une voix grave et sonore, ont détecté d'importants courants surnaturels.

Il laissa s'écouler un silence théâtral avant de reprendre.

— Tout indique que nous sommes en présence d'une présence maléfique.

On aurait entendu une mouche voler, tout le monde buvait ses paroles, à commencer par les journalistes.

— J'ai réussi à enregistrer les preuves de cette présence, ajouta Moller en brandissant sa chambre noire.

— On peut voir les preuves en question ? cria quelqu'un.

Moller se tourna vers celui qui avait posé la question.

— C'est bien mon intention.

Un frisson parcourut la foule à cette annonce. *Comment compte-t-il s'y prendre ?* se demanda Gannon. *Il y a au moins trois cents personnes dans ce cimetière.*

— Certains ont exprimé des doutes quant au sérieux de mes travaux. On m'a accusé de truquer mes photos, enchaîna Moller en brandissant sa chambre noire, mais les clichés captées à l'aide de cet appareil ont été enregistrés il y a quelques instants. Ils dévoilent des éléments invisibles à l'œil nu, grâce à la technique d'imagerie multispectrale mise au point par mes soins. Ces photos prises sur le vif n'ont pas été retouchées, ainsi que vous allez pouvoir le constater lorsque je vais vous les dévoiler.

Il posa sur son auditoire un regard impérieux.

— J'entends vous confier ces photos en vous laissant tout le loisir de les utiliser à votre guise. Je vais vous les envoyer sur vos téléphones portables, directement depuis cet appareil. Assurez-vous que vous avez bien enclenché la fonction Bluetooth et sélectionnez « Appareil photo extrasensoriel » dans la liste des objets connectés. Je procéderai à l'envoi de trois images dans quelques secondes.

Toutes les personnes présentes se ruèrent sur les réglages de leurs téléphones dans une atmosphère électrique. La mise en scène imaginée par Moller était un chef-d'œuvre du genre. Gannon, l'œil rivé sur son moniteur, s'assura que ses cameramen ne perdaient rien de la scène.

— Je procède à l'envoi des images ! annonça Moller.

Le temps donna l'impression de s'arrêter, puis un concert de *oooh* et de *aaah* s'éleva de l'assistance. Tous les yeux étaient rivés sur les écrans des téléphones et quelques hoquets d'horreur fusèrent.

Gannon, faute de pouvoir regarder son téléphone puisqu'elle était à la manœuvre, mourait d'envie de voir de quoi il retournait. Un coup d'œil en direction de Betts lui montra que le réalisateur, fasciné par l'écran de son portable, hésitait entre terreur et ravissement. Elle reportait son attention sur le moniteur afin de s'assurer que ses opérateurs ne manquaient rien du spectacle lorsqu'un cri lui fit relever la tête.

— Holà ! Qu'est-ce que vous fabriquez ? s'écria Betts en se précipitant vers Daisy Fayette.

La vieille femme, penchée au-dessus de la valise de Moller, lâcha l'objet qu'elle examinait et se redressa avec un air gêné.

— Que se passe-t-il ? hurla Moller. *Alte Drache*, de quel droit osez-vous toucher à mes appareils ?

Daisy, écarlate, se reprit aussitôt.

— J'étais curieuse de voir quels instruments vous utilisez, répondit-elle sur un ton glacial. Moi aussi, je suis une spécialiste du surnaturel.

— Vous n'aviez aucun droit de fouiller la mallette du professeur, s'exclama Betts pendant que Moller, rouge de colère, remettait en place ses étranges outils. De toute façon, vous n'étiez pas censée participer au tournage aujourd'hui. Johnny, veuillez expulser Mme Fayette.

L'un des membres de l'équipe s'empressa d'escorter la vieille femme vers la sortie, en dépit de ses récriminations. *Bon débarras*, pensa Gannon que Fayette avait déçue. Elle avait pourtant insisté personnellement pour l'engager en pensant qu'elle apporterait au documentaire une caution locale bienvenue, avant de s'apercevoir qu'elle était peu photogénique et gênait constamment l'équipe.

Betts interrompit le cours de ses pensées.

— Tenez, regardez ! proposa-t-il en lui tendant son portable.

Gannon se pencha sur l'écran avec curiosité. La première photo prise par Moller représentait la statue de l'ange au bras levé. En face de l'un des techniciens de la police scientifique qui s'activait en arrière-plan, son visage rendu flou par une pose prolongée, s'élevait un nuage de brume d'où surgissait une silhouette dont la main osseuse était tendue en direction du policier.

Gannon balaya l'écran et le cliché suivant apparut. On y distinguait une autre écharpe brouillardeuse, à la fois plus grande et diffuse, de laquelle s'échappait un visage aux traits maléfiques de plus d'un mètre de diamètre. La troisième photo était sans doute la meilleure du lot, ou peut-être la pire. On y reconnaissait un démon qui sortait de terre en s'aidant de son bras squelettique, son crâne coiffé de mèches filasse troué de deux yeux creux au-dessus d'une bouche grimaçante.

— Putain, murmura Gannon. C'est extraordinaire.

Son cœur battait à tout rompre dans sa poitrine tant les photos, d'un réalisme saisissant, étaient effrayantes. Moller avait-il trouvé un moyen de les truquer avant de les envoyer ? Cela semblait impossible, mais Gannon connaissait trop bien les possibilités offertes par la technologie numérique pour écarter une telle hypothèse. D'une façon ou d'une autre, l'effet était impressionnant, et c'était l'essentiel.

Elle rendit son portable à Betts.

— Nous tenons des clichés fantastiques pour le documentaire.

— Absolument, approuva le réalisateur, et nous en aurons d'autres.

— Il ne reste plus qu'à dénicher… le vampire, dit Gannon sur un ton facétieux.

Moller, qui se trouvait à portée de voix, les rejoignit.

— Le vampire n'est pas ici, mais il n'est pas impossible qu'il se trouve dans les parages. Les images que vous venez de voir sont celles des démons attirés par son passage récent.

— Pensez-vous pouvoir obtenir une photo du vampire lui-même ? s'enquit Betts.

— À condition de me trouver au bon endroit au bon moment, sans difficulté.

— Formidable ! s'exclama Betts en donnant une grande tape sur le dos de Moller, au grand déplaisir de ce dernier.

37

— Vous ne pouvez pas me fournir davantage de détails ? demanda la commissaire Delaplane.

Toby Manning secoua la tête. Il avait trouvé le moyen de se débarbouiller et de se laver les mains, mais sa tenue était toujours aussi déplorable. Il commençait pourtant à retrouver un semblant de calme, ce qui n'était pas pour surprendre Delaplane puisque cela faisait maintenant près de six heures qu'il enchaînait les interrogatoires.

Elle dévisagea longuement l'étudiant, puis elle se tourna vers Sheldrake et les deux inspecteurs du FBI installés autour de la table. Pendergast lui adressa un léger mouvement de tête.

— Très bien, dit-elle en éteignant son enregistreur. Merci de votre aide, vous êtes libres de repartir, je vais demander qu'on vous reconduise chez vous. Je vous conseille de vous reposer, mais ne quittez pas la ville, il est probable que nous aurons à nouveau besoin de vous au cours des prochains jours.

Manning se leva de sa chaise et se dirigea vers la porte d'un pas traînant en jetant un coup d'œil furtif en direction de Pendergast.

Delaplane raya le nom de l'étudiant sur la liste posée devant elle.

— Il nous reste à voir les Ingersoll. Ils attendent dehors.

— Excellent.

Delaplane poussa un soupir intérieurement. Ils avaient déjà interrogé une femme qui vivait en face du bed and breakfast des Ingersoll, le barman de l'endroit où Toby et Brock avaient passé la soirée à boire, le gardien du cimetière et quelques autres. Aucun d'eux n'avait pu leur fournir le moindre élément nouveau.

Elle composa un numéro sur son téléphone et demanda à l'un des agents de garde de raccompagner Manning.

— Avant ça, faites entrer les Ingersoll.

On frappa peu après à la porte et le couple, escorté par un policier, fit son entrée.

Le mari et la femme dévisagèrent tous les présents et s'assirent en face de Delaplane. Alors qu'Agnès Ingersoll avait un visage fermé, son mari paraissait contrarié. On aurait dit Sisyphe à qui l'on aurait ordonné de pousser sa pierre sur une montagne encore plus élevée.

— Bonjour, M. et Mme Ingersoll, déclara Delaplane sur un ton très professionnel. Merci d'avoir accepté de venir jusqu'ici.

— Avec plaisir, répondit machinalement Agnès, alors que son mari restait muet.

— Si vous en êtes d'accord, je compte enregistrer cette conversation.

— Aucun problème, approuva Bertram Ingersoll.

Une fois précisées l'heure, la date et l'identité précise des personnes présentes à l'interrogatoire, Delaplane se lança.

— Je me doute que ce n'est pas facile, mais j'aimerais vous demander de me raconter une nouvelle fois ce qui s'est passé juste avant la découverte du corps. Veuillez procéder étape par étape, en prenant votre temps et sans négliger aucun détail qui aurait pu vous revenir depuis votre déposition initiale.

Au terme d'un long silence, la femme entama d'une voix sourde et hésitante un récit semblable en tout point à celui qu'elle avait déjà fait à Delaplane. Leur traversée de la ville endormie, les bruits soudains, accompagnés d'une présence inexplicable, son mari s'écroulant sur le corps, l'appel angoissé qu'elle avait passé à police-secours. Bertram Ingersoll fit la grimace à plusieurs reprises sans jamais interrompre sa femme.

Après avoir balbutié quelques ultimes observations, cette dernière se tut. Delaplane laissa s'installer un long silence, sachant d'expérience que certains témoins retrouvaient parfois la mémoire en pareille circonstance.

Contre toute attente, Pendergast ne laissa pas le temps au couple de réagir.

— Madame Ingersoll, pourriez-vous me préciser combien de temps s'est écoulé entre le moment où votre mari est tombé et votre appel à police-secours ?

Delaplane, qui trouvait la question sans intérêt, s'efforça de rester impassible. Elle nota toutefois que Coldmoon observait son collègue en coin.

Agnès Ingersoll médita la question.

— Euh... eh bien... Bertram est tombé en poussant un cri, comme je vous l'ai dit. Je me suis agenouillée sur le trottoir pour m'assurer qu'il ne s'était pas blessé. Tout est allé si vite, j'ai l'impression que ça n'a pas duré une seconde.

— Je me permets d'insister, reprit Pendergast. Combien de secondes se sont écoulées avant cet appel ? Une dizaine ? Une quinzaine ?

Bertram allait protester, mais sa femme répondit avant qu'il en trouve le temps.

— J'ai constaté qu'il bougeait, mais il faisait sombre et je ne savais pas s'il s'était fait mal. Et puis j'ai vu… le corps. Bertram a poussé un gémissement et c'est à ce moment-là que j'ai sorti mon portable.

Elle hésita.

— Je dirais quinze secondes.

— Quinze secondes, répéta Pendergast. Entre le moment où votre mari est tombé et celui où vous avez appelé les secours ?

— Oui, répondit Agnès d'une voix sourde, avant de répéter avec assurance : oui.

— Fort bien. À présent, et ne m'en veuillez pas de revenir sur des événements aussi désagréables, mais vous a-t-il semblé que le corps était déjà là avant que votre mari trébuche dessus ?

Mme Ingersoll regarda alternativement Pendergast et son mari d'un air perplexe.

— Je ne comprends pas.

— Le corps se trouvait-il déjà sur le trottoir ? Ou bien avez-vous senti un mouvement juste avant la chute de votre mari ? Comme si le corps venait de tomber d'une maison ?

— Non ! s'écria-t-elle.

— Monsieur Ingersoll ?

L'intéressé posa sur l'inspecteur deux yeux rougis, puis il secoua la tête.

— Je vous remercie, déclara Pendergast en signalant à Delaplane d'un coup d'œil qu'il en avait terminé avec les témoins.

Sheldrake prit le relais pour la forme, après quoi Delaplane remercia le couple en lui faisant les recommandations d'usage. La porte à peine refermée, elle s'adressa à Pendergast :

— Puis-je vous demander en quoi l'heure de cet appel à police-secours est pertinente ?

— Je serai ravi de répondre à votre question lorsque vous recevrez le rapport de votre spécialiste des appels cellulaires.

Une énigme de plus à mettre au compte de Pendergast.

— Je ne crois pas qu'il ait terminé.

— Puis-je me permettre d'insister ?

— Très bien.

Delaplane composa un numéro interne et brancha le haut-parleur du téléphone installé sur son bureau.

— Wrigley à l'appareil, répondit une voix.

— Wrigley ? C'est Alanna.

— Ah ! Bonjour, commissaire.

— Du neuf ?

— Je m'apprêtais à vous appeler. Je n'ai finalement pas eu besoin de bidouiller la microprogrammation. Comme je savais d'où il appelait et que je disposais de sa localisation grâce au GPS, j'ai tenté ma chance en consultant les registres des relais les plus proches, et j'ai bien fait. Ce jeune avait un vieux téléphone. Les appareils les moins modernes sollicitent le réseau beaucoup plus fréquemment que les smartphones actuels lorsque la torche est branchée. Quoi qu'il en soit, le sien se branche sur le réseau toutes les soixante secondes alors que les modèles actuels...

— Tout ça est passionnant, Wrigley, mais venez-en au fait.

— Oui, commissaire. En tout, les relais ont enregistré un total de treize pings à soixante secondes d'intervalle. Le premier à 3 h 02 et le dernier à 3 h 14.

— Excusez-moi, intervint Pendergast, mais quelle était l'heure exacte du dernier ping ?

— Je viens de vous le dire : 3 h 14.

— J'aurais besoin d'un horaire précis à la seconde.

— Ah bon ? Il suffisait de poser la question, railla le technicien. 3 h 14, 40 secondes et 71 centièmes. Je ne suis pas en mesure de vous donner les millièmes de seconde puisque le signal…

— C'est bon, Wrigley, le coupa Delaplane en réprimant un sourire. Beau boulot.

Elle raccrocha et se tourna vers Pendergast :

— Je ne suis pas certaine de comprendre où vous souhaitez en venir.

— Une dernière requête, si cela ne vous ennuie pas, plaida Pendergast de sa voix la plus mielleuse. Pourriez-vous contacter le central afin de savoir à quelle heure Mme Ingersoll a contacté police-secours ?

— À la seconde près, j'imagine ?

— S'il vous plaît.

Deux appels et moins de cinq minutes plus tard, la commissaire était en possession de l'information.

— Elle a appelé à 3 h 18, mais ils n'ont pas noté les centièmes de seconde.

— Cela suffira amplement, je vous remercie, dit Pendergast en glissant les doigts d'une main sur les ongles de l'autre dans un geste qui lui était propre. Nous pouvons partir du principe que ces informations sont fiables pour ce qui nous intéresse.

— Et qu'est-ce qui nous intéresse, exactement ? l'interrogea Delaplane en remarquant du coin de l'œil que Coldmoon affichait un petit sourire.

— Le calcul suivant : le jeune Manning a lâché son téléphone lorsqu'il a pris la fuite au moment de l'agression de son camarade. Nous pouvons en déduire que l'attaque a eu lieu à 3 h 14 et 40 secondes. Nous savons également que Mme Ingersoll a joint police-secours à 3 h 18, moins de quatre minutes plus tard. En clair, cela signifie qu'on aura laissé tomber le corps de Brock Custis sur le trottoir juste avant.

— Seigneur ! s'écria Coldmoon qui commençait à comprendre le raisonnement de son aîné.

— *Laissé tomber ?* répéta Delaplane.

— Ma chère collègue, examinons les faits. Les plaies observées sur le corps, tout comme le récit des témoins, confirment que Custis venait d'atterrir sur le trottoir lorsque M. Ingersoll a trébuché dessus. On a cru pouvoir en déduire que Custis était tombé d'une fenêtre, ou d'un toit. À l'évidence, ce n'est pas le cas.

— Et pourquoi donc ? s'étonna Delaplane.

— Tout simplement parce que le cimetière Bonaventure se trouve à plus de six kilomètres de la rue où notre ami Ingersoll l'a retrouvé. Il est matériellement impossible, même en pleine nuit, de parcourir une telle distance en moins de seize minutes. J'ai personnellement vérifié. Soit quatre fois plus qu'il aura fallu à Custis pour se retrouver sur Taylor Street. D'où l'expression *laissé tomber*, commissaire. La seule explication plausible est qu'il sera arrivé par les airs.

— *Par les airs ?* s'écria Delaplane, incrédule. Nom de Dieu, balbutia-t-elle en prenant soudain la mesure d'une telle implication.

38

— Vous reprendrez bien un biscuit ? proposa Felicity Frost à sa visiteuse en lui tendant une assiette de petits gâteaux au chocolat.

— Sans façon, je vous remercie, répondit Constance en essuyant délicatement ses lèvres à l'aide d'une serviette damassée.

— Nom d'un chien ! s'écria la vieille dame sur un ton faussement agacé. Je ne pourrai donc pas me servir de vous comme alibi pour en reprendre un.

Elle se débarrassa de l'assiette sur le plateau en argent posé près d'elle sur une petite table à thé. Il n'avait pas échappé à Constance que les tasses en porcelaine appartenaient à un vieux service Haviland de Limoges d'une finesse exquise. Ce détail cadrait parfaitement avec Mlle Frost, dont le côté désuet, la discrétion et la subtilité étaient infiniment plus développés qu'elle n'aurait pu le croire au premier coup d'œil.

Frost lui avait fait parvenir un petit mot plus tôt dans la journée afin de l'inviter à prendre le thé ce soir-là à 21 heures. Constance, heureuse d'accepter, venait de passer plus d'une heure en compagnie de la vieille dame. Cette dernière avait une conversation fort intéressante et possédait un large éventail de centres d'intérêt, ainsi qu'une véritable passion pour les objets anciens. Elle avait fait à Constance les honneurs de trois des pièces de son logement du dernier étage : une bibliothèque qui faisait également office de musée, un salon de musique et le salon dans lequel elles se trouvaient. Les appartements de Frost étaient plus étendus, mais leur occupante n'avait pas proposé à Constance d'en faire la visite et celle-ci ne le lui avait pas demandé. Ce qu'elle connaissait des lieux lui avait permis de se forger une idée plus précise de la personnalité de son hôtesse. Ces pièces abritaient de nombreuses antiquités : des éditions originales d'écrivains du XIXe siècle tombés dans l'oubli, un piano Steinway Model 0 de 1923 (son ultime année de production), ou encore une impressionnante collection de tableaux allant d'aquarelles signées John Marin à diverses estampes tirées de la série des *Prisons imaginaires* de Piranèse. Les tapis que Constance foulait n'étaient sans doute pas de la qualité des Kashan et des Ispahan faits à la main que l'on trouvait dans la vieille demeure new-yorkaise de Pendergast, tout comme les meubles Duncan Phyfe n'étaient pas des originaux, mais il s'agissait néanmoins de rééditions de qualité. Tout ici signalait une femme de goût qui avait su accumuler et préserver de fort beaux objets à mesure des années, sans posséder pour autant une fortune illimitée.

En marge de ses collections d'armes et de stylos, Frost avait réuni un véritable musée miniature de cryptographes et d'appareils liés aux balbutiements de l'ordinateur. Elle avait fièrement montré à sa visiteuse, exposés dans une grande vitrine, une Fialka M-125 soviétique, une machine Enigma, les rouages de la « machine à différences » de Charles Babbage, le relais et le commutateur circulaire du calculateur Mark I de Harvard, ainsi que deux circuits imprimés empruntés au superordinateur Cray-1, l'un des pionniers du genre. La vieille femme connaissait sur le bout des doigts l'histoire des débuts de l'informatique et Constance se fit la réflexion que cela devait avoir un rapport avec son passé énigmatique.

— Mais je vois qu'il est bientôt 23 heures, remarqua Frost en jetant un coup d'œil en direction de l'horloge ancienne adossée au mur du fond.

Allongée sur une méridienne face à Constance, elle conservait à côté d'elle le même livre de poche fatigué qui l'accompagnait déjà lors de leur rencontre initiale.

— À cette heure, un apéritif s'impose, ne trouvez-vous pas ?

De toute évidence, sa vie nocturne imposait à la vieille dame des horaires décalés d'une demi-douzaine d'heures par rapport à la normale.

— Si vous le souhaitez, accepta Constance.

— Je le souhaite même ardemment. À mon âge, l'automédication est le seul vice ou presque auquel je puisse encore sacrifier.

Elle se leva péniblement et se dirigea vers une desserte garnie de bouteilles les plus diverses.

— Puis-je vous proposer de partager une fée verte avec moi ?

— Sans façon, pas d'absinthe, répondit Constance plus sèchement qu'elle ne l'aurait voulu.

— Dans ce cas, dites-moi quel poison vous ferait plaisir.

— Un doigt de Campari avec de l'eau pétillante, si c'est possible.

— Bien sûr. Je vous l'apporte dans un instant.

La vieille femme s'activa pendant quelques instants avant de revenir, munie de deux verres : le premier rempli d'un liquide rosé, le second au contenu laiteux.

— *À votre santé*, dit-elle en français en levant son verre.

Les deux femmes dégustèrent leurs cocktails en silence.

— Du Campari, finit par s'étonner Frost. Un choix surprenant chez quelqu'un d'aussi jeune.

— Je pourrais en dire autant au sujet de votre absinthe.

— Sans doute. Je n'étais même pas née lorsque sa consommation a été déclarée illégale.

— En 1915, ajouta Constance.

— Si vous le dites. Toujours est-il que l'armoise me fait du bien. Comme l'a dit je ne sais plus qui, « c'est la dose qui fait le poison ».

La vieille femme se rassit sur ces mots tout en observant Constance, un sourcil levé.

Sa visiteuse, se refrénant de préciser que cette citation était empruntée à Paracelse, changea de sujet de conversation.

— J'aimerais louer votre maîtrise du piano. Le nocturne que vous interprétiez l'autre soir est l'une de mes œuvres préférées.

— C'est l'une des miennes également, dit Frost en trempant les lèvres dans son verre. Vous jouez du piano ?

— Oui, acquiesça Constance, mais j'ai une préférence pour le clavecin.

Frost sourit.

— Je ne doute pas de votre talent en la matière, même si j'aurais imaginé une prédilection pour un instrument plus dynamique chez une personne de votre tempérament.

— C'est précisément la fonction des registres, se justifia Constance.

— Assurément, approuva Frost en vidant son absinthe. La prochaine fois, il faudra que vous partagiez mon dîner. Je possède une assez bonne cave.

Sans doute pas de la qualité de celles auxquelles vous êtes habituée, mais tout de même acceptable.

Elle posa sur sa visiteuse un regard inquisiteur.

— Sauf erreur de ma part, vous avez l'habitude des meilleurs vins. De même que vous devez posséder un clavecin magnifique, et que votre dague est une antiquité splendide.

— Je vous remercie, fit Constance en s'efforçant de dissimuler son agacement. Cela dit, je doute que mon poignard soit plus précieux que le Luger avec lequel vous m'avez menacée l'autre soir.

Mlle Frost balaya l'argument d'un geste.

— J'évoquais le vin parce que nous parlions de musique. Avec l'âge, j'en arrive à comparer les compositeurs à de grands crus. À mes yeux, Mozart est l'équivalent d'un Château d'Yquem : doux, soyeux, et plus complexe qu'il n'y paraît à première vue. Beethoven, à l'aune d'une syrah, est mal élevé, grossier et caoutchouteux, mais inoubliable lorsqu'on y a goûté. Quant à Scarlatti, rit-elle, c'est un mauvais prosecco dont les bulles vous chatouillent désagréablement le nez.

— Quelle opinion portez-vous sur Brahms ? s'enquit Constance qu'irritait cette attaque en règle contre son cher Scarlatti, sans pour autant vouloir se montrer impolie.

— Ah, Brahms ! Brahms évoque pour moi... un barolo d'exception.

Tandis que Frost se relevait et se resservait un verre d'absinthe, Constance en profita pour tendre la main vers le livre de poche posé sur la petite table.

La vieille femme acheva de diluer la liqueur et examina le résultat par transparence avant de retourner s'asseoir.

— C'est étrange, mais en vieillissant, comme vous le savez sûrement, on finit invariablement par tourner en boucle, comme emporté par un algorithme.

— Je vous demande pardon ? réagit Constance que l'expression « comme vous le savez sûrement » avait brusquement déstabilisée.

— C'est la programmeuse informatique chez moi qui s'exprime, sourit Frost.

C'était la première fois qu'elle faisait référence à son passé, mais Constance jugea qu'il n'était plus temps de tourner autour du pot.

— Parlez-moi donc de ce talent de programmeuse informatique.

Frost lui répondit par un rire grave, mais sincère.

— Nous y voilà enfin.

— Où donc ?

— À la véritable raison de votre présence ici.

— Je suis venue à votre invitation.

La vieille dame lui répondit par un geste impatient.

— Assez de persiflage. Moi qui espérais trouver en vous une personne différente.

— Différente ?

— Différente dans le sens où ma conversation vous intéresserait davantage que mon passé.

— Votre passé est digne d'intérêt uniquement parce que vous en faites mystère.

C'est tout juste si Frost entendit la réplique de Constance. Le regard perdu dans le lointain, elle soupira.

— J'ai toujours pensé que cela finirait par arriver.

Comme elle ne précisait pas sa pensée, Constance l'aiguillonna.

— Que voulez-vous dire ?

— Que je serais sans doute confrontée un jour à quelqu'un d'assez fin pour me battre à mon propre jeu. Il y a encore dix ou vingt ans, ce genre de joute m'aurait amusée, voire stimulée. Je suis trop fatiguée désormais. Vieille et fatiguée.

Elle reporta son attention sur Constance, se pencha afin de récupérer son verre, qu'elle vida avant de le reposer.

— Assez joué, décréta-t-elle.

Elle s'était exprimée sur un ton suffisamment acéré pour que Constance se tienne sur ses gardes. La vieille femme était infiniment plus vive qu'elle ne l'avait cru.

— Voici ce que je vous propose, poursuivit Frost. Vous êtes une personne perspicace, je vous propose de lancer une affirmation à mon sujet. Si vous ne vous êtes pas trompée, je vous le dirai et vous serez libre de poursuivre, mais à la première erreur de votre part, nous inverserons les rôles. Nous sommes d'accord ?

Constance fut prise d'une hésitation, de plus en plus persuadée que la partie d'échecs ne tournait pas à son avantage. Elle finit néanmoins par hocher la tête.

— Allez-y, lui intima la vieille dame en se calant confortablement dans sa méridienne.

— Fort bien, réagit Constance en réfléchissant. Vous étiez très attachée à Patrick Ellerby.

Frost laissa échapper un léger bruit de bouche, comme si une telle ouverture était indigne de son adversaire.

— C'est exact.

— Il a pourtant fait preuve de désobéissance. Il vous a déçue, et même trahie.

Une ombre passa sur le visage de Frost, mais elle opina.

— C'est exact.

Constance médita la suite. Elle ne souhaitait pas abuser de la patience de Frost en multipliant les observations banales, mais avancer à tâtons pouvait se révéler dangereux.

— Vous vous êtes réinventée au moins une fois dans votre vie.

Cette fois, Frost prit le temps de réfléchir avant de répondre.

— C'est exact.

— Vous possédez des connaissances scientifiques poussées, notamment en mathématiques, en physique et en informatique.

— C'est exact.

Constance s'enhardit, guidée par sa propre expérience de la vie.

— Vous avez connu une enfance difficile.

— Faux ! s'écria Frost avec un petit rire triomphant. J'ai vécu une enfance paisible et banale, merci beaucoup.

— Où avez-vous grandi ?

— Non, non, non ! s'écria Frost en s'enfonçant dans la méridienne. À mon tour.

La façon dont elle avait prononcé ces trois mots alerta Constance.

— Je vous accorde un handicap, suggéra la vieille dame. Je me contenterai d'une seule observation. Si je me trompe, vous gagnez, mais si j'ai raison, vous serez tenue de vous expliquer.

Constance, tendue, attendit l'attaque.

— Prête ?

Elle donna son assentiment d'un mouvement de tête.

— Vous êtes plus vieille que vous ne paraissez, et ce fossé ne se compte pas en semaines, en mois ou en années. Vous êtes beaucoup, *beaucoup* plus vieille.

Constance resta silencieuse.

— Vous ne répondez pas ? Ou bien vous vous demandez comment je le sais. Car je le *sais*. Je n'ai rien deviné. J'ai tout d'abord cru qu'il s'agissait d'un caprice de mon imagination, mais comment pouviez-vous en savoir davantage sur l'existence et le monde que moi, qui ai traversé huit décennies ? J'ai donc émaillé notre conversation de petits pièges. « Des pièges à attraper les bécasses », ainsi que le formulait Shakespeare.

— Des pièges ? Lesquels ? demanda Constance d'une voix qu'elle voulait égale.

— Vous connaissiez la date exacte à laquelle on a interdit l'absinthe, et son surnom de « fée verte » vous était familier, alors que l'on n'a plus recours à cette expression depuis un siècle, et même davantage. Vous utilisez des formules désuètes, vos phrases respirent le XIXe siècle, et le mot « dague » vous a paru naturel. Vous n'avez éprouvé aucune difficulté à identifier mes meubles et mes tableaux anciens, vous parlez grec et latin mieux encore que moi.

La vieille dame se pencha légèrement en avant.

— Personne ne serait capable d'acquérir une telle culture en l'espace d'une vingtaine d'années, mais ce sont surtout vos *yeux* qui vous ont trahie, ma chère.

— Qu'ont-ils donc de si particulier ?

— Ce ne sont pas les yeux d'une jeune personne, mais ceux d'une vieille femme comme moi. À ceci près qu'ils sont le reflet d'une expérience plus longue encore. Vous avez des yeux… de sphinx.

Constance ne sut que répondre.

— Sachez que vous me fascinez, poursuivit la vieille femme. Littéralement. Et j'aimerais connaître votre secret.

Constance se leva d'un bond.

— Vous déclarez forfait, mademoiselle Greene ? Nous aurions tant à apprendre l'une de l'autre !

Constance, pétrifiée, finit par se rasseoir lentement.

— J'attends votre réponse, ma chère. Tel était notre contrat.

— Ma réponse est que…

Un long silence précéda la fin de sa phrase.

— … que c'est exact.

La vieille dame écarquilla les yeux.

— Vraiment ?!

Comme Constance restait sans réaction, elle insista :

— Je vous écoute. Je vous l'ai dit, j'aimerais connaître votre secret.

Face au mutisme de son interlocutrice, elle ajouta :

— En toute honnêteté…

— À la suite d'une expérience scientifique, réalisée il y a plus d'un siècle, mon existence s'est prolongée de façon artificielle, finit par se livrer Constance.

Elle s'était exprimée d'une voix si neutre que Frost écarta encore davantage les paupières. Elle ressemblait à une chiromancienne découvrant brusquement les propriétés magiques de sa boule de cristal.

— Seigneur Jésus…, balbutia-t-elle avant de se reprendre : êtes-vous reconnaissante au destin de ce don ?

— Le médecin qui a prolongé ma vie a tué ma sœur dans le cadre de ses recherches. Il a eu… davantage de chance dans mon cas.

Constance se leva à nouveau, plus brusquement encore, tourna le dos à son hôtesse et quitta ses appartements.

39

— On est gentiment dans la merde, déclara Delaplane aux enquêteurs réunis face à elle dans la salle de réunion du commissariat de Savannah.

Alors que Sheldrake se tenait à côté de sa supérieure, Coldmoon avait préféré se réfugier discrètement au fond de la pièce en compagnie de Pendergast.

— Ceux d'entre vous qui ne se trouvaient pas au cimetière Bonaventure ont eu des échos de ce qui s'était produit là-bas, ne serait-ce qu'en voyant ces photos de fantômes sur toutes les chaînes d'info nationales. Nous avons impérativement besoin d'enregistrer de sérieux progrès, les gars.

Coldmoon fit la grimace intérieurement. Putains de fantômes. Il se demandait encore comment Moller, le pseudo-scientifique allemand, avait pu s'y prendre pour bidonner ses photos de la sorte. Si c'était effectivement le cas. Il regrettait de n'être pas resté jusqu'au bout, mais Pendergast l'avait entraîné avec lui pendant que Moller exécutait son petit numéro, de sorte qu'il n'en avait vu que le début.

Delaplane se lança dans un résumé de l'enquête en notant les points principaux sur un tableau blanc, puis ce fut au tour de Sheldrake de souligner les aspects étranges et contradictoires de l'enquête, faisant brièvement allusion aux moyens logistiques que le meurtrier avait dû mettre en œuvre pour déplacer les corps des victimes.

La réunion touchait à sa fin lorsque Coldmoon tourna la tête en voyant s'ouvrir la porte. Plusieurs individus en costume noir s'avancèrent dans la salle de réunion sous la direction d'un personnage d'allure décidée, son regard dissimulé derrière des lunettes de soleil. *C'est à tout coup un politicard, ou alors un mafieux*, pensa Coldmoon en voyant l'inconnu se diriger d'autorité vers l'estrade. Il était suivi par une équipe de tournage, différente cette fois de celle de l'autre abruti de Betts.

Delaplane battit des paupières, un instant désemparée.

— Bienvenue, monsieur le sénateur, accueillit-elle le nouveau venu sur un ton tout sauf chaleureux.

— Je ne voudrais pas vous interrompre, dit l'intéressé en adressant un sourire aux enquêteurs réunis devant lui.

En plus de ses dents parfaitement alignées, de ses implants capillaires et de son bronzage artificiel, Coldmoon nota qu'il avait le visage lifté. La cinquantaine bien tassée, une allure de star hollywoodienne, il avait une carrure de rugbyman et donnait l'impression d'être engoncé dans son costume. Seul son nez, traversé par un réseau dense de petits vaisseaux, venait gâcher le tableau.

— En ma capacité de premier sénateur du glorieux État de Georgie, je tiens ici à vous apporter mon soutien plein et entier dans votre enquête, annonça-t-il en souriant aux caméras. J'ai personnellement toute confiance en nos forces de police locales.

Il se tourna vers Delaplane.

— Où en êtes-vous de vos recherches, commissaire ?

— J'achevais mon rapport sur les derniers développements de l'enquête.

— Il y a donc de *nouveaux* développements ?

— Nous suivons actuellement plusieurs pistes.

— Vous me voyez ravi de l'entendre car vous devez bien vous douter que cette affaire m'inquiète au plus haut point.

Il laissa s'écouler un instant avant de poursuivre :

— Vous n'êtes pas sans savoir que j'organise une réunion de campagne demain soir à Forsyth Park.

— J'en suis consciente, monsieur le sénateur, puisque nous sommes chargés d'assurer la sécurité de l'événement.

— C'est précisément ce qui m'importe : la *sécurité*. Je sais que vous travaillez tous jour et nuit sur cette enquête, mais celle-ci fait aujourd'hui les gros titres de la presse nationale, ce qui n'est pas pour donner une image favorable de votre ville et de notre État. Nous allons devoir marquer des points rapidement, et *avant* ce rassemblement. Suis-je assez clair, mesdames et messieurs ?

Les policiers municipaux, visiblement mécontents que le sénateur déboule comme un chien dans un jeu de quilles, lui réservèrent un silence glacial.

— Je tenais à vous assurer personnellement de mon soutien, poursuivit le sénateur en haussant la voix. Je veillerai à ce que Washington vous apporte toute l'aide nécessaire. Si vous avez besoin de quoi que ce soit, commissaire, faites-le-moi savoir. Je puis vous promettre mon appui plein et entier.

— Je vous remercie, monsieur le sénateur.

— C'est moi qui vous remercie tous, et que Dieu vous bénisse !

Il conclut son intervention d'un petit geste, les caméras s'éteignirent et son sourire s'effaça instantanément. Il se dirigeait vers la porte, suivi par son entourage, lorsqu'il fit soudain un crochet en direction de Pendergast et Coldmoon.

— Messieurs ? Si vous voulez bien me suivre, j'aimerais m'entretenir avec vous quelques instants.

Les deux hommes se levèrent sans un mot. Quelques instants plus tard, ils retrouvaient l'atmosphère étouffante de cette journée ensoleillée sur le parking du commissariat où le 4 ×4 noir du sénateur et les véhicules de ses accompagnateurs étaient garés sur des emplacements interdits.

Le sénateur se tourna vers Pendergast et Coldmoon qu'il dévisagea l'un après l'autre.

— C'est donc vous que Pickett a mis sur le coup ? Vous êtes Pendergast, je suppose ?

Ce dernier inclina la tête.

— On m'a dit le plus grand bien de vous. Vous trouvez toujours le moyen de résoudre les enquêtes qu'on vous confie, paraît-il.

Le compliment laissa Pendergast de marbre.

— Pour être franc avec vous, je n'ai rien vu jusqu'à présent. Ni arrestation, ni piste sérieuse, rien de rien. À part ce raid perpétré contre une bande de vieux rigolos qui se vautraient dans du sang de canard. Et qu'est-ce que je vois hier matin aux infos ? Un sujet consacré au Vampire de Savannah. Bon Dieu, inspecteur Pendergast ! Je peux vous demander ce que vous fichez avec votre collègue depuis dix jours ?

— Vous pouvez, répondit Pendergast.

Le sénateur Drayton, qui attendait la suite, s'approcha d'un air menaçant en constatant que celle-ci ne venait pas.

— Laissez-moi vous dire, Pendergast. Vous avez entendu ce que j'ai dit tout à l'heure ? J'organise demain soir un meeting essentiel pour ma réélection. Pas question que les gens restent chez eux à cause de cette histoire. Vous n'avez pas été foutus tous les deux d'obtenir le moindre résultat et vous êtes trop bas dans la hiérarchie pour que je m'abaisse à vous régler votre compte, mais ce n'est pas le cas de votre patron, Pickett, qui espérait être nommé vice-directeur du Bureau. Vous aurez noté que je m'exprime à l'imparfait.

Le sang de Coldmoon ne fit qu'un tour. Sans être fan de Pickett, il s'était toujours montré loyal avec sa hiérarchie et vivait très mal ce genre d'ingérence politique. Curieusement, Pendergast ne disait rien.

— Je me suis bien fait comprendre, Pendergast ?

— Très bien.

C'en était trop pour Coldmoon.

— Je suis désolé d'apprendre que votre campagne ne se déroule pas au mieux, monsieur le sénateur.

Drayton plissa les paupières et posa sur lui un regard haineux.

— Espèce d'abruti insolent. Après tout, je pourrais peut-être bien m'abaisser à écraser un morpion comme vous.

— Je vous en prie, rétorqua Coldmoon.

Drayton lui réserva son sourire éclatant.

— Vous allez savoir ce qu'il en coûte de manquer de respect à un sénateur des États-Unis.

— Encore faudrait-il que vous soyez réélu.

— Faites-moi confiance, vous vous retrouverez dans la merde avant ça, inspecteur...

Il saisit le badge que son interlocuteur portait autour du cou, attaché à un cordon.

— ... inspecteur Coldmoon.

Sur ces mots, il claqua des doigts et tourna le dos aux deux policiers. Ses mignons se précipitèrent afin d'ouvrir sa portière avant de se réfugier dans leurs propres véhicules.

Coldmoon prit longuement sa respiration dans l'espoir de se calmer. Du coin de l'œil, il constata que Pendergast restait impassible.

— Nous voici débarrassés du roi des trous du cul, grommela-t-il en regardant le convoi quitter le parking dans une débauche de gyrophares.

— Il faudra que je vous présente mon ami le lieutenant D'Agosta de la police de New York, remarqua Pendergast. Une nuit sans fin que je ne l'ai pas vu... Lui aussi connaît son lot d'expressions fleuries.

— Et encore, je me suis retenu. Ce type mériterait que la foudre lui tombe sur le coin de la figure.

— Je ne saurais trop vous conseiller la patience, inspecteur.

Coldmoon l'affronta du regard.

— Ça veut dire quoi ?

— Cela signifie que les individus narcissiques et arrogants de son espèce sont les premiers artisans de leur chute.

— Et si ce n'est pas le cas ?

— Alors je m'arrangerai pour qu'il se retrouve *en dasha belle.*

— En quoi ?

— Il s'agit d'une expression assez crue. De façon plus simple, je crois savoir que l'on vous a prénommé Armstrong parce que l'un de vos ancêtres avait prétendument tué le général Custer, non ?

— Vous pouvez oublier le *prétendument*.

— À votre guise, ce n'était pas le but de mon propos. Disons que si le sieur Drayton ne trouve pas *lui-même* le moyen de se déshonorer, je veillerai personnellement à ce qu'il connaisse une déroute comparable à celle de Custer à Little Big Horn.

40

Wellstone, une eau gazeuse agrémentée d'une rondelle de citron vert posée devant lui, avait pris place près d'une fenêtre du bar de l'un des établissements les plus récents de la ville, l'hôtel Telfair Square. Il était presque 22 heures et le lieu connaissait le calme qui suit l'heure du dîner, avant l'arrivée des noctambules. Lui-même ne dormait pas là, il avait réservé une suite au Marriott Riverfront, mais ce bar lui offrait un poste d'observation idéal pour surveiller les faits et gestes de son ennemi intime, de l'autre côté de State Street.

Le Ye Sleepe était un établissement décalé comme les affectionnaient les bobos miteux tels que Betts. Le sigle mal effacé de Best Western signalait son appartenance ancienne à ce groupe hôtelier tandis que l'auvent de l'entrée ressemblait trop à celui des vieux Holiday Inn pour ne pas avoir appartenu autrefois à cette chaîne.

Le serveur s'approcha.

— Autre chose, monsieur ? Une boisson un peu plus tonique, peut-être ?

— Je me contenterai d'une autre eau minérale, je vous remercie.

Plus question d'avaler une goutte d'alcool jusqu'à nouvel ordre. À commencer par le vin rouge.

Il s'intéressa de nouveau à la rue en attendant que le serveur lui apporte sa commande. Lorsqu'il avait appris que Barclay Betts et sa clique étaient descendus au Ye Sleepe, sa première réaction avait été un réflexe de mépris. Ce connard était donc trop radin pour loger ses gens au bord du fleuve ? À bien y réfléchir, Betts n'avait pas choisi ce taudis par hasard. Ainsi que le lui avait expliqué le serveur, les chambres de l'établissement étaient aussi immenses que bon marché, ce qui permettait à Betts de loger à bon compte tout son entourage sans risquer d'effrayer la clientèle ordinaire avec ses cris et son rire de cheval.

Ce n'était pas le seul avantage qu'y voyait Wellstone. Le parking de l'hôtel, actuellement en travaux, était plongé dans l'obscurité, ce qui faisait d'autant mieux ressortir les lumières des chambres du rez-de-chaussée, où la bande à Betts avait élu domicile.

La cinquième chambre donnant sur le parking était celle de Gerhard Moller. Il avait fallu à Wellstone un minimum d'ingéniosité pour le savoir, et la disposition des lieux était parfaite pour le plan qu'il avait en tête. Un plan qui avait toutes les chances de réussir.

Il n'avait connu que des déboires depuis sa décision de dénoncer cet imposteur de Barclay Betts. Encore tout récemment, ce dernier avait chassé Daisy Fayette du tournage improvisé dans le cimetière Bonaventure. Sous son vernis policé, la vieille héritière sudiste ne s'était pas montrée aussi rusée que Wellstone l'espérait. Et voilà que Betts, grâce à ses misérables combines avec Moller, tenait le haut du pavé. En temps ordinaire, Wellstone aurait regagné Boston où il se serait empressé de chasser cet escroc de ses pensées, mais il n'était pas près d'oublier le rire moqueur de Betts lorsqu'il lui avait renversé la saucière de crème anglaise dans le dos.

Paradoxalement, l'humiliation dont avait été victime Daisy, et qu'elle lui avait rapportée en détail, lui avait soufflé une idée qui pourrait bien renverser la vapeur.

En lui dressant la longue liste des infamies infligées par Betts et Cie, Daisy lui avait expliqué que Moller, après avoir pris plusieurs clichés à l'aide de son étrange appareil, les avait envoyés par Bluetooth aux représentants des médias rassemblés dans le cimetière. Wellstone, en quittant Daisy après lui avoir promis de la venger, s'était rendu dans le quartier touristique de Bay Street où avaient élu domicile la plupart des reporters, et il avait trouvé le moyen de se procurer les fameuses photos de fantômes de Moller. Il y en avait trois : la première représentait un type de la police scientifique, la deuxième l'ange de marbre, et la troisième une sépulture en ruine. Sur chacun de ces clichés était superposée une apparition floue, mais sinistre : une main osseuse, un visage terrifiant, un crâne et des doigts s'échappant de la terre. Les mots *superposé* et *flou* qui lui étaient spontanément venus à l'esprit avaient convaincu Wellstone qu'il tenait la solution. Si les photos du technicien, de la statue et de la tombe étaient bien réelles, Moller disposait probablement, dans le secret de cet appareil que personne n'avait le droit d'approcher, d'un système numérique de double exposition lui permettant d'ajouter en surimpression des images fantomatiques aux clichés initiaux. Une telle manœuvre était possible à condition que l'appareil dispose *dans sa mémoire* d'une banque d'images surnaturelles. Il ne restait plus à Moller qu'à prendre des photos normales et d'y superposer l'une ou l'autre de ses images de fantômes grâce à un algorithme quelconque. Le mélange des deux suffirait à impressionner les plus crédules.

Restait à connaître la nature exacte du mécanisme. L'appareil contenait très probablement un lecteur de carte flash et, à condition de s'en emparer, Wellstone serait en mesure de dénoncer l'imposture de Moller et de Betts.

Wellstone avait décidé de récupérer la chambre noire, au prix de ce qui était de fait un cambriolage. L'intéressé préférait se convaincre qu'il menait une enquête d'investigation, à l'image de celle du Watergate, ce qui lui accordait tous les droits.

Il aperçut soudain une silhouette devant l'entrée du Ye Sleepe. Il reconnut l'homme de Cro-Magnon qui l'avait empêché de se jeter sur Betts dans le restaurant, accompagné du jeune type dépenaillé qui servait d'assistant de recherche à Betts, de la jolie directrice de la photo, de ce connard de Betts et – *Deo gratias !* – de Moller. Comme de juste, ce dernier avait laissé sa précieuse valise dans sa chambre.

Le petit groupe attendit quelques minutes que le reste de l'équipe arrive, et tout ce petit monde prit le chemin de Barnard Street.

Wellstone, délaissant son eau gazeuse, se leva et posa un billet de vingt dollars sur la table avant de gagner la rue. Il avait oublié l'humidité ambiante qui l'enveloppa aussitôt. State Street était mal éclairée, en particulier à hauteur du parking en travaux, mais il eut le temps de voir Betts et son aréopage tourner sur Barnard.

Il traversa la rue d'un pas alerte, sachant que son plan longuement mûri ne pouvait souffrir aucun retard, puis il longea la façade de l'hôtel et se glissa sur le parking plongé dans l'obscurité. D'un coup d'œil circulaire, il s'assura qu'il était seul et qu'aucune caméra de surveillance n'était braquée dans sa direction. Rassuré, il compta les fenêtres jusqu'à celle de Moller dont les rideaux étaient tirés, l'empêchant de regarder à l'intérieur. Il enfila une paire de gants en caoutchouc et posa sa main sur le carreau. Ainsi qu'il s'y attendait, la fenêtre était fermée.

Il tira de sa poche un maillet en caoutchouc et un ciseau à bois dont il introduisit la lame dans l'interstice entre le cadre et la fenêtre à guillotine. Il préférait éviter de casser le carreau, ce qui l'aurait obligé à passer au plan B en simulant un cambriolage raté, mais la chance était de son côté et le châssis coulissant se souleva sans un bruit.

Il observa une nouvelle fois les alentours. Le parking désert était plongé dans le noir et la personne la plus proche, au volant de sa voiture, était bloquée par un feu rouge à plusieurs dizaines de mètres de là. Wellstone acheva de soulever le châssis, passa une jambe, puis l'autre, franchit la barrière des rideaux et se retrouva dans la chambre.

Il sortit une lampe torche, régla le faisceau au minimum et entama son exploration de la pièce. Il ressentit une poussée d'adrénaline en découvrant la valise de Moller au pied du lit. Le doute n'était plus permis, il se trouvait dans la bonne chambre. Il s'approcha de la porte de la chambre et constata qu'elle était munie d'un loquet qu'il engagea sur un demi-centimètre, de façon à gagner du temps et pouvoir s'enfuir si Moller revenait prématurément. La précaution était sans doute inutile, mais Wellstone n'était pas homme à prendre des risques.

Il regagna le lit, posa la torche sur une petite table, sortit son téléphone et mitrailla la valise sous toutes les coutures avant de la soulever et de la poser sur le lit. Elle était incroyablement lourde.

Restait à savoir si elle était verrouillée. Il dégrafa les loquets sans difficulté. Victoire ! Il souleva le couvercle de la mallette et filma son contenu avec la caméra de son téléphone portable en sortant de leurs alvéoles tous les objets qui s'y trouvaient. Les clichés pris par Daisy l'avaient déjà renseigné sur le contenu de la caisse, mais tout lui paraissait bidon à présent qu'il pouvait manipuler chacun des outils de Moller. La baguette de sourcier en argent était un vulgaire étrier en aluminium et le morceau d'obsidienne un bloc de verre fumé.

Quant à la chambre noire, elle reposait dans son nid de mousse au fond de la valise. Wellstone la saisit avec ses mains gantées et la déposa avec mille précautions sur la housse de couette. L'appareil photo était particulièrement lourd, ce qui expliquait le poids de la valise.

Wellstone tenait enfin l'instrument de sa vengeance.

Il déplaça légèrement sa torche de manière à mieux éclairer ce qui ressemblait à une vieille chambre d'Hasselblad 500C enchâssée dans un cadre en bois. En plus du réglage de la focale et de l'exposition, l'appareil était doté de plusieurs boutons et d'un petit boîtier métallique : très certainement l'accessoire Bluetooth dont lui avait parlé Daisy.

Restait à deviner comment Moller parvenait à ajouter des photos préenregistrées en surimpression de celles qu'il prenait sur le vif. Wellstone caressa des doigts les côtés de l'appareil jusqu'à ce qu'un déclic se fasse entendre. Décidément, la chance était de son côté.

Il souleva délicatement le couvercle de l'appareil et découvrit des entrailles plus sophistiquées qu'il ne l'aurait cru : plusieurs circuits imprimés, des puces de mémoire vive, ainsi qu'un microprocesseur, en plus de la chambre 6 x 6 elle-même. En revanche, le boîtier ne contenait ni disque dur, ni lecteur de carte flash.

Wellstone jura entre ses dents et s'intéressa de plus près à l'intérieur du boîtier, muni de sa lampe de poche. Rien de rien...

Il remarqua soudain la présence, dissimulées derrière des câbles, de plusieurs puces identifiées à l'aide d'étiquettes sur lesquelles figuraient des mots allemands en tout petits caractères : *GEISTER, HEXEN, DÄMONEN, SKELETTE*.

Wellstone eut un éclair : ces puces n'étaient autres que des cartes mémoire contenant des images digitales. Il connaissait suffisamment l'allemand pour comprendre de quoi il s'agissait : *geister* pour fantômes, *hexen* pour sorcières, *dämonen* pour démons, *skelette* pour squelettes. Ce salopard de Moller n'avait qu'à prendre une photo ordinaire avant d'y superposer une image empruntée à sa réserve de monstres. Wellstone ne s'était donc pas trompé.

Le mieux était encore de subtiliser une ou deux puces, Moller ne s'en apercevrait pas tout de suite. Wellstone glissa les doigts derrière le faisceau de câbles et tenta de retirer les deux puces les mieux cachées.

L'opération n'était pas simple car les puces étaient maintenues ensemble par une barrette qu'il fallait commencer par retirer. À ceci près que celle-ci résistait et qu'il ne voyait pas où...

Il se tétanisa en entendant des voix dans le couloir. Il reconnut celle de Betts.

— Ça ne pouvait pas attendre ?

— Je préfère m'en occuper tout de suite, répondit Moller.

Wellstone se recroquevilla sur le lit, paralysé par la peur.

— En tout cas, ne traînez pas ! cria Betts sur un ton irrité, sans se soucier de réveiller tout l'étage.

— *Eine Minute !* s'agaça Moller avant d'ajouter entre ses dents : *Die dumme Ames geben mir keine Ruhe*.

Le spécialiste de l'occulte se trouvait juste derrière la porte. Affolé, Wellstone tira sur la barrette de toutes ses forces, sans résultat.

Il entendit le déclic de la serrure et le bruit sourd du battant arrêté par le loquet intérieur. Pressé par le temps, Wellstone se contenta de prendre des photos de l'intérieur de l'appareil avec son téléphone.

Moller secoua la porte.

— *Dieser verfluchte Schlüsseloch !* marmonna-t-il.

Vif comme l'éclair, Wellstone rangea l'appareil photo dans son alvéole, referma la valise, la reposa au pied du lit, lissa la housse de couette, rempocha son portable, s'assura qu'il ne laissait rien derrière lui et regagna précipitamment la fenêtre.

— Allez, Gerhard, débêchez-fous ! s'écria Betts avec un accent allemand de carnaval. Remuez tonc fotre cul de *schweinehund* !

— *Halt deine Fresse !* rétorqua sèchement Moller en pesant sur le battant de toutes ses forces.

Le loquet, volontairement engagé à moitié par Wellstone, se libéra soudain et la porte s'ouvrit à la volée à l'instant précis où le châssis de la fenêtre à guillotine se refermait silencieusement de l'autre côté des rideaux. Le temps que Moller trouve l'interrupteur et fasse la lumière, Wellstone traversait en trombe le parking désert en répétant inlassablement :

— *Merde de merde de merde de merde de merde…*

41

Pendergast, installé sur le balcon aux grilles de fer forgé du premier étage de l'hôtel Chandler House, observait distraitement les groupes de touristes qui déambulaient dans les rues du centre historique sur fond de circulation, de klaxons et de coups de frein. Sur la table ronde devant laquelle il avait pris place étaient posés un exemplaire du dernier numéro en date du *New England Journal of Medicine*, une bouteille de calvados, ainsi que trois verres à cognac, dont deux étaient vides. Pendergast avait veillé à réserver les chambres voisines de la sienne afin de s'assurer qu'aucune présence intempestive ne vienne troubler sa tranquillité.

Une porte-fenêtre s'écarta en grinçant et Constance le rejoignit sur le balcon.

— *Bonsoir*, la salua l'inspecteur en français.

— Je donnerais un sou pour lire dans vos pensées, répondit Constance en s'asseyant à côté de lui.

— Je me délectais du clair-obscur que les lumières de l'hôtel projettent sur notre balcon.

— Ces ombres évoquent pour moi les poupées en papier que je découpais lorsque j'étais petite fille.

Pendergast, s'obligeant à sortir de sa torpeur, servit à sa compagne un petit verre de calvados avant de porter le sien à ses lèvres.

— J'imagine que vous êtes impatient de connaître la teneur de ma seconde conversation avec la grande dame du dernier étage, suggéra Constance en réchauffant le liquide entre ses doigts.

— Absolument.

— J'ai passé de longues heures en sa compagnie, sans être certaine d'avoir recueilli des informations pertinentes. Sans doute viendront-elles enrichir le triptyque que vous vous appliquez à peindre.

— Vous me flattez, ma chère. C'est à peine si ma reconstitution mentale des crimes survenus à Savannah suffirait à un diptyque.

Constance avala quelques gouttes de calvados.

— Je vous l'ai déjà dit, Frost n'est pas une femme ordinaire, mais elle n'est en aucun cas le vampire qu'imaginent certains membres du personnel de cet établissement. Elle a érigé des barricades autour d'elle afin qu'on la laisse tranquille. Lorsqu'elle était plus jeune, les employés comme la clientèle devaient voir en elle une force de la nature. Elle reste à ce jour nettement moins fragile qu'elle voudrait nous en persuader et conserve un esprit très vif. Sa mémoire reste intacte, son intelligence et ses connaissances sont impressionnantes.

Elle marqua un léger temps d'arrêt.

— Dès ce deuxième rendez-vous, elle a même deviné que j'étais… infiniment plus âgée que ne peut le laisser penser mon apparence.

Pendergast haussa les sourcils.

— Comment a-t-elle pu le deviner ?

— Aloysius, répondit Constance d'une voix hésitante, elle m'a dit que…

Elle secoua soudain la tête avec une telle force que ses mèches courtes volèrent.

— Cela ne concerne en rien ce qui nous préoccupe. Je vous expliquerai un jour, lorsque nous en aurons le loisir.

— Lui avez-vous raconté votre histoire ?

— Je lui ai révélé le strict minimum, dans l'espoir de l'inciter à parler, mais elle n'a rien voulu me dire de sa vie avant son arrivée à Savannah. Je peux néanmoins vous affirmer qu'elle possède de solides connaissances en littérature, en philosophie, en histoire et en sciences. La mort d'Ellerby l'a bouleversée. Tout en lui reprochant de lui avoir désobéi, elle se sent responsable de ce qui lui est arrivé.

— De quelle façon ? s'enquit Pendergast dans un murmure.

— Ses raisons restent obscures, je ne peux m'appuyer que sur de simples spéculations.

Un camion de livraison qui passait dans la rue fit trembler les grilles du balcon.

— Je vous écoute, dit Pendergast.

— Fort bien. Je vous prie toutefois de ne pas critiquer ma logique, et de ne pas me demander sur quels arguments s'appuie celle-ci.

— Loin de moi cette pensée.

Constance réprima un sourire et son regard se tourna vers Chatham Square, plongé dans l'obscurité.

— Trois idées me sont venues à son sujet. La première : si elle disposait d'une fortune respectable à son arrivée à Savannah, elle n'est pas issue d'une famille riche pour autant. Je suis convaincue qu'elle a connu une enfance heureuse, mais pauvre. La deuxième : bien que la disparition d'Ellerby la chagrine – et j'ai soigneusement veillé à ne pas aborder avec elle la nature *exacte* des liens qui les unissaient –, j'ai senti qu'elle avait connu par le passé une relation affective forte. Reste à savoir s'il s'agit d'un amour perdu ou d'une personne qu'elle aurait quittée il y a longtemps, ce qu'elle regretterait amèrement aujourd'hui. La troisième : je perçois chez elle un lourd fardeau de culpabilité qui se manifeste par du chagrin... et de la peur.

— Se sentirait-elle coupable de la mort d'Ellerby ?

— Non, je crois à un événement nettement plus ancien. Elle porte ce poids de longue date, ce qui la mine.

Pendergast avala une gorgée de calvados d'un air songeur.

— Voilà qui est très intéressant, Constance.

— Un dernier détail, ajouta-t-elle après une hésitation.

Son compagnon reposa son verre.

— Elle ne se sépare jamais d'un ouvrage abondamment feuilleté. Tout naturellement, ce livre a piqué ma curiosité, et j'ai trouvé le moyen de l'examiner.

Pendergast se pencha vers elle.

— Et alors ?

— Il s'agit d'un exemplaire de *Spoon River*.

— L'anthologie de poèmes d'Edgar Lee Masters ? s'étonna Pendergast, manifestement déçu.

— Il ne s'agit pas exactement des *Cantos* d'Ezra Pound, je vous le concède, mais n'oublions pas que la passion pour un poète n'est pas toujours fonction de ses qualités littéraires.

Pendergast acquiesça.

— Quoi qu'il en soit, poursuivit Constance, j'ai pensé que la dédicace vous intéresserait. Elle est rédigée ainsi : « De Z. Q. à A. R. Vous avez toujours représenté à mes yeux "la grande nomade sociale rôdant aux confins d'un ordre docile et apeuré". » Ce commentaire est daté du 22 avril 1972 à Berry Patch.

Pendergast se fit répéter la phrase avant d'interroger sa compagne :

— Et de qui est cette citation ? Elle ne m'est pas familière.

— Une recherche sur Google m'a appris qu'il s'agissait d'une phrase du philosophe français Michel Foucault. L'auteur de la dédicace l'a légèrement modifiée, la citation originale étant la suivante : *Le lyrisme de la marginalité peut trouver son inspiration dans l'image du hors-la-loi, le grand nomade social qui rôde aux confins de l'ordre docile et apeuré.*

Pendergast prit la bouteille de calvados et la fit tourner lentement entre ses doigts, perdu dans ses pensées.

— Quel sens donnez-vous à tout cela ? finit-il par demander.

— J'en déduis que l'A. R. dont il est question appartient au camp des hors-la-loi. Avec succès.

Il reposa la bouteille.

— Et qui serait A. R. ?

La question provoqua un petit rire chez Constance.

— Je suis prête à parier qu'il s'agit d'*elle*. Aux yeux de ce Z. Q., en tout cas.

— Je vous suis sur ce point. Cette femme est la hors-la-loi invoquée.

— Une hors-la-loi admirable. Du point de vue de Z. Q., en tous les cas.

— En effet. À mon tour, à présent, de vous rapporter un fait intéressant. Vous m'aviez récemment expliqué n'avoir retrouvé aucune trace de cette femme avant 1972. Intrigué, je me suis tourné vers les excellentes bases de données du FBI et j'y ai découvert que Felicity Winthrop Frost était morte en 1956.

Constance haussa un sourcil.

— Elle est décédée à l'âge de douze ans, on l'a enterrée dans le cimetière d'une bourgade proche de Tacoma appelée Puyallup, précisa Pendergast.

— Comme c'est étrange, réagit Constance. Qu'en concluez-vous ?

— Tout simplement que la propriétaire de cet établissement s'est emparée de l'identité d'une autre. Avant que les administrations n'informatisent leurs données, une telle usurpation était aisée. Il suffisait de trouver un défunt du même âge, de se procurer son numéro de sécurité sociale et d'obtenir un permis de conduire à son nom. Il était simple ensuite de prétendre avoir perdu son acte de naissance et d'en réclamer un autre. Muni de ce document, vous ouvriez un compte en banque et obteniez un passeport, ou tout autre document dont vous aviez besoin.

— Ce qui expliquerait que je n'ai rien découvert avant 1972.

— Exactement. Elle a certainement adopté sa nouvelle identité cette année-là, la même que celle où lui a été offert ce livre. Peut-être s'agissait-il d'un cadeau d'adieu alors qu'elle s'apprêtait à prendre le monde d'assaut sous une autre identité ? En tout cas, permettez-moi de vous féliciter, Constance. Excellent travail.

— Vous avez apporté la contribution la plus importante.

— C'est vous qui avez décoré le sapin. Je me suis contenté de le couronner d'une étoile.

— Je ne vois toujours pas en quoi une telle information ferait avancer votre enquête.

— L'information, à l'image de l'électricité, alimente l'ampoule qui sert à guider nos pas.

— Qui est l'auteur de cette maxime ?

— Moi.

Constance vida son verre, le reposa, recula son siège et se leva.

— Si cela ne vous ennuie pas, j'entends passer une heure dans ma baignoire à pattes de lion.

Sans un mot, Pendergast se leva, l'attira à lui et déposa un baiser sur sa bouche en guise de bonne nuit. Alors que leurs lèvres se séparaient, elle hésita un instant avant de se lover contre sa poitrine en lui encerclant le cou de ses bras. Ils s'accordèrent une étreinte plus prolongée cette fois, jusqu'à ce que Pendergast, avec une infinie douceur, finisse par se dégager. Constance dénoua ses bras et recula d'un pas.

— C'est bien ce que je pensais, dit-elle d'une voix rauque.

— Ma très chère Constance…

Elle le fit taire en posant un doigt sur sa bouche.

— Je vous en prie, Aloysius. Pas un mot de plus.

Un sourire évanescent aux lèvres, elle écarta du même doigt une mèche de cheveux acajou qui lui caressait les yeux et s'éclipsa.

Pendergast se rassit et contempla le balcon pendant cinq bonnes minutes, sans bouger. Il conclut sa méditation par un profond soupir, sortit son téléphone et se lança dans une recherche sur Internet.

42

Trois quarts d'heure s'étaient écoulés lorsque l'inspecteur Coldmoon franchit la même porte-fenêtre empruntée par Constance lorsqu'elle s'était éclipsée. Il s'immobilisa à l'orée du balcon et admira le spectacle nocturne que lui offrait la ville.

— Jolie vue. Comment se fait-il que vous ayez un balcon et pas moi ?

— Je crains fort que votre addiction au café bouilli et brûlé vous ait privé d'un tel privilège. Mais asseyez-vous, je vous en prie.

Coldmoon s'installa sur une chaise en fer forgé dont la vue et la brise du soir, rafraîchissante et sèche pour une fois, l'aidèrent à oublier l'inconfort. Il remarqua la présence de la bouteille de calvados et d'un troisième verre.

— Je peux ? demanda-t-il en se servant d'autorité une sérieuse rasade.

— Avec plaisir, si vous prenez conscience de déguster quarante dollars d'excellent calvados, et non un vulgaire schnaps à la menthe.

Coldmoon partit d'un grand rire.

— Quoi de neuf ? s'enquit-il en portant son verre à ses lèvres.

— Je souhaitais vous avertir que nous quittons bientôt cet endroit.

— Ah bon ?

C'était la première fois que Coldmoon goûtait un calvados, et la façon dont le parfum de pomme adoucissait l'alcool n'était pas pour lui déplaire.

— Vous avez donc réussi à résoudre cette enquête en restant assis sur votre balcon ?

— Il s'agit d'explorer une nouvelle piste. À Portland.

Coldmoon faillit s'étouffer dans son verre.

— Portland ? Dans l'Oregon ?!!

— Absolument. Il nous faut partir dans l'heure si nous ne voulons pas rater notre correspondance à Atlanta pour le dernier vol de nuit.

— Mais… Portland se trouve sur la côte ouest !

— Vos connaissances en géographie me laissent pantois, rétorqua Pendergast qui enchaîna, sans laisser à son jeune collègue la possibilité de réagir : j'entends déjà vos récriminations, mais je ne me lancerais pas dans un tel périple s'il ne me semblait pas *absolument* nécessaire. Nous ne serons absents qu'un seul jour.

— Que faites-vous de l'enquête ? On arrive à un tournant critique. Sans oublier ce connard de Drayton qui nous reproche déjà de ne pas avoir arrêté le moindre suspect.

— Laissons-le dire.

— Et le *vampire* ? ajouta Coldmoon d'un air malicieux. En tout cas, je ne vois pas à quoi peut nous mener ce voyage à Portland.

— Nous avons atteint un stade où il me semble essentiel de remonter dans le temps si nous souhaitons aller de l'avant.

— Vous faites une nouvelle fois des mystères, s'agaça Coldmoon en vidant son verre. Je vous rappelle que nous travaillons désormais sur un pied d'égalité, au cas où vous l'auriez oublié.

Pendergast se pencha vers lui.

— Voici la raison pour laquelle nous devons nous rendre à Portland, *collègue*, répliqua Pendergast avant de se lancer dans des explications à voix basse.

Coldmoon, figé sur sa chaise, laissa échapper un juron en lakota, puis un autre en anglais.

— D'accord, *kemosabe*, finit-il par déclarer en levant les yeux au ciel. Cette histoire est complètement dingue, mais je vous connais suffisamment pour ne pas écarter d'emblée cette possibilité. C'est bon, j'accepte de vous accompagner, mais à deux conditions. Une : si jamais ce petit voyage nous pète à la figure, je vous laisse en prendre la responsabilité.

— Nous sommes d'accord.

— Et deux : l'Oregon n'est pas si loin du Colorado, et je ne peux pas vous promettre de ne pas rejoindre le poste qui m'attend à Denver si l'envie m'en prend.

— J'en assume le risque.

— Dans ce cas, je ferais mieux d'aller boucler mon sac, décida Coldmoon en se levant.

— Armstrong ?

L'inspecteur lança un regard en arrière à l'énoncé de son prénom.

— Ouais ?

— *Pilámaya.*

— Pas de souci.

Sur ces mots, Coldmoon quitta le balcon.

43

Coldmoon vit les douze heures suivantes filer comme dans un songe. Le temps de jeter quelques vêtements dans un sac, de prendre un Uber jusqu'à l'aéroport de Savannah/Hilton Head, de voler jusqu'à Atlanta dans un coucou à hélices, de traverser à toute vitesse l'immense complexe aéroportuaire de la capitale de la Georgie pendant que Pendergast leur ouvrait la voie en exhibant son badge, et d'attraper par les cheveux le vol à destination de Portland, Coldmoon se laissa aller à commander deux vodka-tonics. C'était une erreur, il se réveilla avec un fort mal de crâne à son arrivée dans l'Oregon et suivit Pendergast tant bien que mal jusqu'au comptoir d'un loueur de voitures. C'est tout juste s'il s'étonna de voir son collègue prendre le volant d'un Jeep Wrangler, lui qui avait l'habitude de se laisser conduire.

À 4 heures du matin, heure locale, ils quittaient Portland accompagnés par le crachin et Coldmoon ne tarda pas à se rendormir.

Il découvrit un ciel de plomb en rouvrant les yeux, perclus de courbatures. Il regarda sa montre, fit un rapide calcul et s'aperçut qu'il était 6 heures. Pendergast négociait les lacets d'une petite route de montagne. Coldmoon se redressa, chassa le crachin de sa vitre du mieux qu'il le pouvait en baissant brièvement celle-ci, et découvrit un paysage de pics rocheux couronnés de nuages bas. Ils étaient entourés de forêts d'épicéas, de pins, de pruches et d'une douzaine d'autres essences qu'il n'aurait su identifier. Au moins se trouvaient-ils dans l'Ouest. Il commençait à en avoir ras le bol de la côte est, et il entrouvrit sa fenêtre afin de respirer le bon air des sommets.

Pendergast, sans quitter la route des yeux, lui tendit un café bien noir dans un gobelet isotherme. Coldmoon lui marmonna des remerciements et trempa les lèvres dans le breuvage qui n'avait aucun goût, ainsi qu'il s'y attendait. Du moins était-il tiède. Pendergast s'était arrêté prendre de l'essence pendant son sommeil.

Ils poursuivirent leur route en silence pendant une vingtaine de minutes, au milieu d'un labyrinthe de collines et de basses montagnes. La route, très étroite, était parsemée de nids-de-poule, et ils ne croisèrent pas plus de deux ou trois voitures. Ils passaient de temps à autre devant une maison ou un mobile-home recroquevillés à l'extrémité d'un chemin de terre. Au détour d'un lac, ils découvrirent une modeste ferme laitière au creux d'un bois, mais le paysage se limitait le plus souvent à un océan de résineux sur lequel flottaient des bancs de brume, encadré au loin par des sommets.

Pendergast quitta la petite route et bifurqua vers le nord sur la State Route 21. Coldmoon, réchauffé par le café, se sentit envahi par un sentiment de claustrophobie. Il avait grandi dans une région du Dakota où les arbres étaient assez rares pour qu'on leur attribue des noms, mais il avait parcouru le monde depuis. Ses deux dernières missions en compagnie de Pendergast lui avaient notamment permis de goûter aux immensités neigeuses du Maine, aux plages de Miami et aux bayous des Everglades, mais c'était un paysage encore différent qu'il découvrait là. Les arbres, trop nombreux à son goût, donnaient l'impression de former un tunnel tout autour de la Jeep. Dans quel trou allaient-ils encore se retrouver ? Il sortit son portable avec l'intention de consulter le GPS et s'aperçut qu'il n'y avait aucun signal. Pris d'une inspiration, il ouvrit la boîte à gants et s'empara de la carte des États de Washington et d'Oregon qui s'y trouvait. Il la tourna dans tous les sens, à la recherche de cette fichue Route 21. Il vit le mont Saint Hélènes, pris d'un frisson à l'idée qu'ils puissent s'approcher de ce volcan, mais les petites routes couraient dans tous les sens en dessinant des vermicelles sur la carte et il dut renoncer à localiser la 21.

Pendergast s'engagea soudain sur un petit parking annoncé par une pancarte en bois sur laquelle s'étalaient les mots : SENTIER DES CHÈVRES.

— Où est-on ? lui demanda Coldmoon.

— Dans l'État de Washington, à une trentaine de kilomètres au nord de Mount Adams Wilderness.

— Génial. Mais encore ? insista Coldmoon.

— Le Dr Zephraïm Quincy, l'homme dont je vous ai parlé et à qui nous venons rendre visite, habite près d'ici.

— Je comprends qu'il soit médecin. Pour vivre dans un endroit pareil, il faut vraiment être malade.

Pour toute réponse, Pendergast reprit la route. Ils avaient parcouru trois kilomètres lorsque la Jeep passa devant un vieux panneau routier annonçant le lac Walupt. Pendergast s'arrêta et Coldmoon distingua péniblement dans le brouillard un lac aux eaux noires entouré de massifs boisés. Au-delà d'un bouquet d'arbres se dessinait la silhouette d'une ferme, d'un appentis et d'une grange, en plein champ.

Pendergast observa la scène pendant quelques instants, puis il se retourna et récupéra à l'arrière du 4 × 4 le sac qu'il avait emporté. À la surprise de son compagnon, il en sortit un boîtier reflex numérique Leica S3 ainsi qu'un objectif Summicron-S. Un accessoire qui, à lui seul, devait coûter la bagatelle de huit ou neuf mille dollars. À condition d'en trouver un à vendre.

— Vous n'aviez pas plus cher dans votre panoplie ? railla Coldmoon. Pourquoi ne pas utiliser l'appareil photo de votre portable ?

— La qualité du résultat est primordiale. À présent, si vous voulez bien vous retenir de parler, j'ai besoin de toute ma concentration pour obtenir l'effet de flou nécessaire.

— Vous comptez vous inscrire à un concours ?

— Pas nécessairement. Mon but premier est de provoquer un fort réflexe de nostalgie.

Pendergast ajusta l'objectif sur le boîtier, chercha la ferme dans son viseur, régla longuement la mise au point et prit une série de clichés en choisissant différentes focales. Cette tâche accomplie, il rangea l'appareil dans son sac, redémarra, traversa le pont qui enjambait l'une des extrémités du lac, emprunta la petite route menant à la ferme et s'arrêta derrière la grange. Il descendit du 4 × 4, referma sa portière sans bruit, et Coldmoon l'imita.

La ferme elle-même, une bâtisse d'un étage de style colonial qui faisait tache dans une nature aussi sauvage, avait été belle autrefois, mais les remises qu'elle abritait sur ses flancs avaient mal résisté aux outrages du temps. La façade de la maison n'avait pas vu l'ombre d'un pinceau depuis plus de dix ans et plusieurs des volets du premier étage étaient de guingois.

Le plus grand silence régnait sur ce lieu enveloppé par la brume du lac.

Sur un signe de Pendergast, les deux hommes s'avancèrent dans la grange et Coldmoon distingua dans la pénombre des machines agricoles, un grenier à foin, des boxes pour le bétail et une trayeuse abandonnée.

— Vous comptez trouver ici ce qui nous intéresse ?

— Disons que je vais à la pêche, en espérant que l'enquête progressera.

La grange ne contenant finalement rien d'intéressant, les deux inspecteurs en ressortirent par la porte opposée. Pendergast examina un instant les alentours, puis il prit le chemin de la ferme avec son compagnon.

Ils gravirent les quelques marches de la porte d'entrée et Coldmoon se colla machinalement contre le mur de façade pendant que Pendergast sonnait. Comme rien ne se passait, Pendergast recommença, toqua et sonna une troisième fois. Coldmoon entendit enfin bouger à l'intérieur et le battant s'ouvrit une minute plus tard sur la silhouette d'un vieil homme. Vêtu d'un caleçon long, il aurait fait un parfait père Noël avec ses cheveux blancs et sa barbe blanche s'il n'avait pas été si maigre. Il serrait dans sa main la crosse d'un Remington 870, canon tourné vers le sol.

— C'est quoi, ce bazar ? demanda-t-il. Z'êtes malades ?

— Nous nous portons fort bien, je vous remercie, répondit Pendergast.

— Alors pourquoi venir me déranger à 7 heures du matin ?

Une lueur malicieuse brillait dans les yeux du vieil homme, ce qui ne l'empêcha pas de relever le canon du fusil d'une vingtaine de degrés.

Pendergast sortit sa carte et son badge avant que son interlocuteur n'achève de le menacer avec son arme.

— Nous aimerions vous poser quelques questions, docteur Quincy.

Le vieil homme parut réfléchir, puis il s'écarta en haussant les épaules afin de laisser entrer ses visiteurs. Il entraîna ceux-ci dans un petit couloir jusqu'à ce qui avait dû être autrefois son cabinet de consultation, à en juger par les illustrations médicales anciennes accrochées aux murs. L'endroit, vétuste mais parfaitement rangé et d'une propreté méticuleuse, était meublé d'un bureau, de deux chaises et d'une table d'examen. Quincy se glissa derrière le bureau et invita les deux inspecteurs à s'asseoir.

— Je ne vous propose pas de café, il est trop tôt, dit le médecin en repoussant la pile de revues professionnelles qui s'y trouvaient.

À voir ses gestes précis, Coldmoon comprit que leur hôte, s'il était âgé, avait dû être particulièrement habile autrefois.

— Merci de nous recevoir, se lança Pendergast.

— Je croyais que vous aviez des questions à me poser. Je vous écoute.

Pendergast accepta la rebuffade d'un geste gracieux.

— Vous avez souhaité savoir si nous étions malades en nous ouvrant votre porte. Pratiquez-vous toujours la médecine ?

La question amusa le vieil homme.

— Vous croyez peut-être que je vais avouer la vérité à un représentant de la loi ?

— Si je n'étais pas policier, et si je sonnais à votre porte avec un hameçon accroché au pouce, que feriez-vous ?

Quincy médita la question.

— Comme je ne reçois que des autochtones, je retirerais l'hameçon en posant des points de suture au besoin, je badigeonnerais la plaie de Bétadine et je recommanderais au patient de se montrer plus prudent la prochaine fois, puisque ma licence de chirurgien a expiré il y a quinze ans.

Il ponctua sa phrase d'un rire et Pendergast lui accorda en retour l'esquisse d'un sourire.

— Votre réponse est astucieuse, docteur, mais je n'ai rien entendu. En outre, je m'intéresse davantage au passé qu'au présent.

— Allons bon. En quoi mon passé intéresse-t-il deux agents du FBI ?

— Nous sommes en présence de plusieurs fils, de sorte que nous comptons sur vous pour nous aider à les réunir en tresse. Votre histoire ne m'est pas entièrement inconnue, vous ne manquerez pas de me dire si je me trompe. Vous êtes entré à la faculté de médecine de l'université d'État de Washington il y a une cinquantaine d'années. C'était la seule à l'époque.

Le médecin acquiesça.

— Vos parents possédaient cette ferme où ils cultivaient des framboisiers et des pommiers, élevaient des dindes et fabriquaient des produits laitiers. Votre mère est morte et comme vous étiez enfant unique, votre père a géré seul cette exploitation pendant que vous poursuiviez vos études. Est-ce exact ?

— Puisque vous comptez visiblement publier ma biographie, ajoutez donc quelques faits de guerre héroïques et un court séjour sur la Lune tant que vous y êtes.

Coldmoon nota que l'humour du vieil homme servait essentiellement à dissimuler sa méfiance.

— Vous n'êtes pas loin de la vérité en parlant d'héroïsme, poursuivit Pendergast. Lorsque votre père s'est blessé et n'a plus été en mesure de continuer à travailler à la ferme, vous êtes revenu ici. Comme l'exploitation était lourdement endettée et que vos études de médecine étaient coûteuses, vous avez été contraint d'y mettre un terme.

Cette fois, le Dr Quincy ne dit rien.

— Vous avez fait de votre mieux, mais vous n'aviez guère le choix et vous avez renoncé à votre vocation pour vous occuper de l'exploitation. Jusque-là, tout va bien ?

— J'attends toujours vos questions, rétorqua le médecin. Allez au fait.

— Fort bien, docteur. J'aimerais savoir comment vous avez finalement réussi à sortir de la nasse ? Je sais que vous avez obtenu votre diplôme de chirurgien orthopédiste tout en remboursant les emprunts de la ferme et que vous avez engagé quelqu'un pour en assurer la gestion pendant quarante ans tout en ayant un cabinet prospère à Tacoma.

— C'est vous le biographe. Je vous laisse trouver tout seul la solution.

— Le travail de tout biographe repose sur des sources fiables. Laissez-moi vous fournir quelques précisions, si cela peut atténuer vos scrupules. Davantage qu'à votre réussite, nous nous intéressons à une personne que vous avez bien connue autrefois. Quelqu'un qui aimait la poésie, et dont les initiales sont – mais je devrais dire *étaient* – A. R.

Le vieil homme sursauta violemment, comme électrocuté. Coldmoon ne put qu'admirer la façon dont il se reprit aussitôt.

— Nous n'avons aucune intention de vous arrêter, ou d'arrêter la femme en question. Je vous propose un simple échange d'informations. Vous avez certainement deviné ce que je voudrais savoir. À l'inverse, je sais combien vous êtes désireux de savoir ce qu'est devenue A. R.

Le vieil homme se mit à réfléchir si fort que Coldmoon crut presque voir tourner dans sa tête les rouages de sa pensée.

— Un échange d'informations, répéta le médecin, rompant enfin le silence.

— Exactement.

Au terme d'une ultime hésitation, il se décida :

— Que souhaitez-vous savoir précisément au sujet de cette personne ?

— Plus vous éclairerez ma lanterne, mieux je m'en porterai.

— Non, décida Quincy d'une voix grave qui trahissait sa détermination. Malgré les années, j'ai fait une promesse que je ne romprai pas.

Ce fut au tour de Pendergast de rester muet.

Le médecin s'agita sur son fauteuil de bureau.

— La personne à laquelle vous faites allusion est-elle... toujours en vie ?

Pendergast hocha la tête.

Coldmoon lut sur les traits du médecin des émotions contradictoires.

— Où se trouve-t-elle ?

La question fit sourire Pendergast.

— J'avais évoqué un échange.

Le médecin hésita longtemps.

— J'ai fait une promesse.

— Dans ce cas, déclara Pendergast en se levant, nous n'avons plus rien à nous dire. Il se tourna vers Coldmoon.

— Venez, inspecteur.

— Attendez !

Pendergast se retourna.

— Sachez, docteur, que je respecte absolument votre promesse, dit-il d'une voix douce. Nous évoquons toutefois des événements survenus il y a un demi-siècle. La femme concernée et vous-même approchez de la fin de vos vies. Si vous entreteniez encore l'espoir de savoir ce qu'elle est devenue, c'est le moment ou jamais.

— Vous d'abord, décréta le médecin.

Pendergast le dévisagea longuement.

— Elle est propriétaire d'un hôtel à Savannah, en Georgie. Et elle tient comme à la prunelle de ses yeux au livre que vous lui avez offert.

Le visage de Quincy changea de couleur et il lissa ses cheveux blancs d'une main tremblante.

— « Vous avez toujours représenté à mes yeux "la grande nomade sociale rôdant aux confins d'un ordre docile et apeuré" », cita Pendergast.

Le médecin eut les plus grandes peines à masquer son trouble.

— *Elle* vous l'a montré ?

— Pas intentionnellement. À présent, docteur, enchaîna Pendergast avec douceur, c'est votre tour.

Le médecin sortit un mouchoir en coton à l'aide duquel il s'épongea avant de le remettre dans sa poche.

— Je l'ai trouvée un jour au bord du lac. Elle avait fait… une très mauvaise chute.

— Vous lui avez sauvé la vie ?

Il opina.

— Je l'ai ramenée chez moi et me suis occupé d'elle jusqu'à ce qu'elle soit sur pied.

— Quelle était la nature de sa blessure ?

— Elle souffrait d'une fracture ouverte du fémur droit.

— Elle en a conservé une certaine gêne.

— Je l'ai traitée du mieux que je le pouvais, eu égard aux... aux circonstances.

— Vous étiez amoureux d'elle ?

La question, posée à brûle-pourpoint, surprit Coldmoon autant que le médecin, mais elle produisit l'effet escompté car les défenses du vieil homme cédèrent brutalement. Il retomba sur son fauteuil, trouvant à peine la force de hocher la tête.

— Nous nous aimions en effet. Énormément.

— Dans ce cas, pourquoi est-elle partie ?

Il secoua la tête.

— Je crois pouvoir vous aider. Elle se trouvait en délicatesse avec la loi à la suite d'un délit. Elle a dû fuir afin de vous protéger et de se protéger elle-même en adoptant une nouvelle identité. C'est ainsi qu'elle a disparu de votre vie.

Quincy acquiesça.

— Quel délit avait-elle donc commis ?

Un long silence répondit à la question de Pendergast, que le médecin finit par rompre.

— Elle s'était rendue coupable d'un vol.

— Un objet de grande valeur, j'imagine.

— Je suppose, mais c'était moins l'objet volé qui comptait que la *façon* dont elle s'en était emparée.

— Quel objet ?

— Une sorte d'ordinateur, enfermé dans une mallette, dont elle affirmait qu'il ferait sa fortune.

— Que pouvait bien être le pouvoir de cette machine ?

— Elle ne m'en a jamais parlé qu'à demi-mot. C'était en rapport avec le temps.

— Le temps ?

— Elle a laissé échapper un jour une remarque étrange sur la façon dont s'écoulait le temps. Je ne sais rien de plus.

— Comment a-t-elle volé cet objet ?

— Je suis désolé, mais je ne répondrai pas à cette question. Il en va de ma promesse. Si je vous le disais, le FBI nous tomberait immédiatement dessus et nous serions jetés en prison.

Pendergast soupira.

— Dans ce cas, je n'ai plus d'autre question, dit-il en faisant signe à Coldmoon qu'ils pouvaient repartir.

— Attendez ! s'écria le vieil homme en le voyant se lever. Vous ne m'avez pas précisé son nouveau nom.

Pendergast se retourna.

— Et vous ne m'avez pas précisé celui qu'elle portait alors.

Quincy fronça les sourcils et se redressa sur son siège, le regard décidé.

— Vous d'abord, cette fois, enchaîna Pendergast.

Les doigts du médecin se crispèrent sur les bras de son fauteuil et Coldmoon comprit qu'il hésitait.

— Alicia Rime, se décida-t-il enfin.

— Elle porte aujourd'hui le nom de Felicity Winthrop Frost et l'hôtel dont elle est propriétaire à Savannah se nomme Chandler House. Un excellent établissement. C'est une femme remarquable, bien que fragile. Et très seule.

Quincy hocha la tête.

— Je n'en doute pas.

Pendergast s'apprêtait à quitter la pièce avec Coldmoon lorsqu'il se figea.

— Un dernier détail. Se peut-il qu'elle ait eu recours à l'appareil mystérieux auquel vous avez fait allusion pour rembourser vos emprunts et financer vos études de médecine ?

— Aucune idée, répondit Quincy. J'en ai assez dit. Je vous demanderai de repartir sans plus attendre.

Quelques instants plus tard, les deux policiers regagnaient leur véhicule sous le regard infiniment triste du Dr Quincy.

44

Gannon s'y attendait, aussi ne fut-elle pas étonnée d'entendre un cri s'échapper de la pièce dans laquelle Betts visionnait les rushs du jour. Elle se doutait déjà de ce qu'il allait lui reprocher, mais l'expérience lui avait appris qu'il était préférable de laisser ce macho lui expliquer ce qu'il voulait. Pas question pour lui d'imaginer qu'une simple femme pouvait lui imposer ses vues.

— Gannon ! hurla-t-il. *Gannon !* Vous êtes là ?

Elle se dirigea aussitôt vers la salle de montage et trouva Moller, plus sinistre que jamais, assis à côté du réalisateur.

— Entrez, l'invita Betts. Venez voir.

Elle se plaça derrière les deux hommes, face à l'écran sur lequel défilaient les images tournées la veille.

— C'est super, la félicita Betts. L'angle de vue est parfait. Beau boulot.

Gannon, sachant Betts avare de compliments, en rougit de plaisir.

— Et vous, Moller ? Vous avez fière allure, j'espère que vous êtes content.

L'intéressé acquiesça gravement. Il ne donnait jamais l'impression d'être content, mais Gannon avait bien conscience que cette sévérité de façade faisait partie du personnage.

— J'ai quand même un petit problème, poursuivit Betts. On voit parfaitement Moller, la foule des badauds excités et tous les journalistes, mais vous savez ce qui manque ?

Gannon, qui connaissait déjà la réponse, joua les innocentes.

— Non.

— On n'a pas la moindre image du cimetière dans son état naturel. On a besoin de plans qui traduisent son atmosphère lugubre. On a besoin de voir Moller seul au milieu de ces tombes hantées. La présence de tous ces gens casse l'ambiance. Vous comprenez ?

— Je suis d'accord.

— Bien. Maintenant, jetez un coup d'œil à ceci…

Il appuya sur un bouton et les images filmées par Pavel avec la Steadicam apparurent. On y voyait les équipes de l'identité judiciaire s'activer autour des sépultures en ruines.

Il mit sur pause.

— Vous voyez toute cette végétation derrière eux ? On le distingue difficilement, mais ces buissons cachent d'autres pierres tombales, ainsi qu'un mausolée dont la porte entrouverte semble sortie de ses gonds. Je me disais qu'on pourrait sans doute se glisser dedans pour filmer l'intérieur.

— D'accord.

— Bien. Il suffit de retourner sur place avec des projecteurs, des filtres et une machine à fumée pour obtenir le résultat idéal. On en profitera pour voir s'il n'y a pas moyen de photographier d'autres présences maléfiques. Le vampire lui-même, par exemple.

Les traits de Moller s'assombrirent plus encore.

— Mais le jeune étudiant n'a pas été enlevé dans ce secteur. Ce n'est pas là que j'ai détecté la présence d'esprits.

— On s'en fiche. Je veux dire, on ne s'en fiche pas vraiment, mais l'essentiel est de filmer ce cimetière plein de fantômes. De toute façon, il nous faut des plans de coupe du cimetière abandonné la nuit, et ce mausolée est parfait pour ça. Avec de la fumée et des lumières rasantes, Gannon va nous tourner des images super. Pas vrai, Gannon ?

— Absolument.

— Qu'en dites-vous, Gerhard ?

— Je peux tenter ma chance. Quand comptez-vous organiser cette petite excursion ?

— Quand ? Dès le coucher du soleil, bien sûr.

45

Coldmoon se tourna vers Pendergast qui avait repris le volant de la Jeep en quittant la vieille ferme.

— C'était intéressant.

— J'ai surtout été frappé par la nature de la blessure de cette femme.

— Une simple jambe cassée ? Et pourquoi donc ?

— Posez-vous la question : que pouvait bien fabriquer une femme seule, au milieu de nulle part, avec une jambe cassée ?

— Il suffit qu'elle ait fait une chute en montagne.

— Peut-être. Ou peut-être pas…

Pendergast, parvenu à un embranchement dépourvu de panneaux routiers, hésita un instant avant de prendre à gauche.

— Qu'avez-vous pensé de notre homme ? reprit-il.

— Un pauvre bougre solitaire. À quatre-vingts ans passés, il continue de pleurer cette femme qu'il n'a jamais pu oublier. Je me dis que Frost a dû être une bombe en son temps.

Ils poursuivirent leur route en silence avant de bifurquer sur la 141. Une demi-heure plus tard, ils s'engageaient sur l'autoroute I-84 en direction de Portland. Coldmoon poussa intérieurement un ouf de soulagement en voyant les montagnes s'éloigner lentement dans son rétroviseur latéral.

— Je ne sais toujours pas comment vous avez réussi à retrouver ce type, dit-il. Ou de quelle façon il est lié à ces meurtres.

— Je vous ai volontairement maintenu dans le noir car je ne voulais pas que vous puissiez tirer de conclusions hâtives, contrairement à moi. Je savais que Frost avait emprunté sa nouvelle identité à une personne enterrée à Puyallup, dans cette région de l'État de Washington. Et grâce à la dédicace découverte dans ce livre par Constance, j'ai appris que Berry Patch était un hameau situé dans le même secteur.

— Je n'ai pas vu le moindre hameau.

— Berry Patch désigne en fait quelques maisons éparses, ainsi qu'un bureau de poste. La commune compte seulement quatre-vingt-cinq habitants, ce qui m'a grandement facilité la tâche car un seul d'entre eux possédait les initiales Z. Q.

— À votre avis, notre vieux docteur voudra reprendre contact avec elle ?

— Je ne serais pas surpris que cette question fasse l'objet dans sa tête d'une lutte titanesque.

— Tout ça ne me dit pas quel est le lien avec les meurtres de Savannah. Là aussi, vous m'avez laissé dans le noir.

— Reprenons les faits. Un : Frost était la personne qui connaissait le mieux Ellerby. Deux : elle a eu une altercation avec lui deux jours avant sa mort. Trois : elle a refusé d'aider la police. Quatre : il se murmure dans l'hôtel, de façon évidemment absurde, que Frost est un vampire. Cinq : elle n'est pas aussi impotente qu'il y paraît. Six : la dédicace du livre sous-entend qu'elle s'est rendue coupable d'un délit grave autrefois. Et sept : elle a changé d'identité. Je vous le concède, rien de tout cela n'est flagrant, mais mon intuition me souffle qu'elle est liée à ces meurtres d'une façon ou d'une autre.

— Et vous êtes plus avancé à présent ?

Pendergast ne répondit pas.

— Quelle est notre prochaine destination ? J'ai remarqué que vous laissiez derrière nous la route de l'aéroport.

— Mon cher ami, je vous propose une dernière halte, répliqua Pendergast en mettant son clignotant afin de sortir de l'autoroute. Mais je vous le promets, nous serons de retour à Savannah à temps pour y souper.

Quelques minutes plus tard, la Jeep atteignait la petite ville de Corbett, en périphérie de Portland.

— Que fait-on ici ? s'enquit Coldmoon.

— Le receveur de la poste de Berry Patch au début des années 1970 est mort depuis une vingtaine d'années, mais sa femme a travaillé à ses côtés jusqu'au jour de sa retraite. Elle s'est remariée avant de devenir veuve une seconde fois et vit désormais ici dans une maison de retraite baptisée Riverview. Je ne doute pas que Berry Patch, à l'image de toutes les petites communes, ait été le théâtre de nombreux ragots.

De l'extérieur, Riverview ressemblait davantage à une école primaire qu'à un établissement accueillant des personnes âgées. Érigé sur une arête rocheuse, le bâtiment n'en était pas moins lumineux et disposait d'une belle vue sur le fleuve Columbia. Chacun de ses résidents disposait de sa propre chambre. Faith Matheny, l'ancienne femme du receveur de Berry Patch, avait quatre-vingt-dix ans et souffrait de démence à corps de Lewy, un mal qui n'affectait pas la mémoire d'une manière aussi virulente que la maladie d'Alzheimer. La vieille femme affirmait ne se souvenir de rien depuis son second mariage, mais Pendergast se montra si charmeur et persuasif qu'elle finit par déballer tout ce qu'elle savait du quotidien de Berry Patch, au point que Coldmoon avait du mal à suivre.

Methany avait conservé un souvenir ému de Quincy. Ce jeune et sémillant médecin avait son cabinet à Tacoma, mais il passait la plupart de ses week-ends dans la ferme familiale. Les Quincy avaient bonne réputation car ils offraient aux quatre-vingt-cinq habitants du hameau, chaque année à Thanksgiving, un dîner avec les dindes de leur élevage. La vieille dame, perdue dans ses souvenirs, avait soudain froncé les sourcils. Quincy avait curieusement manqué ce rendez-vous une année, et ceux qui s'en étonnaient avaient cru comprendre qu'il s'était occupé de son père, hospitalisé.

Lorsque Pendergast lui avait demandé quelle année avait eu lieu cet incident, elle avait répondu 1971 sans l'ombre d'une hésitation. Elle en était sûre, car c'était l'année où un arbre était tombé sur l'école pendant un orage, où la jument des Dotson s'était noyée dans la Walupt Creek.

Moins d'une heure plus tard, fidèle à sa parole, Pendergast ralliait l'aéroport où les deux hommes, munis de billets de première classe, entamaient un périple qui les conduirait à Savannah vers 19 heures.

Pendergast n'avait pas dit un mot dans la voiture sur le chemin de l'aéroport international de Portland, ce qui convenait parfaitement à Coldmoon, peu enclin à entretenir la conversation. L'avion s'apprêtait à décoller lorsque le jeune inspecteur sentit la main de son aîné se poser sur son avant-bras.

— Mon cher Armstrong, j'ai l'intention de mettre à profit ce vol pour pratiquer un exercice de méditation. Je vous remercie d'avance de veiller à ce que personne ne me dérange.

— Pas de souci, je comptais de toute façon m'accorder une petite sieste.

Coldmoon, qui avait déjà assisté à l'une des « méditations » de son compagnon dans un hôtel du Maine isolé par la neige[1], allait fermer les yeux lorsqu'il sentit peser sur lui le regard de Pendergast.

— J'aimerais partager avec vous un détail qui éclairera d'un jour neuf notre périple. Je vous suggère de vous intéresser sur Internet à un certain D. B. Cooper. Je ne doute pas que l'histoire de ce dernier vous intéresse au plus haut point.

— D. B. Cooper ? répéta Coldmoon, à qui ce nom était vaguement familier.

— Oui. Cet individu s'appelait en réalité Dan Cooper, mais la presse l'a baptisé par erreur D. B. Cooper à l'époque et cette identité lui est restée.

— Quelle époque ?

— Le jour de Thanksgiving en 1971, figurez-vous.

Sur cette confidence, Pendergast se cala confortablement dans son siège, croisa les bras sur sa poitrine à la façon d'une momie égyptienne et ferma les paupières.

---

1. Voir *Offrande funèbre* (L'Archipel, 2019 ; J'ai lu, 2020)

46

Le bus de campagne ralentit et franchit lentement les barrières de police qui fermaient Drayton Street à la circulation. Le sénateur Buford Drayton sentit monter en lui une bouffée d'orgueil en songeant au passé prestigieux de sa lignée dont l'histoire remontait aux Pères fondateurs des États-Unis. Un Drayton avait apposé sa signature sur les Articles de la Confédération et ses descendants avaient joué un rôle important pendant la guerre d'agression nordiste, rien d'étonnant à ce que les édiles de Savannah aient souhaité dédier une rue à une famille aussi prestigieuse. Il avait choisi de lancer sa campagne à Forsyth Park précisément pour cette raison, afin de rappeler aux électeurs les services rendus au pays par les siens, face au splendide monument érigé en mémoire des morts de la Confédération.

Le bus s'immobilisa dans un crissement de freins. Le sénateur, retranché jusque-là dans son salon lambrissé au fond du véhicule, rejoignit son chef de cabinet, son porte-parole et son directeur de campagne qui discutaient stratégie autour d'une table dans la partie centrale du car. Les trois hommes se levèrent à son arrivée.

— Je tiens à m'assurer que tout est organisé comme je le veux.

— Bien, monsieur le sénateur, répondit le directeur de campagne.

Un assistant se précipita, qui aida l'homme politique à descendre du bus. Drayton, planté au pied des marches, balaya le parc des yeux. Un grand nombre de ses partisans, pour beaucoup coiffés de sa casquette de campagne rouge et bleu ornée du slogan DRAYTON AU SÉNAT, avaient déjà envahi les pelouses. D'autres, habillés en bleu-blanc-rouge, agitaient des pancartes à son effigie, et la rumeur qui s'élevait dans le lointain lui fit chaud au cœur.

Il regarda sa montre : 17 h 30. Le meeting commençait officiellement à 20 heures, mais rien ne se passerait vraiment avant 21 heures. À l'image de beaucoup de politiciens, il savait pertinemment que l'attente poussait à son paroxysme l'excitation des participants. La météo annonçait la possibilité de faibles orages, mais le ciel était dégagé et tout s'annonçait pour le mieux.

Une estrade couverte de banderoles avait été érigée au pied du monument aux morts de la Confédération, face à plusieurs milliers de sièges que des petites mains étaient en train d'installer en laissant suffisamment de place sur les côtés et sur l'arrière pour accueillir la foule. Drayton se dirigeait vers la scène lorsqu'il remarqua que les chaises étaient mal alignées.

— Eh vous ! apostropha-t-il le gros type qui dirigeait la manœuvre.

L'intéressé se retourna d'un air agacé et changea d'expression en reconnaissant son interlocuteur.

— C'est vous le responsable des chaises ?

— Oui, monsieur le sénateur.

— Qu'est-ce qui vous prend de les arranger de façon aussi irrégulière ?

— Je suis désolé, monsieur le sénateur.

— Arrangez-moi ça. Je veux des rangées nickel, on dirait des recrues de l'armée le premier jour de leurs classes.

Sa plaisanterie le fit rire et son entourage s'esclaffa aussitôt.

— Allez, disposez-moi tout ça convenablement.

— Tout de suite, monsieur le sénateur.

Le type s'éloigna en aboyant des ordres à ses hommes et Drayton les observa pendant quelques instants. Bon Dieu, si ces abrutis s'y étaient pris correctement du premier coup, ils n'auraient pas eu besoin de tout recommencer.

Il gagna l'estrade dont il gravit les marches et s'approcha du podium derrière lequel s'alignaient vingt et un drapeaux. Le moment venu, les deux écrans géants installés en hauteur retransmettraient le visage de Drayton pour que les militants les plus éloignés puissent admirer son teint hâlé et son sourire éclatant. À cette heure s'y affichait un portrait martial de Drayton à la tribune du Sénat, accompagné du slogan *La Georgie avec Drayton*.

Les ingénieurs du son procédaient aux ultimes réglages en testant deux colonnes de haut-parleurs dignes d'un concert de rock. Un peu plus loin, un sergent de la police locale attribuait leurs missions respectives à la trentaine de flics qui l'entouraient.

— Où est la commissaire ? s'inquiéta Drayton en se tournant vers son chef de cabinet.

— Delaplane ? Je ne l'ai pas encore vue.

Drayton descendit de l'estrade par l'escalier opposé et s'approcha du sergent.

— Bienvenue, monsieur le sénateur. On s'attend à une belle soirée.

— On verra ça, grommela Drayton. Où se trouve votre commissaire ?

— Elle n'est pas là.

— Je le vois bien, qu'elle n'est pas là, sergent...

Son regard se posa sur le badge accroché à la veste de son interlocuteur.

— ... sergent Adair. Et je voudrais savoir *pourquoi* elle n'est pas là.

— J'ai cru comprendre qu'elle était retenue par son enquête, mais rassurez-vous, nous avons la situation bien en main.

— Ça ne me rassure pas du tout, figurez-vous. C'est son rôle d'être ici et de veiller au bon déroulement de ce meeting. Je vous rappelle que c'est l'événement le plus important du jour à Savannah. Comment se fait-il qu'elle ne se trouve pas sur place ?

— Je peux me renseigner si vous le souhaitez, monsieur le sénateur.

— Je le souhaite plutôt deux fois qu'une, vous voulez dire. Seigneur !

Le sergent décrocha sa radio et contacta le commissariat sans attendre. L'employée de permanence au central lui précisa que Delaplane n'était pas disponible.

— C'est-à-dire que le sénateur Drayton est ici, il veut savoir pourquoi elle n'a pas pris elle-même la direction des opérations.

Comme la discussion se prolongeait, Drayton sentit la moutarde lui monter au nez.

— Je veux lui parler personnellement, exigea-t-il en foudroyant Adair du regard. Passez-moi cette foutue radio.

Le sergent, écarlate, voulut prévenir sa collègue, mais Drayton ne lui en laissa pas le temps, lui arrachant la radio des mains.

— Ici le sénateur Drayton. J'exige de parler à la commissaire *immédiatement*.

Quelques minutes s'écoulèrent avant que la voix de Delaplane sorte du haut-parleur.

— Commissaire ? J'aimerais savoir pour quelle raison vous ne veillez pas en personne à la bonne organisation de ce meeting. Vous n'avez donc pas compris que certaines personnes avaient l'intention de manifester, voire de commettre des violences ? Je vous signale que ce rassemblement me coûte près d'un demi-million de dollars.

— Monsieur le sénateur, nous avons plus d'une centaine de fonctionnaires sur le site, sans parler des portiques de sécurité installés à chacun des six points d'entrée. Nous maîtrisons parfaitement la situation.

Le calme de la commissaire impatienta plus encore le sénateur.

— Comment pouvez-vous en avoir la certitude puisque vous n'êtes pas sur place ? J'exige que vous veniez à Forsyth Park *tout de suite*, c'est compris ?

Un court silence lui répondit.

— Très bien. Je serai là d'ici une demi-heure afin de m'assurer que les mesures de sécurité sont respectées. Mais je puis vous assurer que vous n'avez aucune raison de vous inquiéter.

— Commissaire, j'ai du mal à comprendre ce qui pourrait être plus important à vos yeux que la sécurité du plus grand rassemblement politique organisé à Savannah depuis des années.

— J'arrive de ce pas, monsieur le sénateur, mais pour répondre à votre question, je gère actuellement une enquête particulièrement épineuse à laquelle vous avez été le premier à vous intéresser.

— Oui, et à qui la faute si cette enquête n'est toujours pas élucidée ?

La commissaire salua son interlocuteur et Drayton rendit sa radio au sergent. Il se tourna vers son chef de cabinet.

— Je croyais que tout était sous contrôle ?

— Absolument, monsieur le sénateur. Tout sera fait selon vos instructions, monsieur le sénateur.

— Bon sang, quelle bande de crétins. Retournons au bus, je dois encore passer au maquillage et me préparer.

Drayton remonta à bord du véhicule au moment précis où arrivaient la maquilleuse et ses deux assistantes chargées de tout leur matériel.

— Il est temps de passer aux choses sérieuses, leur dit Drayton.

Les trois femmes déplièrent une table de maquillage et une chaise sur laquelle le sénateur prit place en veillant à ne pas froisser le pli de son pantalon. Il posa sa nuque contre l'appuie-tête.

— Soyez particulièrement attentive à mon nez. Cachez-moi toutes ces veinules. Les caméras me filmeront en gros plan et il fera chaud sous les projecteurs, votre maquillage va devoir tenir pendant deux bonnes heures.

— Bien sûr, monsieur le sénateur.

Il ferma les yeux et la maquilleuse s'appliqua à poser une épaisse couche de fond de teint sur son nez, à cacher les poches qu'il avait sous les yeux, à atténuer ses rides et ses taches de vieillesse.

Drayton, la laissant s'activer, repassa dans sa tête le discours qu'il devait prononcer en s'efforçant de ne pas penser à son adversaire que les derniers sondages plaçaient légèrement en tête. Ce meeting était censé rogner définitivement les ailes de ce crétin. Il entendait déjà la clameur de la foule, voyait devant lui les milliers de visages de ses partisans, les pancartes qu'ils agitaient, la fanfare qui accompagnait son entrée en scène. Ces instants-là faisaient partie de ses moments préférés dans la vie.

47

Il était 19 h 30 lorsque Constance, dont la suite communiquait avec celle de Pendergast, vint retrouver ce dernier à sa demande. Comme à son habitude, l'inspecteur avait veillé à ce que son cadre de vie soit ascétique et méticuleusement propre en demandant au personnel de l'hôtel de retirer tous les meubles superflus, ainsi que les bibelots qui ne correspondaient pas à ses goûts.

— Constance ? accueillit-il sa compagne. Venez donc me rejoindre.

La voix s'échappait d'une porte ouverte au fond de la pièce. Constance connaissait suffisamment Pendergast pour savoir qu'il avait choisi cette suite précisément parce qu'elle jouxtait cette petite pièce. À en croire la rumeur, celle-ci avait servi de poste d'observation à un tireur d'élite des armées confédérées désireux d'abattre les soldats yankees lorsqu'ils investiraient la ville.

Constance y pénétra avec curiosité et constata que Pendergast l'avait transformée en salle d'état-major. Les murs ocre foncé étaient percés d'une unique fenêtre étroite qui donnait toute sa crédibilité à la légende du tireur d'élite. De dimensions modestes, la pièce débordait d'ouvrages consacrés à l'histoire locale, de traités d'astrophysique, d'études dédiées aux croyances surnaturelles d'Europe orientale et de livres abordant les sujets les plus divers, sans rapport apparent les uns avec les autres. Des plans de Savannah d'époques diverses étaient punaisés aux murs, certains secteurs entourés à l'aide d'un surligneur. Constance se demanda comment, et quand, son compagnon avait bien pu amasser une telle documentation.

Son étonnement fut à son comble lorsqu'elle découvrit les traits cernés, les yeux rouges et le teint livide de Pendergast, plus pâle encore qu'à son habitude. Assis devant une petite table, il paraissait nerveux. En dépit du désordre ambiant qu'éclairait la lueur trouble d'une vieille lampe de bureau, la table était nue, à l'exception d'une bouteille de Lagavulin, d'un verre à moitié plein et d'un pilulier dont la vue fit tiquer Constance.

— Asseyez-vous, je vous en prie, l'invita-t-il.

Constance s'exécuta et Pendergast se pencha vers elle.

— J'espère que vous ne m'en voudrez pas, ma très chère Constance, de vous paraître brusque, mais je vais devoir agir rapidement. J'ai réussi à reconstituer une bonne partie du puzzle, mais certaines pièces restent floues tandis que d'autres s'ajustent mal. C'est pourquoi je me vois contraint de requérir votre aide. Si je ne me trompe, Frost est l'unique personne capable de nous fournir des réponses, et vous seule êtes en mesure de les lui soutirer.

— Je ne suis pas du tout certaine qu'elle soit réveillée, elle se lève rarement avant 22 heures.

— C'est un risque qu'il vous faut prendre. Vous avez réussi à forger un lien avec cette femme, à devenir sa confidente.

— Le terme me semble exagéré.

— Vous n'en éprouvez pas moins de véritables affinités avec elle, si je ne m'abuse ?

— Vous pouvez dire cela.

— Et elle en éprouve à votre endroit, non ?

Constance hocha la tête, hésitante. Tout en mesurant l'impatience de Pendergast, elle lui devait une mise au point.

— Aloysius, le mot *affinités* est… imparfait.

— Que voulez-vous dire ?

— Cette femme sait que… que je ne suis pas ce que je parais être.

— Vous me l'avez expliqué.

— Elle a reconnu dans mes yeux les siens, en plus *âgés*. En la voyant, en lui parlant… je me suis imaginée moi aussi sur ce canapé, entourée d'ouvrages poussiéreux, rédigeant un journal intime que personne ne lirait jamais.

Elle se pencha brusquement vers Pendergast.

— Si vous voulez savoir la vérité, Aloysius, j'étais *moi-même* cette femme autrefois. Tout au long des décennies au cours desquelles le Dr Leng a prolongé ma vie artificiellement, auprès de lui dans cette demeure, *j'étais* Felicity Frost… à ceci près que j'étais prisonnière d'un corps jeune, et non d'une enveloppe charnelle fatiguée. À présent que Leng est mort et que je vieillis normalement…

Elle se redressa.

— Suis-je donc condamnée à revivre la même expérience ? Je suis *déjà* une vieillarde. Vous ne le voyez donc pas ?

— Bien sûr que si, Constance. J'ajouterai que je vous comprends, même si personne ne peut réellement mesurer la bénédiction, ou la malédiction, que représente l'étrange existence qui est la vôtre. Ces événements terribles dont vous avez été témoin, ces longues années de solitude… autant de fardeaux que vous n'avez pas choisis. Et autant de fardeaux dont vous seule pouvez sentir le poids.

Constance le dévisagea en silence.

— Vous vous êtes pourtant confiée à moi. Je connais votre histoire aussi bien que vous, et votre quotidien est bien différent de celui de Mlle Frost. Je suis là pour vous.

— Vous êtes là pour moi, lui fit-elle écho d'une voix lointaine.

Pendergast voulut se justifier.

— Constance, je ne sais comment…

— Vous ne savez sans doute pas comment, l'interrompit-elle, mais *moi* je sais. Revenons à votre requête.

— Ma chère Constance…

— Vous avez une nouvelle fois besoin de mon aide. Quelles sont donc les questions que je suis la seule à pouvoir poser à Felicity Frost ?

Pendergast, hésitant, sonda le regard de sa compagne, puis il finit par sortir de la poche de sa veste une feuille à en-tête d'une compagnie aérienne et la déplia.

— Ces questions sont au nombre de quatre.

Constance voulut lui prendre la feuille des mains, mais Pendergast l'arrêta d'un geste.

— Il est possible qu'elle veuille vous mentir. Après tout, son existence tout entière repose sur le mensonge, mais elle doit comprendre que le sort de Savannah dépend désormais du secret qu'elle garde jalousement depuis tant d'années. Au besoin, montrez-lui ceci, ajouta-t-il en tirant d'une enveloppe de superbes clichés d'une ferme voisine d'un lac.

— Quel tableau bucolique, commenta Constance en s'emparant de la feuille.

Elle la déplia, en déchiffra le contenu une première fois, puis une seconde, avant de poser sur Pendergast un regard incrédule.

— Ces questions sont… insensées. Seriez-vous… ?

— J'en suis conscient, mais si j'ai raison, Frost n'y verra rien d'insensé.

Il tendit la main, prit entre ses doigts ceux de Constance et s'expliqua à mi-voix, avec ferveur, pendant de longues minutes. Les traits de sa compagne trahirent progressivement la surprise, puis la stupéfaction. Il ne faisait plus aucun doute à ses yeux que son tuteur se trouvait confronté à une énigme dévorante, ce que confirmaient ses doigts glacés.

— Évitez autant que possible de vous montrer brutale avec elle, mais vous devrez manifester une certaine *fermeté* en l'interrogeant. Vous devrez avoir la certitude d'avoir recueilli la vérité lorsque vous la quitterez.

— Voilà qui augure bien mal de la survie de notre amitié, remarqua Constance.

— L'enjeu dépasse de beaucoup de simples liens amicaux ! s'écria-t-il avec une impatience proche de la colère.

Conscient de s'être laissé emporter, il devint rouge de confusion. Jamais Constance n'avait assisté chez lui à une telle réaction.

Comme il ne se décidait pas à lâcher sa main, elle s'en détacha elle-même et se leva.

— Je ferai de mon mieux.

— C'est tout ce que je vous demande, dit-il après un court silence. Je peux toutefois vous promettre…

Mais Constance, refusant d'écouter la suite, avait déjà quitté la pièce. Pendergast entendit le martèlement de ses talons sur les dalles de marbre de sa suite, suivi d'un claquement de porte, et le silence reprit ses droits.

48

Assis dans sa voiture à la lueur du crépuscule, Wellstone surveillait le bâtiment de brique dont Betts et son équipe de tournage occupaient le dernier étage. Il était venu là sans but précis, guidé autant par son instinct que par les sentiments de colère, de frustration et d'humiliation qui l'habitaient. Ce connard de Betts avait réussi à lui damer le pion à chaque fois, non parce qu'il était plus intelligent que lui, mais parce qu'il possédait la rouerie naturelle propre à toutes les brutes de cour d'école.

L'entrepôt lui-même était une vieille bâtisse pleine de charme, située dans un quartier ancien de Savannah, à quelques rues seulement de l'hôtel Ye Sleepe. Comment Betts pouvait-il se payer ce studio de circonstance ? Wellstone était amer à l'idée que son rival bénéficie de tels moyens. Il s'étonnait même qu'un charlatan pareil parvienne à trouver le moindre financement. Il fallait que les gens soient diantrement crédules, incultes et ignares pour qu'un escroc tel que Betts leur soutire autant de fric.

La seule évocation de Betts fit remonter chez Wellstone le souvenir cuisant du contenu de la saucière et sa rage en fut décuplée. Si seulement il avait pu récupérer les cartes mémoire contenant ces images de fantômes bidon, il n'aurait eu aucun mal à ruiner pour toujours la réputation de Betts tout en apportant la preuve que Moller était un charlatan. Ses prétendus clichés de démons s'étaient répandus comme une traînée de poudre depuis qu'il les avait transmis à la presse. En apportant la preuve que des images soigneusement préparées avaient été superposées aux clichés pris dans le cimetière, Wellstone aurait fait les choux gras de tous les talk-shows d'Amérique.

Comment avait-il pu accorder sa confiance à Daisy Fayette ? Il aurait dû se douter qu'elle n'était pas à la hauteur de la mission qu'il lui avait confiée. D'un autre côté, il lui fallait bien reconnaître que son expédition dans la chambre de Moller s'était soldée par un échec et il se voyait mal recommencer. En un mot, il était au bout du rouleau.

Il sortit de sa rêverie en voyant plusieurs personnes sortir de l'entrepôt. Il reconnut parmi eux Betts et Moller. Le petit groupe monta à bord de l'une des deux camionnettes blanches de location garées devant le bâtiment. Peut-être avaient-ils l'intention de tourner des images de nuit ? Le petit air satisfait des deux hommes ne fit qu'aiguiser la haine et la honte de Wellstone. Récupérer ces fichues cartes mémoire aurait résolu tous ces problèmes et elles étaient là, tout près, dans la valise que Moller tenait à la main.

La jolie petite directrice de la photo et les deux cameramen émergèrent à leur tour du bâtiment, accompagnés par le crétin musclé qui l'avait malmené le jour de sa mésaventure au restaurant. Tous prirent place à bord de la seconde camionnette qui démarra aussitôt.

Il n'en fallait pas davantage pour exciter la curiosité de Wellstone. À l'évidence, ils partaient en tournage. Mais de nuit ? C'était d'autant plus étrange qu'aucun autre meurtre n'avait été signalé.

Sans même réfléchir, Wellstone mit le contact et se glissa discrètement dans le sillage des camionnettes.

49

Les camionnettes, suivies par Wellstone, traversèrent le centre de Savannah en évitant soigneusement le quartier dans lequel se déroulait ce soir-là un grand raout politique. Quelques minutes plus tard, les trois véhicules roulaient sur Skidaway Road. Wellstone eut soudain l'intuition que ses proies se dirigeaient vers le vieux cimetière Bonaventure et il en eut la confirmation en voyant les fourgonnettes blanches s'immobiliser devant l'entrée de la nécropole. Wellstone, par souci de discrétion, feignit de poursuivre son chemin et se gara dans une rue voisine. Le temps de récupérer son appareil Canon équipé d'un téléobjectif 200 mm et il franchit les grilles du cimetière à la suite des camionnettes qui remontaient lentement une allée gravillonnée. Il les laissa prendre de l'avance, sûr que l'équipe de tournage se dirigeait vers l'endroit où avait été enlevé le jeune étudiant.

La soirée s'annonçait agréable et les dernières lueurs du jour projetaient des ombres interminables sur les sépultures, mais Wellstone n'était pas venu en touriste. Il tenait là sa dernière chance de confondre ces salopards de Betts et de Moller.

Le cimetière était immense et il avait parcouru près d'un kilomètre lorsqu'il repéra enfin les camionnettes, garées dans un secteur reculé. L'endroit, désert, aurait dû fermer ses portes à la tombée de la nuit, et Wellstone en déduisit que Betts avait obtenu l'autorisation d'y tourner une séquence nocturne.

En s'approchant, il constata que les bandes jaunes délimitant la scène de crime avaient été enlevées, mais il n'apercevait nulle part l'équipe de tournage. Il reconnut pourtant la statue de l'ange au bras levé, preuve qu'il ne s'était pas trompé.

Il tendit l'oreille et un léger bruit de voix lui parvint, de l'autre côté d'un mur de végétation. Il s'accroupit derrière les buissons, coula un regard à travers les branchages et constata que le petit groupe installait des projecteurs reliés à une génératrice près d'un mausolée rongé de lierre dont la porte était entrouverte. Le moteur de la génératrice se mit en route et Wellstone vit cet escroc de Moller ouvrir sa mallette, étaler par terre son carré de velours et y déposer tout son matériel de pacotille.

Tapi derrière une stèle, son appareil photo à la main, Wellstone attendit la suite avec impatience. Se croyant seules, ses cibles se sentiraient plus libres de mener à bien leurs supercheries. En dépit du manque de luminosité, le Canon serait parfaitement à même de photographier la scène. Et puis il n'était pas exclu que Moller ne surveille pas aussi étroitement sa chambre noire, auquel cas Wellstone n'hésiterait pas un instant à la lui voler cette fois.

Les dernières lueurs du jour s'effacèrent derrière les arbres, le cimetière se retrouva plongé dans la pénombre et le tournage put commencer. Wellstone comprit très vite que Betts avait uniquement l'intention d'emmagasiner des plans de coupe en voyant les cadreurs filmer les tombes. Le réalisateur et son gros bras, sans aucun respect pour les défunts, en profitèrent pour s'attaquer à la porte du mausolée qu'ils tentèrent de forcer avec un pied-de-biche. Des jurons fusèrent, mais le battant refusait de céder et les deux hommes s'enfoncèrent dans la partie abandonnée de la nécropole pendant que se poursuivait le tournage. Wellstone se releva en silence, puis suivit à distance le réalisateur et son acolyte en veillant à rester dissimulé derrière l'écran des buissons. Le secteur dans lequel s'aventurait Betts était en piteux état. Au milieu des sépultures envahies par la végétation, Wellstone découvrit une chapelle gothique en ruine entourée d'une clôture en fer forgé surmontée de pics. Sa grille était ouverte et la porte en bronze du mausolée gisait à terre. Les blocs de granit de l'édifice, couverts de lichen et marbrés de traces d'humidité, ne tenaient plus que grâce à la vigne vierge qui s'y accrochait.

Betts et son garde du corps écartèrent le rideau de vigne vierge qui recouvrait l'entrée du mausolée et disparurent à l'intérieur. Wellstone vit les faisceaux de leurs torches danser dans l'obscurité, puis les deux hommes ressortirent et rejoignirent le reste de l'équipe, visiblement satisfaits.

Les cameramen avaient apparemment fini leur travail et Wellstone entendit Betts leur raconter sa découverte et donner des ordres pour transférer le tournage près de la chapelle.

En l'espace de quelques minutes, son matériel rassemblé, le petit groupe gagnait le mausolée en ruine et les éclairagistes allumaient leurs projecteurs après avoir relancé la génératrice. Le gros bras installa de part et d'autre de la chapelle, cachées derrière des stèles, d'étranges machines dont Wellstone ne comprit l'utilité qu'en les voyant soudain cracher du brouillard artificiel. L'effet, d'un réalisme saisissant, était rendu plus dramatique encore par les lumières rasantes des projecteurs.

Wellstone s'empressa de photographier la scène, allant jusqu'à tourner de courtes vidéos ainsi que le lui permettait son appareil numérique, afin de dévoiler la façon dont Betts entendait transformer son prétendu documentaire en film d'horreur. À défaut d'apporter la preuve de son imposture, du moins pourrait-il montrer qu'il était un vil manipulateur.

Sur les instructions de leur responsable, les cameramen tournèrent soudain leurs objectifs en direction de Moller à qui Betts s'empressa de donner ses instructions. Les derniers réglages effectués, Moller saisit sa baguette de sourcier et arpenta les abords du mausolée sous l'œil des caméras, au milieu des nappes de brouillard artificiel. L'étrier argenté se mit à trembler entre ses doigts, donnant l'impression de l'attirer vers l'entrée du mausolée.

— Je sens une présence maléfique ! l'entendit crier Wellstone de loin. *Sehr teuflisch ! Le mal ! Il est là ! Dans la crypte !*

Wellstone, au comble du ravissement, filma la scène en veillant à ne rien manquer des éclairages, des machines à fumée, et des gestes de Betts qui dirigeait la scène en silence. Moller reposa sa baguette de sourcier, s'empara de la chambre noire et s'appliqua à prendre des photos, très certainement truquées comme les précédentes. Après tout, peut-être Wellstone n'aurait-il pas besoin de récupérer les cartes mémoire. Les images qu'il venait de prendre suffisaient à prouver que le documentaire n'était qu'un simulacre. Il réprima un cri de joie en voyant que les cameramen faisaient une deuxième prise, puis une troisième, preuve que ce tournage était complètement bidon.

Comme si cela ne lui suffisait pas, Betts ordonna à ses équipes de tourner une nouvelle séquence, cette fois à l'intérieur du mausolée. Les éclairagistes s'affairèrent aussitôt, installant leurs projecteurs sur des pieds de façon à éclairer la chapelle de l'extérieur en les braquant sur les fenêtres grillagées.

Wellstone changea de poste d'observation afin de ne rien rater de ce qui allait se passer. Les lampes, partiellement obscurcies par le grillage, projetaient des ombres inquiétantes à l'intérieur du bâtiment en ruine et il s'empressa de filmer la scène.

Sur un signe du réalisateur, Moller reprit sa baguette de sourcier et celle-ci s'agita entre ses mains, donnant le sentiment de l'entraîner vers le mausolée.

— L'esprit du mal ! s'écria le charlatan d'une voix grave alors que la baguette tressautait entre ses doigts.

Par souci de précaution, Betts demanda à ses gens de filmer la scène à quatre reprises et Wellstone sut qu'il tenait enfin sa revanche. Non content de raconter ce qu'il avait vu en conclusion de son livre, il aurait tout le loisir de dénoncer l'imposture de Betts à la télévision et lors de ses conférences. Peut-être même ces images lui serviraient-elles à réaliser un documentaire consacré aux imposteurs de l'occulte.

Nul doute que Betts apprécierait, le moment venu, toute l'ironie de la situation.

La séquence terminée, les équipes de ce dernier démontèrent leurs éclairages afin de les installer cette fois à l'intérieur du mausolée, tandis que l'une des machines à fumée crachait son brouillard depuis l'entrée.

Le cimetière se trouvait désormais plongé dans l'obscurité et les nuages qui masquaient la lune annonçaient une nuit particulièrement sombre. Un vent glacial se leva, faisant frissonner Wellstone. Ce dernier se demanda comment tout ce petit monde allait bien pouvoir tenir à l'intérieur de la chapelle, avant de comprendre que celle-ci possédait une crypte en voyant la lumière des projecteurs disparaître dans les profondeurs du bâtiment. Il comprenait mieux pourquoi Betts avait jeté son dévolu sur cette sépulture.

Wellstone attendit que l'équipe tout entière ait disparu pour s'approcher, persuadé que Betts allait demander à Moller de photographier un vampire quelconque grâce à son appareil truqué. Hissé sur la pointe de pied, son Canon posé sur le rebord de l'une des fenêtres du mausolée, Wellstone appuya sur un bouton afin de filmer la scène.

50

Coldmoon rêvait qu'il était poursuivi par des bûcherons en chemise à carreaux armés de haches lorsqu'une main le secoua doucement. Il ouvrit péniblement les yeux et comprit avec soulagement qu'il s'agissait d'un cauchemar. Dieu, qu'il était fatigué ! La silhouette qu'il distinguait en contre-jour dans la pénombre était si attirante qu'il se demanda un instant s'il ne lui serait pas possible de sombrer dans un songe autrement plus agréable.

Mais la main douce continuait de lui secouer l'épaule et il finit par émerger de sa torpeur en étouffant un juron. Il s'aperçut que Constance Greene se tenait à son chevet.

— Oui ? grommela-t-il.

— Pendergast a besoin de vous, lui expliqua Constance de sa voix chaude de contralto. À vrai dire, il a besoin de nous deux.

Coldmoon consulta sa montre.

— Ce soir ? Je rentre tout juste d'un aller-retour en Oregon avec lui.

— Habillez-vous, s'il vous plaît, et rejoignez-nous dans la bibliothèque.

Coldmoon se redressa avant de laisser retomber sa tête sur l'oreiller en gémissant.

— Si vous êtes là dans cinq minutes, reprit Constance, et suffisamment présentable, je m'engage à vous servir un *pejúta sápa*.

— Préparé comme je l'aime ?

— Mon Dieu, non !

Sur ces mots, Constance quitta la pièce dans un froissement de soie.

Dix minutes plus tard, habillé et complètement réveillé, Coldmoon entra dans la bibliothèque de l'hôtel Chandler House. La pièce, tout en longueur et meublée de fauteuils et de quelques tables, donnait sur Taylor Street et ses murs étaient couverts de rayonnages. Pendergast et Constance, réunissant un canapé et deux fauteuils, avaient construit un petit retranchement dans un coin. Coldmoon s'installa à portée de main d'une grande cafetière entourée de tasses. Il remplit l'une d'elles sans un mot avant d'y tremper les lèvres, puis il la reposa sur la table basse et se cala dans son fauteuil.

Pendergast, d'une pâleur telle qu'il aurait fourni à Moller un sujet idéal pour ses recréations de fantômes, prit la parole.

— Je voudrais vous raconter à tous les deux une histoire vieille d'un demi-siècle.

— Allons bon, réagit Coldmoon sur un ton sarcastique.

S'il avait pris le temps de consulter la notice Wikipédia de D. B. Cooper, il voyait mal en quoi cette affaire jamais élucidée pouvait être liée aux meurtres de Savannah.

— Vous êtes l'un et l'autre familiers avec certains aspects de l'histoire en question, mais vous ne la connaissez pas dans sa globalité. Notre périple en Oregon a éclairé partiellement notre lanterne, et Constance s'est chargée d'éclaircir les zones d'ombre restantes à ma requête.

— Mais encore ? voulut savoir Coldmoon.

— Elle a posé quatre questions à la propriétaire de cet établissement.

Quatre questions ? Coldmoon observa Constance du coin de l'œil. Assise sur le canapé entre les fauteuils occupés par ses deux compagnons, elle restait impassible. Il avait appris à se méfier du calme apparent de la jeune femme et recula discrètement son siège de quelques centimètres.

— Je m'efforcerai de vous rapporter le plus brièvement possible cette histoire, telle que j'ai pu la reconstruire grâce à Constance, car le temps nous est compté.

Il prit sa respiration avant d'entamer son récit :

— Il y a un peu plus de cinquante ans, une jeune femme nommée Alicia Rime occupait un emploi au sein de la société Boeing à Portland, dans l'Oregon. Cette jeune ingénieure de talent avait commencé sa carrière au siège de la compagnie à Chicago avant d'être mutée dans l'Ouest, au sein d'une unité secrète chargée de mettre au point de nouvelles technologies. Au début des années 1970, Boeing travaillait activement au remplacement des systèmes de vol mécaniques par des systèmes semi-automatiques, pilotés par ordinateur.

« À l'époque, Rime était la seule femme du pool d'ingénieurs de la compagnie et elle s'est rapidement aperçue que ses aînés, au sein du service qui l'employait, s'appropriaient sans vergogne ses découvertes. Du fait de son jeune âge, malheureusement aussi parce qu'elle était une femme, elle n'a jamais bénéficié du soutien de sa hiérarchie et, très vite, sa déception s'est muée en amertume.

« C'est à ce stade qu'elle a fait la connaissance d'un collègue plus âgé. L'homme, initialement considéré comme un élément très prometteur, avait progressivement été mis sur la touche au prétexte que ses travaux n'étaient pas assez concrets, voire délirants. Au moment de sa rencontre avec Rime, l'ingénieur en question s'était refermé sur lui-même et travaillait seul. Veuf, il n'avait quasiment pas de famille. À force d'être raillé par ses collègues, il avait pris l'habitude d'enfermer ses travaux dans un coffre à l'heure de rentrer chez lui le soir.

« De façon naturelle, le vieil ingénieur et Alicia Rime, les deux parias du service, se sont liés d'amitié, au point que le premier a commencé à partager ses projets secrets avec la seconde.

« Il concevait des machines et des logiciels capables de reproduire le comportement humain grâce à un langage informatique de son invention, infiniment plus avancé que le langage de programmation Lisp couramment utilisé à ce moment-là. À terme, il ambitionnait d'utiliser l'intelligence artificielle, l'IA, pour anticiper les réactions des pilotes de ligne. S'il devenait possible pour un ordinateur de prévoir, ne fût-ce qu'avec une minute d'avance, la réaction du pilote dans certaines circonstances précises, la sécurité des appareils s'en trouverait grandement accrue.

« Hélas pour lui, ses travaux n'ont pas abouti. Le chaos gouverne le monde et le comportement humain est trop complexe pour être imité.

Pendergast laissa son auditoire méditer un instant ce constat avant de poursuivre.

— Le chercheur concerné n'en était pas moins un génie, et il refusait de s'avouer vaincu. Renonçant au recours à l'IA, il eut une autre idée en s'inspirant du chat de Schrödinger comme de la théorie des mondes multiples que proposait le physicien Hugh Everett dès 1957.

— Que vient fabriquer un chat là-dedans ? intervint Coldmoon.

— Oublions ce chat et concentrons-nous plutôt sur l'interprétation des états relatifs de la physique quantique, selon laquelle tous les mondes possibles se réalisent physiquement dans une multiplicité d'univers parallèles au nôtre.

— Je ne comprends rien du tout.

— Cela ne m'étonne guère. Retenez simplement que notre vieil ingénieur a réussi à construire un appareil l'autorisant à prévoir l'avenir en s'appuyant sur la mécanique quantique.

Coldmoon secoua la tête.

— Je retourne me coucher, annonça-t-il.

— Accordez-moi encore quelques instants et vous trouverez la suite de l'histoire digne de votre attention. L'appareil mis au point par l'ingénieur se servait de la mécanique quantique de façon incroyablement *concrète*. Alors qu'une majorité de physiciens perdent leur temps en théories et en spéculations, notre homme a préféré *construire* une machine.

— Une machine capable d'anticiper l'avenir, commenta Coldmoon. Et puis quoi encore ?

— *Modicae fidei !* s'agaça Constance. Taisez-vous donc, vous pourriez bien enrichir vos connaissances.

Piqué au vif, Coldmoon se versa une nouvelle tasse de café en veillant cette fois à se tenir coi.

Pendergast réunit ses mains en pointe.

— À en croire la théorie des mondes multiples, nous vivons dans un univers pluriel. Un endroit où *toutes les conséquences possibles* d'une action se produisent simultanément. Ainsi, le chat de Schrödinger est vivant dans un univers, et mort dans un autre.

— Ça faisait longtemps qu'on n'avait pas entendu parler de ce chat, maugréa Coldmoon.

— De façon plus prosaïque, nous discutons tous les trois paisiblement dans notre univers, mais dans un univers parallèle, vous êtes remonté vous coucher. Dans un troisième, le plafond en piteux état nous est tombé sur la tête, et ainsi de suite, à l'infini.

Il s'attendait si bien à ce que Coldmoon émette une nouvelle objection qu'il se tut. Voyant qu'il s'était trompé, il adressa un coup d'œil à Constance et reprit son récit.

— Les événements qui surviennent dans les univers parallèles au nôtre ne sont pas nécessairement si différents. Les physiciens estiment que les univers les plus *semblables* au nôtre sont aussi *les plus proches* dans la logique quantique du temps. D'après la théorie des cordes, ces univers forment des strates parallèles dans l'espace, à la façon de membranes. Ils sont parfois si proches qu'ils se touchent, ce qui permet à une fenêtre de s'ouvrir entre eux.

« Notre ingénieur, s'appuyant sur le principe que je viens de vous décrire, est parvenu à mettre au point une machine capable d'ouvrir cette fenêtre et d'observer l'univers voisin. Cette machine ne prédit nullement l'avenir, mais elle est capable de regarder un univers quasiment identique au nôtre avec *une minute d'avance*.

— C'est dingue, remarqua Coldmoon.

— Je puis vous assurer qu'il s'agit d'un mécanisme que beaucoup de physiciens actuels, voire tous, acceptent avec assurance.

— À quoi peut bien servir de savoir ce qui va se passer avec une minute d'avance ? demanda le jeune inspecteur.

— Cette capacité fait toute la différence, ainsi que vous allez le constater. Notre chercheur a donc construit un prototype de sa machine, conscient que la minute concernée pourrait suffire à prévenir un pilote d'avion d'une catastrophe imminente. La foudre, par exemple, des turbulences importantes, une panne de moteur. Toujours est-il que notre homme, las des railleries de ses collègues, a voulu démontrer tout l'intérêt de sa théorie de façon éclatante en l'appliquant aux cours de la Bourse. Nul besoin d'être prix Nobel pour comprendre en quoi une telle machine pourrait se révéler redoutable.

« Le vieil homme s'en est ouvert à Alicia Rime et lui a fait part de son intention de se rendre dans les locaux de la direction à Seattle avec sa machine, qui tenait dans une simple valise. Il entendait profiter d'un séminaire de direction organisé au cours du week-end de Thanksgiving pour en proposer une démonstration au PDG et au conseil d'administration.

« Rime estimait que c'était un crime d'offrir à Boeing le bénéfice d'une telle invention, surtout au regard de la façon dont l'ingénieur et elle-même avaient été traités. Elle a tenté de convaincre son ami de conserver pour lui sa machine, lui proposant de quitter leurs postes respectifs et de gagner beaucoup d'argent grâce à cette invention. L'intéressé n'a rien voulu entendre, affirmant que ses recherches avaient été financées par Boeing. Rime, qui n'avait pas les mêmes scrupules, estimait à l'inverse que cet appareil assurerait définitivement son avenir. À ceci près qu'il ne lui appartenait pas et que son vieil ami ne lui en avait jamais dévoilé les plans dont il conservait l'unique exemplaire dans un coffre, avec la machine.

« Elle savait toutefois qu'il avait l'intention de se rendre à Seattle par le vol Northwest 305 en emportant le précieux appareil dans un attaché-case.

Rime savait aussi que l'appareil concerné était un Boeing 727-100, un avion qu'elle connaissait parfaitement. Il s'agit là d'un élément crucial. Les trois turbines du 727-100 étaient fixées en hauteur à l'arrière du fuselage, ce qui lui permettait de voler beaucoup plus bas et nettement moins vite que les autres avions de ligne. Surtout, le 727 disposait d'une porte arrière équipée de marches qu'il était possible de déployer pendant le vol, sans l'intervention du pilote. Ce mécanisme, inconnu de l'immense majorité des personnels navigants, était en revanche familier aux ingénieurs de Boeing.

« Le séminaire du conseil d'administration de la compagnie devait avoir lieu le samedi 27 novembre 1971, deux jours après Thanksgiving. Le mardi précédent, Rime s'arrangea pour se prendre le bec avec son supérieur au sujet de plans dont il s'était attribué la paternité, et cette altercation lui valut d'être licenciée sur-le-champ. Plus personne ne devait jamais revoir Alicia Rime, à l'exception d'un certain médecin vivant dans une ferme isolée, celui-là même que nous avons rencontré dans l'État de Washington en début de journée.

— Comment diable avez-vous réussi à démêler un tel écheveau ? s'étonna Coldmoon.

— Grâce aux quatre questions, comme vous allez le constater, répondit Pendergast, les coudes sur les genoux, en sondant le regard du jeune homme : Alors, mon cher collègue, toujours aussi pressé de retourner vous coucher ?

51

Gannon surveilla l'installation des caméras à l'intérieur du mausolée, s'assurant que ses deux cameramen ne se gênaient pas mutuellement. Elle observa le résultat avec satisfaction : la chapelle, avec ses stèles de marbre ornées d'épitaphes en latin, n'aurait pas été plus inquiétante si un décorateur hollywoodien l'avait recréée en studio. Plusieurs caveaux, abîmés par des vandales ou par le poids du temps, laissaient entrevoir des ossements. Un crâne humain gisait sur le sol, la mâchoire figée en un cri muet. Le squelette d'un bras recouvert d'une manche de soie et de dentelle trouée, les os maintenus par des lambeaux de tendons, s'échappait d'une cavité murale. L'un des doigts du défunt était encore entouré d'une bague en or. Tout en reconnaissant qu'il s'agissait d'un décor de rêve, Gannon évita de se souvenir que ces restes étaient ceux d'êtres humains. Comment pouvait-on laisser une sépulture dans un tel état d'abandon ?

Au fond de la chapelle s'ouvrait une porte en bois dont il ne restait quasiment rien, sinon des échardes pourries abandonnées par les vandales qui l'avaient arrachée de ses gonds. Des marches s'enfonçaient dans les profondeurs de la terre, les blocs de pierre de la voûte constellée de minuscules stalactites. À la lueur des projecteurs, Gannon distingua d'autres caveaux aux stèles fracassées dans la crypte. Un frisson lui parcourut l'échine.

— Installe la machine à fumée là-bas, ordonna-t-elle à Gregor, un gros type musclé qu'elle détestait cordialement car il lui obéissait systématiquement à contrecœur.

Comme de juste, Gregor souleva la machine en maugréant, le front barré d'un pli.

— Tu la veux où, exactement ? lui demanda-t-il d'un air affligé.

— Dans ce coin, hors du champ des caméras, précisa-t-elle.

Il fallait toujours qu'il y ait au moins un connard de service sur les tournages. Celui-ci en comptait plusieurs, mais leur présence était compensée par les conditions dans lesquelles se déroulait le documentaire. Savannah était une ville super ; quant à Betts et Moller, c'étaient peut-être des imposteurs de première, mais ils connaissaient leur affaire.

— Ensuite, Gregor, tu installeras un projo contre le mur du fond, à un mètre de hauteur.

L'intéressé s'exécuta et actionna l'interrupteur sans un mot. L'effet était parfait, l'éclairage en contre-plongée était sinistre à souhait, sans être exagéré.

Betts avait profité de l'installation technique pour répéter la scène suivante avec Moller. Gannon donna le top aux cameramen et Moller franchit le seuil du mausolée dans un nuage de brume, sa baguette de sourcier prise de violents tremblements entre ses doigts.

— *Le mal*, déclara-t-il d'une voix de stentor. *Un esprit maléfique hante ce lieu...*

Avec un sens consommé du spectacle, il avait prononcé les derniers mots dans un souffle. D'un coup d'œil, Gannon s'assura que ses deux caméras n'avaient rien raté de cette entrée dramatique.

— La Une, tu fais un pano lent sur les caveaux, murmura-t-elle dans son oreillette.

Craig obtempéra, s'attardant sur le bras qui sortait d'une cavité et sur le crâne gisant par terre. Magnifique.

— La Deux, gros plan sur le visage de Moller.

Pavel zooma avec la Steadicam, s'arrêtant sur les yeux écarquillés du spécialiste de l'occulte. La baguette de sourcier, toujours tremblante, se tourna lentement vers l'escalier conduisant à la crypte.

— *Au fond de la terre*, chuchota Moller d'une voix tremblante. *Tout au fond de la terre.*

52

À mesure que Pendergast poursuivait sa narration, Coldmoon entrevit avec intérêt le lien que pouvait avoir le pirate de l'air d'autrefois avec les événements du moment. Sa fascination se doublait d'une dose croissante d'incrédulité.

— Vous êtes en train de nous dire que D. B. Cooper n'est autre que cette Alicia Rime, c'est bien ça ?

— Bravo ! approuva Pendergast en se tournant vers sa pupille. Ne pensez-vous pas que nous pourrions offrir à notre ami une larme de Lagavulin en guise de réconfort ?

— Pourquoi pas ? répondit Constance.

Tout en sachant que cette dernière ne laissait jamais filtrer ses émotions, Coldmoon remarqua qu'elle se montrait particulièrement glaciale, avec lui aussi bien qu'à l'endroit de Pendergast.

Il s'empara avec reconnaissance de la généreuse dose de whisky que lui tendait son aîné, et celui-ci s'empressa de remplir deux autres verres avant de se caler confortablement dans son fauteuil.

— Mon cher Coldmoon, je vous laisse volontiers le soin de nous raconter la suite.

L'intéressé faillit refuser, jugeant la proposition condescendante, mais l'envie de placer au bon endroit toutes les pièces du puzzle fut la plus forte.

— Très bien. Rime se fait renvoyer de Boeing pour que personne ne s'inquiète de sa disparition par la suite. Elle réserve une place sur le même vol que son collègue, déguisée en homme pour qu'il ne la reconnaisse pas, et se fait passer pour Dan Cooper, ce qui contribue à brouiller la piste des enquêteurs.

— Exact, acquiesça Pendergast. À l'époque, il était aisé de voler sous une fausse identité.

— Le vol 305 quitte Portland le mercredi, veille de Thanksgiving. Après le décollage, le pirate… je veux dire *la* pirate de l'air montre à l'hôtesse de l'air sa fausse bombe ainsi que la demande de rançon de 200 000 dollars. Il s'agit d'une simple diversion, afin de conforter les enquêteurs dans l'idée que le pirate de l'air a agi par cupidité. Elle exige également deux parachutes.

Pendergast hocha la tête.

— Il s'agissait d'éviter que les autorités ne sabotent les parachutes, en laissant entendre que le second était destiné à un otage.

— Exactement. L'appareil atterrit à Seattle, elle récupère les 200 000 dollars, les deux parachutes, et ordonne l'évacuation des passagers, en *interdisant* à ceux-ci d'emporter leurs effets personnels.

— Tout à fait.

— Voyons…

Coldmoon prit le temps de réfléchir à ce qu'il avait lu sur le Net avant de reprendre :

— Cooper demande au pilote de la conduire à Mexico, avec une escale technique à Reno, ce qui permet à l'appareil de survoler de nuit un immense secteur boisé. Elle demande à l'hôtesse de s'enfermer dans le cockpit avec les pilotes, de sorte que personne ne remarque son manège. Elle ouvre les compartiments à bagages et récupère la mallette.

— Oui. Vous noterez que plusieurs compartiments à bagages ont été fouillés et que de nombreux objets manquaient à l'appel lorsque la police a fouillé l'appareil par la suite. Il ne fait aucun doute qu'elle a jeté plusieurs bagages par la porte arrière afin que personne ne puisse deviner sa véritable intention.

— Exactement. À ce moment-là, elle saute avec la mallette de l'ingénieur.

Il secoua la tête.

— Vous imaginez un peu sauter de nuit en plein orage ? Homme ou femme, il fallait avoir un sacré cran.

Pendergast prit en bouche quelques gouttes de Lagavulin.

— Ce détournement d'avion est l'une des affaires non élucidées les plus retentissantes de l'histoire du FBI. Lorsque le dossier a finalement été refermé il y a quelques années, le mystère restait entier. Plusieurs zones d'atterrissage ont été explorées, des dizaines de témoins ont été entendus, de nombreuses simulations ont été effectuées, physiquement comme par ordinateur, en tenant compte de la vitesse de l'appareil, de celle du vent, de l'altitude, mais jamais on n'a retrouvé l'argent, et encore moins un corps. Des années plus tard, une partie de la rançon a été découverte sur un banc de sable du fleuve Columbia. On a cru pouvoir en déduire que le coupable était mort.

Il posa sur Coldmoon un regard aigu.

— Si vous étiez à la place de Cooper, qu'auriez-vous fait après avoir sauté en parachute ?

Coldmoon étudia la question.

— L'argent de la rançon n'était pas utilisable. C'est comme ça que s'est fait prendre le ravisseur du bébé Lindbergh. Il… je veux dire *elle* se doutait forcément que le Bureau aurait photographié ou identifié les billets avant de les lui donner. Elle a donc laissé s'envoler les billets de façon à accréditer la théorie de sa mort.

Il avala une gorgée de Lagavulin.

— Ensuite, je serais resté en chute libre le plus longtemps possible pour que personne ne puisse calculer mon lieu d'atterrissage. Sans compter que le parachute aurait pu attirer l'attention de quelqu'un au sol s'il s'était ouvert trop tôt.

— C'est exactement ce qui s'est passé, à un détail près, intervint Pendergast. La chute s'est mal déroulée et elle a été blessée au moment de l'impact.

— Mais elle n'est pas morte, car le Dr Quincy lui a sauvé la vie.

— Tout à fait, opina Pendergast. À présent, je vous propose de nous tourner vers Constance, qui a recueilli à sa source la suite de l'histoire.

— Sachez, précisa l'intéressée après une hésitation, que cette conversation vient probablement clore mes échanges avec Felicity Frost.

— Alicia Rime, vous voulez dire. *Alias* D. B. Cooper.

Pendergast hocha la tête.

— C'est précisément la première question que j'ai demandé à Constance de poser à cette femme : êtes-vous D. B. Cooper ? Je comptais sur l'effet de surprise pour qu'elle réponde sans défiance aux autres questions. À vous, Constance.

Cette dernière rapporta la teneur de l'entretien sur un rythme soutenu, comme si elle souhaitait se débarrasser au plus vite d'une corvée.

— Mlle Frost, ou plutôt Alicia, connaissait parfaitement le monde de l'aviation. Elle savait que ce détournement déclencherait une importante chasse à l'homme. Le GPS n'existait pas à l'époque, si bien que le lieu où elle sauterait serait forcément approximatif. Elle avait en outre choisi un secteur boisé très isolé, extrêmement difficile à fouiller. Enfin, les pilotes de l'Air Force chargés de suivre le Boeing 727 ne l'ont pas vue sauter car c'était une nuit sans lune.

« Lorsqu'elle a ouvert le parachute principal et qu'elle a commencé à se débarrasser de l'argent, des liasses de billets se sont entortillées dans la toile. Contrainte de se débarrasser du parachute, elle a déployé le second. À son effroi, elle a constaté que ce parachute de secours, normalement réservé aux sauts d'entraînement, était grossièrement fermé par des coutures. Et voilà que le sol se rapprochait dangereusement sans rien pour freiner sa chute.

« Elle disposait heureusement d'un couteau et a eu la présence d'esprit de sectionner les coutures, ce qui a libéré la toile. Celle-ci s'est ouverte, mais sa chute n'a pas été suffisamment ralentie et elle descendait encore très vite lorsqu'elle est entrée en contact avec l'eau.

— Quelle eau ? s'enquit Coldmoon.

— Elle est tombée légèrement en amont des chutes de la Walupt Creek. Le courant l'a précipitée en bas de ces chutes et l'a projetée dans le lac Walupt, tout à côté de Berry Patch. Réveillée par l'onde glacée, elle a réussi à nager jusqu'à la rive en dépit d'une fracture à la jambe et s'est évanouie sur une plage de galets où l'a découverte au matin un jeune fermier. Elle avait pris la précaution d'accrocher l'attaché-case volé autour de son torse, si bien qu'elle ne l'avait pas perdu dans sa chute.

— Et le jeune fermier en question n'était autre que Zéphraïm Quincy, ajouta Coldmoon.

Constance acquiesça.

— Il vivait seul et n'avait pas encore entendu parler du détournement. Son père avait été hospitalisé à la suite d'une mauvaise blessure à la tête dont il devait mourir, et Quincy avait le plus grand mal à gérer l'exploitation familiale. Alicia a préféré ne rien lui dire dans un premier temps, tout en refusant catégoriquement d'être conduite à l'hôpital. Il l'a transportée chez lui, a réussi tant bien que mal à réduire la fracture et lui a plâtré la jambe. Il s'est occupé d'elle tout au long de cette journée de Thanksgiving, ce qui explique son absence lors du dîner traditionnellement offert aux habitants de Berry Patch. Le lendemain, à la lecture du journal, il découvrait un gros titre à la une, accompagné d'un portrait-robot de D. B. Cooper. Il a tout de suite compris la raison pour laquelle la blessée portait des vêtements d'homme.

« Quelques minutes plus tard, il retournait auprès d'Alicia, son journal à la main. Tout en pansant sa blessure, il lui a précisé qu'il avait alerté le shérif et lui a demandé si elle souhaitait lui fournir des explications. C'est alors qu'elle lui a tout avoué, insistant sur le fait qu'elle n'avait blessé personne et que la bombe était factice. Elle l'a supplié de ne pas la livrer au shérif.

« À ce stade, je soupçonne le jeune fermier d'être tombé amoureux de la blessée. Un véritable coup de foudre. Ému par sa supplique, il lui a avoué n'avoir jamais contacté les autorités, souhaitant observer sa réaction. Pendant sa convalescence, Alicia est tombée amoureuse à son tour et ils ont vécu heureux ensemble le temps de quelques mois dans ce décor sauvage, tels Tristan et Iseut dans la forêt du Morois. Personne n'était au courant de sa présence chez Quincy, mais ce conte de fées ne pouvait durer éternellement, pour des raisons évidentes. Les recherches se rapprochaient, des agents du FBI avaient même rendu visite à Quincy à plusieurs reprises. D. B. Cooper figurait désormais sur la liste des criminels les plus recherchés et plus de deux cents agents travaillaient sur cette enquête. Alicia ne pouvait vivre cachée là indéfiniment.

« Au printemps suivant, remise sur pied, elle a compris que si elle ne quittait pas Quincy, elle ne le ferait jamais. Elle a rédigé un mot de remerciements qu'elle a décidé de laisser sur la table de la cuisine tôt un matin afin d'éviter une scène déchirante. À son grand étonnement, devinant son intention, Quincy s'était levé avant l'aube. Non seulement il avait préparé le petit-déjeuner, mais il avait rempli à son intention un sac à dos afin qu'elle dispose de vivres en quantité suffisante pour quitter l'État de Washington sans être inquiétée. Il lui a également donné le peu d'économies dont il disposait, ainsi que son livre de poésie préféré qu'il avait pris la précaution de lui dédier. Alicia avait déjà prévu de changer d'identité. En quittant la ferme, elle s'est rendue dans le grand cimetière de Puyallup, à quelque distance de Berry Patch, où elle a découvert la sépulture d'une jeune fille née la même année qu'elle. C'est ainsi qu'elle est devenue Felicity Frost.

— Il est clair que Quincy était admiratif de son audace et de son courage, ajouta Pendergast. Son côté rebelle n'était pas pour lui déplaire, ainsi que le confirme sa dédicace à « la grande nomade sociale rôdant aux confins d'un ordre docile et apeuré ».

— Comment avez-vous pu la convaincre de vous raconter tout ça ? s'étonna Coldmoon.

— La deuxième question d'Aloysius est venue à bout de sa résistance. Lorsque je lui ai demandé si elle avait « détourné cet avion dans le but de voler la valise contenant cet appareil », elle a répondu par l'affirmative.

Constance resta un instant songeuse avant d'enchaîner.

— Elle a gagné le Midwest sous son nouveau nom au printemps 1972. Peu après son départ de la ferme, elle avait trouvé le moyen de maîtriser le fonctionnement de la machine de son collègue. Son intention, tout du moins dans un premier temps, était de récolter suffisamment d'argent pour acquérir son indépendance. Il serait toujours temps de penser à l'avenir par la suite. Elle a commencé par engranger de modestes bénéfices en achetant et revendant des actions de grands groupes. L'expérience aidant, elle est passée à la vitesse supérieure. Sans jamais céder à la cupidité, elle a gagné suffisamment d'argent pour rembourser les dettes de la ferme de Quincy et permettre à ce dernier de mener à bien ses études de médecine. Anonymement, bien sûr.

Coldmoon n'éprouva pas le besoin de demander à Constance si les deux amoureux étaient restés en contact depuis bientôt près d'un demi-siècle. La réaction du Dr Quincy l'avait renseigné à ce sujet.

53

Wellstone, son appareil Canon collé contre la grille, avait filmé toute la scène : les machines à fumée, le cinéma de Moller avec sa baguette de sourcier, sa chambre noire bidon, les instructions de Betts entre chaque prise : *Dirigez-vous par là, faites plutôt ça…* Le manque total de respect accordé aux défunts inhumés dans cette chapelle le choquait. N'était-ce pas un crâne humain abandonné sur le sol ? Son propriétaire, homme ou femme, avait été un parent, nom d'un chien, et méritait mieux que d'être réduit au rang de simple accessoire. Wellstone veillerait à ce que cette profanation de sépulture sonne le glas de la carrière de Betts.

Son poste d'observation étant loin d'être parfait, il longea le mausolée dans l'obscurité, courbé en deux, avec l'intention de filmer la suite à travers la porte en bronze arrachée. En s'approchant, il s'étonna de constater que les gonds avaient été forcés tout récemment, et pas par l'équipe de tournage, qui s'était intéressée à la chapelle parce que son accès était facile. Abattre un battant aussi lourd n'avait sûrement pas été facile et il se demanda brièvement qui avait vandalisé la chapelle funéraire, et pourquoi, avant de reporter son attention sur Betts.

En coulant un regard à travers l'ouverture, il découvrit un escalier menant à une crypte souterraine. La présence d'un mausolée aussi élaboré à l'écart de tout, dans un secteur abandonné du cimetière, le rendit perplexe. Sans doute avait-il été érigé par une grande famille de Savannah aujourd'hui éteinte. Il se promit de se renseigner, car les détails de ce genre ne pouvaient que rendre plus scandaleux encore les agissements de Betts. À l'aide de son téléobjectif, il parvint à déchiffrer un nom gravé sur l'une des stèles des caveaux et s'empressa de filmer l'inscription.

HEWITT HUNNICUTT III
NÉ EN 1810
MORT EN 1910
AINSI PARLE LE SEIGNEUR À CES OS :
« JE FERAI ENTRER EN VOUS LE SOUFFLE,
ET VOUS VIVREZ »

L'équipe, ayant terminé son travail dans la chapelle, commençait déjà à descendre le matériel dans la crypte et Wellstone faillit se laisser surprendre par un technicien déroulant du câble. Heureusement pour lui, le ciel était couvert cette nuit-là et il parvint à se fondre juste à temps dans l'obscurité. Un vent glacial se leva, tel le souffle d'une armée de fantômes, qui le fit frissonner en agitant les feuilles des arbres au-dessus de sa tête. Pourquoi cette chapelle possédait-elle une crypte ? Ce détail lui rappela une nouvelle de Lovecraft dont l'un des protagonistes était happé par un souterrain creusé *depuis les entrailles de la terre*...

Il s'empressa de chasser ce souvenir de son esprit. Pas question de laisser son scepticisme naturel céder la place à des superstitions idiotes.

Il mit à profit l'installation du matériel de tournage dans la crypte pour changer de carte mémoire et attendit dans la nuit que les techniciens finissent de vider la chapelle. C'était risqué, mais il allait devoir s'y aventurer s'il voulait filmer la suite. Si jamais il se faisait prendre, le premier réflexe de son adversaire serait de lui confisquer ses cartes mémoire et il prit la précaution de cacher dans sa chaussure celle qu'il venait de retirer du Canon.

Au moment opportun, il se glissa à l'intérieur du mausolée désert et se colla contre le mur dans lequel s'ouvrait l'escalier. Il entendit aussitôt la voix de Betts détailler à Moller la suite des opérations.

Tapi en haut des marches, Wellstone repoussa le crâne humain qui le gênait et coula un regard à travers l'ouverture. Une bouffée d'air rance l'assaillit, ce qui n'avait rien de surprenant eu égard au contenu de la crypte.

L'instant suivant, il collait son œil contre le viseur de son appareil et filmait la scène.

54

Gannon n'en revenait pas du décor qui l'entourait. La crypte, immense, était tapissée de stèles de marbre. La chapelle et ses murs de pierre taillée suintaient d'humidité. Les caveaux paraissaient plus anciens que ceux du rez-de-chaussée et les vandales s'en étaient donné à cœur joie ici aussi. Le sol était jonché de débris de marbre et d'ossements, de lambeaux de vêtements moisis, de bottines de femmes toutes racornies dont émergeaient des os. Elle identifia une paire de lunettes à l'ancienne près d'une tête momifiée dont les longs cheveux blonds étaient tressés en nattes serrées par des rubans effilochés.

Mais ce n'était pas le plus étonnant, et elle ouvrit de grands yeux en constatant que le mur du fond de la crypte avait été démoli, mettant au jour un tunnel artisanal qui s'enfonçait dans l'obscurité, comme taillé à coups de pioche ou à mains nues dans la terre parcourue de racines. Une lueur étrange brillait au fond du boyau. Des lucioles ? Impossible, car celles-ci auraient dansé dans le noir. Ou alors des champignons phosphorescents ?

À bien y réfléchir, aucune explication logique ne tenait la route. Jamais des vandales n'auraient pris la peine de creuser un souterrain aussi profond. À moins que les propriétaires du mausolée n'aient souhaité un jour l'agrandir ? L'hypothèse paraissait peu plausible.

— C'est n'importe quoi, résonna la voix de Craig dans l'oreillette de la jeune femme. On n'aurait jamais dû venir ici.

Gannon ne dit rien, d'autant qu'elle partageait l'avis de son cameraman. Jusqu'à ce gros macho de Gregor qui n'avait pas l'air dans son assiette.

— Gannon ! Vous dormez ou quoi ? Mettez-moi ces projecteurs en place.

Elle releva la tête alors que Betts la rejoignait.

— Cet endroit est une véritable mine d'or, à commencer par ce tunnel qui nous tombe tout droit du ciel. On n'aurait pas fait mieux si on l'avait creusé nous-mêmes. Ou pire, comme vous voulez, ricana-t-il. En attendant, voici comment je vois la suite : Moller descend les dernières marches, il enjambe tous ces ossements et se dirige droit vers l'entrée du tunnel. Je veux des gros plans de tout ce merdier par terre, en particulier la tête de cette fille. Génial ! Vous voyez le topo ?

— Pas de souci, répondit Gannon, la gorge serrée, mais je m'inquiète un peu.

— À quel sujet ?

— Je ne suis pas certaine que tout ça soit bien légal. Ce lieu a été profané, c'est tout juste si on n'est pas obligés de marcher sur ces ossements.

Betts commença par la fusiller du regard, puis il partit d'un rire sonore.

— C'est la meilleure ! Vous avez attendu de tourner cette scène à trente mètres sous terre pour avoir des états d'âme !

— Vous avez réfléchi aux conséquences juridiques, au moins ?

— Bien sûr, que j'y ai réfléchi. Ce n'est pas nous qui avons forcé l'entrée de ce mausolée, la porte était déjà arrachée. Ce cimetière est un lieu public et nous disposons d'une autorisation de tournage. Et quand bien même, le premier amendement nous accorde le droit d'informer nos concitoyens, même dans une propriété privée.

— Sauf que nous ne sommes pas journalistes.

— Vous plaisantez, j'espère ? Moller est sur le point de faire des découvertes sensationnelles. C'est la première fois que je le vois aussi excité.

Il tendit l'index vers l'entrée du boyau.

— Il affirme que l'origine des turbulences maléfiques se trouve là-bas et compte bien les photographier avec son appareil.

Il prit la jeune femme par l'épaule.

— Allons, Gannon ! Ce n'est pas le moment de vous dégonfler. J'ai raison, oui ou non ?

— Oui.

Et c'était vrai qu'il avait raison *quelque part*. Gannon ne se reconnaissait pas elle-même. Elle avait filmé des accidents de la route, des incendies, des suicides et des scènes de massacre sans ciller. Mais ce tournage était… différent. Tous ces ossements, ce tunnel mystérieux, cette puanteur qui vous prenait à la gorge…

Elle prit une longue respiration et se remit à l'ouvrage, ordonnant sèchement à Gregor d'installer les projecteurs aux emplacements qu'elle lui indiquait et de changer de place la machine à fumée. Pour une fois, Gregor se montrait particulièrement coopératif, preuve qu'il avait peur. Peut-être aurait-il fallu lui coller la trouille plus souvent. Seul Pavel restait impavide. On aurait pu croire qu'il allait s'endormir. Gannon tenta de calmer ses nerfs en se concentrant sur les yeux aux paupières lourdes de son second cameraman.

55

— La suite de l'histoire tient en quelques phrases, poursuivit Constance. Frost ne m'a pas précisé à quoi elle avait occupé les deux décennies qui séparent son séjour dans le Midwest de son installation à Savannah, mais elle se trouvait à la tête d'une fortune appréciable lorsqu'elle est arrivée ici, séduite par l'idée de sauver un monument historique et de le transformer en hôtel de luxe. Tombée amoureuse de Savannah en découvrant la ville, elle a jeté son dévolu sur une usine abandonnée qu'elle a rebaptisée Chandler House. Ce refuge lui a permis de sacrifier à son amour de la littérature, de la peinture et de la musique. Elle s'est forgé une réputation de propriétaire impérieuse, excentrique, intelligente et exigeante tout en continuant à gagner de l'argent à la Bourse sans se laisser happer par sa machine. Elle estimait qu'il serait dangereux d'améliorer cette technologie, ce que lui auraient pourtant permis les progrès de l'informatique. Elle s'est contentée de vivre confortablement, sans plus, tout en veillant jalousement sur son secret.

— Je comprends, intervint Coldmoon. Avec qui aurait-elle pu le partager ?

— C'est toute la question, acquiesça Constance. Et puis les années ont passé, et elle s'est sentie rattrapée par l'âge.

Elle se plongea dans un profond silence. Coldmoon, qui attendait la suite, se tourna vers Pendergast avant de revenir vers Constance.

— Elle s'est progressivement tournée vers son gérant, Patrick Ellerby, reprit cette dernière. Un beau garçon à l'allure légèrement canaille. Elle n'a pas souhaité me dire dans quelles circonstances exactes ils s'étaient rapprochés. Elle éprouvait à son endroit une affection réelle, je crois deviner qu'il s'était substitué dans une certaine mesure au Dr Quincy : il appréciait la poésie et les mathématiques, se montrait bienveillant tout en restant indépendant. La ressemblance avec Quincy s'arrête là, car Ellerby n'était pas un homme honorable. Il a vu en Frost le moyen de mener une existence confortable. Un peu comme dans *Les Papiers d'Aspern*, le roman d'Henry James, il a engagé des manœuvres d'approche et l'a séduite afin de gagner sa confiance, au point qu'elle a fini par lui révéler son secret. Non seulement elle lui a montré sa machine, enfermée au sous-sol, mais elle lui en a expliqué le fonctionnement. Elle m'a fourni ces détails lorsque je lui ai posé la troisième question : *Comment cette machine est-elle capable de voir dans l'avenir ?* Ses éclaircissements rejoignent ceux qu'Aloysius vient de nous fournir, avec…

Elle s'interrompit à nouveau, plus brusquement cette fois, au point que Pendergast s'en inquiéta.

— Vous ne vous sentez pas bien, ma chère ?

— Si, très bien.

Songeuse, elle laissa échapper un soupir avant de reprendre.

— Ainsi que je le disais, Frost a enseigné à Ellerby le maniement de sa machine alors qu'elle-même se voyait confinée dans ses appartements du dernier étage.

Elle se tourna vers Pendergast.

— Je vous en prie, racontez vous-même la suite.

Pendergast changea de position dans son fauteuil.

— Un élément inattendu survient alors. En étudiant la machine et les plans qui l'accompagnaient, Ellerby a compris que les progrès réalisés depuis près d'un demi-siècle dans le domaine de la mécanique quantique et de la cosmologie branaire pouvaient permettre d'améliorer grandement l'appareil. Au lieu d'une simple minute, il était désormais envisageable de sonder l'avenir à une demi-heure d'intervalle, voire une heure. De quoi engranger des milliards.

« On s'en doute, il s'est bien gardé de partager ses ambitions avec Frost, mais cette dernière était trop fine pour ne pas comprendre ce qui se tramait derrière son dos. Les cahiers d'Ellerby en apportent la preuve, il s'est brusquement mis à gagner énormément d'argent. Deux cent millions de dollars en l'espace de trois semaines. En toute légalité et en toute transparence, puisque aucune loi n'interdit l'usage d'une machine à voyager dans le temps pour jouer à la Bourse. C'est à ce stade que Frost, contre toutes ses habitudes, a quitté son refuge afin d'enquêter au sous-sol où elle a découvert la vérité. La moitié du personnel de l'hôtel a entendu la dispute qui a suivi, mais l'âge de la vieille femme jouait contre elle.

— Vous êtes en train de me dire qu'Ellerby a trouvé le moyen d'améliorer la machine en élargissant le trou entre les univers parallèles ? demanda Coldmoon.

Pendergast hocha la tête.

— Cette image est tout à fait juste. C'est là que démarre notre enquête, avec le meurtre d'Ellerby, et c'est également là qu'intervient ma quatrième et dernière question.

— Laquelle ?

— *La mort d'Ellerby est-elle liée à cet appareil ?* répondit Pendergast. Nous nous aventurons désormais sur un terrain nettement moins bien balisé, Frost ayant refusé de fournir la moindre explication à Constance. On peut penser cependant que le « trou » s'est élargi à mesure qu'Ellerby améliorait la machine et gagnait de plus en plus d'argent sur les marchés. Jusqu'au moment fatidique.

— Quel moment fatidique ?

— Celui où le trou est devenu suffisamment large pour…

Il laissa sa phrase en suspens, les yeux brillants, avant de poursuivre :

— … pour que quelque chose passe à travers.

— *Quelque chose* ? répéta Coldmoon. Que voulez-vous dire ? À travers ? Mais depuis où ?

— Depuis l'autre côté, répondit Pendergast en se levant. Mais assez d'explications, il est temps de voir par nous-mêmes.

Il adressa un coup d'œil à Constance.

— Si vous voulez bien nous montrer le chemin ?

56

À plat ventre en haut des marches qui descendaient vers la crypte, Wellstone filmait quasiment en continu tout en s'efforçant de ne pas user complètement sa seconde carte mémoire. Bon sang, il aurait dû en apporter d'autres. Si seulement il avait pu se douter qu'il allait toucher le jackpot ! Car c'était bien d'un jackpot qu'il s'agissait : la petite conversation qu'il venait de surprendre entre Betts et sa directrice de la photo valait à elle seule son pesant d'or.

En attendant la suite, prêt à filmer, il se demanda une fois de plus ce qui avait bien pu se passer dans cet endroit. Il ne s'agissait pas uniquement de vandalisme, à voir la façon dont tous ces restes humains étaient éparpillés sur le sol, au point que les techniciens les écrasaient régulièrement en installant leur matériel. Quelqu'un, sans doute même plusieurs personnes s'étaient donné beaucoup de mal pour briser les stèles, vider les caveaux et en éparpiller le contenu de la sorte. Les coupables n'étaient pas des ados en goguette, mais des gens qui avaient délibérément cherché à profaner la dernière demeure de la famille Hunnicutt.

À l'intérieur de la crypte, le tournage venait de reprendre. La lumière rasante des projecteurs faisait ressortir les volutes de fumée artificielle autour de

Moller qui poursuivait ses simagrées avec sa fausse baguette de sourcier et son morceau d'obsidienne de pacotille. Il avait même ressorti sa chambre photographique. Si seulement Wellstone avait pu la lui subtiliser ! De toute façon, cela n'avait plus vraiment d'importance, les vidéos prises au cours de la demi-heure précédente suffiraient à enfoncer définitivement Betts.

Un courant d'air fétide l'enveloppa soudain. Qu'avaient-ils pu déplacer pour provoquer une telle puanteur ? Wellstone vit s'imprimer dans sa tête des images dérangeantes de cadavres en état de décomposition avancée et de chairs méphitiques. Il s'obligea à respirer par la bouche.

Les manigances de Moller entraînaient à présent ce dernier en direction de l'étrange tunnel dont Wellstone devinait tout juste l'entrée inquiétante au fond de la crypte. Betts avait apparemment décidé d'y tourner la séquence suivante.

Cette insistance n'était pas du goût de son équipe qui manifesta son mécontentement. Le gros bras, refusant d'aller plus loin, éleva la voix et ses paroles se répercutèrent sur les parois de pierre. Il se plaignait de l'épaisseur de la boue dans le boyau, de son atmosphère irrespirable. La directrice de la photo abonda dans son sens en arguant qu'il serait dangereux de tirer des câbles électriques dans un milieu aussi humide.

Betts voulut les calmer en les prenant par les sentiments tandis que Moller restait silencieux. Gannon refusa de céder, répétant qu'ils risquaient des ennuis car ils n'avaient nullement le droit de se trouver là.

Constatant que Betts était sur le point de perdre la partie, Wellstone recula de quelques pas, prêt à fuir à la première alerte.

En désespoir de cause, Betts se tourna vers Moller.

Wellstone fut obligé de tendre l'oreille pour entendre la réponse que le spécialiste de l'occulte apportait de sa voix grave teintée d'un fort accent allemand. Rejoignant la position de Betts, il estimait que les turbulences maléfiques se trouvaient au fond du tunnel, ce que confirmaient tous ses instruments, et que renoncer aussi près du but serait criminel.

Betts enchaîna sur un ton dédaigneux en traitant le gros bras de poule mouillée. De toute façon, il n'avait pas besoin de lui pour continuer le tournage puisque la Steadicam était équipée d'un projecteur. Quant à Gannon, elle n'avait qu'à se terrer dans la crypte avec les autres pendant qu'il filmait le boyau avec Moller et la Steadicam.

Gannon finit par accepter à contrecœur et toute la petite équipe se rassembla autour de l'entrée du tunnel. Wellstone y vit l'occasion de s'enhardir et s'engagea dans l'escalier aux marches glissantes en restant collé contre le mur, happé par la puanteur à chaque pas qui le rapprochait de la crypte.

Arrivé au bas des marches, il se réfugia derrière les restes d'une stèle. Agenouillé à l'abri de la dalle de marbre, il observa la scène à travers l'œilleton de son appareil numérique. Il venait de trouver le poste d'observation idéal et ne perdrait rien de ce qui allait se passer grâce à son téléobjectif.

57

À l'heure prévue, le sénateur Drayton descendit de son bus de campagne, garé derrière le monument aux morts de la Confédération. Sa femme à ses côtés, une nuée d'assistants autour d'eux, il monta les marches et s'avança sur l'estrade à l'instant précis où la fanfare entonnait les premières mesures du « Battle Hymn of the Republic ». Un coup d'œil à sa Rolex Président lui confirma qu'il était 21 heures précises. Une clameur s'éleva de la foule, accompagnée d'une salve d'applaudissements, de cornes de supporters, de sifflets et de cris. Il savoura un instant la réaction de ses partisans, puis il leva les bras et dessina le signe de la victoire avec l'index et le majeur des deux mains. Les milliers de fans installés sur les chaises pliantes se levèrent dans un même ensemble en hurlant tandis que la foule rassemblée sur les côtés comme au fond du parc se déchaînait.

Un large sourire aux lèvres, il salua longuement le public en délire. Un long frisson le parcourut. Rien n'égalait cette sensation électrique de puissance absolue : pas même le meilleur bourbon, ni l'amour physique. Comment pourrait-il perdre l'élection avec un tel soutien ? Jamais son pitoyable adversaire ne serait capable de susciter une telle adhésion, avant même que les pirates informatiques et les spécialistes des *fake news* qu'il venait d'engager aient entamé leur travail de sape.

Le seul obstacle dressé sur sa route était cette fichue histoire de meurtres. Pickett, son vieil « ami », l'avait honteusement trahi en confiant l'enquête à ce sombre crétin de Pendergast et à son abruti d'acolyte. Non seulement ces deux idiots n'avaient pas avancé d'un pouce, mais ils avaient eu le culot d'aller se balader à l'autre bout du pays alors qu'il leur avait bien recommandé de multiplier les efforts à Savannah. L'autre abrutie de commissaire Delaplane ne valait pas mieux. Une incapable de plus, gonflée de son importance.

Grisé par les acclamations, il agita les bras de plus belle. Pourquoi diable avait-il un sentiment d'appréhension alors que tout se déroulait au mieux ? À vrai dire, il ne souhaitait pas seulement remporter cette élection. Il en avait *besoin*. Le marché public de l'usine de traitement des eaux de Jekyll Island serait bientôt annoncé, avec de nombreux pots-de-vin à la clé. *Pas des pots-de-vin*, corrigea-t-il intérieurement, *mais des contributions de campagne*. Grâce à la Cour suprême, il était désormais parfaitement légal de toucher des *dons* pour « services rendus », à condition que tout soit bien clair. Et tout serait clair, puisqu'il n'y aurait aucune trace officielle de rien. L'univers politique avait toujours fonctionné de cette façon : je t'apporte mon soutien, tu me donnes le tien.

Il repensa à ce Pendergast et à son collègue Coldmoon. Une fois réélu et Pickett écarté, il se promit de s'intéresser de près à ces effrontés, en particulier au jeune inspecteur. Ce Coldmoon regretterait d'avoir ouvert sa grande gueule, Drayton le ferait nommer dans la réserve la plus proche. Quant à ce croque-mort de Pendergast, il poursuivrait sa carrière en Alaska ou dans le Dakota du Nord où il se pèlerait le jonc jusqu'à l'heure de la retraite.

La foule continuait de l'acclamer. Pourvu que ces imbéciles des médias n'aient pas raté ce grand moment. Le mot *invincible* lui vint spontanément à l'esprit. Ces gens l'aimaient, tout simplement.

Les acclamations finirent par se calmer alors que le gouverneur de Georgie montait à la tribune afin de le présenter, prononçant un véritable panégyrique. Un laïus parfait, à la fois court, élégant et direct.

Le gouverneur lui céda la tribune et les applaudissements crépitèrent. Drayton veilla soigneusement à se laisser désirer en se contentant d'agiter les bras avant de s'éclaircir la gorge tout en ajustant la position du micro. Il entendit bien quelques huées dans le lointain, mais il avait donné des instructions à ses équipes de sécurité. Il n'était pas question de se montrer tendre avec ces salopards.

— Mes chers concitoyens, entama-t-il sa harangue, le son de sa voix amplifié et répercuté par les façades des immeubles bordant le parc. L'heure est venue de prendre de véritables décisions. L'heure est venue d'afficher sa fermeté. L'heure est venue...

Les yeux rivés sur le prompteur, il poursuivit son discours. À force de le répéter, il le connaissait quasiment par cœur, ce qui lui permit de marquer, aux meilleurs moments, des poses dramatiques dont la foule profitait à chaque fois pour l'applaudir.

Un grand moment. Et même un *très* grand moment. Ses ennemis et ses détracteurs pouvaient tous aller chier. Avec un tel soutien, cette élection était dans la poche.

58

Coldmoon quitta la bibliothèque avec une légère sensation d'ivresse due au Lagavulin. À moins que l'idée de ce trou entre les univers parallèles ne lui ait tourné la tête. Ce concept était absurde, impossible… mais il lui fallait bien reconnaître que l'absurde et l'impossible faisaient partie de son quotidien depuis sa rencontre avec Pendergast. Le monde tel que le voyait son collègue était infiniment plus étrange qu'il n'aurait jamais pu l'imaginer.

En se dirigeant vers la réception de l'hôtel, il reconnut le visage de Drayton sur l'écran de télévision du hall d'entrée. Le sénateur, face à la foule de ses partisans électrisés, multipliait les formules ronflantes en tendant un doigt vers le ciel.

— Regardez-moi un peu ce *wasichu*, ricana-t-il à l'intention de Pendergast.

Il s'immobilisa soudain.

— Attendez une petite minute… Vous entendez ça ?

— *Que vous ayez bravé la vague de crimes qui nous menace pour venir ici ce soir est encore la meilleure preuve de votre courage et de vos convictions…*

Pendergast et Constance se figèrent à leur tour.

— ... *l'incompétence du FBI me laisse pantois, mais je puis vous assurer qu'en tant que sénateur de cet État...*

— Il parle de nous ! s'écria Coldmoon.

— ... *devant une telle incurie, j'ai décidé de mobiliser l'ensemble des forces de police de cet État et de cette ville afin d'arrêter le ou les monstres responsables de ces meurtres sauvages...*

— Ce branleur est en train de tout nous foutre sur le dos !

— Pas nous uniquement, mon cher ami. Ses menaces concernent en premier chef le directeur adjoint Pickett qui nous a épargné la colère du sénateur depuis le début, au prix de son avancement.

Lassés par la diatribe de Drayton, Pendergast et Constance s'éloignèrent et Coldmoon s'élança dans leur sillage.

— Que fait-on, à votre avis ? demanda-t-il.

— Le FBI n'est pas censé se mêler de politique, me semble-t-il ? répondit Pendergast en atteignant la porte permettant d'accéder au sous-sol.

— Pas officiellement, en tout cas.

— Vous tenez donc la réponse à votre question, fit Pendergast en sortant de sa poche un outil à l'aide duquel il crocheta la serrure en un tournemain.

L'instant suivant, le trio s'enfonçait dans la pénombre d'un escalier mal éclairé. Au pied des marches, Pendergast retira sa veste.

— Vous devriez peut-être vous assurer du bon fonctionnement de votre arme, mon cher Coldmoon.

— Vous avez raison.

Pendergast sortit un Les Baer de l'étui qu'il portait à l'épaule, éjecta le chargeur auquel il jeta un coup d'œil avant de le réengager dans la crosse. Coldmoon n'était pas certain de comprendre pour quelle raison ils devaient prendre de telles précautions alors qu'il était uniquement question de s'intéresser à une simple machine, mais il préféra tout de même s'assurer que son Browning était chargé. De son côté, Constance avait tiré de sa manche un stylet redoutable dont la lame sortit du manche à la vitesse de l'éclair. Coldmoon avait eu l'occasion de voir la jeune femme s'en servir dans des circonstances qu'il n'était pas près d'oublier. Voyant qu'il l'observait, elle lui adressa un sourire en coin en rentrant la lame dans son encoche.

— Par ici, dit-elle en ouvrant la voie à ses deux compagnons.

Ils passèrent devant la porte du bureau d'Ellerby et s'enfoncèrent dans les entrailles des caves de l'établissement avant de franchir un cordon de sécurité auquel était accrochée une pancarte annonçant que cette zone des souterrains était dangereuse.

— Un moyen efficace d'éloigner les curieux, remarqua Pendergast.

L'obscurité était quasi totale et Constance effleura un interrupteur, allumant des ampoules nues qui projetèrent autour d'eux des ombres inquiétantes. Coldmoon fronça le nez en sentant une curieuse odeur de caoutchouc brûlé. Des cadavres d'insectes jonchaient le sol de béton, dont les carapaces crissaient sous leurs pas.

Constance entraîna les deux hommes dans un couloir s'ouvrant sur des caves aux portes vermoulues.

— Mlle Frost vous a-t-elle fourni des indications précises, ou bien vous jouez les Natty Bumppo[1] ? s'inquiéta Coldmoon.

---

1. Bumppo est le héros du *Dernier des Mohicans*, de Fenimore Cooper.

— Je préfère son surnom de « Tueur de daims », si cela ne vous ennuie pas, rétorqua Constance.

Un panneau en mauvais état leur barrait le passage. Constance l'écarta sans hésitation et ils découvrirent une vaste pièce de rangement. Constance traversa un cimetière de vieux meubles recouverts de draps moisis et s'approcha d'une armoire dont elle tenta en vain d'ouvrir les portes, fermées à clé.

— Aloysius ?

L'inspecteur sortit son nécessaire à crocheter et les battants s'écartèrent peu après, dévoilant de vieux vêtements.

— Notre ami Ellerby était peut-être un adepte de l'écrivain C. S. Lewis ? dit sèchement Pendergast.

— Si c'était le cas, nous venons de découvrir *Le Monde de Narnia*, lui répondit Constance en écartant une rangée de cintres qui dissimulait un fond coulissant.

Elle le fit glisser et découvrit un passage obscur.

— Je passerai le premier, décida Pendergast en joignant le geste à la parole.

Il chercha des doigts un interrupteur et fit la lumière dans une petite pièce au fond de laquelle se trouvait une machine. Coldmoon, qui l'avait suivi, ouvrit de grands yeux.

Le mot *machine* convenait mal à un engin en deux parties reliées entre elles par des fils, comme il n'en avait jamais vu. La première moitié, constituée d'une multitude de rouages, de cadrans, de boutons, de ressorts et de courroies d'entraînement, évoquait les entrailles d'une horloge géante. Elle était reliée par d'épais faisceaux de câbles à une sorte d'ordinateur dont les cartes mères, les disques durs, les claviers et les écrans étaient disposés dans tous les sens. Deux tiges en inox surmontées chacune d'une boule de cuivre se dressaient de part et d'autre de l'étrange appareil, tournées l'une vers l'autre.

— Comment… comment met-on en route cette bécane ? balbutia Coldmoon. Je ne vois pas de commutateur.

Pendergast s'approcha prudemment de la machine et l'étudia en silence dans ses moindres détails de son regard brûlant. Il tira de sa poche une minitorche à l'aide de laquelle il sonda les viscères de l'appareil.

Coldmoon, subjugué, se remplit longuement les poumons avant d'examiner le reste de la pièce. Une table métallique équipée d'une chaise faisait le pendant de la machine sur le mur opposé. Une lampe de bureau bon marché et un ordinateur y étaient posés près d'un cahier et d'une pile de documents. La corbeille à papier débordait de feuilles froissées.

La pièce elle-même était en piteux état. Le mur de brique, à gauche de l'engin, présentait un trou béant au-delà duquel on devinait un espace plongé dans les ténèbres. Les bords du trou, irréguliers, étaient couverts du même produit lubrifiant retrouvé sur les cadavres des victimes vidées de leur sang. Un amas de fils électriques, de verre pilé et de morceaux de plastique recouvrait le sol de la pièce sous une couche de cadavres d'insectes. Ceux-ci étaient particulièrement nombreux dans le rond de lumière projeté sur le béton par l'unique ampoule pendant du plafond. Contrairement à ce qu'avait cru Coldmoon initialement, il ne s'agissait pas de papillons de nuit. Munis de longues ailes semblables à celles de libellules, ils avaient un corps proche de celui du frelon.

Il s'approcha du mur crevé et découvrit un tunnel aux murs blanchis à la chaux, son sol jonché de fragments de charbon dans un océan de flaques.

Un froissement soyeux lui signala que Constance venait de le rejoindre.

— J'imagine que c'est par là qu'a fui la créature.

Coldmoon papillota des paupières.

— La *créature* ?

— Oui, celle qui hante les rues de Savannah.

— Toute cette histoire est tellement étrange.

Elle posa sur lui son regard violet.

— « L'univers est plus étrange que nous ne le supposons, il est surtout plus étrange que nous pouvons le concevoir. »

— À qui doit-on cette maxime intemporelle pleine de sagesse ?

— On l'attribue parfois à Heisenberg.

— Le héros de la série *Breaking Bad* ?

Constance éclata d'un rire grave.

Coldmoon se retourna en direction de la machine en secouant la tête.

— C'est le truc le plus fou que j'aie jamais vu.

— Cette folie sera plus prononcée encore lorsque Aloysius aura trouvé le moyen de mettre en marche cet appareil.

Comme par un fait exprès, une voix doucereuse leur répondit :

— Je crois avoir trouvé le commutateur.

59

Pavel étant disposé à suivre Betts et Moller dans le tunnel, Gannon lui donna sa bénédiction, trop heureuse de ne pas se voir obligée de le suivre. Elle installa des projecteurs à l'entrée du boyau, mais un coude un peu plus loin empêchait la lumière de percer les ténèbres. Cela n'avait guère d'importance puisque la Steadicam était munie de sa propre lumière. *Pourvu qu'ils se dépêchent de tourner leur fichue séquence, que tout le monde puisse remballer et s'en aller.* Encore fallait-il que Moller ne traîne pas.

Sur les images de Pavel affichées sur son écran de contrôle, Moller avançait d'un pas lent, équipé de son appareil photo extrasensoriel. Les parois d'argile du tunnel, comme grattées par les griffes d'un râteau, passaient de l'ombre à la lumière au gré du projecteur de la Steadicam. On se serait cru dans un gigantesque terrier et le résultat était proprement terrifiant. Gannon avait peur, tout en se disant qu'elle était en train d'engranger des images hallucinantes. Betts, Moller et les producteurs du documentaire allaient gagner une véritable fortune, ce succès ne pourrait que rejaillir sur elle et lui ouvrirait peut-être les portes de son premier long métrage. Elle avait toujours rêvé de réaliser des films d'horreur depuis qu'elle avait vu *L'Halluciné* dans son enfance.

Elle regrettait un peu que la séquence soit tournée avec la Steadicam, trop stable à son goût. Elle aurait préféré des images plus subjectives, mais il était trop tard pour revenir en arrière. Si jamais Betts exigeait une seconde prise, elle demanderait à Pavel de prendre la caméra d'épaule de Craig, mais à ce stade, elle implorait le ciel qu'une seule prise suffise. Betts et Moller avaient de la boue jusqu'aux chevilles, il était peu probable qu'ils veuillent s'éterniser dans ce trou. Gannon rêvait d'une bouffée d'air frais, au lieu de cette puanteur moite qui l'étouffait. À l'odeur de caoutchouc brûlé se joignaient désormais des relents de vestiaire… ou pire.

Elle chassa ces pensées funestes en se concentrant sur l'écran accroché à son harnais. À quoi pouvaient bien correspondre ces petits points phosphorescents ?

— Pavel, si tu peux zoomer sur ces trucs lumineux dans le noir, murmura-t-elle dans son oreillette.

— *No problemo*.

Moller continuait d'avancer, accompagné par le bruit de ventouse de ses chaussures dans la boue collante. Il s'immobilisa, leva l'objectif de sa chambre noire, prit un cliché, puis un autre, avant de reprendre sa progression avec une lenteur infinie. Il atteignait le coude que décrivait le boyau lorsque plusieurs taches phosphorescentes se matérialisèrent sur l'écran.

— Pavel, un gros plan, s'il te plaît.

La caméra zooma sur la zone concernée.

— C'est quoi, ce bordel ? marmonna Gannon entre ses dents.

On aurait dit des gouttes d'une masse visqueuse verdâtre aux reflets bleutés.

Pavel filmait ces horreurs en gros plan lorsque Moller laissa échapper un cri de surprise. L'objectif de la Steadicam se posa aussitôt sur lui et Gannon, grâce à son écran, le vit photographier une forme indéfinissable dans la pénombre. Un instant horrifiée, elle comprit que les deux énormes yeux qui trouaient l'obscurité étaient forcément une nouvelle manigance de Betts. Elle comprenait mieux maintenant pourquoi ce con avait absolument voulu tourner une séquence dans ce tunnel. Et pour cause, puisqu'il y avait placé d'avance un mannequin quelconque. Putain, il aurait pu les prévenir ! Tout patron qu'il était, elle couperait les couilles de ce salopard à la première occasion.

Les yeux clignèrent des paupières. Une double rangée de paupières, à la vérité : les premières horizontales, les autres à la verticale. Les yeux se rapprochèrent avec un crissement sinistre de feuilles mortes.

— Oh putain..., bredouilla Pavel dont la Steadicam s'agita tandis qu'il reculait précipitamment.

Gannon, pourtant postée à plusieurs mètres de distance à l'entrée du boyau, sentit une haleine chaude et fétide lui balayer le visage. Une forme apparut dans la lumière du projecteur.

Gannon, horrifiée, comprit qu'il ne s'agissait pas d'un effet spécial mis au point par Betts. Ce truc était vivant.

Pavel reculait toujours.

— Putain, murmura Gannon. *Putain de merde...*

Sur son moniteur, comme pétrifié, Moller se reprit brusquement. Elle le vit lâcher son appareil, les yeux exorbités, et pousser un hurlement étranglé qui déchira l'air méphitique du boyau. Il voulut s'enfuir, mais ses chaussures prisonnières de la boue le gênaient et il s'écroula, aussitôt rejoint par l'horrible créature. Betts, quelques pas derrière Moller, se retourna précipitamment avant de perdre l'équilibre et de tomber à son tour en poussant un grognement digne d'une truie apeurée. Pavel fit volte-face et prit ses jambes à son cou, empêtré dans le harnais de sa Steadicam.

Gannon, interdite, tituba en arrière en cherchant désespérément à se défaire du poids mort de l'écran accroché à sa taille. Autour d'elle, le reste de l'équipe, abandonnant sur place le matériel, se ruait déjà vers l'escalier en hurlant tandis qu'un souffle humide s'échappait du tunnel, suivi par une forme gigantesque dont les ailes déployées rappelaient celles d'un démon.

60

Wellstone, dissimulé derrière sa stèle à l'entrée de la crypte, commençait à s'inquiéter. Betts et Moller, suivis par l'un des cameramen, s'étaient enfoncés à l'intérieur du tunnel avant de disparaître. Dans l'impossibilité de se rapprocher davantage sans être découvert, il enrageait de rater l'apothéose imaginée par Moller. Il se consola en se rappelant qu'il disposait de tous les éléments nécessaires pour apporter la preuve que ce documentaire était un vaste canular.

Quitte à ne pas filmer la progression du trio dans le boyau, autant ne pas gâcher le peu de mémoire dont il disposait encore. Tapi dans sa cachette, il se sentit envahi par la peur. Le terme était trop fort, ce n'était pas à proprement parler de la peur, mais plutôt une impression de malaise. Il ne serait pas fâché de quitter le mausolée profané. Après tout, il avait suffisamment de matière. Inutile de courir le risque d'être pris sur le fait et de subir une fouille en règle de la part du gros bras, même si ce dernier paraissait nettement moins fanfaron depuis un petit moment.

Un bruit sourd en provenance du boyau interrompit le cours de ses pensées et il tourna précipitamment l'objectif de son appareil numérique en direction du tunnel. Un hurlement retentit, suivi d'un martèlement qui fit trembler l'édifice sur ses fondations. Wellstone musela sa peur en pensant assister au bouquet final du cirque de Moller. Un autre cri déchira l'air fétide et la directrice de la photo recula brusquement, une expression d'horreur sur son visage. L'instant suivant, elle arrachait le harnais sur lequel était fixé son moniteur de contrôle alors que le reste de l'équipe s'égaillait comme une volée de moineaux en laissant échapper des glapissements.

Wellstone en resta ébahi.

Au même moment, une ombre immense jaillit de la gueule du tunnel, portant avec elle un nuage de puanteur. Les ailes caoutchouteuses du monstre étaient si grandes qu'elles frottaient contre les murs de la crypte. La créature se jeta sur le malabar, le happa et le plaqua au sol d'un battement de ses ailes terrifiantes.

Wellstone cessa de respirer, entièrement paralysé, comme dans un cauchemar. Le corps rugueux du monstre était surmonté d'une tête minuscule, percée de deux yeux globuleux semblables à ceux d'un moustique. Une longue trompe hérissée de poils s'échappait de sa gueule. Surmontée d'une pointe, elle s'agitait dans tous les sens.

La créature emprisonna le malabar dans ses pinces velues de crabe, puis la trompe pointue se fixa entre deux spasmes sur un point précis de la cuisse du malheureux dans laquelle elle s'enfonça profondément. Le garde du corps de Betts laissa échapper un hurlement strident tandis qu'un bruit de succion atroce se réverbérait contre les murs de la crypte. La créature enveloppa le corps de ses ailes et le hurlement se tut brusquement.

Une poignée de secondes plus tard, l'horrible bruit de succion s'éteignit et la créature se redressa en abandonnant dans son sillage la dépouille exsangue du garde du corps. D'une détente foudroyante, la bête se jeta sur l'un des membres de l'équipe et le déchira en deux comme une tomate trop mûre dans une explosion de sang et de viscères.

Le champ de vision de Wellstone se trouva brusquement voilé. Surpris, il finit par comprendre qu'il avait instinctivement porté la main à son visage dans l'espoir d'échapper à ce spectacle horrifique. Mû par un réflexe atavique, il se recroquevilla en position fœtale derrière la plaque de marbre et resta parfaitement immobile en veillant à ne laisser échapper aucun son. Il entendit les cris, reconnut le battement sinistre des ailes du monstre, identifia un déchirement de chairs suivi de l'horrible bruit de succion, et sentit passer sur lui le souffle humide de la créature au milieu d'une odeur âcre de caoutchouc brûlé.

Le silence reprit ses droits et il se retrouva dans les ténèbres.

Un temps indéfini s'écoula.

Soudain, Wellstone s'aperçut qu'il avançait à quatre pattes dans l'obscurité, des larmes plein les yeux et le nez morveux. Sa main se figea sur une masse visqueuse qu'il contourna machinalement. Ses doigts se crispèrent sur la pierre usée d'une marche, il parvint à soulever la masse de son corps, trouva une deuxième marche, une troisième et une quatrième, jusqu'à l'apparition d'une faible lueur sur laquelle il se guida.

Il reconnut la chapelle dans la pénombre et rampa en direction de la lumière qui filtrait de la porte du mausolée.

Il franchit le seuil, aveuglé par le projecteur installé sur sa droite alors que la machine à fumée continuait de cracher des nappes de brouillard dans le ronronnement de la génératrice.

Une femme était là, assise en tailleur. Ses cheveux blonds maculés de sang, elle avait le visage dans les mains.

La jeune directrice de la photo releva la tête et posa sur lui un regard désespérément vide. Des giclures de sang dessinaient sur ses traits d'étranges taches de rousseur.

Elle le dévisagea longuement, puis elle se cacha à nouveau dans ses mains.

Le corps de Wellstone, vidé de ses dernières forces, se recroquevilla à côté de la jeune femme. Définitivement privé de toute capacité de parole, il eut la vague sensation qu'une longue attente s'installait, sans en comprendre les raisons.

61

Terry O'Herlihy repoussa Deuce, se leva du canapé, se rendit dans la cuisine et ouvrit le réfrigérateur. Après une courte hésitation, il choisit une bouteille de thé glacé sans sucre dont il dévissa le bouchon avant de regagner le salon. Il se laissa retomber sur le canapé en soupirant devant la télé. Deuce, le loulou de Poméranie noir dont sa femme était si fière, le rejoignit d'un bond. Il était censé le sortir pour sa promenade du soir, mais les ricanements de ceux qui le voyaient traîner en laisse ce chien de salon minuscule lui mettaient invariablement les nerfs à vif.

Il s'obligea à avaler une gorgée de thé glacé, jura entre ses dents et reboucha la bouteille. Une brise humide envahit le salon en agitant les rideaux de la fenêtre ouverte et il posa le flacon frais contre sa tempe. Le climatiseur avait rendu l'âme deux jours plus tôt et il ne toucherait pas son chèque de retraite avant la semaine suivante. En attendant, il devrait se contenter de se rafraîchir avec cette vacherie de bouteille.

Il embrassa du regard la table de la salle à manger fatiguée, le tapis usé, les portraits de famille dans leurs cadres jaunis. Il avait passé quarante-deux ans de sa vie à l'usine, cinq jours par semaine, dans l'attente du jour où il prendrait sa retraite.

Ses yeux se fixèrent machinalement sur le cendrier posé sur la table basse. Molly l'avait astiqué au point qu'il brillait de tous ses feux dans la lumière chiche de la pièce. Sa femme avait toujours fait le ménage méticuleusement, mais ce n'était pas sa motivation première en l'occurrence : si elle veillait soigneusement à ne jamais laisser traîner le moindre mégot, c'était uniquement pour lui éviter d'avoir envie de fumer.

Pareil avec l'alcool. Elle avait jeté ses bouteilles l'une après l'autre, les remplaçant par des bibelots. L'étagère de la cuisine qui lui servait autrefois de bar accueillait désormais des assiettes décoratives. Elle avait même réussi à dénicher la gnôle qu'il planquait dans la cave, elle lui avait fait tout un pataquès à ce sujet. Il n'avait pas épousé une femme, mais un limier.

— Putain de merde, grommela-t-il en reposant brutalement la bouteille de thé glacé.

Elle n'aurait pas pu lui foutre la paix, un peu ? Il avait passé sa vie à bosser, il pouvait tout de même fumer tranquillement son paquet de clopes en buvant un verre, non ? Bon, d'accord, plusieurs verres. Sans compter qu'il était en pleine forme, quoi qu'en disent les toubibs de l'hôpital Memorial. C'est pas comme s'il trompait sa bourgeoise, tout de même. À chacun ses petits plaisirs.

Cela dit, il avait réussi à planquer une cartouche de Kool et deux ou trois bouteilles d'Old Overholt Bonded dans un endroit où Molly ne les trouverait jamais. Y penser lui faisait le plus grand bien.

Il souleva une fesse du canapé et en lâcha une. Deuce dressa les oreilles en lui adressant un regard de reproche.

— C'est bon, mon gamin, s'excusa-t-il d'un air coupable. Allez, autant s'en débarrasser tout de suite.

Il se leva en grognant et prit la laisse.

C'est à peine s'il faisait moins chaud dehors. Il leva les yeux vers le ciel et constata que les nuages étaient en train de se dissiper. Tout était calme dans le quartier, mais il perçut une rumeur dans le lointain. Ce con de sénateur faisait encore chier le monde.

Il tira sur la laisse et remonta Louisiana Avenue. Le parcours était immuable : il tournait sur New Jersey, prenait New York et revenait par Ohio. Rien de bien méchant, une balade de cinq minutes, à condition que Deuce ne passe pas son temps à renifler les crottes des autres cabots.

Il venait de s'engager sur New Jersey lorsqu'il aperçut les fils Deloach assis dans leur véranda. Des effluves d'herbe lui parvinrent et les deux frères pouffèrent dans le noir.

— Joli hamster que vous avez là, monsieur O'Herlihy.

Bande de culs-terreux. Il préféra les ignorer et accéléra le pas en obligeant Deuce à trottiner.

Il se promit d'emporter une cigarette la prochaine fois. La promenade du chien en deviendrait supportable. Il aurait pu s'autoriser un écart ce soir, par exemple, puisque Molly avait une réunion à son église pour préparer la soirée bingo et la vente de charité. Elle ne serait pas à la maison avant au moins 22 heures, mais elle saurait tout de suite à son haleine qu'il en avait grillé une.

Il arrivait en vue du carrefour de New York Avenue lorsque Deuce voulut s'intéresser à un gros étron, mais Terry n'était pas d'humeur à supporter ça et il tira sur la laisse.

— Tu t'amuseras un autre jour, mon joli.

À ce train-là, il serait rentré chez lui dans une petite minute.

Le vent, en changeant de sens, lui apporta un bruit inhabituel du côté du cimetière. On aurait dit des cris.

Il se retourna, curieux de savoir ce qui se passait, quand un nuage sombre passa au-dessus de sa tête. Sauf que les nuages ne volaient pas à cette vitesse-là, et qu'ils n'avaient pas d'ailes.

Deuce poussa un petit cri avant d'aboyer furieusement. Terry ne s'en aperçut même pas, hypnotisé par la créature qui traversait le ciel. Celle-ci battait lentement des ailes et il remarqua, à la lueur bleutée de la lune, qu'elle avait un corps caoutchouteux. D'un battement d'ailes, l'énorme volatile se dirigea vers le canal et tournoya quelques instants au-dessus du cimetière en cherchant une proie quelconque avec ses horribles yeux, puis il changea brusquement de cap et fila comme une flèche en direction du centre.

Terry, tétanisé, vit la créature disparaître dans la nuit. Parvenant enfin à sortir de sa léthargie, il rentra péniblement chez lui en passant à travers les jardins des maisons voisines pour ne pas perdre une seconde. À peine avait-il ouvert la porte que Deuce se réfugiait sous le canapé. Sans se soucier du petit chien, Terry se précipita dans la chambre d'amis. Il ouvrit un placard, repoussa le fond et fouilla à tâtons l'espace aménagé derrière. Il en sortit une cartouche de paquets de cigarettes, puis une bouteille d'Old Overholt, laissa de côté les cigarettes et emporta dans le salon le bourbon qu'il entama aussitôt d'un air perdu, attentif à la rumeur de la nuit.

62

Pendergast s'empara du petit carnet dont il entama la lecture. Il saisit une poignée reliant entre eux deux pôles métalliques, à côté d'un cadran noir.

— Ça ne ressemble pas à un interrupteur, remarqua Coldmoon qui l'observait.

— Il s'agit d'un interrupteur à couteau. Un instrument primitif, susceptible d'électrocuter celui qui n'en connaît pas l'usage, répondit Pendergast tout en consultant le carnet. Je ne saurais trop vous engager à reculer tous les deux. Il est probable que le résultat de cette expérience se matérialisera à l'endroit où vous êtes, entre ces deux électrodes géantes.

De l'index, il désigna les deux barres en inox surmontées chacune d'une boule de cuivre.

Coldmoon recula précipitamment et Constance l'imita.

— Ceci, poursuivit Pendergast en montrant un cadran sur lequel avaient été tracés à la main les chiffres romains *I* et *II*, permet apparemment de régler la puissance. Commençons par le niveau le plus faible.

— Vous êtes sûr de ce que vous faites ? s'inquiéta Coldmoon.

— Pas totalement.

Pendergast abaissa l'interrupteur à couteau sur le second pôle métallique. Une étincelle jaillit avec un crépitement sonore et une vibration sourde se fit entendre. Pendergast recula sans attendre et rejoignit ses compagnons au fond de la pièce pendant que la machine se mettait en route. L'ordinateur se réveilla et des séries de chiffres défilèrent à toute vitesse sur l'écran.

Coldmoon, le cœur battant, n'était pas certain que mettre en route cette fichue machine soit une bonne idée, mais il n'en avait pas de meilleure. De toute façon, il savait d'avance qu'il ne servirait à rien de discuter avec Pendergast.

Les vibrations prirent de l'ampleur, jusqu'à venir chatouiller Coldmoon au creux de l'estomac. L'aiguille du cadran se mit à trembler et une douce chaleur, comparable à celle d'une lampe infrarouge, envahit la pièce. Soudain, un éclair traça une ligne brisée entre les deux boules de cuivre, suivi d'un autre. Enfin, un arc électrique relia les deux antennes avant de se figer à mi-chemin sous le regard ébahi de Coldmoon. L'étincelle grossit et l'espace qui séparait les boules de cuivre se matérialisa sous la forme d'une gaze brillante aux reflets argentés qui ondulait au gré d'un souffle invisible. L'étrange miroitement s'atténua peu à peu, laissant place à l'image d'un carrefour animé, peuplé de néons qui brillaient dans la nuit au milieu d'un décor de gratte-ciel.

Coldmoon sursauta en reconnaissant le lieu concerné.

— Hé ! Mais c'est New York !

— Tout l'indique en effet, murmura Pendergast en retour.

Les contours de cette fenêtre sur une scène lointaine, flous et fluctuants, baignaient dans une lumière irisée. Coldmoon sentit sa gorge se nouer à la vue de cette porte ouverte sur un espace aussi lointain. C'était impossible, et pourtant...

— Il s'agit d'une vue plongeante de la partie sud de Times Square, au niveau de l'immeuble du *New York Times*, commenta Constance. Je dirais que ce poste d'observation se situe sur la 46e Rue Ouest, probablement s'agit-il de l'hôtel Marriott Marquis.

— Vous avez sûrement raison, approuva Pendergast.

Il était facile de reconnaître la place, rendue célèbre par ses illuminations et ses écrans géants, fixés aux façades des immeubles, sur lesquels s'affichaient publicités, sigles de grandes marques et images tirées de l'actualité. On distinguait clairement le bandeau de la tour du *Times* où défilaient les gros titres, ainsi que le détail des cours de la Bourse se déroulant à l'infini. La place, très animée, débordait de touristes et de spectateurs attirés par les théâtres voisins dans la rumeur parfaitement reconnaissable des voitures, des klaxons, des sifflets des agents de la circulation, des appels des bateleurs et des musiciens ambulants. Jusqu'à la faible odeur de la ville, mélange de pots d'échappement, d'asphalte, de bretzels chauds et de kebab, qui venait flatter les narines de Coldmoon en cette chaude soirée de mai.

Le spectacle était bien trop réaliste pour qu'il puisse s'agir d'une retransmission télévisée, aussi sophistiquée soit-elle. La comparaison avec une fenêtre ouverte se présenta une fois de plus à l'esprit de Coldmoon dont le regard s'arrêta soudain sur les écrans géants du Times qui affichaient la température, la date et l'heure.

La date et l'heure !

— C'est Times Square en direct, remarqua-t-il, stupéfait.

Un court silence lui répondit, que Constance fut la première à troubler.

— Non.

— Que voulez-vous dire ?

— Il ne s'agit pas de Times Square. Pas de celui que *nous* connaissons, en tout cas. Et ce n'est pas non plus en direct.

— Et puis quoi encore ! La date et l'heure affichées sur la façade du *Times* sont sans appel. Voyez vous-même, il est 21 h 11.

Constance tira de sa poche un téléphone dont elle montra l'écran à Coldmoon.

— Il est 21 h 10. Le *Times* que nous voyons a une minute d'avance sur nous.

Les yeux de Coldmoon naviguèrent à plusieurs reprises du téléphone à la vision de Times Square qui lui faisait face. Sur l'écran géant du *Times* s'afficha brusquement 21 h 12. Au même instant, l'horloge du smartphone de Constance indiqua 21 h 11.

— Ainsi donc, voici le secret qui permettait à Ellerby de jouer en Bourse sans risque, remarqua Pendergast. Et Frost avant lui. On voit clairement s'afficher les cours instantanés des principales valeurs de Wall Street… avec une minute d'avance. On comprend ainsi pourquoi Ellerby négociait exclusivement des actions du Dow Jones.

Coldmoon, perplexe, s'intéressa aux chiffres qui défilaient sur le ruban lumineux.

— Une minute d'avance ? C'est peu pour réaliser de gros bénéfices.

— Peu sans doute, mais suffisant pour accumuler de petits profits sur un marché extrêmement volatile, le détrompa Pendergast. C'est précisément ce qu'a fait Mlle Frost des années durant en engrangeant des gains modestes, mais réguliers. Cela n'a pas suffi à Ellerby qui a voulu améliorer la machine en s'appuyant sur les avancées technologiques récentes.

Il désigna l'appareil.

— Vous aurez pu constater que la machine d'origine, qui tenait dans une simple mallette, a pris de l'ampleur à mesure qu'elle sondait l'avenir de façon plus poussée.

Pendergast brandit le carnet avant d'enchaîner :

— Si j'interprète correctement les notes d'Ellerby, le chiffre *II* figurant sur le cadran correspond au nouveau réglage. La machine, loin de gagner une simple minute comme l'avait fait cet ingénieur de Boeing ami de Frost, permet désormais d'atteindre un univers parallèle postérieur d'une heure au nôtre. Jouer en Bourse avec une heure d'avance autoriserait le possesseur d'un tel secret à gagner des millions. Et même des *centaines* de millions.

— Comment expliquer que l'on voie Times Square en particulier ? s'étonna Coldmoon.

— Frost m'a fourni l'explication, lui répondit Constance. Peu après être entrée en possession de la machine originale, elle s'est rendue à Times Square à la recherche du poste d'observation idéal avant de régler l'appareil sur ce point précis. Dès lors, où qu'elle se trouve avec la machine, elle découvrait Times Square, ce qui lui a permis de jouer en Bourse en se fiant aux indicateurs déroulants.

— C'est complètement dingue, marmonna Coldmoon. Je n'arrive pas à y croire.

— Je ne saurais trop vous conseiller de vous en convaincre, répliqua Pendergast, car je m'apprête à passer au réglage supérieur.

— Pourquoi ? s'enquit son collègue.

— Parce que notre ami Ellerby l'a fait.

Du coin de l'œil, Coldmoon remarqua que Constance paraissait troublée.

— Je ne pense vraiment pas que ce soit une bonne idée, reprit-il. On ferait mieux de mettre sur le coup les équipes techniques du FBI pour qu'ils embarquent ce bidule à Quantico et l'étudient avec tous les moyens dont ils disposent.

Pendergast haussa un sourcil.

— Vous préférez sans doute que notre cher gouvernement s'empare de cet appareil ? Vous avez suffisamment confiance en nos dirigeants pour qu'ils en fassent bon usage ?

— Ah, réagit Coldmoon. Je n'avais pas pensé à ça.

— Nous n'avons d'autre choix que de nous aventurer nous-mêmes sur ce terrain, décida Pendergast en s'approchant du cadran. Je suis convaincu que cet appareil nous conduira à l'être, quelle que soit sa nature exacte, qui hante actuellement Savannah. Nous avons besoin d'informations concrètes si nous espérons pouvoir mettre un terme à ses agissements.

D'un geste posé, il déplaça l'aiguille du cadran en direction du chiffre *II*.

63

Alors que Pendergast augmentait l'intensité de l'appareil, Coldmoon eut le sentiment que quelqu'un jetait un pavé dans une mare en voyant l'image de Times Square se troubler et se déformer tandis que la vibration précédente atteignait un niveau bien supérieur, au point de le rendre légèrement nauséeux.

Le portail spatio-temporel se mit à trembler et les images défilèrent soudain à toute vitesse en dessinant des figures qui se nouaient et se dénouaient sur elles-mêmes. Times Square se métamorphosa en l'espace d'un éclair et Coldmoon crut distinguer, dans le spectacle brouillé auquel il assistait, une longue litanie d'étoiles, de galaxies et de nébuleuses, de paysages irréels et de trous noirs difformes.

Guidée par les doigts de Pendergast, l'aiguille se posa sur le chiffre II. L'image se stabilisa et Times Square se matérialisa à nouveau, à la façon d'un plan d'eau troublé retrouvant son apparence de miroir. Il faisait toujours nuit à New York et tout paraissait inchangé, à ceci près que l'horloge de l'immeuble du *Times* affichait désormais 22 h 15.

Le portail lui-même s'était altéré, les contours de l'image étaient nettement moins définis et donnaient l'impression que la célèbre place new-yorkaise se trouvait à l'extrémité d'un tunnel aux parois peuplées de formes grotesques. L'odeur de caoutchouc brûlé, faible jusque-là, était presque écœurante et une atmosphère chaude et moite s'échappa de cette fenêtre dans le temps.

Une sorte de libellule remonta le long des parois du tunnel, suivie d'une seconde. Les deux insectes s'arrêtèrent à l'orée du portail et finirent par le franchir difficilement, comme s'ils échappaient à l'emprise d'un cocon.

— Restez bien en arrière, recommanda Pendergast à ses deux compagnons en tendant le bras dans leur direction.

Les deux insectes aux ailes de gaze et à l'abdomen muni d'un dard inquiétant, semblables à ceux dont Coldmoon avait découvert les cadavres au pied du mur un peu plus tôt, entamèrent une ronde à travers la pièce. Attirés par l'ampoule qui brillait au plafond, ils s'y cognèrent de façon répétée jusqu'à ce que leurs ailes se détachent et qu'ils tombent par terre en tourbillonnant. D'autres insectes avaient franchi le portail dans l'intervalle, qui se précipitèrent à leur tour vers la lumière.

— Il semble que ce nouveau réglage permette à certaines créatures de franchir le portail. Curieusement, on peut constater qu'elles nous viennent d'un univers fort différent de celui de Times Square.

Coldmoon, fasciné par le ballet des insectes, les vit se livrer entre eux à une lutte à mort avant de dégringoler jusqu'au sol.

— Uniquement des créatures de petite taille, s'empressa de préciser Constance. Frost m'a expliqué ce phénomène. Les univers parallèles s'empilent l'un sur l'autre comme autant de membranes successives. Leurs bords sont visibles lorsque l'on examine attentivement le tunnel. Frost parlait d'un « espace multiple », d'où s'échappent ces petits insectes.

Pendergast fronça les sourcils.

— Frost était au courant de ce phénomène ?

— Elle en soupçonnait l'existence.

Coldmoon, hypnotisé par le portail, le vit soudain s'altérer et perdre toute stabilité en clignotant dangereusement. La puanteur s'accentua, accompagnée par des grattements inquiétants qui lui mirent les nerfs à vif.

— Nous en avons assez vu, décida Pendergast en posant la main sur le commutateur.

— Attendez ! l'arrêta Coldmoon. Vous avez vu ça ?

Il pointa du doigt l'écran géant de l'immeuble du *Times*, légèrement déformé, sur lequel défilaient les images d'un reportage, apparemment filmées depuis un hélicoptère, montrant une ville en flammes dont les rues, jonchées de corps, étaient la proie d'une immense panique.

— C'est Savannah ! s'écria Coldmoon. Mon Dieu, que se passe-t-il ?

Un monstre digne des pires cauchemars s'avança dans le champ de la caméra : une sorte de chauve-souris gigantesque au corps longiligne dont la tête de moustique pivotait dans tous les sens en agitant frénétiquement une trompe dégoulinante de sang.

Au même instant, un bandeau défila au bas de l'écran, chiffrant à plusieurs centaines le nombre des victimes d'une attaque mystérieuse à Savannah…

64

Profitant de l'inattention de Pendergast et Coldmoon, pétrifiés par le spectacle du désastre retransmis sur l'écran géant de Times Square, Constance s'éclipsa de la petite pièce secrète. Elle venait d'avoir une révélation en voyant l'horreur qui s'abattait sur Savannah. Qui *allait* s'abattre sur Savannah, plus exactement.

Elle remonta à la hâte l'escalier du sous-sol et poursuivit son ascension dans les étages. Arrivée au troisième, elle trouva verrouillée la porte permettant de monter chez Mlle Frost. Elle s'empressa de crocheter la serrure à l'aide d'une épingle à cheveux et gravit les dernières marches en courant. La porte des appartements de la vieille femme était également fermée à clé. Constance s'escrima sur la poignée en vain. Prise d'un accès de rage, elle donna un violent coup de pied dans le battant. Au deuxième essai, la porte s'ouvrit brutalement en allant cogner contre son butoir.

L'intérieur de l'appartement était encore plus sombre que les fois précédentes, seules brillaient quelques lampes Tiffany, mais les stores des portes-fenêtres étaient relevés et Constance découvrit la ville de Savannah à ses pieds. La lune, en jouant à cache-cache avec les nuages, dessinait un jeu d'ombres sur les rayonnages de la bibliothèque, les sculptures et les meubles.

Frost était assise sur le même canapé que lors de sa précédente visite, sa canne à pommeau de nacre posée à côté d'elle. La propriétaire de l'hôtel, vêtue d'un élégant kimono de soie cramoisi passé au-dessus d'un chemisier blanc, était occupée à rédiger une annotation sur le livre qui ne la quittait jamais. Une bouteille de vin entamée et un verre à moitié plein reposaient près d'elle sur la petite table à thé.

Elle referma le volume.

— Vous manquez singulièrement d'éducation, ma chère. Du moins m'aurez-vous épargné le besoin de descendre vous ouvrir. Je crains fort que mon vieux *corpus* me joue des tours ce soir. Vous partagerez bien avec moi un verre de Giacomo Conterno ? J'ai fait quelques recherches dans mes collections depuis votre dernière visite.

Elle s'exprimait sur le même ton badin qu'à l'accoutumée, mais Constance détecta un léger tremblement dans la voix de la vieille femme. Celle-ci avait peur.

Constance s'avança, essoufflée par sa course.

— Je ne suis pas venue boire du vin et pérorer.

— Allons bon. Vous m'avez l'air bien excitée.

— Vous m'avez menti.

— Je ne vous ai jamais menti.

Constance la fit taire d'un geste péremptoire.

— Vous avez négligé de me confier un détail essentiel au sujet d'Ellerby, ce qui revient au même.

Mlle Frost, au lieu de répondre, voulut porter le verre à ses lèvres, mais sa main tremblait si fort qu'elle le reposa aussitôt.

— J'ai vu la machine que j'ai fait fonctionner, poursuivit Constance. Au premier réglage, mais aussi au second. Vous savez à quoi je fais allusion, puisque vous avez eu avec Ellerby une altercation à ce sujet. Mais les possibilités de l'appareil ne s'arrêtent pas là. Je me trompe ?

Frost resta silencieuse.

Constance s'approcha d'elle et la toisa d'un air menaçant.

— Assez d'excuses et de protestations. Vous êtes de toute façon trop âgée pour payer le prix du passé… mademoiselle Rime.

Frost écarquilla les yeux en entendant son véritable patronyme.

— Non contente d'avoir volé à un vieil homme le fruit d'une vie de labeur, vous avez laissé Ellerby transformer en cauchemar son invention. J'exige de savoir jusqu'où il est allé, en particulier s'il a poussé l'expérience *au-delà de la seconde marque sur le cadran*.

L'expression de lassitude qu'affichait Frost en toutes circonstances se fissura.

— Assez de mensonges. Savannah est au bord de la destruction, nous venons d'en avoir la preuve grâce à cette machine. Dites-moi tout ce que vous savez, ou ce que vous *soupçonnez*.

— Je vous ai parlé de la théorie des univers multiples, s'empressa de répondre la vieille femme. Patrick voulait toujours plus d'argent, alors il a amélioré la machine de façon à pouvoir connaître l'avenir avec une heure d'avance. Un tel résultat n'est possible qu'en ouvrant une porte à travers de nombreux univers, dont certains sont bien différents du nôtre. On court alors le risque d'une interférence avec ceux-ci.

Elle se tut et Constance crut distinguer des cris à travers les portes-fenêtres fermées.

— Vous avez entendu ?

— Les ivrognes habituels, répondit Frost avec un haussement d'épaules.

— Je puis vous assurer que ce n'est pas le cas. Le temps nous est compté. Répondez-moi : qu'a-t-il pu se produire si Ellerby a poussé la machine au-delà du second niveau ?

Un fracas assourdissant à l'extérieur empêcha Frost de réagir. Constance ouvrit l'une des portes-fenêtres à la volée et se rua sur le balcon, son stylet à la main, bientôt rejointe par Frost. Cette dernière porta instinctivement une main à sa bouche sans parvenir à étouffer le cri d'horreur qui montait de sa gorge.

65

La commissaire Delaplane, flanquée de deux de ses adjoints, observait le meeting depuis la pointe sud de Forsyth Park. Tout s'était déroulé sans encombre jusqu'à présent. Debout à la tribune, le sénateur haranguait la foule. Derrière lui s'affichait sa silhouette en gros plan sur des écrans géants, amplifiant chacun de ses gestes pour le plus grand plaisir de ses partisans qui l'acclamaient en brandissant pancartes et bannières étoilées.

Delaplane ne voyait en Drayton qu'un crétin de première, l'un de ces politicards toujours prompts à promettre aux électeurs davantage de sécurité tout en votant en sous-main la suppression des financements nécessaires. Elle n'avait pas l'intention de s'en ouvrir à ses collègues pour autant. Personne dans le service ne savait ce qu'elle pensait, et c'était aussi bien.

Les opposants dont le sénateur avait si peur se limitaient à une demi-douzaine d'excités dont personne n'avait entendu les slogans, noyés par la sono et les cris de la foule. Delaplane se demanda comment un type tel que Drayton pouvait fédérer autant de monde autour de sa personne. S'il avait du charisme, elle n'y était pas sensible.

Sa radio se mit en route dans un crépitement et elle crut entendre des cris affolés en arrière-plan d'un message inintelligible.

— Qui que vous soyez, calmez-vous et commencez par vous identifier.

— Agent Warner, code 10-33 ! On est attaqués... par un... un truc volant inouï... *Oh, putain de m... !*

La fin de la phrase fut noyée par une immense clameur.

— Quelle est la nature exacte du problème ? cria Delaplane dans sa radio, inquiète.

Un crachotement lui répondit et la communication s'arrêta brusquement.

Des radios de tous les flics postés aux alentours sortirent soudain des appels hystériques. Delaplane tenta en vain de régler son appareil sur les fréquences d'urgence, toutes surchargées, lorsque lui parvinrent des sirènes tandis que se déclenchaient plusieurs alarmes de voiture au milieu d'une tempête de cris lointains.

— Allô central ? Delaplane pour central. Que se passe-t-il ?

— De nombreuses agressions signalées dans le secteur d'Avondale. Un... un truc volant qui attaque les gens.

Delaplane ne comprenait décidément rien à toutes ces salades. Un grand bruit lui fit tourner la tête vers l'est, dans la direction du quartier concerné. Le ciel se teinta d'une lueur orangée et une colonne de fumée s'éleva dans le ciel. Un incendie !

Sur sa radio, la fille du central signalait en boucle un code 10-33. Les adjoints de la commissaire observèrent cette dernière d'un air perplexe.

— Vous avez entendu, non ? leur dit-elle. On a un souci dans le secteur est. Ils ont besoin de renforts. On ferait mieux...

À la tribune, le sénateur s'interrompit en plein discours et la commissaire releva la tête. Drayton, bouche bée, était pétrifié sur l'estrade. Face à lui, la foule de ses supporters semblait hésitante. Dans le silence retrouvé, un concert d'alarmes de voitures et de sirènes monta dans la nuit. Delaplane comprit brusquement en voyant la silhouette sinistre d'un énorme volatile se découper dans le ciel rougeoyant. La créature se dirigeait vers le parc en battant lentement des ailes. Éberluée, la commissaire tenta de donner un sens à ce qu'elle voyait. Un oiseau de proie ? Impossible, l'animal était bien trop gros. Une machine volante, ainsi que pouvait laisser penser son apparence légèrement scintillante à la lueur de l'incendie ? La bête plana au-dessus des immeubles les plus proches. Seigneur ! Cette vacherie avait la taille d'un petit avion.

Un premier cri fusa de la foule, puis ce fut la débandade. L'énorme créature, probablement attirée par la lumière et le bruit, fondit sur les partisans du sénateur. Elle survola la tribune, son ventre éclairé par les projecteurs de scène. Delaplane n'avait jamais rien vu de semblable. Le monstre à tête de moustique était doté d'une trompe visqueuse au niveau de son corps de chauve-souris géante. Ses ailes étaient parcourues de veines gorgées de sang et deux rangées de tétines poilues et racornies pendaient sous son ventre. La créature tournoya au-dessus de l'estrade en battant des ailes avec un froissement de soie déchirée, enveloppant la foule terrifiée d'effluves fétides. Sa trompe poisseuse se dressa, frétillant à la façon d'une truffe de chien de chasse, guidée par ses yeux à facettes.

En l'espace d'un éclair, le meeting se transforma en chaos, les milliers de partisans de Drayton prenant la fuite dans un déferlement de cris de terreur.

Ceux qui tombaient à terre, bousculés par la masse, étaient instantanément piétinés. Les chaises pliantes volaient dans tous les sens, des dizaines de chaussures abandonnées jonchaient l'herbe, les gens se battaient et se griffaient dans l'espoir de dépasser ceux qui les précédaient. Affiché en gros plan sur les écrans géants placés au-dessus de l'estrade, le visage du sénateur se décomposa alors que la créature fondait sur lui. Les griffes du monstre se refermèrent autour de son torse et Drayton s'éleva dans les airs en se débattant avec l'énergie du désespoir, tel un poisson pêché par un aigle, emporté par le volatile géant dans un battement de ses ailes caoutchouteuses. De sa gorge s'échappa un cri suraigu qui se répercuta à travers le parc.

Les gardes du corps du sénateur qui n'avaient pas encore fui sortirent leurs armes de service et ouvrirent le feu en visant le corps de la bête. Delaplane s'empara à son tour de son Glock, imitée par ses hommes, mais le monstre avait pris son envol et le risque de toucher le sénateur était trop grand. En outre, tout indiquait que la créature, imperméable aux balles des agents de sécurité, devenait enragée. Elle redressa brusquement sa tête de moustique et plongea l'extrémité pointue de sa trompe dans le corps de sa proie. Les cris de Drayton s'éteignirent dans sa gorge et le monstre vida sa victime de son sang avec un bruit comparable à celui du contenu d'un milk-shake aspiré à travers une paille.

La commissaire agrippa sa radio.

— Delaplane pour central depuis Forsyth Park. Appelez d'urgence une équipe du SWAT et faites venir la Garde nationale avec des armes lourdes. *Tout de suite !*

À cet instant, la foule en panique déferla sur le QG provisoire de la police avec la force d'un tsunami. Bousculée par un spectateur chauve à la carrure impressionnante, la commissaire recula instinctivement afin de laisser passer la marée humaine.

66

Coldmoon remonta à toute allure l'escalier du sous-sol à la suite de Pendergast. Les deux hommes découvrirent dans le hall de l'hôtel, habituellement calme, des passants paniqués venus trouver refuge à l'intérieur de l'établissement. Il en arrivait à chaque instant et Coldmoon, en se frayant péniblement un chemin au milieu de la masse, se demanda où pouvait bien être Constance, inquiet de la réaction d'une femme dont il connaissait la violence.

La situation était plus chaotique encore à l'extérieur. En levant les yeux, il vit une gigantesque créature ailée survoler le parc où se déroulait le meeting. Son corps scintillait étrangement dans la nuit et il distingua une sorte de cicatrice phosphorescente en forme de croix sur son aile gauche. La bête tenait entre ses serres ce qui ressemblait à un corps. Pendergast, l'arme au poing, fendit la foule à contre-courant dans le vacarme des hurlements et des sirènes qu'entrecoupaient des coups de feu sporadiques. Les trottoirs débordaient de gens paniqués, prêts à tout pour échapper à l'horrible volatile.

Sous le regard horrifié de Coldmoon, le monstre lâcha sa victime qui disparut dans la nuit, puis il s'abattit sur la masse de ceux qui n'avaient pas encore réussi à fuir le parc. Des cris fusèrent, des détonations retentirent, et la créature reprit l'air dans un lourd battement d'ailes en emportant plusieurs proies dans ses serres.

Coldmoon en resta interdit, peinant à donner un nom à cet être d'un autre monde. Il ne s'agissait ni de Wakinyan, le dieu Tonnerre dont lui avait souvent parlé sa grand-mère, ni d'Unktehi, l'énorme serpent à cornes qui avait peuplé les cauchemars de son enfance, mais d'un monstre répugnant qui n'avait nulle place sur la Terre, ou dans une quelconque mythologie.

Nulle place sur la Terre…

— Allons ! le houspilla Pendergast en voyant qu'il restait à la traîne.

Dans le ciel, la créature réagissait aux impacts des balles comme un taureau attaqué par des puces. Elle déchira ses victimes l'une après l'autre en plein vol et se débarrassa de leurs restes avant de repartir à l'attaque, assoiffée de sang.

— Il nous faut impérativement nous rapprocher, déclara Pendergast en se faufilant au milieu de la foule avec l'agilité d'un chat. Et trouver un poste en hauteur.

Il pointa soudain un bâtiment du doigt.

— L'église !

Coldmoon entendit un grand fracas et vit s'effondrer les tours de haut-parleurs dans une pluie d'étincelles et d'éclairs électriques. L'estrade en bois prit feu et les flammes attisèrent la fureur du monstre. Il battit en retraite en direction de Whitaker Street en frôlant les cimes des arbres et les façades des immeubles bordant le parc. Une pluie de briques et d'éclats de verre s'abattit sur les trottoirs bondés. Une voiture, écrasée par un arbre, prit feu.

Guidés par le clocher de l'église méthodiste de Whitaker Street, Pendergast et Coldmoon rallièrent le bâtiment au pas de course et gravirent d'un bond les marches du parvis. Les portes de chêne du sanctuaire étaient verrouillées, empêchant les passants terrifiés de se réfugier à l'intérieur. Pendergast se fraya un chemin jusqu'aux lourds battants, se pencha sur la serrure et la débloqua en quelques instants.

Tandis que les gens affolés se précipitaient à l'intérieur du bâtiment, Pendergast entraîna son compagnon vers l'une des travées latérales. Les deux hommes reprirent leur souffle en s'efforçant de prendre la mesure de la situation, éclairés par la lueur de l'incendie qui filtrait à travers les vitraux.

— Par ici, décida Pendergast en entraînant Coldmoon dans un escalier dissimulé derrière une porte.

Ils gravirent les marches quatre à quatre et arrivèrent rapidement à la tribune de l'orgue. Pendergast traversa d'un bond l'estrade de la chorale et s'immobilisa devant une petite porte verrouillée. Il crocheta la serrure d'un habile mouvement du poignet et un escalier métallique en colimaçon émergea de la pénombre.

Ils entamèrent l'ascension du clocher et se trouvèrent bientôt bloqués par une trappe que Pendergast souleva d'un coup d'épaule avant de se hisser dans un espace carré aux ouvertures occultées par des persiennes. Les cloches du carillon étaient pendues à d'épaisses poutres horizontales par des cordes. Sans même les voir, Pendergast se fraya un chemin jusqu'aux persiennes dans un tintement de bronze et accéda enfin à une étroite passerelle qui faisait le tour de l'édifice. Coldmoon constata qu'ils se trouvaient au-dessus des arbres. Le monstre, continuant de tournoyer lourdement au-dessus du parc, était sur une trajectoire qui le ferait passer tout près de l'église.

— Montons plus haut, décida Pendergast en posant le pied sur le premier barreau de l'échelle métallique fixée au toit pentu du clocher.

— Attendez ! l'arrêta Coldmoon. Vous ne voyez donc pas que c'est perdu d'avance ?

C'est tout juste si Pendergast l'écouta.

— Nous savons déjà ce qui va se passer, insista Coldmoon. Nous avons déjà *assisté à la suite* !

— Rien n'est certain, rétorqua sèchement Pendergast en poursuivant son escalade.

67

Du balcon de Frost, Constance assista au ballet tragique de la créature cauchemardesque au-dessus de Forsyth Park. Ses ailes caoutchouteuses de plus de quatre mètres d'envergure étaient rattachées à un abdomen velu parcouru de deux rangées de tétines longues d'une trentaine de centimètres. La tête du monstre, dominant ses ailes, formait un curieux mélange entre celle d'un moustique et celle d'un taon. Ses yeux à facettes reflétaient les lumières de la ville et une trompe gluante sortait d'une gueule ridiculement petite par rapport à l'énorme corps de la bête qui brillait à la façon de l'exosquelette chitineux d'une fourmi. L'espace d'un instant, la silhouette de la bête devint floue avant de retrouver toute sa netteté.

Constance se souvint d'avoir assisté au même phénomène en regardant Times Square un peu plus tôt à travers le portail temporel.

Partagée entre l'horreur et la fascination, elle vit la bête s'abattre sur la pelouse du parc. Ses serres griffèrent le sol et se refermèrent sur deux personnes. Le monstre reprit son envol et écrasa ses proies comme des grains de raisin avant de les laisser retomber.

Constance se retourna. Mlle Frost se tenait derrière elle, une main sur la bouche, horrifiée.

— Il est clair que c'est à vous et Ellerby que l'on doit ce drame.

— Non…

— Ellerby a certainement voulu pousser la machine jusqu'à ses limites extrêmes, c'est bien ça ?

La vieille femme la dévisagea sans répondre.

— Vous êtes descendue au sous-sol car vous saviez qu'il avait construit une nouvelle machine. Vous étiez consciente de la catastrophe qu'il pouvait provoquer.

— Je ne savais pas…, balbutia Frost en s'appuyant contre la porte-fenêtre.

— Mais vous aviez deviné, poursuivit Constance en faisant un pas vers elle. Vous auriez pu l'arrêter. Vous auriez pu détruire sa machine.

— Il m'a menacée…

— Vous ne l'avez pas arrêté parce que vous l'aimiez.

Frost ne sut que répondre.

— Lorsque Ellerby a été tué, vous auriez pu parler. Éviter ceci, ajouta-t-elle en montrant le carnage du bras. Mais vous étiez dans le déni. Vous avez préféré rester ici à jouer du piano entre deux verres d'absinthe pendant que ce démon tout droit sorti de l'Ancien Testament tuait sans relâche. Toutes ces victimes sont les vôtres.

— Non, non, répondit la vieille femme d'une voix rauque. Je ne savais pas. Je vous en prie, je ferai tout ce que vous voulez…

— Vous avez peut-être une chance de vous racheter, dit Constance.

La vieille femme avala sa salive.

— Comment… ?

— En m'aidant à tuer cette créature. Vous avez évoqué l'autre jour votre collection d'armes. Montrez-la-moi.

Toute tremblante, Frost regagna l'appartement en s'appuyant sur sa canne et entraîna Constance dans la bibliothèque. L'un des murs de la pièce était couvert de vitrines renfermant ses chefs-d'œuvre du design industriel. Sur le mur adjacent se détachait un boîtier dissimulant un levier en laiton vertical.

— Je vous laisse le soin de le tirer, fit Frost en s'effaçant. Je n'ai plus assez de force.

Constance s'exécuta et un pan de mur s'écarta, révélant une rangée de portes métalliques espacées entre elles de plus d'un mètre.

— La troisième à gauche, ordonna Frost en tendant l'extrémité de sa canne.

Constance écarta le battant et alluma. La pièce abritait un véritable musée de l'Armement. Sur le mur de gauche, disposés sur des étagères, elle reconnut des Derringer, des pistolets de duel, de vieux six-coups, ou encore un Les Baer 1911 Heavyweight. À droite étaient exposés deux fusils, dont un antique Henry à levier de calibre .44, ainsi qu'un pistolet-mitrailleur à tambour ou encore, sur le rayonnage inférieur, une vieille caisse en bois portant une inscription noire tracée au pochoir.

— J'ai contribué à l'apparition de ce monstre, dit-elle. Il est de mon devoir de le détruire.

— Disposez-vous de munitions ?

Frost désigna le pistolet-mitrailleur sur ses deux crochets caoutchoutés.

— Le tambour de ce Thompson est chargé. Mais j'imagine que vous n'avez jamais eu l'occasion de manier une mitraillette ?

— Pas d'un modèle aussi modeste.

Le sourire de Frost se figea lorsqu'elle comprit que son interlocutrice ne plaisantait pas.

— De quoi s'agit-il ? s'enquit Constance en désignant la caisse en bois.

— C'est un bazooka M1 sans recul.

Constance souleva le couvercle et dégagea une couche de paille sous laquelle elle trouva un tube métallique camouflage de la taille d'un basson, doté d'une large ouverture et d'une poignée. Des roquettes à ailettes reposaient à côté de l'arme.

— Utiliser ce bazooka serait suicidaire, déclara Frost. Avec le temps, les roquettes à propergol solide deviennent instables. Celles-ci ont à peine dix ans de moins que moi.

— Fort bien, réagit Constance en reposant l'arme avant de s'emparer du Thompson à tambour.

Remarquant deux manettes au-dessus de la poignée de bois, elle bascula la première, retirant la sécurité, et mit la seconde en position de tir en rafale puis arma le pistolet-mitrailleur.

Au même instant, les lumières s'éteignirent après un dernier clignotement.

Constance, serrant le Thompson contre elle, quitta précipitamment la pièce secrète et regagna le balcon. La ville tout entière était en flammes et elle se figea à la vue du spectacle de désolation provoqué par la créature. Celle-ci planait au-dessus du parc en direction de l'hôtel.

Constance, sachant que le tambour du pistolet-mitrailleur contenait cent cartouches, estima que cela devrait suffire à abattre la bête, mais elle savait aussi que le Thompson n'était pas une arme de précision, de sorte qu'il était préférable de tirer lorsque la créature serait proche.

Elle attendit. Le monstre tournoyait lentement au-dessus de la ville, plongeant régulièrement en faisant de nouvelles victimes, mais il se rapprochait. Elle put constater que les balles qui l'avaient atteint jusque-là avaient à peine bosselé sa carapace, les rares qui aient réussi à le pénétrer n'ayant pas provoqué de lésions importantes.

Elle leva le canon du pistolet-mitrailleur, visa soigneusement, et patienta. Le monstre vira sur l'aile, exposant son ventre et elle lâcha une rafale. L'arme tressauta entre ses mains dans un crépitement. Elle rectifia le tir en constatant qu'elle avait visé trop bas. La seconde rafale coutura le ventre de la créature d'une traînée de gouttes bleues et elle sut qu'elle avait fait mouche.

Le monstre fit un demi-tour en laissant échapper un cri d'un autre monde et fonça droit sur elle dans le battement de ses ailes géantes. Sans se démonter, Constance lâcha de nouvelles rafales. La plupart des projectiles atteignirent leur cible, mais loin d'arrêter la créature, ils l'enragèrent plus encore.

Constance enfonça une nouvelle fois la détente. Au même moment, elle entendit un souffle et une traînée de fumée s'éleva en direction de la bête avant d'exploser en frappant l'une de ses ailes dans une gerbe de chair et de sang. La créature poussa un cri aigu et s'éloigna.

Frost, debout à l'autre extrémité du balcon, tenait contre son épaule la partie arrière du bazooka dont la gueule reposait sur le parapet.

— Je croyais que cette arme était dangereuse, s'étonna Constance.

— Elle le sera toujours moins que cet être échappé de l'enfer, dit Frost.

La créature réapparut en laissant échapper des hurlements de vengeance, ses yeux à facettes animés de mille feux. L'une de ses ailes était déchirée et Constance vida le reste de son chargeur sur le corps de la bête.

Une violente explosion la projeta à terre, envoyant voler le pistolet-mitrailleur. Elle se releva, les oreilles bourdonnantes. L'épais nuage de fumée qui recouvrait le balcon se dissipa et elle découvrit la silhouette ratatinée de Frost au pied d'une porte-fenêtre en miettes, le tube du bazooka explosé.

La créature s'étant éloignée à cause du bruit, Constance se précipita vers la vieille femme, la prit dans ses bras et l'emporta à l'intérieur jusqu'à un canapé. Le kimono de Frost était détrempé de sang. Constance se retourna en entendant un grand bruit alors que l'immeuble tremblait sur ses fondations : la créature s'était jetée contre l'immeuble dont elle avait fait exploser les fenêtres.

Frost papillota des paupières et son regard, un instant trouble, se fixa sur Constance. Touchée à mort, elle leva un bras et plia légèrement l'index afin de signaler à sa compagne de s'approcher.

La créature se jeta une nouvelle fois contre le bâtiment en fissurant cloisons et plafonds, provoquant l'effondrement d'un lustre.

Constance s'agenouilla près de la vieille femme qui lui agrippa le poignet avec une force surprenante. Ses lèvres remuèrent faiblement sans qu'aucun son ne s'échappe de sa bouche.

— Comment tuer cet être ? lui demanda Constance. On le dirait insensible à tout.

— Il faut la… la super…

— Comment ?

— La superposition, haleta Frost. Elle… existe dans deux univers, mais elle… elle est infiniment plus vulnérable dans le sien.

Sur ces mots, les doigts de la vieille femme se relâchèrent et sa main retomba au sol.

Constance se retourna en entendant le hurlement de rage de la créature qui se jetait une fois de plus sur l'hôtel. Elle se releva d'un bond et se rua vers la porte alors que le monstre, dans un assaut apocalyptique, battait furieusement des ailes en secouant la coupole du bâtiment dans ses serres. Les coups de boutoir se succédèrent tandis que Constance dévalait les marches. Avant même qu'elle ait pu atteindre le troisième étage, un grondement de briques écrasées et de bois éclaté secoua l'immeuble tout entier et celui-ci s'écroula au-dessus de sa tête alors qu'elle basculait dans un trou noir sans fin.

68

Coldmoon suivit Pendergast en maugréant sur le toit en pente du clocher, s'agrippant aux barreaux métalliques du mieux qu'il le pouvait. Sans être sujet au vertige, il avait vu combien était rouillée l'échelle qui ployait et grinçait sous leur poids. En contrebas, les gens n'étaient pas plus gros que des fourmis et leurs cris lui parvenaient comme étouffés. Le monstre était plus terrifiant que jamais avec ses yeux inquisiteurs qui pirouettaient sans cesse et son horrible trompe qui aspirait tout sur son passage. La créature passa tout près, dégageant dans son sillage une odeur âcre de caoutchouc brûlé. Coldmoon remarqua que les serres du monstre étaient couvertes de sang et de lambeaux de vêtements.

La créature vira vers le nord en direction de l'hôtel et Coldmoon, les doigts serrés autour des barreaux, vit une traînée de feu sur le ventre de la bête avant de reconnaître le crépitement d'une arme automatique. Le monstre hurla de douleur.

Les deux inspecteurs poursuivirent leur ascension jusqu'à dominer les arbres du parc, ce qui leur offrait un angle de tir dégagé. Au loin, la bête s'acharnait sur la coupole de l'hôtel qu'elle frappait de ses ailes avant de reprendre de l'élan et de recommencer en poussant des cris vengeurs, soulevant une pluie de verre, de bois et de briques au milieu d'un tourbillon de poussière.

— Seigneur, marmonna Coldmoon en constatant que la créature venait de provoquer l'effondrement du dernier étage de l'hôtel.

La bête, satisfaite, se rapprocha de l'église en tournoyant.

— Préparez-vous ! cria Pendergast, un bras passé autour d'un barreau de l'échelle, en sortant son Les Baer 1911.

Coldmoon dégainait à son tour son Browning lorsque l'une des fixations de l'échelle, rongée par la rouille, céda. Un autre claquement retentit et l'échelle se mit à tanguer, mais il ne pouvait s'en inquiéter, conscient que la créature était toute proche.

De près, le monstre était plus effrayant encore, son corps ondulant au rythme de ses battements d'ailes à la façon d'un exosquelette d'insecte.

Coldmoon retint sa respiration et visa soigneusement, le cœur battant. Il attendit que le monstre se trouve à moins de cinq mètres pour tirer. Plusieurs détonations retentirent simultanément au-dessus de sa tête alors que Pendergast vidait méticuleusement son chargeur.

La bête, touchée, tournoya sur elle-même en faisant entendre un cri suraigu, comparable au crissement de griffes acérées sur un tableau noir. Virant de bord, elle se rua sur les deux hommes.

— Descendez ! hurla Pendergast.

Coldmoon ne se le fit pas dire deux fois. Le temps de ranger hâtivement le Browning dans son étui, il dévala précipitamment les échelons alors que la créature fondait sur le clocher. L'échelle se libéra brusquement d'une partie de ses attaches rouillées et bascula sur le côté. Coldmoon parvint à s'agripper désespérément des deux mains à l'un des barreaux et se retrouva pendu dans la nuit, à une trentaine de mètres au-dessus des voitures qui ressemblaient à des jouets sous ses pieds. L'échelle pivota dans le sens inverse et vint frapper le toit du clocher. Coldmoon en profita pour sauter sur l'étroit balcon protégé par une rambarde. Au-dessus de lui, l'échelle poursuivit son mouvement de pendule. Voyant que Pendergast avait réussi à y rester accroché, il lui attrapa les jambes et parvint à le tirer jusqu'à la passerelle. Une fraction de seconde plus tard, les deux hommes s'engouffraient à l'intérieur alors que l'échelle basculait dans le vide et que la créature se jetait contre le clocher.

La tour tout entière, ébranlée, tangua dans le grincement de ses poutres déchirées et le toit s'effrita au milieu d'une pluie d'ardoises.

Coldmoon se jeta dans l'ouverture de la trappe. Il trébucha dans l'escalier en colimaçon, se rattrapa et dévala les dernières marches à toute allure, suivi par Pendergast. La structure en bois du clocher continua de se déliter dans un feu d'artifice d'échardes et les deux hommes n'avaient pas plus tôt atteint le bas de la tour que celle-ci s'effondrait en projetant un épais nuage de débris sur les passants affolés.

Coldmoon et Pendergast, réfugiés dans la nef, sentirent trépider l'édifice alors que la créature s'attaquait au mur latéral de l'église. Elle s'acharna sur les vitraux qui explosèrent au-dessus de ceux qui s'étaient réfugiés dans le sanctuaire. Prise de panique, la foule se rua vers les portes. Pendergast agrippa au passage le bras d'une vieille femme et la conduisit jusqu'à une porte donnant sur l'arrière du bâtiment. De son côté, Coldmoon prit sous sa protection un enfant et l'entraîna jusqu'au cimetière pendant que la créature, abandonnant l'église, repartait à l'assaut de la ville en poursuivant son œuvre de destruction.

Les deux hommes, réfugiés dans le petit cimetière, reprirent leur souffle.

— Il nous faudrait des armes lourdes, dit Pendergast en rechargeant son Les Baer. Nos pistolets sont largement insuffisants.

Coldmoon vérifia à son tour son arme.

— Peut-être, dit Coldmoon, mais jamais les renforts n'arriveront à temps. Nous savons déjà comment cette histoire va se terminer. Nous avons *vu* la suite. Savannah en ruine, cette église réduite à l'état de cendres.

Il croisa le regard de son aîné et comprit à quel point ce dernier était désespéré.

— Il nous reste une possibilité, décida brusquement Pendergast en lui posant une main sur l'épaule.

— Laquelle ?

— Il est peut-être possible de modifier l'avenir.

Coldmoon ouvrit de grands yeux.

— Mais comment ?

— Laissez-moi agir et ne cherchez pas à me suivre, répondit l'inspecteur avant de disparaître dans l'obscurité.

En levant les yeux, Coldmoon vit la créature fondre sur un groupe de fuyards, les serres en avant. Il lui restait encore quatre balles. Les poings serrés autour du Browning, il visa.

69

Réfugiée derrière le monument aux morts, la commissaire Delaplane avait improvisé son QG dans le bus de campagne du sénateur Drayton. Le véhicule disposait de tout ce dont elle avait besoin : un scanner de police, une liaison Internet à haut débit, ainsi qu'une batterie de téléviseurs réglés sur les principales chaînes d'information continue. Le bus était surtout relié à un groupe électrogène, un atout non négligeable puisque la ville était désormais plongée dans le noir.

Delaplane, dans l'incapacité de comprendre ce qui se passait, évitait soigneusement de se poser trop de questions afin de mieux se concentrer sur sa tâche. La tribune du meeting brûlait toujours ; quant au parc, il s'était vidé et ne restait plus que les victimes piétinées par la foule et les blessés dont les gémissements emplissaient l'air. Les rayons des torches électriques clignotaient dans la nuit par bribes, à mesure que de rares secouristes s'efforçaient de séparer les morts des vivants.

Il était impossible de fuir le centre historique autrement qu'à pied, les rues étroites bordant le parc étant congestionnées sur plusieurs centaines de mètres par des nuées de véhicules abandonnés, pour beaucoup en feu. Ces embouteillages géants empêchaient les ambulances et les camions de pompiers d'accéder au lieu du drame. Aux touristes habituels s'étaient joints les milliers de participants au rassemblement, arrivés à bord de bus qui contribuaient à bloquer la circulation. Les gens affolés, à la recherche d'un refuge, avaient envahi les restaurants et les hôtels les plus proches, mais la créature tout droit sortie de l'enfer continuait de tuer à l'aveugle, ébranlant les façades et détruisant les réverbères.

Avec l'aide de ses subordonnés, la commissaire cherchait désespérément un moyen d'évacuer la foule en ordre, sans y parvenir. Nombreux étaient ceux qui avaient perdu la tête face à l'ampleur de la catastrophe, y compris parmi ses troupes.

Un hélicoptère de la télévision, apparu dans le ciel au sud du quartier historique, filmait des images retransmises en continu sur l'un des écrans du bus de campagne. Il fallait croire que les reporters étaient idiots car le monstre, croyant voir débarquer un rival, se précipita vers l'appareil, serres en avant. Delaplane s'empara en toute hâte d'un fusil. Elle se précipitait dehors lorsqu'elle vit l'appareil tournoyer dans le ciel et s'écraser de l'autre côté du boulevard Martin Luther King en projetant dans la nuit une boule de feu.

Delaplane multiplia les ordres dans sa radio, sans grande efficacité, en constatant que le monstre survolait Whitaker Street en rase-mottes après avoir abattu l'hélicoptère. Elle tourna la tête en entendant des coups de feu du côté de l'église méthodiste. Deux silhouettes perchées sur le toit du clocher tiraient sans relâche sur la bête. Elle crut reconnaître ses collègues du FBI. Décidément, ces types ne manquaient pas de cran. Le monstre, agacé par cette pluie de balles, s'élança vers le clocher, le détruisit d'un battement d'ailes et se déchaîna à coups de griffes sur la façade du sanctuaire. Les nombreuses personnes réfugiées à l'intérieur du bâtiment en sortirent précipitamment, telles des fourmis fuyant un rondin en feu.

Elle décrocha sa radio.

— Que fabrique la Garde nationale ? On a besoin d'armes lourdes.

L'employée du central lui répondit d'une petite voix que les soldats, bloqués par les embouteillages, étaient dans l'incapacité de se rendre sur le lieu de la catastrophe.

— Dites-leur de rappliquer à pied ! hurla-t-elle, avant de se raviser : ou plutôt, passez-les-moi !

Quelques instants plus tard, on la mettait en communication avec le gradé en charge de l'opération. Celui-ci lui expliqua qu'il leur était impossible de rallier le centre historique en abandonnant derrière eux une partie de leur arsenal et de leurs munitions.

— Alors envoyez des hélicos ! s'énerva Delaplane.

Son correspondant lui répondit que plusieurs Black Hawk chargés de troupes et de missiles prendraient l'air au cours du quart d'heure suivant.

Le calme de son interlocuteur mit Delaplane hors d'elle.

— Un quart d'heure ? s'étrangla-t-elle. J'en ai besoin tout de suite ! Et où se trouvent les blindés qu'on m'a promis ?

Le gradé tenta de la rassurer en lui affirmant qu'ils essayaient de se frayer un chemin depuis les autoroutes les plus proches, mais que les véhicules abandonnés les retardaient.

— Dans ce cas, amenez-moi des troupes en bateau !

Cette fois encore, une telle possibilité avait été envisagée, mais l'opération était complexe, si bien que…

Delaplane coupa sa radio d'un geste rageur et se tourna vers la douzaine de fidèles restés à ses côtés. Des hommes et des femmes décidés et courageux qui attendaient ses ordres.

— Écoutez-moi ! La Garde nationale sera bientôt là, mais nous ne pouvons pas nous permettre de les attendre. Nous devons trouver un moyen d'abattre nous-mêmes cette saloperie. Vous êtes prêts ?

Tous acquiescèrent en silence.

La commissaire leva le canon de son fusil et l'arma.

— À l'attaque !

70

Pendergast remonta Whitaker Street en courant au milieu d'un chaos indescriptible. Sourd aux hurlements de la créature qui tournoyait inlassablement dans le ciel, il se faufila au milieu d'une masse de véhicules à moitié calcinés jusqu'à l'hôtel Chandler House.

Le quatrième étage était en ruine et le bâtiment, dont la façade était traversée de larges fissures, paraissait instable. Il s'avança sans hésiter dans le hall d'entrée qu'il trouva désert. Un épais nuage de poussière flottait dans l'air et des murs endommagés s'échappaient des grincements inquiétants. Il tira de sa poche une mini-torche Fenix, l'alluma puis se dirigea vers l'escalier conduisant au sous-sol et le dévala quatre à quatre. Il parcourut au pas de course le couloir longeant les pièces dans lesquelles étaient entreposés les vieux meubles de l'hôtel. C'est tout juste si la rumeur de la catastrophe lui parvenait encore alors que les craquements de la vieille bâtisse étaient omniprésents. Pendergast écarta la porte dissimulée au fond du placard et pénétra dans la pièce secrète. La voix de Constance résonna dans sa tête : *Ces univers forment des strates parallèles dans l'espace, à la façon de membranes*. Mais Constance ne leur avait pas tout dit, et Pendergast croyait deviner ce qu'elle leur avait caché.

Il fit la lumière dans le laboratoire d'Ellerby, soulagé de constater que le groupe de secours de l'hôtel fonctionnait encore. Rien n'avait bougé depuis leur visite : la machine était éteinte, l'aiguille du cadran positionnée à gauche.

Par chance, Pendergast avait réussi à devancer Constance.

Après s'être assuré qu'une balle était engagée dans le canon de son pistolet et qu'il disposait d'un chargeur plein, il abaissa l'interrupteur à couteau afin de lancer la machine et positionna le curseur sur le chiffre I. Le portail apparut entre les deux boules de cuivre. Pendergast monta l'aiguille du cadran jusqu'au II, se planta devant le portail, se remplit longuement les poumons et esquissa un premier pas hésitant avant de s'enhardir et d'entrer dans le champ de l'appareil.

Des arcs électriques bleus crépitèrent et il se sentit rejeté en arrière par une force invisible.

Il se releva lentement en cherchant à comprendre. Qu'avait-il bien pu négliger ? Il avait pourtant clairement vu de nombreux insectes s'échapper du portail. Quant au monstre, il ne faisait aucun doute qu'il en était sorti. Dans ce cas, comment expliquer que le trajet inverse fût impossible ?

En repensant aux événements de la soirée, une phrase qu'il avait lui-même prononcée lui revint à l'esprit : *le « trou » s'est élargi à mesure qu'Ellerby améliorait la machine et gagnait de plus en plus d'argent sur les marchés. Jusqu'au moment où le trou est devenu suffisamment large pour que quelque chose passe à travers. Depuis l'autre côté.*

À l'évidence, Ellerby s'était servi de la machine pendant plusieurs semaines afin de gagner une heure sur le temps. Or la créature n'avait franchi le portail que récemment : la toute dernière fois qu'Ellerby avait allumé l'appareil…

Soudain, tout s'éclaira. Ellerby, animé par sa cupidité, avait poussé le curseur au-delà de la seconde marque, créant de ce fait un portail suffisamment large pour laisser passer des créatures plus grandes que de simples insectes…

Le regard de Pendergast se posa sur le cadran. D'un geste sec, il poussa l'aiguille au-delà du chiffre II.

Le ronronnement de la machine s'intensifia et le portail s'écarta en dessinant des contours flous. Le spectacle de Times Square céda la place à un tunnel à l'extrémité duquel scintillèrent les néons du célèbre carrefour. *Les univers parallèles sont visibles lorsque l'on examine attentivement le tunnel.*

Pendergast tendit la main. Cette fois, la membrane se déchira sous la poussée de ses doigts. Il retira instinctivement sa main.

Il prit à nouveau sa respiration et, s'interdisant cette fois de réfléchir à ce qui l'attendait, franchit le portail d'un pas décidé.

71

Delaplane entraîna ses troupes à la suite de la bête, occupée à détruire une autre église, sur Drayton Street. Les assauts de la créature sur ce temple du christianisme achevèrent de convaincre la commissaire que le monstre sortait tout droit de l'enfer. Elle se demanda si l'heure de l'apocalypse, telle que l'avait décrite saint Jean, n'était pas venue. Elle-même croyante, elle avait toujours vécu en chrétienne honorable et son devoir lui dictait de combattre cette bête abominable, quel qu'en soit le prix.

Elle se dirigea vers l'extrémité nord du parc, dans le sillage de la créature qui venait d'abandonner les ruines de l'église. La voyant s'envoler vers le fleuve, la commissaire crut un instant qu'elle quittait la ville avant de comprendre que ses espoirs étaient vains lorsque le volatile fit demi-tour dans un battement de ses ailes monstrueuses. Celles-ci décapitèrent un réverbère dans une pluie d'étincelles en regagnant Drayton Street.

Delaplane se tourna vers ses équipes.

— Dispersez-vous en vous protégeant derrière les voitures, leur recommanda-t-elle. On tirera sur le monstre au moment où il passera au-dessus de nous.

Une nuée de véhicules encombraient la chaussée et les trottoirs de Drayton Street, offrant des abris aux policiers.

— Attendez mon signal, cria Delaplane qui voulait éviter les tirs inutiles, avant que le monstre se trouve à portée des pistolets.

Celui-ci volait très bas et une odeur pestilentielle de caoutchouc brûlé parvint à ses narines. De près, l'animal était effrayant. Sa tête tournait dans tous les sens en faisant trembler sa trompe en forme de seringue géante. Son corps tout entier, comme électrifié, irradiait une lueur bleutée au point qu'on aurait pu le croire transparent, tel un hologramme. La mort et la désolation qu'il semait sur son passage n'avaient pourtant rien d'artificiel.

Il survola la rue avec un vrombissement. Sur l'ordre de tir hurlé par la commissaire, un feu roulant se déclencha. La chose réagit violemment au déluge de plomb qui s'abattait sur elle. Un instant empêtrée dans la frondaison d'un vieux chêne, elle se dégagea d'un coup d'ailes et plongea vers le sol, les serres en avant. Les policiers tiraient sans relâche et la créature enragée s'abattit sur les voitures qu'elle balaya de ses griffes afin d'atteindre ses agresseurs. Figée par l'horreur, Delaplane vit ses serres se refermer sur le sergent Rollo. Elle le déchiqueta littéralement en s'envolant, se débarrassa de ce qui restait du corps du malheureux et plongea à nouveau avec l'intention de s'emparer d'une autre proie.

Les projectiles, s'ils provoquaient sa colère, ne semblaient nullement la blesser. L'espace d'un instant, sa silhouette monstrueuse devint floue avant de retrouver son apparence normale.

Delaplane, à court de balles, changea de chargeur. Prise d'un accès de rage, elle se releva en tenant la crosse de son Glock à deux mains et pressa la détente encore et encore jusqu'à l'épuisement de ses munitions en invectivant la bête. Ses yeux à facettes remplis d'une lueur assassine, celle-ci se jeta sur la commissaire, brillamment éclairée par le podium en flammes. Delaplane se débarrassa de son arme désormais inutile et brandit sa matraque télescopique qu'elle déploya, prête à ce qui serait probablement son dernier affrontement.

72

Pendergast se trouva entraîné dans le tunnel lumineux à l'extrémité duquel il apercevait Times Square, avec l'impression de voyager à travers un kaléidoscope fou. Le temps de s'orienter, il constata que le tunnel traversait une multitude de couches de lumières superposées, sans doute celles des univers parallèles qu'il devait franchir avant de parvenir au but. Secouées par des soubresauts, les couches se déployaient et se repliaient constamment sur elles-mêmes en révélant brièvement des mondes inconnus constitués de paysages étranges, de mers sans fin, de déserts brûlés par le soleil, de sommets qui perçaient le ciel, de volcans en éruption et de glaciers bleutés. Le corps tout entier de Pendergast brûlait tout en étant glacé, mais cette impression contradictoire laissa bientôt place à un chatouillement croissant, comme si chaque centimètre carré de sa peau était attaqué par une armée de fourmis rouges.

Imperméable à la douleur, il resta concentré sur la mission décisive qu'il s'était fixée, dans l'attente de l'instant où il découvrirait le monde qu'il cherchait.

Il fit un pas en avant, puis un autre, s'enfonçant jusqu'aux chevilles dans la lumière irréelle qu'il foulait, et fut soudain propulsé en avant de façon vertigineuse, comme libéré de toute force gravitationnelle. Des particules microscopiques envahirent l'espace qui l'entourait, scintillant comme autant de poussières d'or qui ondulaient de façon aléatoire.

Les mondes parallèles continuaient de défiler le long des parois du tunnel, tel des songes diaphanes. Apercevant brusquement celui qu'il recherchait, il y plongea résolument.

Il fut accueilli par un noir absolu, auquel succéda un blanc aveuglant. Pendergast, allongé sur le sol, mit un moment à reprendre ses esprits et se souvenir de ce qui lui arrivait, et même de qui il était. Ce sentiment de désorientation s'évanouit rapidement et il se releva en observant les alentours, incapable de savoir s'il avait perdu connaissance une minute, ou bien une heure. Sa montre, une Philippe Dufour manuelle, avait été malmenée par le voyage : l'aiguille des minutes et la trotteuse, emportées dans un tourbillon, avaient fondu dans le guilloché du cadran. En se retournant afin d'examiner le paysage, il faillit tomber. Il parvint à rétablir son équilibre en comprenant que la pesanteur dans son nouvel univers était moindre que celle à laquelle il était accoutumé sur terre.

Il foulait ce qui ressemblait à une plaine de sel soyeuse d'un blanc étincelant. Il fit un pas en avant en protégeant ses yeux de la main. Sa semelle souleva un léger nuage de flocons scintillants qui retombèrent dans son sillage. Le ciel, couleur saumon, tendait vers le noir sur sa périphérie. Il était parcouru de nuages aux formes étranges qui se traînaient avec une lenteur infinie. Respirant avec précaution, il s'aperçut que l'air, épais et poisseux, était porteur d'une forte odeur de caoutchouc brûlé.

Il se trouvait à portée d'une sorte de cratère volcanique dont les parois, d'un noir profond, s'élevaient au-dessus du sol immaculé. Un soleil bas, plus petit que celui de la Terre et d'une teinte rouge sombre, flottait au sommet de la crête déchiquetée du cratère. Un second soleil, plus modeste encore et d'un vert tirant sur le bleu, était posé à côté du premier. Ce monde était donc un système solaire à double étoile dont l'empyrée sombre était traversé d'éclairs livides. Sans être accompagnés de tonnerre, ceux-ci annonçaient une bataille céleste formidable. Leur foudre, loin de s'éteindre instantanément, était porteuse d'une énergie qui se dispersait lentement à la façon de gouttes d'encre sur un papier buvard. Des colonnes de sel cristallisé aux formes torturées dessinaient d'improbables tire-bouchons à perte de vue, évocatrices du sort réservé à la femme de Loth. Ici et là, de rares buissons d'épineux venaient tacheter de vert l'immensité salée. En les observant, Pendergast comprit soudain qu'il ne s'agissait nullement de végétaux, mais de créatures rampantes.

Il secoua la tête dans l'espoir de chasser la torpeur qui l'empêchait de se concentrer et distingua soudain, à quelques centaines de mètres, une meute d'animaux qui bondissaient dans sa direction. Il sortit son Les Baer et s'assura qu'il n'avait pas été abîmé par son périple. Les créatures, dotées d'une tête d'insecte, n'étaient pas sans rappeler l'être monstrueux de Savannah, avec ses yeux à facettes bulbeux, sa trompe et son corps caoutchouteux parcouru de veines.

La meute se dispersa à son approche afin de l'entourer et Pendergast comprit que les étranges bêtes l'avaient choisi comme proie. Porté par l'espoir qu'elles soient dotées de suffisamment d'intelligence pour avoir peur de lui, il les laissa s'approcher, alluma son viseur laser dont il arrêta le point rouge sur la poitrine du chef de la meute et appuya sur la détente. L'animal, projeté en arrière au milieu d'une giclée de sang, tournoya paresseusement dans l'air avant de retomber lentement en laissant dans son sillage une longue traînée écarlate ralentie par le manque de pesanteur.

Pendergast se félicita que l'animal ne soit pas à l'épreuve des balles.

Affolées, les autres créatures s'enfuirent à une allure impressionnante et disparurent de l'autre côté du cratère. Pendergast s'approcha afin d'examiner la dépouille de sa victime, étendue à une dizaine de mètres de lui. Il remarqua que le sang sur cette planète était plus sombre que celui des humains. Du pied, il retourna la carcasse. La créature possédait huit pattes, ce qui expliquait sa démarche ondulante, et s'apparentait davantage au règne des *insecta* qu'à celui des *animalia*. Sans doute cet univers parallèle avait-il favorisé l'essor des insectes au détriment du développement des mammifères.

Sa réflexion fut interrompue par une curieuse vibration. Un nuage d'insectes, constitué de plusieurs millions d'individus, se matérialisa à l'horizon avant de noircir le ciel au-dessus de sa tête. La nuée survola rapidement le cratère en laissant derrière elle plusieurs individus qui s'écrasèrent aux pieds de Pendergast. Un genou à terre, ce dernier constata qu'il s'agissait des mêmes insectes qu'il avait vus franchir le portail.

Il suivit des yeux la colonie qui s'éloignait lorsqu'il remarqua la présence d'une autre créature volante qui longeait la crête du cratère. D'énormes ailes caoutchouteuses, une tête d'insecte, des tétines velues qui pendaient sous son ventre... En un clin d'œil, il sortit de sa poche un monoculaire Leica, mais il était déjà trop tard, la créature avait disparu de l'autre côté du volcan.

Il eut pourtant l'intuition d'être en présence d'une créature de la même espèce que celle qui provoquait des ravages à Savannah, dans son propre univers. Peut-être même s'agissait-il de son double.

Il scruta le ciel à la recherche d'autres spécimens, en vain.

Désorienté par ce nouvel environnement qui ne laissait de l'étonner, il avait presque oublié que le temps lui était compté. Le bord du cratère s'étendait à moins d'un kilomètre, mais l'apesanteur relative pouvait l'aider à se déplacer rapidement. En s'élançant, il s'aperçut qu'il faisait des bonds comparables à ceux d'un kangourou. En quelques instants, il était arrivé à l'endroit où la paroi volcanique noire rejoignait le désert de sel et il entreprit l'ascension du cratère, hérissé de blocs de lave et de débris glissants. Cette fois encore, le manque de pesanteur joua en sa faveur. À condition de bien choisir sa trajectoire et d'éviter les êtres rampants qui hésitaient entre l'univers des insectes et celui des plantes épineuses, il pouvait gravir la pente en l'espace de quelques sauts. Une minute plus tard, il parvint à la crête et regarda de l'autre côté.

Mille mètres en contrebas, au fond du cratère de lave solidifiée, il découvrit un nid de sable rouge autour duquel étaient rassemblées une demi-douzaine de créatures, aux ailes repliées à la façon de celles d'une chauve-souris. Il porta le monoculaire à son œil. Au centre du nid se dressait un être boursouflé aux ailes flétries, d'une taille au moins trois fois supérieure à celle de ses congénères. La créature était posée sur ce qui ressemblait à un rayon de miel, à ceci près que ses alvéoles possédaient huit faces au lieu d'être hexagonales. Chacune de ces alvéoles abritait une larve jaune huileuse au corps parcouru de tubercules et de poils épais. La tête, minuscule, se terminait par une sorte de pipette pointue pointant vers le ciel. La créature boursouflée, sans doute une reine, nourrissait chacune des larves d'une épaisse mélasse noire qu'elle injectait directement dans les pipettes, à la façon d'une maman oiseau déposant des vers dans le bec béant de ses petits.

En éloignant le monoculaire de ce spectacle repoussant, Pendergast constata que l'une des créatures posées en périphérie du nid présentait, au niveau de son aile gauche, une cicatrice en forme de croix semblable à celle de la créature de Savannah. Le doute n'était plus permis, il se trouvait en présence du double du monstre qui attaquait la ville.

Ayant longtemps pratiqué la chasse au grand gibier, il savait comment abattre sa proie, mais le recours à son arme de poing allait le contraindre à s'approcher dangereusement. Il lui fallait surtout attirer l'animal à l'écart de ses congénères, car si tuer une telle créature était possible, il n'avait en revanche pas la moindre chance de réussite face à l'ensemble du groupe.

Il rempocha son monoculaire, testa la direction du vent avec un doigt mouillé et franchit la crête en rampant.

73

Par chance, le vent soufflait en direction du nid. Faute de savoir si les créatures étaient capables de sentir une présence humaine, Pendergast n'entendait pas prendre de risques inutiles.

Il n'avait malheureusement pas le temps de mûrir un plan. Chaque minute qui s'écoulait dans cet univers parallèle était synonyme de nouvelles victimes dans le sien. Sa montre ne fonctionnait plus, mais une demi-heure au moins s'était écoulée depuis qu'il avait assisté à la destruction de Savannah, avec une heure d'avance, sur les écrans de Times Square. Cette pensée l'incita à redoubler d'efforts.

Sur sa droite, le flanc du cratère était parsemé de cônes de lave qui s'étaient formés au moment de l'éruption avant de se figer en refroidissant. Quelques fumerolles continuaient de s'échapper des parois du volcan, lui offrant un abri bienvenu. Restait à régler un problème épineux : attirer loin du groupe la créature qui l'intéressait.

Pendergast se glissa avec milles précautions entre les cônes, sous la protection des écharpes de vapeur, au milieu d'une forte odeur de caoutchouc brûlé et de soufre. Une fois parvenu derrière la protubérance la plus proche du nid, il se hissa à son sommet afin de disposer d'un meilleur poste d'observation.

Le cône était escarpé, mais les rugosités de la lave lui offraient de nombreux appuis et il parvint sans difficulté au faîte de la colonne de pierre, aidé par l'apesanteur relative. Le sommet du cône était percé en son centre d'une cheminée naturelle qui s'enfonçait dans l'obscurité sans que de la vapeur s'en échappe.

Il glissa un regard derrière la colonne et découvrit le nid à moins de deux cents mètres. La moindre pesanteur dans ce monde parallèle, tout comme l'atmosphère moins dense, devraient faciliter son tir, mais avec un total de quatorze balles en comptant le chargeur du 1911 et celui de rechange qu'il avait en poche, ses chances d'abattre la créature n'étaient guère engageantes, sans parler de ses congénères.

Restait à savoir si ces monstres avaient l'ouïe fine. Sans être dotées d'oreilles, elles étaient probablement sensibles aux vibrations sonores, à en juger par les cris que poussait la créature de Savannah.

Le temps lui manquait pour s'interroger davantage. Ramassant un caillou, il le lança vers la droite et porta le monoculaire à son œil afin de juger de l'effet provoqué par sa manœuvre.

La petite roche retomba une cinquantaine de mètres plus loin et l'effet fut immédiat : les monstres relevèrent la tête, le tube qui leur servait de bouche s'agita furieusement tandis que leurs yeux à facettes se focalisaient sur la direction du bruit.

Les créatures entendaient parfaitement.

Du coin de l'œil, Pendergast crut distinguer un mouvement au-dessus du cratère. Il tourna la tête et se tétanisa en voyant apparaître dans le ciel une silhouette gigantesque. À l'aide du monoculaire, il suivit le monstre dans sa course en direction du nid. Aussi puissant que massif, doté d'une tête deux fois plus grosse que celle de la reine, le mâle avait une trompe visqueuse et des pattes énormes dont les veines se gonflèrent lorsqu'il posa ses serres sur le sol et replia ses ailes tout en saluant ses semblables d'un appel doux.

En découvrant le mâle, Pendergast pesta intérieurement contre lui-même de n'avoir pas compris qu'il était jusque-là en présence de femelles. Il allait devoir affronter un adversaire plus redoutable encore. Pour la première fois depuis qu'il avait renoncé à chasser, il regretta l'absence de son Holland & Holland .500/465 à double canon, capable d'abattre les bêtes les plus puissantes.

Il chassa cette pensée inutile de son esprit afin de s'interroger sur les possibilités qui s'offraient à lui. Si le mâle était le premier défenseur du groupe chez certaines espèces, ce n'était pas le cas d'insectes sociaux comme les abeilles dont la protection reposait sur les femelles. Restait à savoir ce qu'il en était de ces monstres.

Il lança un nouveau caillou et le mâle partit en exploration en tournoyant au-dessus de l'endroit où était tombée la pierre sans remarquer la présence de Pendergast, tapi derrière la colonne de lave.

L'animal géant, rassuré, regagna bientôt le nid, mais Pendergast savait désormais qu'il lui faudrait le tuer en premier s'il espérait abattre la jeune femelle qui l'intéressait.

Il allait également devoir déterminer quelle partie du corps de l'animal viser. Si ces créatures possédaient un cœur, ce qui n'était pas assuré, se contenter de deviner son emplacement était trop risqué étant donné leur taille et leur physiologie d'un type inédit. Sans compter que ces monstres pouvaient posséder trois cœurs, à l'image du moustique auquel ils s'apparentaient.

Le plus sûr moyen était donc de viser la tête, ce qui serait délicat étant donné sa petite taille.

Pendergast lança un troisième caillou en calculant soigneusement la distance, puis il se prépara à passer à l'attaque, le Les Baer au poing. Ainsi qu'il l'avait voulu, la pierre roula au pied du cône sur lequel il était perché.

Le mâle releva vivement la tête et prit son essor en laissant échapper un cri strident. Il survola la zone où était tombé le caillou en tournant la tête de tous les côtés et tournoya près du cône à plusieurs reprises en attendant d'avoir l'assurance que tout était normal. Pendergast attendit l'instant précis où il s'apprêtait à regagner le nid pour se lever en agitant les bras, un cri à la bouche.

Le monstre vira sur l'aile, son regard se fixa sur l'intrus et il fonça droit sur Pendergast, conformément aux espoirs de celui-ci. Le bras tendu, l'inspecteur attendit le moment le plus propice pour tirer. La créature était encore plus effrayante qu'il ne l'avait pensé. Sa carapace, proche de celle d'un rhinocéros, était couverte de poils gluants et laissait entrevoir un réseau dense de veines gonflées, aussi grosses que des tuyaux de plomberie.

Il enfonça la détente à deux reprises en visant la tête et le Les Baer tressauta furieusement entre ses poings serrés. La bête poussa un rugissement de rage et ses serres griffèrent le cône de lave à l'instant où Pendergast se jetait à plat ventre. Le monstre rebroussa chemin d'un coup d'ailes en volant de guingois, l'un de ses yeux pendant du nerf optique. Il agitait furieusement sa trompe dans tous les sens et passa si près de Pendergast que celui-ci distingua clairement les rangées de dents acérées qui en recouvraient l'embouchure.

Il fit à nouveau feu par deux fois en visant l'œil valide du monstre qui explosa comme une pastèque. Il se jeta aussitôt à terre, sans parvenir à éviter cette fois les serres de la bête qui lui labourèrent l'épaule gauche en le projetant sur la pente de lave.

Pendergast, étouffant un cri de douleur, arrêta sa chute en s'agrippant de la main droite à un bloc de roche volcanique tandis que l'énorme monstre battait rageusement l'air de ses serres avant de s'écraser en contrebas dans un déluge de sang.

Attirées par le combat, les six autres créatures abandonnèrent la reine et se précipitèrent vers Pendergast. Conscient que jamais il ne pourrait les combattre simultanément, l'épaule en sang, il serra la crosse du Les Baer des deux poings, visa posément l'abdomen de la reine et tira. La bête se trouvait à deux cents mètres, mais elle offrait une cible impossible à manquer et l'inspecteur fit mouche.

La reine laissa échapper un couinement de cochon, son dos se tendit et sa tête se releva en pivotant de droite à gauche. La manœuvre eut l'effet espéré car les six petits se précipitèrent à son secours. D'un coup d'œil, Pendergast constata que le mâle, gisant au pied du cône de lave, se débattait encore alors qu'un flot d'un épais liquide s'échappait de ses yeux explosés.

Pour l'heure, le monstre géant ne présentait plus aucun danger. Quant à la reine, elle multipliait les couinements en donnant l'impression qu'il s'agissait davantage d'un langage que de cris animaux.

Les six créatures qui se précipitaient à son secours opérèrent un demi-tour inopinément et se ruèrent à l'assaut du cône qu'elles cernèrent en volant en spirale afin de compliquer la tâche de leur adversaire. Pendergast comprit qu'il avait eu tort de sous-estimer leur intelligence et leur sens de la stratégie.

En les voyant se jeter sur lui de six côtés différents, il comprit quelle était la voie du salut. À l'instant où les monstres allaient l'atteindre, il se jeta dans la cheminée qui traversait le cône de lave et s'y enfonça à la hâte en se retenant aux aspérités avec les pieds afin de ne pas risquer une chute dans les profondeurs du puits. Une fois calé contre la paroi, il serra la crosse du Les Baer de sa main valide et visa l'ouverture.

La première créature, à peine atterrie sur le cône, passa la tête dans le trou et sa trompe meurtrière fouilla l'obscurité en lui frôlant l'épaule avec un bruit de succion terrifiant. Il fit feu et l'animal disparut, instantanément remplacé par un autre à la trompe vengeresse, puis par un troisième à mesure qu'il enchaînait les tirs. Arrosé par le liquide gluant des monstres qui s'évertuaient à vouloir le frapper et le vider de son sang à l'aide de leur dard, il changea de chargeur et poursuivit son feu roulant en abattant les créatures l'une après l'autre.

Soudain, le plus grand silence lui répondit.

Pouvait-il avoir abattu tous ses agresseurs ? Il sortit son chargeur et constata qu'il lui restait trois balles. Un flot de sang tiède lui dégoulinait le long du bras gauche avant de se répandre dans le vide en s'égouttant de ses doigts. Le temps lui était compté.

À peine tentait-il de remonter à la surface du cône en s'aidant de ses jambes qu'il fut pris de vertige. À en juger par tout le sang qu'il perdait, les griffes du mâle avaient atteint, voire sectionné l'artère subclavière. À cette blessure s'ajoutaient celles, moins graves, provoquées par les dards des créatures. Pendergast souffrait d'hypotension, il lui fallait stopper l'hémorragie au plus vite.

Sentant progressivement ses forces l'abandonner, il rengaina son arme et parvint à se débarrasser de sa veste en faisant fi de la douleur, puis il déchira avec ses dents la manche de sa chemise et s'en servit pour confectionner un garrot de fortune qu'il serra au-dessus de la clavicule. S'il perdait connaissance dans cette cheminée, il basculerait dans le vide. Il lui fallait en sortir sans attendre.

Rassemblant le peu de forces qu'il lui restait, il se hissa jusqu'au rebord du conduit et se laissa glisser le long de la paroi extérieure du cône en calant ses pieds contre les aspérités de la roche volcanique pour ne pas dévaler la pente escarpée. En plus de l'énorme mâle, cinq créatures gisaient au pied de la masse de lave, la tête explosée. C'est tout juste si l'une ou l'autre d'entre elles remuait encore.

Pendergast se demanda avec angoisse où se trouvait la sixième.

Il obtint la réponse à sa question en voyant la survivante de la portée, bien reconnaissable à la cicatrice en forme de croix qui marbrait l'une de ses ailes, fondre sur lui à contre-jour en poussant un cri sauvage. Dos à la paroi, Pendergast sortit péniblement le Les Baer, leva le bras avec le peu d'énergie dont il disposait encore et épuisa son chargeur en tirant à trois reprises sur le monstre au moment où celui-ci s'abattait sur lui en raclant la pierre de ses serres. La bête s'écroula sur le flanc, à cheval sur le corps de Pendergast qui sentit s'agiter dans un dernier spasme les horribles tétines. Il voulut se dégager de cette masse étouffante, mais la créature était bien trop lourde et lui-même, trop faible.

Le combat titanesque s'achevait, mais Pendergast restait prisonnier de son ultime adversaire, aveuglé par le double soleil de ce monde inconnu. Quand bien même il aurait réussi à repousser le monstre qui le clouait contre le cône de lave, le portail se trouvait à plus d'un kilomètre et jamais il ne parviendrait à parcourir une telle distance. Son champ de vision se rétrécit, signe qu'il était au bord de l'évanouissement, et l'étrange univers dans lequel il se trouvait se referma lentement sur lui.

Il n'y avait aucun secours à espérer. Personne ne savait où il se trouvait, encore moins par quel moyen il avait atteint ce monde parallèle. Alors que son esprit s'éteignait, il se résigna à la tristesse d'un sort qui le contraignait à mourir là, dans la plus grande solitude, sans personne pour le pleurer.

74

Coldmoon, perdu au milieu des véhicules en feu abandonnés sur Drayton Street, avait vidé depuis longtemps le chargeur de rechange de son Browning Hi-Power. À court de munitions, il ne pouvait qu'assister, impuissant, au chaos provoqué par la créature qui se jetait sans relâche sur toutes les proies passant à sa portée : êtres humains, chiens, pigeons, voitures. La plupart des habitants de la ville avaient réussi à se réfugier à l'intérieur des bâtiments, mais le monstre, rendu fou par la rage, s'en prenait à présent aux immeubles eux-mêmes dont il arrachait les façades à coups de griffes en battant de ses ailes monstrueuses. Coldmoon croyait voir en lui Wakinyan, le dieu Tonnerre.

Faute d'électricité, sinon dans les rares lieux équipés de groupes électrogènes, le spectacle de désolation qui s'offrait à lui n'était éclairé que par le rougeoiement des incendies. La ville tout entière ne tarderait pas à ressembler aux ruines fumantes aperçues quarante minutes plus tôt sur les écrans géants de Times Square.

Au fond de lui, il avait la conviction que l'on n'arrêtait pas le cours du temps : pour avoir entrevu l'avenir, il savait que tout effort était futile. Pendergast, fidèle à ses habitudes, avait disparu, sans doute porté par l'espoir de mener une ultime tentative, mais il ne pouvait rien contre le destin. Coldmoon enrageait de sa propre impuissance. Que faisaient donc la Garde nationale, l'armée, les commandos du SWAT ? Pourquoi leur fallait-il aussi longtemps pour intervenir ? Sans doute était-il trop tard pour sauver Savannah, mais la bête qui en arpentait les ruines était plus vivante que jamais. Quelles que soient sa nature et son origine exactes, il existait *forcément* un moyen de l'abattre…

Des coups de feu crépitèrent du côté de Gaston Street. Il restait donc quelques poches de résistance. Des flics, probablement. Le mieux était encore de les rejoindre. Avec un peu de chance, ils pourraient lui fournir des munitions. L'instant suivant, il se faufilait au pas de course entre les voitures en direction des détonations.

Au coin de Whitaker et de Gaston, il aperçut la commissaire Delaplane, entourée d'une demi-douzaine de ses subordonnés. Réfugiés dans une carcasse de bus, ils tiraient sur la créature qui tournoyait au-dessus d'eux. D'un bond, il rejoignit Delaplane. Couverte de boue, son uniforme en bataille, elle avait à l'avant-bras gauche une blessure qui saignait abondamment. Près d'elle était posée une matraque télescopique toute tordue.

— Que vous est-il arrivé ? l'interrogea Coldmoon en désignant son bras.

— Je me suis frottée à lui.

— Comment vous sentez-vous ?

— Nettement mieux depuis que je suis arrivée à notre dépôt de munitions.

Elle lui montra d'un geste un tas recouvert d'une bâche à l'arrière du bus. Coldmoon se hâta de remplir ses deux chargeurs de balles de 9 mm.

— Que peuvent bien ficher nos troupes ? demanda-t-il en rejoignant la policière.

— Les troupes, c'est *nous*, rétorqua Delaplane.

— Et la Garde nationale ?

Elle ne lui répondit pas immédiatement, préférant tirer en direction de la bête avant de se réfugier dans son abri.

— On m'a expliqué qu'il fallait les « mobiliser », grinça-t-elle. Il paraît que les renforts n'arrivent pas à passer puisque tout est bloqué, et qu'il est impensable d'envoyer d'autres hélicos depuis que ce monstre en a détruit deux en vol. Ils sont en train de réunir des blindés et des tanks, encore faudrait-il qu'ils puissent parvenir jusqu'ici.

— On a fait appel à eux il y a plus de quarante minutes !

— Les quarante minutes les plus longues de l'Histoire.

Énervée par les tirs, la créature se rua sur le bus dont elle racla le toit avec ses serres dans un grincement de tôle et de plastique arraché. Elle reprit de l'altitude et fondit à nouveau sur le lourd véhicule. Cette fois, elle parvint à arracher du sol l'une des adjointes de Delaplane qui poussa un hurlement. La malheureuse se débattit follement en tirant sur la bête, mais celle-ci la fit taire définitivement en la transperçant de son dard sanglant.

— Saloperie de bestiole ! gémit Delaplane en bondissant sur ses jambes.

Folle de rage, elle quitta l'abri du bus afin de disposer d'un meilleur angle de tir et vida son chargeur sur la créature avec un courage proche de l'inconscience.

La bête se débarrassa instantanément de sa proie et se précipita sur elle, les serres en avant. Coldmoon s'accroupit en position de tir tout en ayant conscience de la futilité de sa réaction. Delaplane était perdue. Il laissa échapper un cri de rage, incapable de détourner le regard alors que la bête s'apprêtait à déchiqueter la commissaire.

À l'ultime seconde, un phénomène inexplicable se produisit : les contours du monstre se troublèrent à la façon d'une image brouillée par la neige sur un vieux poste de télévision. Des arcs électriques s'échappèrent de ses ailes en crépitant. Renonçant soudainement à l'attaque, elle reprit de l'altitude et la lueur bleutée qui l'entourait s'intensifia tandis qu'elle articulait péniblement un cri d'agonie. Son corps tout entier se mit à trembler, elle laissa échapper un hurlement rauque, son aura se dissipa dans un éclair aveuglant et elle se disloqua en plein ciel, sa chair donnant l'impression de se dissoudre autour de son squelette. L'instant suivant, elle retombait avec fracas sur la pelouse du parc, réduite à une masse fumante d'ossements brillants, à un crâne minuscule percé d'orbites béantes, à la masse dérisoire du tube qui lui avait servi de trompe. Ses os eux-mêmes se dissipèrent alors dans un crépitement d'étincelles avant de tomber en poussière sans laisser la moindre trace sur l'herbe calcinée au-dessus de laquelle flottait une odeur grasse de caoutchouc brûlé.

— C'était quoi, ça ? murmura Delaplane, éberluée, en baissant son arme.

— Aucune idée, lui répondit Coldmoon.

Les policiers qui les entouraient quittèrent leurs abris respectifs dans le plus grand silence, pétrifiés par la surprise.

— Cette saloperie a tout bonnement…

La commissaire laissa quelques instants sa phrase en suspens avant de conclure :

— Elle nous a fait le coup de la méchante sorcière de l'Ouest du *Magicien d'Oz*.

Coldmoon se retourna d'un bloc en entendant un grand bruit et vit un tank de l'armée se frayer un chemin au milieu des voitures incendiées, suivi par plusieurs véhicules blindés transportant des soldats armés.

— Et voilà la cavalerie, déclara Delaplane avec amertume. Juste à temps, comme toujours.

75

Le bruit d'une humanité en délire. Des gens qui courent dans tous les sens en hurlant, en se piétinant. Des chevaux qui se cabrent, se libèrent de leur attelage et foncent au milieu de la foule. Des omnibus bloqués à tous les carrefours au milieu de la masse de ceux qui fuient. Une série d'explosions violentes, la fumée qui noircit le ciel... Et, quelques centaines de mètres au-dessus des immeubles et des maisons, une silhouette interminable qui émerge silencieusement des nuages...

Constance écarta brusquement les paupières dans le noir complet. À mesure qu'elle reprenait ses esprits, elle comprit que cette vision dantesque n'était pas un cauchemar, mais un souvenir. Celui du jour où elle avait vu le *Graf Zeppelin* survoler New York, au terme de son voyage inaugural au-dessus de l'Atlantique, avant de se poser à Lakehurst. Ce jour-là, les gens ne criaient pas de terreur, mais d'enthousiasme dans la magie des feux de Bengale. Et Constance ne se trouvait pas dans un lit, mais enfouie sous les décombres du dernier étage de Chandler House.

Elle resta un long moment sans bouger dans l'obscurité, le temps de se rappeler ce qui s'était passé. Alors qu'elle affrontait la créature sur le balcon, le bazooka de Frost avait éclaté. Constance avait porté cette dernière à l'intérieur et la vieille femme, avant de mourir, lui avait glissé quelques mots à l'oreille. Au même moment, la bête s'était jetée sur le dôme de l'hôtel qui s'était écroulé sur Constance.

Bien réveillée à présent, elle s'étonna du silence qui l'entourait. Elle se redressa en entendant résonner dans sa tête les dernières paroles de Frost. Des taches noires flottèrent devant ses yeux. Elle repoussa péniblement la solive brisée qui lui coinçait la jambe et se tâta précautionneusement les côtes, les épaules, le dos. Elle avait mal partout, mais il n'y avait apparemment rien de cassé. Elle se libéra des gravats, se releva et toussa sous l'effet de la poussière de brique qu'elle respirait. Elle tenta un premier pas, puis un autre, avançant à tâtons au milieu des débris de meubles, de charpente, de plâtre. Elle buta contre une cloison qu'elle explora de la main jusqu'à ce qu'elle trouve une poignée de porte. Elle parvint, non sans difficulté, à écarter celle-ci et s'avança, guidée par une faible lueur rouge.

Contrairement à ce qu'elle croyait, elle ne se trouvait pas au dernier étage, mais dans un couloir partiellement effondré, faiblement éclairé par des blocs de secours. Ses yeux, accoutumés de longue date à la pénombre, s'habituèrent et elle reconnut le troisième étage de l'hôtel.

Frost. La vieille femme avait définitivement disparu, mais le message qu'elle lui avait transmis était clair. Elle descendit les marches jusqu'au rez-de-chaussée et gagna le sous-sol. Combien de temps était-elle restée évanouie ? Tout était silencieux à l'extérieur, les hurlements de la bête s'étaient tus.

Elle longea le couloir du sous-sol, traversa le placard et se retrouva dans la pièce secrète abritant la machine. Surprise, elle s'aperçut que celle-ci fonctionnait à plein régime, l'aiguille du cadran bien au-delà du chiffre II. Le portail tel qu'elle l'avait vu n'était plus le même. La vue de Times Square avec une heure d'avance sur le temps présent avait laissé la place à un tunnel lumineux à la surface trouble, comme si quelqu'un en avait récemment perturbé l'onde.

Elle regarda sa montre. Plus de trois quarts d'heure s'étaient écoulés depuis qu'ils avaient découvert les images annonciatrices de la destruction de Savannah.

Mais là n'était pas l'essentiel. Jusqu'à nouvel ordre, en tout cas. Elle scruta le portail et constata que l'image à l'extrémité du tunnel de lumière se stabilisait, révélant une fois de plus un Times Square lointain. Plus exactement, le Times Square qu'elle avait connu autrefois, à l'époque où ce carrefour se nommait encore Longacre Square, reconnaissable à ses pavés crasseux, à ses poteaux auxquels les conducteurs de calèches accrochaient leurs chevaux, avant l'arrivée de l'automobile. Des agents de police, armés d'un bâton et coiffés de casques semblables à ceux des soldats prussiens, réglaient le ballet des chariots et des voitures à cheval.

Comme dans une boule à neige, la scène lui rappela son enfance très lointaine.

Mais elle avait assez perdu de temps. Sans une hésitation, elle plongea à travers le portail.

76

Constance se sentit emportée par une vague déferlante. Ballottée dans tous les sens, traversée par des rais de lumière entre deux zones d'ombre, elle parvint enfin à se stabiliser sur un terrain spongieux. Tout au bout du tunnel se trouvait l'un des lieux de son enfance, preuve qu'elle ne se dirigeait pas vers le futur, à quelques minutes ou à une heure d'intervalle, mais qu'elle remontait le temps. Les univers parallèles se succédaient sur son passage, comme si elle feuilletait un livre magique dont chacune des pages s'ouvrait sur un monde surprenant, ou terrifiant.

La bête qui s'était abattue sur Savannah s'était échappée de l'un de ces mondes, restait à déterminer lequel. Tout en se posant la question, elle vit défiler sous ses yeux une multitude de strates successives qui se repliaient sur elles-mêmes. Soudain, elle aperçut un insecte, une sorte de libellule difforme à tête de moustique qui se débattait dans l'un de ces replis. La reconnaissant, elle voulut rejoindre son monde.

Désorientée l'espace d'un instant, elle se retrouva allongée sur le dos au milieu d'une immense plaine d'un blanc immaculé. Elle se releva péniblement et récupéra dans sa poche le stylet qui ne la quittait jamais. Les tempes bourdonnantes, elle observa le paysage étrange qui l'entourait : le désert étincelant, les parois sombres d'un cratère volcanique dans le lointain, les deux soleils au firmament, le ciel d'un rose saumon qui virait au noir sur son pourtour.

En baissant les yeux, elle découvrit sur le sol poudreux l'empreinte d'un corps allongé, ainsi que des traces de pas qui s'en éloignaient.

Elle examina celles-ci de plus près et identifia la forme des semelles de Pendergast.

Ce qu'elle redoutait s'était bien produit. Son tuteur, parvenant aux mêmes conclusions qu'elle, avait franchi le portail avant elle. Il était même possible qu'il ait accompli la mission qu'il s'était fixée, à en juger par le calme qui régnait autour de Chandler House lorsque Constance avait repris connaissance. Pendergast avait-il réussi à tuer le monstre ici même, dans son univers d'origine ?

Les traces du voyageur s'éloignaient, sans revenir dans le sens inverse.

Le cœur battant, stylet à la main, elle suivit les empreintes en marchant d'un pas vif, sans se soucier de son corps endolori, aidée par l'apesanteur relative de l'atmosphère. Elle avait parcouru plusieurs centaines de mètres lorsqu'elle aperçut des sortes de hyènes à tête d'insecte qui prirent la fuite en la voyant.

Les traces de Pendergast se dirigeaient tout droit vers le cratère. Elle allait arriver aux parois de lave lorsque le sol trembla sous elle. Une faille s'ouvrit sur sa droite dans un nuage de poudre blanche et elle se figea.

La fissure s'élargit et une tête émergea du sol : le crâne brillant et les yeux d'un scarabée aux longues mandibules incurvées qui claquaient l'une sur l'autre. L'animal l'observa quelques instants avant de s'extraire de la poudre blanche, révélant un long corps visqueux sur l'abdomen duquel étaient accrochés des œufs.

Constance resta immobile, refusant de se laisser impressionner.

La créature acheva de sortir du sol en ondulant, sans cesser de claquer des mandibules. Longue de plus d'un mètre cinquante, elle s'approcha lentement sans dissimuler ses intentions. Il était clair qu'elle était en chasse et considérait la nouvelle venue comme une proie.

Constance, comme statufiée, avait compris que la moindre tentative de fuite lui serait fatale.

— Recule ! ordonna-t-elle à la bête, le manche du stylet serré entre ses doigts.

La créature se ramassa sur elle-même, prête à bondir, en l'observant de ses yeux exorbités.

Constance soutint son regard. L'approcher pour la poignarder était impossible, les mandibules, d'une force incroyable, mesuraient plus de trente centimètres.

Elle retourna le stylet dans sa main, saisit la lame entre le pouce et l'index, visa et lança le couteau de toutes ses forces.

La lame s'enfonça dans l'œil gauche de l'animal qui éclata avec un chuintement répugnant en vomissant un gel verdâtre. Le monstre laissa échapper un sifflement aigu en claquant des mandibules et enfonça sa queue dans le sol dans lequel il s'enfouit au milieu d'un nuage blanc en abandonnant derrière lui une mare visqueuse, ainsi que le stylet.

— Vacherie de saloperie, gronda Constance en ramassant l'arme qu'elle s'empressa d'essuyer.

Quelques minutes plus tard, elle entamait l'ascension du cratère. Parvenue au sommet, elle glissa un œil prudent au-dessus de la crête et fut prise d'un mouvement de recul en découvrant dans un nid de sable rougeâtre un monstre, assis sur une sorte de rayon de miel rempli de larves, qui agitait la tête désespérément en poussant des couinements. Du sang s'écoulait d'une plaie manifestement provoquée par une balle.

Un spectacle tout aussi brutal attira l'attention de Constance quelques centaines de mètres plus loin, dans une zone basaltique peuplée de cônes de lave. Au pied de la colonne la plus proche du nid gisaient une demi-douzaine de créatures semblables à celle qui avait détruit Savannah. Leurs têtes d'insectes explosées, elles baignaient dans une mare de sang. Une autre, ses ailes brisées, s'était écroulée sur le flanc du cône, dissimulant partiellement un corps humain.

Constance poussa un cri et franchit la crête d'un bond. Elle tomba et s'écorcha dans sa précipitation avant de se relever et de courir jusqu'à la colonne de lave.

L'ignoble créature, figée dans la mort, les yeux à moitié fermés, était tombée sur Pendergast.

— Aloysius ! s'écria Constance en prenant la tête de son tuteur entre ses mains.

Elle posa un doigt sur sa carotide sans rien sentir. Le sang de l'inspecteur détrempait les rochers sur lesquels il était allongé.

Le plus urgent consistait à dégager le monstre qui l'étouffait.

Elle attrapa la créature par la trompe et l'une de ses ailes, mais elle eut beau tirer, le monstre refusait de bouger.

Elle saisit l'aile à deux mains et tira de plus belle, pensant être aidée par la pente et la faible pesanteur, mais c'est tout juste si le monstre bougea de quelques centimètres.

Refusant de se décourager, elle se plaça alors au-dessus de l'animal, s'allongea sur la lave et pesa de tout son poids avec ses pieds sur la bête.

Ses efforts finirent par payer et une seconde poussée lui permit enfin de dégager le corps de Pendergast dont elle examina les blessures. Son thorax était couvert de sang et un garrot de fortune lui emprisonnait l'épaule gauche. Le tissu avait fini par se desserrer et la plaie continuait à suinter. Elle s'empressa de resserrer le garrot avant de comprimer la blessure avec ses mains. Cette fois, en posant un doigt sur la carotide, elle crut sentir faiblement le pouls du blessé.

Après avoir mis ce dernier en position assise, elle le tira par les bras et parvint, au prix d'un terrible effort, à le charger sur son dos. Curieusement, le corps de Pendergast lui parut étrangement léger et elle attribua initialement ce phénomène à tout le sang qu'il avait perdu avant de comprendre qu'il s'agissait d'une simple conséquence de la faible pesanteur.

Elle tituba jusqu'au pied du cône de lave, puis elle se mit en marche avec son fardeau. Le sang du blessé commençait déjà à détremper les vêtements de Constance, mais elle voulut y voir un signe positif : tant qu'il saignait, cela signifiait que le cœur continuait de battre, même faiblement.

*

* *

Aloysius Pendergast se sentait perdu, comme détaché de son corps. Le spectacle étrange d'une plaine immaculée sous un ciel différent de tous ceux qu'il avait pu connaître défilait lentement devant ses yeux. Il avait l'impression de marcher et de flotter tout à la fois. À mesure qu'il reprenait ses esprits, il finit par comprendre la raison de cette curieuse sensation de flottement : quelqu'un le portait sur ses épaules. Il se sentit à nouveau flotter et la voix de Constance lui murmura des encouragements à l'oreille. L'instant suivant, il faisait une chute interminable tandis qu'une lumière aveuglante lui brûlait les yeux et qu'un chatouillement indescriptible hérissait les poils de ses bras. L'impression de chute cessa brusquement lorsqu'il atterrit sur un sol de béton. On le tira dans le noir et un concert de voix effrayées le tira de sa torpeur.

— Il frise l'exsanguination !

— Il est en hypotension, répondit une voix masculine. Vite ! Une piqûre d'adrénaline ! Il faut procéder immédiatement à une transfusion. Nous n'avons pas le temps de vérifier son groupe sanguin, donnez-moi des poches de sang O négatif !

Pendergast se sentait à mille lieues de toute cette agitation. Deux silhouettes indistinctes se matérialisèrent dans son champ de vision, il sentit que l'on découpait sa chemise et que l'on s'escrimait sur son épaule gauche. Une femme couverte de sang de la tête aux pieds se tenait à l'écart. Elle avait une allure effrayante et il ne comprit pas immédiatement qu'il s'agissait de Constance. Il voulut parler, savoir si elle allait bien, mais ses lèvres restèrent paralysées et il bascula à nouveau dans un trou noir.

— Mademoiselle ? s'éleva une voix inquiète tout au fond de sa conscience. Vous êtes blessée, vous aussi ?

— Il s'agit de son sang, et non du mien, répondit-elle sèchement.

Pendergast, enveloppé par une nuit sans fin, sentit celle-ci se déchirer l'espace d'un éclair lorsque lui parvinrent encore quelques mots :

— Pourra-t-il… pourra-t-il survivre à ses blessures ?

— Oui, mademoiselle. Il va s'en sortir.

77

L'inspecteur Coldmoon prit place autour de la table en compagnie de quatre personnes : la commissaire Delaplane, l'inspecteur Sheldrake, le Dr McDuffie, ainsi que son collègue Pendergast. Ce dernier avait retrouvé une allure ordinaire, plus pâle que jamais dans son costume funèbre dont la veste dissimulait un bras en écharpe, une expression énigmatique sur ses traits, comme à l'accoutumée. Il avait frôlé la mort et restait très faible.

La salle de réunion, au cinquième étage de l'immeuble occupé par les services du comté de Chatham, se trouvait au coin du bâtiment et disposait de larges baies vitrées sur deux de ses côtés. À l'ouest, le soleil du matin illuminait une zone industrielle en périphérie d'un quartier populaire le long duquel se dessinait le ruban de l'autoroute I-16. Ce paysage paisible tranchait de façon crue avec le spectacle de désolation que l'on apercevait du côté sud. On aurait pu se croire dans une ville en ruine après le passage de la Luftwaffe au cours de la Seconde Guerre mondiale.

Une semaine s'était écoulée depuis que le *caꞵúŋka* géant – Coldmoon ne voyait pas comment il aurait pu user d'un terme différent de celui de « moustique » – avait terrorisé et partiellement détruit le centre-ville de Savannah avant de mourir subitement. Du moins était-ce la thèse à laquelle souscrivait le jeune inspecteur qui avait vu de ses propres yeux le monstre disparaître dans une explosion de fumée traversée d'éclairs que n'aurait pas reniée le prestidigitateur David Copperfield.

En l'absence de cadavre, l'enquête avait pris un tour à la fois désespéré et parfaitement ridicule. Une nuée de militaires, de spécialistes du Centre pour le contrôle et la prévention des maladies en combinaisons stériles, d'équipes du ministère de la Santé et d'enquêteurs envoyés par des agences gouvernementales dont il ne voulait même pas connaître l'origine exacte s'était abattue sur la ville. À défaut d'avoir pu arriver à temps pour prévenir le carnage, ils avaient collecté avec zèle une quantité impressionnante de brins d'herbe calcinés, de briques cassées et d'éclats de verre avant de réunir toutes les photos et vidéos prises par les témoins à l'aide de leurs smartphones. Des quartiers entiers de la ville restaient bouclés. Des camionnettes et des mobile-homes aux sigles de services divers formaient des villages improvisés dans la plupart des parcs et des squares de la ville, au milieu des projecteurs et des groupes électrogènes.

Les autorités, d'abord tentées de dissimuler la réalité des faits, avaient fini par rendre les armes face à la masse des reportages, des images et des témoignages de tous ceux qui avaient assisté aux ravages provoqués par la bête. Elles s'étaient finalement contentées de publier une déclaration pour le moins floue dans laquelle il était question d'un « mutant d'un type inédit », avant de promettre une « enquête poussée », ainsi que des recherches approfondies afin de s'assurer qu'aucune créature anormale ne se dissimulait dans la région.

Les habitants de Savannah avaient réagi bien différemment à la catastrophe. Retroussant leurs manches, ils avaient décidé de rebâtir leur ville. Le bilan humain se révélait moins terrible qu'on ne l'avait cru. Le monstre s'en était pris essentiellement aux assistants et aux partisans du regretté sénateur Drayton, ainsi qu'à des touristes qui avaient eu la malchance de se trouver au mauvais endroit au mauvais moment. Les plus riches habitants de Savannah avaient décidé de mettre la main à la poche pour reconstruire leur cité. Ajouté au fonds d'indemnisation contre les catastrophes naturelles, cet élan allait permettre non seulement de rebâtir les secteurs dévastés, mais aussi de réhabiliter des sites historiques qui en avaient besoin depuis longtemps.

Ces nouvelles encourageantes n'expliquaient pas pour autant ce qui s'était passé. Coldmoon, s'il était mieux informé que la plupart des acteurs du drame, avait reçu de Pendergast l'ordre de ne rien dévoiler de ce qu'il savait. Les deux hommes avaient été longuement entendus dans le cadre de l'enquête, jusqu'à cette réunion finale.

La commissaire interrompit le cours de ses pensées en refermant bruyamment le dossier contenant les questions habituelles : Quelle était la nature exacte de la créature ? D'où venait-elle ? Qu'était-elle devenue ? Delaplane les avait posées une fois de plus pour la forme aux participants à cette réunion, sans obtenir de réponse satisfaisante. Pendergast, le premier, avait affirmé n'en rien savoir et Delaplane repoussa le dossier avec un certain soulagement.

— Voilà qui est fait, soupira-t-elle. Je suis désolée d'en revenir éternellement aux mêmes interrogations.

— C'est bien naturel, dit Pendergast d'un air innocent.

Delaplane afficha une mine perplexe.

— C'est tout de même surprenant. Nous en apprenons davantage tous les jours. Ce matin encore, on m'expliquait que l'équipe de tournage qui réalisait ce documentaire avait été décimée en découvrant le... ce qui servait de tanière à la créature.

— Seule la directrice de la photo a survécu, acquiesça Sheldrake. Elle était dans un tel état de nerfs qu'elle commence seulement à pouvoir raconter ce qui s'est passé. Elle tient des propos incohérents la plupart du temps. Quant au journaliste qu'on a retrouvé avec elle, un certain Wellstone, il a sombré dans la folie sans espoir de guérison.

Il consulta ses notes.

— Il souffre de catatonie akinétique provoquée par un traumatisme psychogène.

— Localement, le sort subi par Felicity Frost est particulièrement tragique.

Elle se tourna vers Pendergast.

— Je crois savoir que vous la connaissiez ?

Pendergast secoua la tête en signe de dénégation.

— Pas moi précisément, mais ma pupille, Constance.

Coldmoon réprima un sursaut en entendant ce nom. Depuis quelques jours, la jeune femme se montrait plus étrange encore que d'habitude. Alors qu'il affrontait la bête, perché sur le clocher de l'église méthodiste de Whitaker Street, il avait cru l'apercevoir sur le balcon du dernier étage de Chandler House. Un pistolet-mitrailleur à la main, elle tirait sur le monstre. Il croyait d'autant moins s'être trompé qu'il l'avait déjà vue dans une situation analogue lors de son enquête précédente. Cette fille était aussi belle que cinglée. Sans parler de son courage, car c'était elle qui avait suivi Pendergast dans cette foutue machine et qui avait réussi à l'en extirper.

Il se souvint soudain qu'il n'était rien censé savoir de cet épisode. De toute façon, il en avait sa claque de Savannah. Son sac l'attendait à l'hôtel, que des équipes s'étaient chargées de consolider avec des poutrelles et des contreforts métalliques. Il devait s'envoler pour Denver l'après-midi même, et rien au monde ne l'empêcherait de prendre place à bord de cet avion.

Coldmoon reporta son attention sur Delaplane, visiblement gênée alors que le sergent Sheldrake la félicitait pour la Médaille de la bravoure qu'elle venait de recevoir.

— Je vous remercie, Benny, lui répondit-elle. Qui sait ? Peut-être finirai-je par obtenir une promotion… dans vingt ou trente ans.

— Un tel événement pourrait survenir plus vite que vous ne l'imaginez, intervint Pendergast.

Il se tourna vers la porte.

— Mais voici le directeur adjoint Pickett. Venez donc vous joindre à nous, monsieur le directeur.

Coldmoon suivit le regard de Pendergast et constata que Pickett était adossé au chambranle de la porte. Depuis combien de temps se tenait-il là ? Impossible à dire. Son arrivée signala la fin de la réunion dont les participants ramassèrent leurs affaires avant de quitter la pièce. Coldmoon s'apprêtait à les imiter lorsque Pickett lui fit signe de rester, tout comme à Pendergast.

Pickett jeta un coup d'œil par-dessus son épaule afin de s'assurer qu'ils étaient seuls, puis il s'éclaircit la gorge.

— Je… j'ai cru comprendre que vous aviez tous les deux pris ma défense face au défunt sénateur Drayton. Vous avez… meilleure mine, Pendergast.

L'intéressé hocha la tête.

Pickett, hésitant, paraissait mal à l'aise.

— J'en suis particulièrement heureux. Tout comme je suis sensible à votre soutien.

— Je vous suis tout aussi reconnaissant d'avoir empêché le sénateur de s'immiscer dans notre enquête, dit Pendergast. Et je suis désolé des suites que cette position a pu avoir sur votre carrière.

— À vrai dire, réagit Pickett, le sénateur Drayton n'a pas eu le temps de mettre en œuvre ses menaces. C'était un vantard davantage qu'un homme d'action.

Alors Pickett va tout de même avoir sa promotion, pensa Coldmoon.

Pickett dévisagea longuement Pendergast en silence.

— Ne m'en veuillez pas, mais je vais devoir vous poser la question une nouvelle fois. Officiellement, bien sûr.

— Je comprends.

Pickett reprit sa respiration.

— Vous n'avez vraiment aucune idée des origines de cette créature ?

— Pas la moindre.

— Ou des raisons de sa présence ici ?

— Aucune.

— Vous ne savez pas non plus ce qu'il est advenu d'elle ?

— Malheureusement.

Pickett se tourna vers Coldmoon.

— Et vous ?

Coldmoon haussa les épaules.

— Désolé, monsieur le directeur.

— En d'autres termes, vous ne savez rien de plus que les autres.

— Hélas, fit Pendergast. Pour une fois, je n'ai pas réussi à résoudre l'enquête.

Le visage de Pickett s'empourpra et Coldmoon crut un instant qu'il allait se mettre en colère. Au lieu de quoi un petit sourire étira ses lèvres.

— Il est parfois préférable de ne pas réveiller le chat qui dort.

— Vous êtes la sagesse incarnée, approuva Pendergast.

— C'est bien dommage, rétorqua Pickett. Un tel échec pourrait bien ternir votre réputation, tout comme celle de votre collègue.

Putain de merde. Coldmoon n'avait pas pensé à ça. Pourvu qu'on ne l'empêche pas de rallier Denver et d'y reprendre une activité normale en luttant contre le terrorisme, le crime organisé et les tueurs en série.

— D'un autre côté, poursuivit Pickett, avoir résolu l'énigme du détournement d'avion perpétré par D. B. Cooper est un véritable coup d'éclat. Il me semble que c'était l'affaire non résolue la plus ancienne de l'histoire du Bureau. Je n'ai toujours pas compris comment vous aviez pu y parvenir au milieu de toute cette histoire.

— Un heureux hasard, répondit Pendergast.

— Dès que les derniers détails de l'enquête auront été éclaircis, nous procéderons à une annonce officielle. J'imagine…

Il eut une légère hésitation avant de poursuivre.

— Il y aura une conférence de presse d'une sorte ou d'une autre à la clé, avec de vives félicitations pour vous deux.

— Nous en serons heureux.

Coldmoon ne masqua pas son soulagement.

Le regard de Pickett se figea sur les ruines du centre-ville.

— Cette enquête était décidément hors du commun. Qui aurait pu s'en douter ?

Il se tourna vers Pendergast.

— Au cas où vous auriez la tentation de me prendre pour un imbécile, je suis nettement mieux informé que vous ne l'imaginez.

— Vous l'avez dit vous-même, monsieur le directeur, il est parfois préférable de ne pas réveiller le chat qui dort.

— Ce qui m'amène à une toute dernière question. À votre avis, courons-nous le risque de voir un tel drame se répéter ?

— J'ai la conviction que vous pouvez dormir sur vos deux oreilles, le rassura Pendergast avant de se replonger dans un silence pour le moins parlant.

— Dans ce cas, laissez-moi vous remercier, et vous demander en quoi je pourrais vous être utile, à l'un comme à l'autre ?

— Je suis certain que l'inspecteur Coldmoon serait ravi de ne pas rater son vol à destination de Denver. Quant à Constance et moi, nous serions particulièrement heureux de dormir dans nos lits respectifs ce soir à New York.

— Un dernier détail…, dit Pickett.

Coldmoon se raidit machinalement. L'espace d'un instant, il crut que leur chef allait les embobiner une fois de plus. Il soupira de soulagement intérieurement en voyant Pickett secouer la tête.

— Non, rien, dit-il.

Sans un mot de plus, il s'effaça et laissa les deux hommes s'échapper de la salle de réunion et prendre la direction des ascenseurs.

78

Alors qu'ils quittaient Montgomery Street pour s'engager sur Taylor, Coldmoon eut la tentation de laisser derrière lui Pendergast qui marchait encore difficilement. Le débriefing qu'il redoutait le plus, celui qu'ils venaient d'avoir avec Pickett, s'était mieux déroulé qu'il ne le craignait. Le directeur adjoint était plus malin que ne l'avait imaginé le jeune inspecteur. Ce dernier était enfin libre de gagner Denver, son sac était prêt, il avait même pris la précaution la veille de réserver un Uber, alors que Pendergast lui avait proposé de le conduire à l'aéroport dans une voiture de service. Il avait refusé poliment, n'ayant aucune envie que son collègue sache qu'il comptait se présenter à l'embarquement avec trois bonnes heures d'avance. Pas question de se laisser entraîner dans une nouvelle aventure. Avec Pendergast, le risque était réel.

Un coup d'œil à sa montre lui confirma qu'il n'était pas en retard. Le temps de passer en coup de vent à l'hôtel récupérer ses bagages, Savannah et Pendergast ne seraient bientôt plus que de mauvais souvenirs.

Tout en marchant, il ne put s'empêcher d'admirer l'atmosphère de ruche qui les entourait. Partout, des engins chargeaient des montagnes de gravats dans les bennes de camions garés le long des trottoirs tandis que des dizaines d'ouvriers transportaient des poutres, des briques et toutes sortes de matériaux de construction. Les habitants de Savannah n'étaient pas en reste, qui maniaient la pelle et la pioche avec ardeur. Faute d'avoir obtenu l'explication qu'ils attendaient, en dehors des théories complotistes habituelles, ils entendaient tourner la page le plus rapidement possible.

Coldmoon, précédant son compagnon de quelques mètres, arriva en vue de Chandler House. Le bâtiment avait beaucoup souffert. Protégé par un échafaudage, la plupart de ses fenêtres aveuglées par des planches, il était surmonté, au niveau de son dernier étage détruit, d'une structure métallique recouverte de bâches en plastique. Dans leur majorité, les membres du personnel avaient tenu à participer aux travaux de rénovation depuis que l'immeuble avait été stabilisé.

Au moment de franchir la porte d'entrée, Coldmoon jeta un coup d'œil en direction de Chatham Square où étaient parqués les mobile-homes et les cabanes de chantier des agences fédérales. Une voiture, une pancarte Uber posée sur le tableau de bord, attendait au bord du trottoir.

Il est en avance, pensa Coldmoon. *C'est bon signe*.

Les deux hommes montaient à l'étage lorsque Pendergast se tourna vers son compagnon.

— Je crois comprendre que vous souhaitez vous rendre tout de suite à l'aéroport.

Décidément, rien n'échappait à ce diable d'homme.

— Oui, je me disais que c'était peut-être aussi bien de ne pas perdre de temps.

— Au regard des expériences passées, c'est plus sage en effet.

Ils s'engagèrent dans le couloir du premier étage. Pendergast s'arrêta devant la porte de sa suite.

— Je vous propose d'aller trouver Constance afin que vous puissiez la saluer avant votre départ. Nous avons un petit quelque chose à votre intention.

— Vous pensez que nous en avons pour longtemps ? s'inquiéta Coldmoon.

— Le temps de vous offrir ce cadeau, répondit Pendergast avec un léger sourire. Sachez, mon cher ami pressé, que je déteste les adieux larmoyants tout autant que vous. Je vous promets une opération rapide, et sans douleur.

Coldmoon se contenta d'un grognement en guise de réponse. Il n'en espérait pas tant, tout en regrettant que son aîné ne lui donne pas l'occasion de refuser un dernier verre de cognac ou une franche explication. Cette légère déception céda le pas à la curiosité de savoir quel genre de cadeau Pendergast lui avait réservé. Un chèque aurait été le bienvenu.

La suite de Pendergast et Constance avait été épargnée par l'attaque du monstre et le soleil pénétrait à flots par les portes-fenêtres ouvertes. En suivant son compagnon jusqu'au salon, Coldmoon découvrit les petits bureaux attachés aux deux chambres à coucher. Les lits débordaient d'effets personnels et les portes des armoires étaient béantes, preuve des préparatifs de départ en cours. Pendergast, qui s'était brièvement éloigné, rejoignit Coldmoon, le front barré d'un pli.

— Voilà qui est curieux, remarqua-t-il. Je ne trouve pas Constance.

— Elle fait peut-être sa valise ? suggéra Coldmoon.

Pendergast se contenta de secouer la tête et se dirigea vers sa propre chambre dont il revint quelques instants plus tard.

— Ou alors elle a voulu s'accorder un dernier petit tour en ville, par nostalgie, railla Coldmoon.

Pendergast, ignorant le sarcasme, s'empara du téléphone de l'hôtel.

— Elle n'était pas dans son assiette ces derniers jours, remarqua-t-il.

À peine avait-il la réception au bout du fil qu'il s'inquiétait de savoir où se trouvait sa pupille, mais personne n'avait vu cette dernière. Elle n'était apparemment pas sortie pendant l'absence de l'inspecteur, le portier de l'établissement l'aurait aperçue.

— C'est décidément très curieux, commenta Pendergast en raccrochant.

L'air songeur, il se dirigea d'un pas lent vers la partie de la suite réservée à Constance et Coldmoon lui emboîta cette fois le pas.

— Quels sont vos projets immédiats ? demanda le jeune homme.

— Je comptais emmener Constance en vacances. De vraies vacances, précisa-t-il en pénétrant dans le petit bureau de sa compagne, où tout était en ordre. Je comptais lui en réserver la surprise, enchaîna l'inspecteur en poursuivant ses recherches dans la chambre. J'ai décidé de l'emmener à Rome, où les autorités vaticanes ont accepté de nous ouvrir leurs archives privées ainsi que les catacombes. Cela devrait…

Une cloche sonna les douze coups de midi dans une église proche et Pendergast se figea sans achever sa phrase.

Coldmoon, intrigué, se demanda ce qui avait pu attirer l'attention de son collègue. Les placards, grands ouverts, renfermaient une garde-robe aussi élégante que luxueuse. Son regard se posa sur un petit secrétaire et il reconnut le sac à main noir de Constance, ainsi que son portable.

— Elle ne peut pas être loin, j'aperçois son téléphone.

Il jeta un coup d'œil en direction du lit sur lequel étaient posées deux valises monogrammées vides.

À l'étonnement de Coldmoon, Pendergast saisit le sac à main en cuir d'agneau de la jeune femme et le vida sur le secrétaire avant d'en fouiller les poches.

— Que ch… ?

— Il n'est pas là, le coupa Pendergast dans un murmure.

— De quoi parlez-vous ?

— De son stylet.

— Et alors ?

— Elle ne s'en sépare jamais. Jamais.

— Même sous la douche ? Je veux dire, ce n'est pas comme si… Mais vous voyez bien que son portable est là. Elle ne serait pas partie sans l'emporter.

Pendergast, imperméable aux commentaires de son collègue, se lança avec son bras valide dans une fouille en règle du placard et des tiroirs de la commode.

Coldmoon regarda discrètement sa montre. Quelle histoire ! Constance ne se séparait jamais longtemps de Pendergast. Elle s'était probablement réfugiée dans la bibliothèque.

Il cherchait une excuse pour s'éclipser lorsqu'il vit Pendergast s'approcher de la plus grande des deux valises et ouvrir la fermeture Éclair d'une poche dissimulée dans le rabat. Comme par magie, il en sortit un coffret en or cloisonné. Il en souleva le couvercle, découvrant une série de petites niches recouvertes de velours violet. Toutes étaient vides.

Il reposa le coffret d'un geste sec et se dirigea vers la porte en claudiquant.

— Pendergast ! voulut l'arrêter Coldmoon. Que se passe-t-il, Aloysius ? Je vais devoir y aller.

Comme son collègue ne répondait pas, il se précipita à sa suite.

— Qu'est-ce qui vous arrive, mon vieux ?

— Ses pierreries, répondit Pendergast par-dessus son épaule.

— Mais encore ?

— Elles ont disparu.

— Quelqu'un les a peut-être volés, suggéra Coldmoon tout en sachant que ce n'était pas le cas, personne n'ayant pu deviner que la valise recelait une telle cachette. D'abord, pourquoi accorder tant d'importance à ces bijoux ?

— Ce ne sont pas des bijoux, mais des pierres auxquelles elle tient plus que... Son portable bien en évidence, sa robe que je ne vois nulle part...

Il quitta la suite et remonta le couloir d'un pas nettement plus vif que précédemment, descendit les marches aussi vite qu'il le pouvait. Pris d'une terrible prémonition, il traversa le grand hall en courant à moitié, au risque de rouvrir sa blessure. Coldmoon, tout aussi inquiet, le vit ouvrir à la volée la porte de l'escalier du sous-sol et s'y précipiter. Oubliant son vol et le Uber qui l'attendait, Coldmoon le suivit non sans appréhension car il avait deviné où se rendait son compagnon.

Tout en avançant dans la pénombre à la suite de Pendergast, Coldmoon entendit un cliquetis. Une épaisse fumée âcre, accompagnée d'une forte odeur de plastique et de câbles brûlés, flottait dans le couloir. Elle se fit plus dense alors que les deux hommes traversaient le placard et arrivaient dans la pièce secrète où se trouvait la machine.

Une chaleur intense régnait dans le petit bureau et la fumée empêchait de distinguer quoi que ce soit. Entre deux quintes de toux, Coldmoon s'efforça de chasser de la main les vapeurs nauséabondes. Il finit par deviner les contours de l'appareil dont s'échappaient encore des volutes noires. Les deux antennes terminées par des boules de cuivre étaient partiellement calcinées. L'étrange cliquetis entendu un peu plus tôt était celui de la machine dont les entrailles refroidissaient peu à peu.

Son regard s'arrêta sur le cadran. L'aiguille, franchissant allègrement le chiffre II, se trouvait au-delà de la zone qui avait permis à la créature monstrueuse de quitter son monde. Soit la machine avait été sabotée, soit on avait voulu s'en servir une dernière fois dans des conditions extrêmes. Toujours est-il qu'elle était désormais inutilisable.

Pendergast, fort du même constat, s'approcha de la petite table voisine sur laquelle était posée une enveloppe blanche. Il la décacheta d'une main tremblante, en tira une simple feuille dont il déchiffra le contenu. Son bras retomba et la lettre lui échappa des doigts avant de flotter jusqu'au sol.

— Pendergast ?

L'intéressé, comme tétanisé, n'entendit même pas l'appel de Coldmoon. Ce dernier ramassa la feuille et découvrit une courte missive rédigée d'une écriture féminine élégante.

Je pars sauver ma sœur Mary. Ma place est à ses côtés. Cette machine m'en offre la possibilité, Mlle Frost elle-même m'a ouvert les yeux. À travers son exemple, je vois quel avenir triste et sans amour m'attend. J'ai décidé de retourner dans mon passé, à la recherche du destin qui aurait dû être le mien. J'en userai au mieux. Puisque je ne puis vous avoir tel que je le voudrais, autant ne pas vous avoir du tout.

Au revoir, Aloysius. Merci pour tout. Merci surtout de ne pas chercher à me suivre, quand bien même cela serait possible. Je ne le supporterais pas, je suis certaine que vous me comprenez.

Je vous aime,
Constance

79

Peu après 10 heures ce matin-là, un Greyhound en provenance d'Atlanta s'arrêta à la gare routière de West Oglethorpe Avenue dans le soupir de ses freins pneumatiques. Sa porte en inox s'ouvrit et les passagers du bus retrouvèrent l'un après l'autre la chaleur de ce début de journée ensoleillé. Le dernier voyageur était un vieil homme à barbe blanche porteur d'une valise usée et d'un imperméable qui avait connu son lot d'averses. Il se figea au pied des marches, la main sur les yeux.

— Nom d'un chien ! maugréa-t-il d'une voix attristée.

Le chauffeur lui adressa un sourire à la fois amusé et affectueux. Le vieil homme avait occupé le siège situé derrière le sien depuis Atlanta et ils avaient trouvé le temps de discuter tout au long du voyage.

— C'est la première fois que vous venez à Savannah ?

— C'est la première fois que je franchis le Mississippi, répondit le vieil homme.

— Pas possible !

— C'est aussi la première fois que je me rends dans le Sud.

Il salua le chauffeur d'un geste, et tandis que le lourd véhicule s'éloignait, il posa sa valise à ses pieds, retira péniblement son imper, le plia soigneusement avant de le glisser à l'intérieur de la poignée de sa valise, puis il s'épongea le front du revers de la main et observa les alentours.

Il ne savait pas à quoi s'attendre en se rendant à Savannah et fut tenté, pendant un moment, de comparer la vieille cité à des villes qui lui étaient familières : Yakima, Olympia, Seattle. Toute similitude était vaine. Ici, tout était plat et aucune montagne n'apparaissait dans le lointain, les immeubles étaient vieux et fatigués, le ciel n'était pas porteur d'une perpétuelle menace de pluie, contrairement à celui qu'il avait connu tout au long de son existence. L'eau était pourtant omniprésente, confirmée par l'humidité ambiante. Jamais il n'avait imaginé que la chaleur puisse rimer avec une telle moiteur.

Il commença par demander son chemin puis emprunta Oglethorpe Avenue. La circulation était dense, les trottoirs bondés. Plus d'un passant observa avec étonnement ce vieil homme à la barbe fournie digne du père Noël, mais l'intéressé n'y prêtait guère attention, habitué à être remarqué pour son apparence. Il marchait depuis une dizaine de minutes lorsqu'il s'arrêta. Il retira son épaisse chemise à carreaux et l'enroula à côté de son imperméable dans la poignée de la valise. Désormais vêtu d'un T-shirt et d'une salopette passée, il se fondait mieux avec les habitants du cru. Il ouvrit sa valise dont il sortit un vieux chapeau de pêcheur en toile cirée auquel il redonna un semblant de forme avant de s'en coiffer. Ce Stetson protégeait son crâne dégarni de la pluie depuis quarante ans, il était temps qu'il le protège du soleil.

Il s'engagea à gauche sur Barnard Street et traversa un secteur verdoyant qui le réconcilia avec la ville. Une pancarte lui indiqua que ce petit parc s'appelait Orleans Square. Des immeubles voisins, pour beaucoup étayés par des échafaudages, s'élevaient des nuages de poussière accompagnés de bruits de chantier.

Il en eut la gorge nouée.

Son existence solitaire à l'écart du monde l'avait affranchi de la télévision et des journaux. Ce qui se passait au-delà des limites de sa ferme ne le concernait pas, il avait trop longtemps subi la dictature des médias, sachant qu'il ne pouvait de toute façon rien changer aux nouvelles déprimantes que ceux-ci colportaient. Il avait entamé son périple à Seattle en montant à bord d'un bus pour Chicago où l'attendait un autre Greyhound à destination d'Atlanta. Il effectuait son changement lorsqu'il avait découvert à la une de la presse le drame qui venait de frapper Savannah. Il s'était empressé d'acheter quelques journaux et les détails de l'attaque du monstre, tout comme le nombre de victimes, étaient venus alimenter son angoisse. Il avait tenté de se rassurer en se disant que celle qu'il espérait rejoindre était une battante. Et une femme remarquable.

C'est une femme remarquable. Et très seule.

Il y avait longtemps qu'il aurait dû retrouver sa trace, mais il n'était pas trop tard. Le cœur battant, il accéléra le pas. Il nota la présence de grues et de camions partout. La rumeur des chantiers se fit plus présente à mesure qu'il approcha du centre-ville et qu'augmentèrent les signes de chaos.

Quelques centaines de mètres plus loin, il atteignit enfin Chatham Square. Il tira de sa poche une feuille à moitié déchirée et la déplia afin de vérifier l'adresse. C'était bien ça, l'hôtel Chandler House se trouvait de l'autre côté du parc, sur Gordon Street.

Son cœur fit un bond dans sa poitrine lorsqu'il découvrit le triste spectacle qu'offrait l'établissement, son dernier étage entièrement dévasté.

Il serra dans son poing la poignée de la valise et traversa la place sans un regard pour les autres immeubles en ruines avant de s'immobiliser devant la façade de brique de l'hôtel, à peine visible derrière un échafaudage. Un portier en uniforme était posté devant l'entrée.

— Je peux vous aider ? lui demanda le portier.

Comme le vieil homme ne répondait pas, il insista :

— Je peux vous aider, monsieur ?

— Je voudrais voir Mlle Frost.

— Mlle Frost ? Vous voulez dire Felicity Frost ?

Le vieil homme acquiesça.

— Oui, la... la propriétaire de cet hôtel.

Le portier ne répondit pas immédiatement.

— Que lui voulez-vous ?

— Je...

Le vieil homme ne put achever sa phrase, interrompu par une quinte de toux.

— Je suis l'un de ses proches.

— Je vois, répondit le portier avant de laisser planer un silence gêné. Je suis désolé, monsieur, mais Felicity Frost est décédée.

— *Quoi ?*

Le vieil homme constata que son interlocuteur posait sur lui un regard compatissant.

— Je suis vraiment désolé. Elle a trouvé la mort au cours du drame. On pourra vous fournir tous les détails si vous vous rendez à l'hôtel de ville.

Le portier indiqua la direction de la mairie en lui expliquant comment s'y rendre et le vieil homme s'éloigna d'un pas hésitant, comme pris de vertige. Un voile noir passa devant ses yeux et son passé de médecin lui confirma qu'il était au bord de la syncope. Avisant une borne à incendie dans une poche d'ombre, à quelques mètres de là, il s'y laissa tomber. *Alicia est morte.* Son cerveau refusait d'accepter l'information.

Il retira son chapeau et le posa soigneusement sur ses genoux.

*

* *

Une main se posa sur l'épaule du vieil homme et le secoua doucement.

— Docteur ? fit une voix vaguement familière, émergeant lentement des brumes de son esprit. Docteur Quincy ?

Il releva la tête en battant des paupières et tout lui revint soudainement. Il reconnut l'un des deux inspecteurs du FBI qui lui avaient rendu visite à Berry Patch. Coldmoon, si sa mémoire ne le trahissait pas.

— J'ai mal au cul, murmura-t-il.

— Pas étonnant, dit l'inspecteur. Ça fait plus d'une heure que vous êtes assis sur cette borne à incendie.

Quincy baissa les yeux.

— Mon Dieu…

— Quand je vous ai vu, il y a un quart d'heure, j'ai préféré vous laisser dans vos pensées. Allons, laissez-moi vous aider à vous relever. Je suis sûr que vous devez avoir faim.

— Pas du tout.

— Alors vous accepterez bien un café.

Coldmoon récupéra d'autorité la valise du médecin et l'aida à se redresser avant de l'entraîner, mais Quincy repoussa sa main.

— Où est donc votre fouineur de collègue ?

— Il est occupé.

— Eh bien, je voudrais lui parler. J'ai besoin de réponses, nom d'un chien.

— Il ne parle à personne en ce moment. Pas même à moi.

Ils poursuivirent leur route en silence et Coldmoon lui fit signe de le suivre en arrivant en vue d'un snack. La serveuse, occupée derrière le comptoir, fronça les sourcils en reconnaissant le jeune inspecteur.

— Vous ne manquez pas de culot, déclara-t-elle en fusillant Coldmoon du regard.

— Je suis également ravi de vous revoir, dit l'intéressé d'un air placide.

La salle était quasiment vide, mais il n'échappa pas à Coldmoon que la serveuse les entraînait vers sa plus mauvaise table, à côté des toilettes.

— Du café, s'il vous plaît, ma jolie, commanda Coldmoon.

— Je ne suis pas votre « jolie », et n'essayez pas de me faire du charme.

Le regard de la serveuse s'arrêta sur la chemise western de l'inspecteur, ornée de boutons nacrés.

— Joli chemisier, railla-t-elle. Ils font les mêmes pour les garçons ?

— On ne peut pas dire qu'elle vous apprécie vraiment, commenta Quincy en regardant la femme s'éloigner.

— C'est précisément la raison pour laquelle je suis venu ici. Vous voyez cette cafetière à filtre, là-bas ?

— Oui, répondit Quincy, peu pressé d'apprendre ce qui était arrivé à l'amour de sa vie.

— Juste à côté, vous remarquerez une autre cafetière presque vide qui chauffe depuis des heures.

— Oui, et alors ?

— Je vous parie tout ce que vous voulez qu'elle vous servira un café fraîchement filtré de la première cafetière, et qu'elle me donnera le fond de la seconde.

Quincy observa Coldmoon d'un air perplexe. L'inspecteur en profita pour entrer dans le vif du sujet.

— Elle s'est montrée très courageuse. Vous auriez été fier d'elle. Elle s'est battue jusqu'à la dernière extrémité.

— Je vous écoute, se contenta de répondre Quincy.

Coldmoon se lança dans un récit détaillé des événements que le vieil homme écouta sans l'interrompre. Toute cette histoire paraissait à peine croyable, mais Alicia n'avait jamais été quelqu'un d'ordinaire. Son changement d'identité, l'achat et la rénovation de l'hôtel, son utilisation de la machine, sa relation avec Ellerby, le drame final. S'il ne s'était pas trouvé en face d'un représentant du FBI aussi rationnel, Quincy aurait pu douter de ses dires. Curieusement, Coldmoon ne semblait pas surpris de le retrouver à Savannah, il donnait même l'impression d'avoir réfléchi à la façon dont il lui expliquerait, le jour venu, ce qui s'était passé.

Son compte rendu achevé, Coldmoon se tut et Quincy se remplit lentement les poumons, comme s'il voulait tester l'atmosphère d'une planète inconnue. Il lui faudrait du temps pour digérer tout ce micmac, s'il y parvenait un jour, mais il se sentait néanmoins libéré d'un grand poids.

— Ce n'est pas tout, reprit Coldmoon en fouillant dans son petit sac à dos.

Il en tira un objet et le tendit à Quincy.

Le vieux médecin déplia le papier qui enveloppait le paquet et une forte odeur de fumée flotta jusqu'à ses narines. Il découvrit l'exemplaire usé de l'anthologie *Spoon River* dont Frost ne se séparait jamais. Le volume était en partie calciné.

Il ouvrit la couverture sans un mot et reconnut la dédicace rédigée par ses soins près d'un demi-siècle plus tôt.

De Z. Q. à A. R.

Vous avez toujours représenté à mes yeux
« la grande nomade sociale
rôdant aux confins d'un ordre docile et apeuré ».

Berry Patch, le 22 avril 1972

Submergé par l'émotion, il lut une autre inscription sous la première, rédigée d'une encre nettement moins passée :

J'ai longtemps été nomade, mais tout au long de mes pérégrinations, tu es toujours resté mon étoile Polaire. Toujours.

« Ta rigueur complète le cercle de ma vie, dont elle vient confondre le début et la fin. »

Alicia

Quincy s'aperçut qu'il serrait le livre si fort entre ses mains que celles-ci tremblaient. Il s'obligea à ravaler ses larmes.

— J'ai cherché de qui était la citation, reprit Coldmoon.

— De John Donne, dit Quincy, hypnotisé par la phrase.

— Tout juste.

Quincy, perdu dans ses pensées, caressa la couverture du livre comme s'il s'agissait de la main d'un être aimé. Il finit par relever la tête.

— Quand puis-je voir Pendergast ?

— Désolé, mais c'est impossible.

Quincy, à qui la brève hésitation de Coldmoon n'avait pas échappé, plissa les paupières.

— Il lui est arrivé malheur, dit-il.

— Il faut croire qu'être médecin rend perspicace.

Dans le silence retrouvé, la serveuse remplit à nouveau leurs tasses. Coldmoon ne s'était pas trompé, elle lui réservait les restes de café longuement bouillis de la seconde cafetière.

— Vous aviez raison, dit Quincy lorsque la femme s'éloigna. Ça doit être imbuvable.

— Au contraire. C'est la raison de ma présence ici. Elle m'a réservé son meilleur café sans le savoir et je compte bien lui laisser un pourboire en conséquence.

Coldmoon avala une gorgée du breuvage bouilli et reposa sa tasse avec une satisfaction manifeste.

— Quelles sont vos intentions à présent ? s'enquit-il.

Quincy haussa les épaules.

— Dieu seul le sait. La vie est bizarre. J'ai mené pendant des décennies une existence solitaire jusqu'au jour où m'est apparu l'espoir de la revoir, et voilà ce qui m'arrive. Je ne sais pas. En dehors de ce périple, je n'avais rien prévu.

Coldmoon hocha la tête.

— Dans ma culture, on dit que la vie est un voyage, et non une destination.

— Menteur. C'est une pensée de Ralph Waldo Emerson.

Coldmoon, un instant interdit, finit par réagir :

— Vacherie, marmonna-t-il.

— Bien essayé !

Coldmoon consulta sa montre.

— Écoutez, j'ai un peu de temps devant moi, je n'avais rien prévu ce soir. Commençons par vous trouver une chambre d'hôtel, et puis on n'aura qu'à aller boire une bière.

— J'aime autant la boire tout de suite. Ce pays est une véritable étuve.

Coldmoon accueillit la remarque avec un léger sourire.

— Je me disais bien que derrière cette façade revêche, vous étiez un type bien.

Il se leva, vida sa tasse, laissa un billet de vingt dollars sur la table et rejoignit le vieil homme qui se dirigeait d'un pas lent et douloureux vers la porte du snack.

80

Le soleil du matin peinait à percer l'épais voile de poussière et de fumée qui envahissait le centre de Manhattan. Un Manhattan d'un autre temps.

L'artère qui traversait le carrefour où Broadway s'échappait de la 7e Avenue était un large chemin de terre couvert de nids-de-poule, durci comme du béton par la multitude des chevaux, des carrioles et des omnibus qui l'empruntaient, sinon au pied des poteaux à chevaux où le crottin s'était transformé en boue.

Ce carrefour, connu à l'époque sous le nom de Longacre, servait alors d'épicentre au quartier abritant les écuries de la ville et ne deviendrait Times Square qu'un quart de siècle plus tard.

En ce froid matin, Longacre était calme. Seuls de rares piétons animaient le carrefour dans le ballet intermittent des voitures à cheval, et personne n'aurait songé à remarquer la jeune femme aux cheveux courts, vêtue d'une robe violette de coupe inhabituelle, qui venait d'émerger d'une ruelle. Elle plissa les yeux et observa les alentours avec curiosité, le nez retroussé.

Constance Greene s'arrêta, le temps d'assimiler la masse des sensations qui l'assaillaient, soucieuse de ne rien laisser paraître de ses émotions.

Le spectacle qui s'offrait à ses yeux, avec ses bruits et ses odeurs, fit remonter à sa mémoire des milliers de souvenirs lointains, oubliés depuis longtemps. Les effluves de la ville la subjuguèrent dans un premier temps. Un mélange subtil de terre, de transpiration, de crottin de cheval, de fumée de poêle à charbon, d'urine, de cuir et de viande grillée, le tout souligné par une odeur piquante d'ammoniaque. Cette première impression passée, elle prit le temps de détailler des éléments de décor, autrefois familiers, qui lui semblaient désormais étrangers : les poteaux télégraphiques dangereusement penchés, les réverbères à gaz dressés au coin des rues, les voitures à cheval et les chariots rangés le long des trottoirs, le délabrement général de l'espace urbain. À l'évidence, la ville poussait à une telle vitesse qu'elle peinait à soutenir le rythme de sa propre progression. Il suffisait, pour s'en convaincre, de s'intéresser aux pancartes accrochées un peu partout, aux immeubles en pierre ou en brique construits pêle-mêle, à la crasse omniprésente à laquelle personne ne prêtait attention. Le plus étrange était toutefois l'absence notable de la rumeur associée au Manhattan des temps modernes : le bruit de la circulation, les klaxons rageurs des taxis, le ronronnement omnivore des climatiseurs, le grondement souterrain du métro. Par comparaison, les claquements de sabots des chevaux, les cris et les rires, les coups de fouet des cochers, la mélodie de piano acide échappée d'un saloon voisin étaient presque synonymes de calme. Constance s'était si bien habituée aux gratte-ciel de Manhattan qu'elle éprouvait les plus grandes difficultés à reconnaître cette ville peuplée, à perte de vue, d'immeubles de deux ou trois étages.

Au terme de quelques minutes de répit, elle prit sa respiration afin de se donner du courage. Si elle savait où elle se trouvait, elle n'aurait pas su dire *quand* précisément.

Elle se tourna vers le nord et aperçut, sur la 7e Avenue, les prémices de ce qui deviendrait à terme le marché aux chevaux. En se retournant, elle s'intéressa aux commerces les plus proches : le marché New Washington, un marbrier, un marchand de tabac à priser, une boutique de vêtements pour gros... Elle se dirigea de ce côté en veillant à ne pas attirer l'attention sur elle. La robe qu'elle portait, assez désuète et de belle facture, était suffisamment anachronique pour attirer les regards. Surtout, elle la protégeait mal du froid.

Elle passa devant un restaurant populaire et sale proposant du ragoût de queue de bœuf, de la côte de veau, ou encore de la choucroute au pied de porc pour cinq *cents*. Un jeune crieur de journaux installé devant la devanture, une pile de quotidiens dans les bras, annonçait les gros titres du jour d'une voix sonore. Elle refusa d'un mouvement de tête le journal qu'il lui tendait et poursuivit sa route, mais elle avait eu le temps de noter la date affichée à la une : le samedi 27 novembre 1880.

Novembre 1880... Sa sœur Mary, âgée de dix-huit ans, résidait à l'époque dans un asile pour jeunes filles de Delancey Street tout en travaillant pour un salaire de misère à la Five Points Mission. Quant à son frère Joseph, il terminait une peine d'emprisonnement au pénitencier de Blackwell's Island.

Et un certain médecin venait tout juste de commencer ses expériences meurtrières[1].

1. Voir *La Chambre des Curiosités* (L'Archipel, 2002 ; J'ai lu, 2005).

Le cœur de Constance se mit à battre plus fort à l'idée qu'ils soient tous en vie. Peut-être n'était-il pas trop tard.

Mais il lui restait deux tâches d'importance à mener. Elle accéléra le pas en avisant sur la 45e Rue un prêteur sur gages, le Broadway Curiosity Shop, qui offrait à la clientèle « 100 000 outils pour tous les métiers », ainsi que des bijoux. Devant la boutique, des vitrines cadenassées montées sur des piétements de bois proposaient un assortiment de carabines et de fusils de chasse, d'appareils photo primitifs, de montres et de marchandises diverses. Elle hésita un instant avant de se raviser, consciente qu'il lui fallait dénicher un établissement d'un standing plus élevé.

Une dizaine de rues plus loin, dans le quartier animé d'Herald Square, elle finit par trouver un bijoutier spécialisé dans le commerce des diamants. Elle poussa la porte du magasin et se dirigea vers le comptoir le plus proche derrière lequel se tenait un jeune vendeur au visage couvert de taches de rousseur, ses manches de chemise retenues au-dessus des coudes par des brassards noirs, une visière en cuir vissée au-dessus de ses yeux. Il détailla Constance de la tête aux pieds d'un air perplexe en la voyant s'avancer, incapable de deviner à quel milieu pouvait bien appartenir cette jeune femme à la tenue étrange.

— En quoi pourrais-je vous être utile, mademoiselle ? s'enquit-il en insistant légèrement sur le dernier mot.

— Je souhaiterais m'entretenir avec le gérant, répondit Constance.

Le jeune homme s'efforça de dissimuler sa surprise face à une requête aussi directe.

— Puis-je vous demander pour quelle raison ?

— Je voudrais lui proposer un article qui devrait l'intéresser, et dont il sera mieux à même que vous de déterminer l'intérêt.

Cette réponse exprimée sur un ton impérieux, plus directe encore, désarçonna le vendeur qui hésita brièvement avant de se rendre dans l'arrière-boutique. Quelques instants plus tard apparut un individu aux cheveux blancs d'une cinquantaine d'années, une loupe de bijoutier pendue autour du cou. Il arborait une mine avenante, mais circonspecte.

— Puis-je vous aider ? s'enquit-il d'une voix neutre, plus aimable que celle de son employé.

Constance tira un sachet de toile de la poche de sa robe dans laquelle elle conservait à portée de main son précieux stylet.

— J'ai un diamant à vendre.

— Fort bien, réagit le bijoutier en posant sur le comptoir un plateau recouvert de velours. Voyons ce que vous…

Il ne put achever sa phrase, subjugué par la pierre couleur vermillon que Constance venait de sortir du sachet de toile.

L'homme s'empara d'une pince munie d'embouts en caoutchouc avec laquelle il saisit la pierre afin de l'examiner. Au terme d'un silence interminable, il la replaça sur le plateau de velours.

— Où avez-vous déniché cette pierre, ma jeune dame ? dit-il sur un ton soupçonneux.

— Il s'agit d'un bijou de famille, répondit Constance d'une voix hautaine, mettant son interlocuteur au défi de la traiter de voleuse.

Le bijoutier, sans répondre, observa successivement sa cliente et le diamant.

Agacée, Constance reprit la pierre.

— Avez-vous déjà vu un diamant de cette teinte ?

— Non, répondit le commerçant.

— Étant donné votre profession, j'imagine que vous en connaissez l'existence.

— Les diamants rouges sont rarissimes.

— Ne croyez-vous pas que vous seriez au courant si une telle pierre avait fait l'objet d'un vol ? Ce diamant appartient à ma famille depuis plusieurs générations. Je souhaite le vendre discrètement tout en respectant mon anonymat. Cela vous est-il possible, monsieur ?

Le bijoutier afficha sur son visage des émotions contradictoires.

— Madame, je...

— Outre sa teinte unique, vous constaterez qu'il s'agit d'une gemme authentique d'un peu plus de trois carats et demi, d'une limpidité exceptionnelle. Vous aurez en outre remarqué sa taille parfaite.

L'homme ajusta sa loupe afin d'étudier à nouveau la pierre. Il poursuivit son examen pendant de longues minutes, puis il la pesa, allant jusqu'à la tremper dans un bain d'huile. Enfin, il retira sa loupe.

— Cinq cents dollars, annonça-t-il.

Constance soutint son regard.

— Ne vous imaginez pas pouvoir profiter de moi au prétexte que je suis une femme. Cette pierre vaut bien davantage.

L'homme hésita.

— Sept cents.

Constance tendit la main afin de récupérer le diamant.

— Huit cent cinquante, s'empressa de déclarer le bijoutier. Je ne puis vous en proposer davantage... c'est tout ce dont je dispose en liquide.

Il laissa s'écouler un instant avant d'ajouter :

— J'ajouterai que c'est *moi* qui prends un risque puisque vous souhaitez conserver l'anonymat.

Constance procéda à un rapide calcul de tête. En 1880, un ouvrier gagnait moins de deux dollars par jour et une maison en bon état coûtait mille cinq cents dollars. La valeur de ce diamant était bien supérieure, mais la somme proposée la dépannerait provisoirement.

— Très bien, accepta-t-elle.

Elle patienta devant le comptoir pendant que son interlocuteur s'éclipsait dans l'arrière-boutique. Un chuchotement ne tarda pas à lui parvenir et elle referma la main sur le manche de son stylet tout en s'assurant qu'elle pouvait gagner la porte d'un bond en cas de besoin.

Le bijoutier revint une minute plus tard. Sans un mot, il déposa une liasse de billets sur le plateau de velours puis déversa à côté un sachet contenant des pièces de vingt dollars en or. Constance compta l'argent et hocha la tête. L'homme mit les billets dans une enveloppe, glissa les pièces dans leur sachet et lui tendit le tout. Elle fourra l'enveloppe et le sachet au fond de sa poche, remercia le bijoutier et quitta le magasin.

À une rue de là, elle avisa la boutique d'un tailleur qui vendait également des articles de prêt-à-porter. Elle en ressortit une heure plus tard avec une élégante robe à tournure de soie bleu électrique ornée de dentelles, un chapeau de la même couleur, ainsi qu'une épaisse veste cintrée. Sa tenue, loin de susciter la curiosité des passants, lui valut cette fois des regards admiratifs. Le commis du tailleur, des paquets à la main, s'empressa de héler un fiacre.

Avant même que le cocher ait pu mettre pied à terre, Constance avait ouvert la porte du fiacre et prenait place à bord de la cabine.

Le cocher haussa les sourcils, puis remonta sur son perchoir tandis que le commis du magasin posait les paquets et le carton à chapeau à l'intérieur de la voiture.

— Où ça, m'dame ? s'enquit le cocher en saisissant les rênes.

— L'hôtel Fifth Avenue, répondit Constance en lui tendant un billet d'un dollar.

— Bien, m'dame, acquiesça le cocher en empochant l'argent avant d'aiguillonner son cheval.

Quelques instants plus tard, le fiacre se perdait dans le flot des voitures à cheval de ce milieu de journée.

13802

Composition
NORD COMPO

Achevé d'imprimer en Slovaquie
par NOVOPRINT SLK
le 28 février 2023

Dépôt légal : mai 2023
EAN 9782290384268
L21EPNN000564-552383

ÉDITIONS J'AI LU
82, rue Saint-Lazare, 75009 Paris

Diffusion France et étranger : Flammarion